KB267919

중학생 독후감 세계문학 142

중학생이 보는
무기여 잘 있거라

어네스트 헤밍웨이 지음 | **박영의** 옮김

성낙수(한국교원대 교수) · **오은주**(서울여고 교사) · **김선화**(홍천여고 교사) 엮음

좋은 책 좋은 독자를 만드는 ─
㈜신원문화사

더 이상 언급할 필요도 없지만 요즘은 독서의 중요성이 더욱 강조되는 시대입니다. 첨단과학으로 이루어진 대중매체 덕분에 눈으로 읽는 것보다는 말초신경을 자극하는 동영상 쪽으로 관심이 모아지는 데 대한 우려 때문일 것입니다. 꿈과 희망을 가지고 자라나는 학생들에게는 올바른 사고력과 분별력을 키워 주어야 합니다. 그런 점에서 다른 사람들의 생각과 철학, 인생관과 세계관이 들어 있는 명작들을 많이 읽는 것이야말로 바람직한 학습 효과를 거둘 수 있는 지름길이라 생각합니다.

명작은 오랜 세월에 걸쳐 많은 사람들이 읽고 크게 감동을 받은 인정된 작품들로서, 청소년들의 삶에 지침이 되어 주고 인생관에 변화를 주게 될 것입니다.

이번에 중학생들에게 꼭 읽히고 싶은 명작들을 선정하여, 작품을 바르게 감상하고 독후감을 쓰는 데 도움을 주고자 이 시리즈를 기획하게 되었습니다. 작품들은 동서고금에 걸쳐 객관적으로 인정받은, 훌륭한 대상만을 선정하였습니다. 그리고 책의 구성을 다음과 같이 하여, 읽고 쓰는 데 도움이 되도록 하였습니다.

하나, 삶에 대한 지혜와 용기를 주고 중학생이라면 꼭 읽어야 할 명작만을 골랐습니다.

둘, 명작을 읽고 난 후의 솔직한 느낌을 논리적 · 체계적으로 쓸 수 있도록 중학생들의 독후감 작성에 따르는 부담을 덜어 주도록 구성하였습니다.

셋, 작품 알고 들어가기, 내용 훑어보기, 작품 분석하기, 등장인물 알기를 통해 작품을 분석하는 힘을 기를 수 있도록 하였습니다.

넷, 작가 들여다보기, 시대와 연관 짓기, 작품 토론하기 등을 통해 작가의 일생을 알고 시대의 흐름을 파악하여 상상력과 창의력을 키워 주도록 하였습니다.

다섯, 독후감 예시하기와 독후감 제대로 쓰기에서는 책을 읽는 방법과 독후감 모범답안 실례를 제시함으로써 문장력을 길러 주는 한편 독후감 쓰기의 충실한 길라잡이가 되도록 했습니다.

아무쪼록 이 책들이 중학생들의 학습 능력 향상에 큰 도움이 되길 빌어 마지 않습니다.

엮은이 성 낙 수

차 례

작품 알고 들어가기

어니스트 헤밍웨이는 《노인과 바다》, 《누구를 위하여 종은 울리나》와 같은 유명한 작품으로 인해 우리에게 굉장히 익숙하고 친숙한 작가입니다. 이번에 같이 읽을 작품인 《무기여 잘 있거라》 또한 매우 잘 알려져 있는데다가, 우리나라 유명 가수의 노래 제목으로도 사용된 바 있는 제목의 작품이기 때문에 누구나 한 번쯤은 들어보았을 것입니다. 하지만 유명한 정도에 비해 읽은 사람은 그다지 많지 않은 것이 현실이라는 점은 안타까운 부분입니다. 아마도 장편 소설이기 때문에 읽기에 부담을 느껴서 선뜻 읽기가 꺼려지는 사람들이 많아 그런 것인지도 모르겠습니다.

《무기여 잘 있거라》는 제1차 세계대전을 배경으로 한 소설입니다. 전시를 배경으로 한 소설답게 전쟁의 처참하고 냉혹한 모습도 곳곳에서 보입니다. 그러나 소설의 전개를 이끌어 가는 이야기는 전쟁 자체에 대한 이야기가 아니라 전쟁터에서 피어나는 남녀 간의 사랑 이야기입니다. 헨리와 캐서린이 그 주인공이지요. 하지만 둘의 사랑 이야기가 소설의 전부는 아닙니다.

　이 소설은 마치 고전극의 5막과도 같은 다섯 부분으로 나뉜 형식으로 구성되어 있습니다. 전쟁터에서 삶과 죽음이 왔다갔다하며 교차하듯이 각 장의 내용도 절망과 희망을 번갈아 가며 보여 줍니다. 그리고 작가인 헤밍웨이는 당시의 시대상을 충실히 담아 소설을 써냈습니다. 전쟁으로 피폐해진 삶이 사상적으로도 피폐함을 불러온 시대였지요. 허무주의가 만연해 있던 시대상이 담긴 이야기인 이 작품은 과연 어떻게 끝나게 될까요? 그리고 그 모습은 어떻게 그려지고 있는지 주목하며 긴 작품이지만 두려워하지 말고 함께 읽어 봅시다.

무기여 잘 있거라

프레드릭 헨리　이 소설의 주인공. 자원하여 이탈리아군의 장교가 된다. 캐서린과의 숙명적인 사랑을 위해 전장을 버린다.

캐서린 버클리　영국인 자원 간호사인 그녀는, 프레드릭를 만나 사랑의 도피행을 감행하나 출산 도중 죽는다.

리날디　캐서린과 프레드릭의 숙명적인 상봉에 도움을 준 군의관. 프레드릭이 속해 있는 부대의 군의.

마이어즈 부부　부상한 프레드릭이 밀라노 병원에 수용되어 있을 때의 경마 친구.

미스 밴 캠펜　밀라노의 미국 병원 간호사 장.

헬렌 퍼거슨　캐서린의 친구로 간호사. 야전 병원과 미국 병원에서 캐서린과 함께 일한다.

구팅겐 부부　프레드릭과 캐서린의 도피 생활을 보살펴 주는 스위스의 집주인.

에밀리오　스트레사의 한 술집의 바텐더. 프레드릭의 옛 친구이며 프레드릭이 군복을 벗고 캐서린과 스위스로 도망갈 때 물심양면으로 도와준다.

제1부

1

　그해 늦여름, 우리는 어느 낯선 시골 마을에서 보냈다. 그 마을은 강과 들을 사이에 두고 여러 산과 마주보고 있었다. 강변에는 자갈과 둥근 돌들이 햇빛을 받아 하얗게 빛났으며, 흐르는 물은 투명할 정도로 파랗고 맑았다. 부대가 잇달아 집 옆을 지나 한길을 내려갔다. 그들이 일으키는 먼지로 인해 나뭇잎들은 하얗게 흙먼지를 뒤집어썼다. 나뭇가지마다 뽀얀 먼지투성이였다. 그해는 유독 잎이 빨리 떨어졌다. 먼지가 뿌옇게 피어오르고 나뭇잎은 산들바람에 날려 떨어지고 병사들은 행군을 계속했다. 그들이 지나간 뒤 한길은 떨어진 나뭇잎만 뒹굴 뿐 그저 뿌옇게만 보였다.

들에는 농작물들이 무르익어 가고 있었다. 들 저 너머 산들은 점차 가을빛이 완연했다. 산에서는 전투가 벌어지고 있었다. 밤이 되면 포화의 번쩍임이 보였는데 어둠 속에서 그것은 마치 여름밤의 번갯불 같았다. 그러나 밤이면 서늘해졌고 돌풍이 일 것 같은 기미는 보이지 않았다.

가끔씩 어둠 속에서 창 밑을 행진하는 부대와 대포를 끌고 가는 포차 소리가 들려 왔다. 밤이 되면 한길은 더욱 붐볐다. 노새들이 짐 안장 양쪽에 탄약 상자를 싣고 연달아 지나갔다. 그리고 군인과 짐을 가득 실은 트럭이 속도를 늦추어 사람과 말 사이를 누비고 지나갔다. 낮엔 포차에 끌려 대형 대포가 지나갔다. 그 기다란 포신은 온통 푸른 나뭇가지로 덮였고, 포차 위에도 역시 나뭇가지와 덩굴이 뒤엉켜 있었다. 북쪽으로 계곡을 지나 밤나무 숲이 보이고 그 뒤쪽, 강 바로 앞에는 또 하나의 산이 보였다. 그 산을 점령하기 위해 전투가 벌어 졌으나 성공하지 못했다. 가을이 되어 장마가 시작되자 밤나무 잎이 모두 떨어져 앙상한 가지를 드러냈고 나무 줄기마저 비에 젖어 거무 죽죽한 빛을 띠었다. 몇 개 나지 않은 잎들과 함께 포도원의 나무도 가지만 앙상했다. 가을과 더불어 이 지방 일대는 축축하게 젖고 온통 갈색 일색인 채 생기를 잃었다. 강에는 안개가 끼고 산에는 구름이 걸려 있었다. 트럭이 진창을 튀기며 달려가는 바람에 병사들은 진흙 투성이가 되었다. 총도 젖었다. 외투 속에는 혁대 앞에 가죽으로 된 탄입대가 두 대 달려 있었다. 그 속에는 길고 가는 6.5밀리 탄창이 들 어 있었다. 그 회색빛 탄입대가 외투 속에 불룩해 있었기 때문에 길을 행군하는 병사들은 마치 임신 6개월의 임산부 걸음걸이를 하고 있었다.

광장한 속력으로 질주하는 회색빛 소형 자동차도 몇 대 지나갔다. 대개 앞좌석에는 운전병과 나란히 장교가 한 사람 앉아 있고, 뒷좌석에도 몇 명의 장교가 타고 있었다. 그 자동차들은 군용 트럭보다도 더 심하게 진창을 튀겼다. 뒤에 앉은 장교 한 사람은 몸집이 작아 두 장교 사이에 끼여 있을 때는 얼굴은 보이지도 않았다. 겨우 모자 끝과 좁은 등밖에 보이지 않았는데 그 때문에 그 자동차가 특별히 속력을 내는 경우에는 국왕이 타고 있다고 생각해도 좋았다. 그 장교는 우디네에 살면서 이렇게 매일 시찰을 다녔지만 전황이 별로 신통치는 않았다.

겨울이 되자 오랜만에 비가 내렸고 비와 함께 콜레라가 발생했다. 콜레라는 막을 수 있었지만 군대는 7천 명이나 되는 희생을 치를 수밖에 없었다.

무기여 잘 있거라

2

그 다음 해, 아군은 몇 차례나 승리를 거두었다. 계곡 건너편 밤나무 숲이 있는 산허리 건너 산이 점령되고 남쪽 평야 저쪽 고지에도 많은 승전이 있었다. 우리는 8월에 강을 건너 고리치아(이탈리아 동북부의 도시)의 어떤 저택에 숙소를 잡았다. 담을 두른 마당에는 연못이 있고 많은 나무가 울창하게 우거져 있었다. 집 옆에는 등나무 숲이 한창 보랏빛 꽃을 피우고 있었다. 전투는 이제 1.5킬로미터도 떨어지지 않은 옆 산에서 벌어지고 있었다. 마을은 퍽 마음에 들었고 우리가 머문 저택도 아주 훌륭했다. 강이 그 뒤쪽으로 흐르고 있었다. 마을은 아주 교묘하게 점령되었다. 그러나 건너편 산은 아직 점령되지 않았다. 오스트리아군은 전쟁이 끝나면 언젠가 다시 이 마을로 돌아오고 싶어 하는 듯했다. 나는 그것이 무척 기뻤다. 왜냐하면 그들은 이 마을을 파괴하지 않았고, 형식적으로밖에 포격을 가하지 않았기 때문이다. 민간인들도 그대로 마을에 살고 있었다. 골목으로 들어가면 병원과 술집이 있었고 포병대도 주둔해 있었다. 창녀들이 사는 집도 두 채 있었는데 하나는 사병용, 다른 하나는 장교용이었다. 여름이 끝남과 더불어 서늘한 밤이 계속 되었다. 마을 건너 산에서의 전투, 포탄 흔적이 있는 철교, 치열한 전투가 있었던 강변의 파괴된 터널, 광장 주위의 나무들, 그 광장으로 이어지는 긴 가로수 길, 그리고 거리에는 여자들이 있었다. 국왕이 자동차로 지나가면, 요즘에는 이따금 얼굴과 기다란 목과 작은 몸집과 염소 같은 하얀 수염이 보였다. 그리고 포탄으로 부서진 집들의 내부도 고스란히 들여다보였다. 그로 인해 뜰과 때론 한길까지 석회와 벽돌짝이 뒹굴고 있었다. 카르소 방면의 전황은 순조롭게 진행되었다. 때문에 그해 가을은 우리가 시골에서 보낸 지난해 가을과는 상황이 많이 달라졌다.

　마을 저쪽 산의 참나무 숲도 이제는 없어졌다. 그 숲은 우리가 마을로 옮긴 여름에는 푸르렀지만, 지금은 그루터기와 갈라진 나무줄기

뿐이고 땅바닥 역시 구멍투성이였다. 늦가을 어느 날 참나무 숲이 있던 곳에 나갔는데, 바로 그때 구름이 온 산을 뒤덮었다. 그것은 매우 빠른 속도였다. 태양이 흐릿해졌나 싶을 때 모든 것이 잿빛으로 되고 하늘이 온통 캄캄해졌다. 구름이 산을 뛰어내려와 삽시간에 둘레를 에워싼 듯하더니 그것은 눈이 되었다. 눈은 바람을 가르며 휘날리더니 헐벗은 땅을 덮어버려 나무 그루터기만이 불쑥 비어져 나왔다. 대포 위에도 눈이 쌓였다. 참호 뒤에 있는 변소로 가는 샛길이 눈 속에 파묻혔다.

얼마 후 아랫마을로 돌아온 나는 사창가 창문으로 눈이 내리는 바깥 경치를 바라보았다. 장교용 사창가였다. 그곳에서 친구와 마주앉아 두 개의 글라스로 아스티 포도주를 마시며 천천히 내리는 눈을 보고 있으려니, 이것으로 이 해도 마지막이구나 하는 생각이 들었다. 강 위의 산은 아직 탈환하지 못했고, 강 건너 산 역시 하나도 점령하지 못했다. 모두 내년으로 넘기는 것들이었다. 우리들의 식당 친구인 군목이 진창길을 조심스럽게 지나가고 있었다. 친구가 보고 그의 시선을 끌려고 창문을 두드렸더니 군목이 얼굴을 들었다. 그리고 우리를 보자 방긋 웃었다. 친구가 들어오라는 몸짓을 하자 군목은 고개를 흔들고 가버렸다.

그날 밤 식당에서 스파게티가 나왔다. 우리들은 스파게티라면 정말 열심히 먹었다. 스파게티를 포크로 들어 올려 늘어진 끝을 공중에서 곧장 입으로 떨어뜨린다든가, 그렇지 않으면 쉴 새 없이 집어 올려 입 속으로 밀어 넣었다. 포도주는 짚으로 묶은 4리터가 조금 안 되는 병에서 멋대로 퍼마셨다. 병은 금속제 선반에 매달려 있었는데 손가락으로 병 주둥이를 끌어내리면 투명하고 빨간, 떫은맛이 나는 고운 포도주가 손에 든 잔에 멋지게 흘러내렸다. 이것을 먹고 나자 대위가 군목을 놀리기 시작했다.

군목은 젊었으므로 금세 얼굴이 붉어졌다. 우리처럼 군복을 입고 있었지만, 회색빛 상의 왼쪽 앞주머니에는 검붉은 벨벳 십자가를 달고 있었다. 대위는 내가 잘 알아듣도록, 내가 한 마디도 놓치는 말이 있어서는 안 된다는 듯이, 서툰 이탈리아어로 말했다.

"오늘 군목님은 여자하고 같이 있었어."

대위는 군목과 나를 번갈아 바라보며 말했다. 군목은 얼굴을 붉히고 방그레 웃으며 고개를 저었다. 대위는 곧잘 그를 놀렸다.

"오늘 군목님이 여자하고 같이 있는 걸 봤는데 아니란 말예요?"

"천만에요."

군목은 대답했다. 다른 장교들은 군목이 놀림 받는 것을 재미있게 보고만 있었다.

"군목님은 여자와 같이 있지 않았어."

대위는 계속했다.

"군목님은 절대로 여자와 같이 있지 않았어."

그는 그것을 나에게 설명했다. 그는 내 잔에 술을 따르면서 한시도 군목에게서 시선을 거두지 않았다.

"군목님은 매일 밤 혼자서 다섯 명을 상대해."

식탁에 있던 사람들이 한꺼번에 '와' 하고 웃었다.

"알아? 군목님은 매일 밤 다섯 명씩이야."

그는 몸을 흔들어대며 큰 소리로 웃었다. 군목은 그것을 그저 농담으로 받아들였다.

"로마 교황은 오스트리아군이 이기기를 바라고 있어."

소령이 말했다.

"교황은 프란츠 요젭(당시 오스트리아 황제) 편이야. 돈이 나올 테니까. 난 무신론자야."

"《검은 돼지》라는 책을 읽어 보셨습니까?"

중위가 물었다.

"한 권 구해 오죠. 그 책 때문에 제 신앙이 흔들렸습니다."

"수준이 낮고 좋지 않은 책입니다."

군목*이 말했다.

"설마, 정말 그 책이 좋다는 건 아니겠죠?"

"정말 좋은 책이에요."

중위가 대답했다.

"목사라는 게 어떤 사람들인가 잘 알 수 있죠. 자네라면 틀림없이 마음에 들 걸세."

그는 나를 향해 말했다. 나는 그냥 군목을 보고 웃었다. 그도 촛불 너머에서 빙그레 웃었다.

"읽으면 안돼요."

---

* 각 부대에서 기독교를 믿는 장병들의 신앙생활과 일을 맡아보는 목사. 군종감실이나 군종 참모부 소속의 장교이다.

하고 그가 말했다.

"사색을 하는 사람은 모두 무신론자지."

소령이 말했다.

"그렇다고 프리 메이슨 결사를 믿는 건 아니지만."

"전 프리 메이슨을 믿어요."

중위가 말했다.

"훌륭한 결사예요."

누군가가 들어왔는데 문이 열림과 동시에 눈이 내리는 것이 보였다.

"눈이 오므로 이제 공격은 중지하겠죠?"

내가 말했다.

"그렇지."

소령이 대답했다.

"자네는 휴가를 얻겠군. 로마랑 나폴리랑 시실리에 다녀오면 좋을 거야."

"아말피에도 다녀오는 게 좋을 걸."

중위가 말했다.

"아말피에 있는 우리 가족에게 소개장을 써주지. 아마 자식처럼 무척 잘해줄 걸세."

"팔레르모에도 가야 할 걸."

"카프리도 좋지."

"아브루치를 구경하고 카프라코타에 있는 우리 집도 좀 방문해 주시겠습니까?"

군목이 말했다.

"아니, 군목님이 아브루치 얘기를 다 하네. 거긴 여기보다 눈이 더 깊게 쌓이지. 이 친군 농사꾼 따위는 만나고 싶지 않을 거야. 문명과 문화의 중심지인 도시로 가야지."

"미인이 우선 많아야 돼. 나폴리를 가르쳐 주지. 예쁘고 젊은 아가씨가 우글거리는. 어머니라는 혹이 따라다녀 탈이지만. 하하하……."

대위는 한 손을 펴 그림자 그림이라도 만들 때처럼 엄지를 반듯이 세우고 다른 손가락마저 쫙 내밀어 폈다. 벽 위에 그 손의 그림자가 비쳤다. 그는 또 서툰 이탈리아어를 쓰기 시작했다.

"자네는 이렇게 출발해서……."

하고 엄지손가락을 가리키고,

"그리고 이렇게 돌아오네."

하고 이번엔 새끼손가락을 만졌다. 모두 '와' 하고 웃었다.

"이봐."

대위는 말하고 다시 손을 폈다. 촛불 때문에 그림자가 또다시 벽에 비쳤다. 그는 꼿꼿이 세운 엄지손가락으로부터 시작해 차례로 다섯 손가락에 이름을 붙였다.

"소위(엄지), 중위(집게손가락), 대위(장지), 소령(무명지), 중령(새끼손가락). 자네는 소위로 출발해서 그리고 중령으로 돌아와야 하네!"

모두 웃었다. 대위의 손가락 게임은 대성공이었다. 그는 군목을 보고 큰소리로 웃었다.

"매일 밤 군목님은 혼자서 다섯 사람!"

모두 소리 내어 웃었다.

"자넨 빨리 휴가를 얻어야겠네."

소령이 말했다.

"나도 같이 가서 안내해 주고 싶구먼."

중위가 말했다.

"돌아올 때 축음기를 좀 가져다주게."

"좋은 오페라 디스크도."

"카루소가 좋아."

"카루소는 그만둬. 그놈은 소리만 빽빽 질러."

"카루소처럼 소릴 지르는 것이 부럽지 않아?"

"그놈은 소리만 질러. 그냥 꽥꽥거리는 것뿐이라고."

"아브루치에도 다녀오십시오."

군목이 말했다. 다른 사람들도 제각기 한마디씩 했다.

"멋진 사냥을 할 수 있어요. 그곳 사람들과도 금세 친해질 겁니다. 춥긴 하지만 하늘이 파랗고 아주 날씨가 좋습니다. 우리 집에 묵으세요. 우리 아버진 사냥에 대해선 일가견이 있습니다."

"자."

대위가 말했다.

"사창가로 가지, 문을 닫기 전에."

"편히 쉬세요."

나는 군목에게 말했다.

"잘 가세요."

군목도 말했다.

3

전선으로 돌아와 보니 우리 부대는 아직 그 마을에 주둔해 있었다. 그 지방 일대의 대포수는 전보다도 더욱 늘어나 있었다.

어느덧 봄이었다. 밭은 푸릇푸릇하고 포도나무도 초록의 작은 잎을 내밀고 길가의 나무도 싹이 텄다. 미풍이 바다에서 불어왔다.

나는 언덕을 뒤로 하고 있는 마을과 그 언덕 위의 구릉 사이에 끼여 있는 분지에 있는 옛 성, 그리고 그 너머에 있는 산들을 바라보았다. 마을에는 몇 채의 병원이 새로 세워지고 거리에서는 영국인 남자나 여자를 만날 수 있었다. 포탄에 부서진 집도 몇 채 더 늘어나 있었다. 따뜻한 것이 제법 봄다웠다. 나무 사이의 오솔길을 내려가다 보니 양지 바른 벽에 비친 햇빛 때문에 몸이 훈훈해졌다. 우리 부대는 아직도 그 저택에 그대로 있었고, 그곳은 내가 떠나기 전과 조금도 다름이 없었다. 열린 현관 앞으로 군인 한 명이 햇볕을 쬐며 벤치에 앉아 있었다. 문 옆에는 앰뷸런스 한 대가 대기하고 있었다. 안으로 들어서자 대리석 바닥에서 병원 냄새가 물씬 풍겨 왔다. 계절이 봄이라는 것 외에는 모든 것이 내가 떠날 때와 조금도 다름이 없었다.

큰 방안을 들여다보니 책상 앞에 소령이 앉아 있었다. 창이 열려 있어 햇빛이 방안에 가득 차 있었다. 그는 나를 보려고도 하지 않았다.

들어가서 보고를 할 것인가, 그보다 먼저 2층으로 올라가서 세수를 할 것인가 망설였으나 나는 먼저 2층에 올라가기로 했다.

리날디 중위와 내가 함께 기거하는 방에서는 안뜰이 내려다보였다. 창문은 열린 채로 있었다. 내 침대는 깨끗이 담요가 깔려 정돈되어 있었고 내 소지품은 그대로 벽에 걸려 있었다. 침대 밑에는 내 군용 트렁크가 있었고 그 위에는 방한용 군화가 놓여 있었다. 군화의 가죽은 약칠을 해서 번쩍거리고 있었다. 푸르스름하게 빛나는 팔각형의 총신과 까만 윤기가 흐르는 호두나무로 만든, 총대가 달린 오스트리아식 저격총이 두 침대 사이의 공간에 걸려 있었다. 소총에 달린 조준경은 트렁크 속에 넣어 둔 기억이 났다. 리날디는 한쪽 침대에서 잠을 자고 있었으나 내가 들어오는 발소리를 듣고는 벌떡 일어났다.

"그래, 그동안 재미있었나?"

"그럼 굉장했지."

악수가 끝나자 그는 내 목을 끌어안고 키스를 했다.

"오우."

"먼지투성이군. 씻고 오게나. 어디 가서 뭘 하고 왔지? 전부, 얘기해주게."

"이곳저곳 쏘다녔지. 밀라노, 플로렌스, 로마, 나폴리, 빌라 산조바니, 메시나, 타오르미나……."

"마치 열차 시간표와 같군. 그래, 멋진 경험이라도 있었나?"

"있고말고."

"어디서?"

"밀라노, 플로렌스, 로마, 나폴리……."

"아이고, 그만하게. 어느 곳이 제일 맘에 들었나?"

"그야 밀라노지."

"거기가 제일 처음이니까 그럴 테지. 그래 어디서 여잘 만났지? 코바에선? 어디 갔었지? 기분은 어땠어? 그래, 속 시원히 얘기해봐. 여자랑 밤새도록 같이 있었나?"

"그럼!"

"기껏 그것뿐이야? 여기도 요즘엔 미인이 많다네. 전선엔 처음 와 본 풋내기들이야."

"그래? 좋은데."

"거짓말 같지? 오늘 오후 한번 나가 보게. 마을에는 영국 미인도 있다네. 난 지금 버클리 양과 연애중이야. 같이 가보세. 어쩌면 난 버클리와 결혼할 지도 모르겠네."

"몸을 씻고 보고를 해야겠네, 난. 어때 요즘 별 일 없나?"

"자네가 간 뒤로는 별로 일이 없다네. 기껏해야 동상이니, 황달이니, 임질이니, 안전사고니, 폐렴이니, 연성 하감이니, 경성 하감이니 하는 따위밖엔 아무것도 없어. 단지 매주 누군가 꼭 하나씩은 암석 파편에 부상을 입었지. 그러나 진짜로 다친 사람은 그리 많지 않네. 다음 주부터 또 전투가 시작될 거야. 모두들 그럴 거라는 거지. 어때, 내가 버클리 양과 결혼하는 걸 어떻게 생각하나? 물론 전쟁이 끝난 후지만."

"대찬성이야."

나는 이렇게 대답한 뒤 세면기에 물을 가득 부었다.

"오늘 밤에 그의 행적들을 죄다 털어놓게. 난 버클리 양에게 미남으로 보이려면 한잠 푹 자야겠어."

리날디가 말했다.

난 윗옷과 셔츠를 벗고 세면기의 찬물로 세수를 했다. 수건으로 물기를 닦아내며 방안을 둘러보고 창밖도 내다보았다. 리날디는 눈을 감고 침대에 누워 있었다. 그는 호남형 얼굴로 나와는 동년배였으며 아말피 출신이었다. 그는 자기가 외과 군의관인 것을 무척 만족해했다. 우리는 매우 친한 사이였다. 내가 그를 쳐다보자 그는 눈을 떴다.

"자네 돈 좀 가지고 있나?"

"있지."

"그럼 50리라만 꿔주게."

나는 손을 닦고 벽에 걸려 있는 윗옷 안쪽에서 지갑을 꺼냈다. 리날디는 지폐를 받자 몸을 일으키지도 않은 채 그것을 바지주머니 속에 쑤셔 넣었다.

그는 빙그레 웃으며 말했다.

"나는 말이야, 버클리 양에게 부자라는 인상을 줘야 해. 자넨 내 좋은 친구이고 재정상 보호자야."

"빌어먹을 친구 같으니."

그날 밤 나는 군목 옆자리에 앉아 식사를 했다. 그는 내가 아브루치에 가지 않은 것 때문에 자못 시무룩한 표정을 짓고 있었다. 그는 내가 간다고 식구들에게 알렸으므로 그의 집안 식구들은 나를 맞을 준비까지 하고 있었던 것이다. 나 자신도 군목만큼이나 기분이 좋지 않았다. 내가 어째서 그곳에 가지 못했는지는 나 역시도 납득할 수 없는 일이다. 가려고 마음먹고 있었지만, 여러 가지 피치 못할 사정이 생기는 바람에 못 가고 말았다는 설명으로 나는 애써 그를 납득시켰다. 그는 겨우 마음을 풀고 내가 정말 가고 싶어 했다는 것을 이해해 주었다. 그래서 그 일은 무사히 넘어갔다. 나는 술을 많이 마셨다. 그리고 커피와 스트레가를 마신 뒤에 얼근덜근한 기분으로, 인가이라는 것은 하려고 하는 것을 하지 않는 법이다, 라고 떠들어댔다. 다른 장교들이 떠들고 지껄이고 있는 동안 군목과 나는 얘기를 주고받았다. 나는 정말로 아브루치에 가고 싶었다. 그러나 가지 않았다. 나는 길이 꽁꽁 얼어붙어 있고, 몹시 춥거나 날씨가 맑게 개어 건조하고, 진눈깨비가 아니 바삭바삭한 가루눈이 내리며, 눈 속에 토끼 발자국이 있고, 농부들은 모자를 벗어 들고 '나리' 하고 부르는, 멋진 사냥을 할 수 있는 아브루치에는 아예 갈 생각조차 하지 않았던 것이다. 그곳으로 가는 대신에 연기가 자욱한 카페로 갔던 것이다. 밤이 되면 빙빙 도는 현기증을 막기 위해 멀거니 벽을 쳐다보아야만 했다. 몽롱하게 취해서 침대 속으로 들어가면 다른 것은 아무것도 기억이 없었다. 언뜻 잠이 깼을 때 같이 자고 있던 상대방이 누구인지조차 알지 못하는 그 이상한 흥분 상태, 어둠 속에선 세상이 현실 세계같이 생각되지 않았다. 그래 까닭도 없이 흥분하여 밤이면 누군지 전혀 상관없다고 생각하며 또다시 꼭 같은 일을 반복하고는 했다. 이것이 전부다. 이것뿐이다. 이것뿐이라고 생각하면서도 여러 가지 잡념 때문에

더욱 견딜 수 없게 됐다. 그러고는 그 알지 못하는 여자를 끼고 자다가 또 눈을 떴다. 때로는 아침에 눈을 뜨는 때도 있다. 그러면 꼭 존재한다고 생각되던 그 모든 것이 구름처럼 사라져 버리고 모든 것이 날카롭고 역력하게 가슴속에 새겨졌다. 가끔 여자와 화대로 트집을 잡아 말다툼을 할 때도 있었다. 가슴 한구석에 쾌감이 아직 남아 있어 온화한 기분으로 아침도 점심도 맛있게 먹었다. 때론 너무 심란하여 거리로 뛰어나와야지만 비로소 마음이 가라앉았다. 그러나 어김없이 또 똑같은 하루가 반복되고 똑같은 밤이 왔다. 나는 이러한 밤에 관하여, 밤과 낮의 차이점에 관해서, 그리고 낮이 따분할 바에는 차라리 밤이 낮보다 낫다는 것에 관해서 설명하려고 애를 썼지만 지금은 도저히 할 수 없었다. 그러나 경험이 있는 사람이라면 능히 이해할 것이다. 군목에게는 그 경험이 없었다. 그러나 그는 내가 정말 아브루치로 가고 싶었지만 끝내 가지 못했다는 것을 이해해 주었다. 우리는 역시 친구였다. 우리는 차이점도 많지만 그에 비해 공통된 점도 많았다. 그는 언제나 내가 모르는 것들을 알고 있었다. 특히 내가 기억해도 꼭 잊어버리고 마는 것을 그는 알고 있었다. 그러나 나는 당장엔 그것을 깨닫지 못하고, 나중에 가서야 겨우 깨달았다. 이럭저럭 모두들 식당에 모였다 식사도 끝났다. 그러나 식사가 끝난 뒤에도 얘기는 그대로 계속되었다. 우리 두 사람이 얘기를 마치자 대위가 이쪽을 향해 큰 소리를 질러댔다.

"군목님은 행복하지 않아요. 군목님도 여자가 없으면 결코 행복하지 못해요."

“난 행복합니다.”

“군목님은 행복하지 못해요. 군목님은 오스트리아군이 이겼으면
하거든.”

사람들 모두가 귀를 기울이고 있었다. 군목은 고개를 내저었다.

그리고는 이렇게 말했다.

“아닙니다.”

“군목님은 우리가 공격하지 않기를 바라서. 당신은 우리가 절대로
공격하지 않았으면 하고 바라는 것 아니오?”

“천만에요. 전쟁이라면 공격하지 않을 수 없는 일이죠.”

군목을 고개를 끄덕였다.

“그만해 둬!”

소령이 말했다.

“괜한 사람 가지고 그러지 말라고.”

“어쨌든 군목님으로선 공격에 관한 한 의사 표시를 분명히 할 수
없을 테니까.”

대위도 맞장구를 쳤다.

우리들은 모두 자리에서 일어나 식당을 나왔다.

4

아침에 대포 소리에 잠을 깼다. 햇살이 창 너머로 비쳐드는 것을 보

며 난 침대에서 일어났다. 창가로 가서 밖을 내다보니 자갈길은 축축하였고, 잔디도 아침 이슬에 젖어 있었다. 대포는 두 차례 불을 토했다. 그때마다 돌풍이 불어와서 창을 흔들며 내 잠옷 앞자락을 날렸다. 포는 보이지 않았지만, 분명히 우리들이 있는 막사로 포격을 하고 있는 듯했다. 이런 곳에다 대포진지를 두었다는 것은 여간 성가신 일이 아니었지만 그래도 큰 포대가 아닌 것이 한결 다행이었다. 뜰을 내다보고 있으려니 트럭 한 대가 길로 나가고 있었다. 나는 옷을 주워 입고 아래층으로 내려가서 주방에서 커피를 마신 다음 차고로 갔다.

열 대의 차가 임시 차고 안에 한 줄로 정렬해 있었다. 육중해 보이고 앞부분이 뭉툭한 회색빛 앰뷸런스로 마치 화물차처럼 생긴 것들이었다. 공병들이 마당에서 그중 한 대를 고치고 있었다. 그 밖의 세 대는 산속의 전방 구호소에 가 있었다.

"저 포병 진지를 적이 포격한 적이 있었나?"

나는 공병 하나에게 물었다.

"없습니다, 중위님. 저 포병 진지는 고지로 차단되어 있습니다."

"그래 그동안 사정은 어땠나?"

"그리 나쁘진 않았어요. 이 차는 이렇지만 다른 차는 다 괜찮았습니다."

그는 일손을 멈추고 빙그레 웃으면서 내게 물었다.

"휴가 다녀오셨습니까?"

"그래."

그는 잠바에 손을 닦으며 히죽 웃었다.

“신 나셨겠군요?”

다른 공병들도 히죽히죽 따라 웃었다.

“신 났지. 이 차는 어디가 잘못됐나?”

“못 쓰겠어요. 쉴새 없이 고장만 나서.”

“이번엔 어디가 고장 났나?”

“바퀴를 가는 중이죠.”

나는 그들에게 일을 계속하게 했다.

엔진을 전부 뜯어내고 부속품을 빼어 작업대 위에 늘어놓은 그 차는 아주 꼴사납고 우스워보였다. 그곳을 떠나 차고 속으로 들어가 차를 한 대 한 대 살펴보았다. 몇 대는 깨끗이 닦여져 있고 나머지는 더러웠지만, 대체로 깨끗한 편이었다. 타이어에 홈이나 돌로 째진 데가 없나 하고 세밀히 살폈다. 모든 것이 이상이 없는 것 같았다. 내가 감독을 하건 말건 별 차이가 없어 보였다. 차의 정비 상태, 부속품의 입수 여부, 부상자와 병자를 구호소로부터 옮겨다가 임시 수용소까지 데려가는 일은 거의 전부 내 능력에 달려 있다고 생각했다. 그러나 그것은 기우에 지나지 않았다. 분명히 내가 있든 없든 별 차이가 없었다.

“부속품을 입수하는 데 무슨 애로는 없었나?”

나는 공병 상사에게 물었다.

“없었습니다, 중위님.”

“지금 휘발유 공급소는 어디 있나?”

“본래 있던 대로예요.”

“좋아.”

나는 숙사로 돌아와 식당에서 커피를 한 잔 더 마셨다. 커피는 우유로 뿌옇게 타서 달았다. 화창한 봄날 아침이었다. 콧속이 바삭바삭 말라오는 걸 보니 낮에는 매우 더울 징조였다. 그날 나는 앰뷸런스 주차장을 둘러보고 오후 늦게야 돌아왔다.

내가 없었던 동안 전세는 호전된 모양이었다. 공격이 또다시 시작될 것이라는 얘기를 나는 들었다. 우리들이 소속되어 있는 사단은 강 상류의 어느 지점을 공격하게 되어 있었다. 그때 소령은 공격 중에 앰뷸런스를 어디에 주차시킬지를 생각해 두라고 나에게 말했다. 공격은 상류의 좁은 골짜기로 강을 건넌 다음 산허리를 타고 강행하기로 했다. 차의 집결지는 될 수 있는 대로 강 가까이에 은폐시켜 두어야 했다. 이러한 일을 하면 웬일인지 전투원이 된 것 같은 착각이 인다.

나는 몸이 온통 먼지투성이로 더러워졌다. 몸을 씻기 위해 방으로 올라가니 리날디가 침대에 걸터앉아서 휴고의 영문법 책을 들고 있었다. 말쑥한 군복에 군화를 신고 머리칼은 기름을 발라서 반들거렸다.

“잘 왔네.”

그는 나를 보더니 이렇게 말했다.

“같이 버클리 양을 만나러 가세.”

“싫어.”

“가자고 이 친구야. 부탁이야. 함께 가서 그녀에게 좋은 인상을 심어주도록 도와주게나.”

“좋아. 세수하고 올 테니 기다리게.”

“씻고 바로 가야 하네.”

나는 세수를 하고 머리에 빗질을 한 다음 리날디와 같이 나섰다.

“잠깐만. 한 잔씩 해두는 게 좋은 거야.”

리날디는 자기 트렁크를 열고 술병을 꺼냈다.

“스트레가는 아니겠지?”

“아냐, 그라파야.”

“좋아, 그럼.”

그는 두 잔을 따랐다. 우리들은 서로 잔을 부딪쳤다. 그라파는 무척 독한 술이었다.

“한 잔 더 들겠나?”

“좋지.”

우리들은 그라파를 두 잔째 마셨다. 리날디가 술병을 치운 다음 우리는 계단을 내려갔다. 거리는 더웠지만 해가 지고 있었으므로 기분은 상쾌했다. 영국 병원은 전쟁 전에 독일인이 사용하던 큰 별장이었다. 버클리는 정원에 있었다. 그녀는 다른 간호사와 같이 있었는데 나무 사이로 그녀들의 흰 제복이 보였다. 우리들은 그쪽을 향하여 걸어갔다. 리날디가 인사를 했다. 나도 인사를 했는데, 리날디보다는 정중하게 했다.

“처음 뵙겠어요.”

버클리 양이 말을 걸었다.

“선생은 이탈리아인이 아니시죠?”

"네, 아닙니다."

리날디는 다른 간호사와 얘기를 나누고 있었다.

"이탈리아 군대에 계시다는 참 이상한 일이에요."

리날디는 다른 간호사와 얘기를 하고 있었다.

"참, 이상한 일이에요. 이탈리아 군대에 계시다니."

"정규군이 아니죠. 다만 위생대에 지나지 않죠."

"그래도 역시 이상해요. 어떻게 되신 거예요?"

"저도 모릅니다. 세상일을 모두 설명할 수는 없으니까요."

"그럴까요? 난 설명할 수 있는 걸로 교육받아 왔는데요."

"그것 참 좋은 일이군요."

"우리 계속 이렇게 얘기해야 하나요?"

"천만에요."

"그럼, 안심했어요."

"그 단장은 뭡니까?"

내가 물었다. 간호사 제복을 입은 그녀는 키가 아주 컸다. 그녀는 금발에 다갈색 피부와 회색 눈을 갖고 있었다. 참 아름다운 여자였다. 그녀는 가죽을 감은, 장난감 말채찍 같은 가는 등나무 단장을 들고 있었다.

"작년에 전사한 어떤 사람의 유물이에요."

"거 참 안됐군요."

"참 좋은 사람이었지요. 우린 결혼하기로 했었는데 솜므에서 전사하고 말았어요."

"정말 처참한 싸움이었지요."

"선생님도 솜므에 계셨었어요?"

"아닙니다."

"전 그 격전 얘기를 들었어요. 그런 전투가 여기선 일어나지 않겠지요. 그의 어머니가 이 조그만 단장을 보내 주셨지요. 다른 유품과 함께요."

"약혼 기간이 얼마나 되었나요?"

"8년간이죠. 우리들은 소꿉동무였어요."

"왜 결혼 안하셨습니까?"

"모르겠어요. 제가 퍽 바보였나봐요. 하려고 했으면 할 수도 있었을 텐데. 이상하게도 전 결혼이 그이에게 좋지 않을 거라고 생각했어요."

"알겠습니다."

"중위님은 누굴 사랑해 본 적이 있으세요?"

"없습니다."

우리들은 벤치에 나란히 앉았다. 나는 그녀를 쳐다보았다.

"아름다운 머리를 가지고 계시군요."

"마음에 드세요?"

"그 사람이 전사했을 때 머릴 전부 잘라 버리려고 했었죠."

"그래서야 되나요."

"난 그 사람을 위해 무엇이든 하고 싶었어요. 하지만 몸을 허락한다는 것은 꿈도 못 꾸었어요. 그에게 그런 마음만 있었다면 모든 걸

주었을 텐데. 만일 제가 그의 마음을 알았더라면 결혼도 할 수 있었을 텐데. 이제야 전 모든 걸 이해할 수 있게 됐어요. 하지만 그 당시에 그는 참전을 원했고 난 아무것도 몰랐어요.”

나는 아무 말도 하지 않았다.

“그때 난 아무것도 몰랐어요. 그런 것은 오히려 그에게 나쁜 건 줄 알았어요. 나는 그가 못마땅해 할 것 같았어요. 그랬는데 결국 그는 전사하였고, 그래서 모든 것이 끝장나고 말았어요 그만.”

“모를 일이군요.”

“그걸로 모든 게 끝났어요.”

우리들은 저쪽에서 간호사와 얘기하고 있는 리날디를 바라보았다.

“저 간호사 이름은 뭡니까?”

“퍼거슨, 헬렌 퍼거슨. 중위님의 친구분은 군의관이시죠?”

“그렇습니다. 퍽 좋은 사람이죠.”

“잘됐군요. 전선에서는 좋은 사람 만나기가 정말 힘드니까요. 여기가 최전방이죠?”

“그렇소.”

“싱거운 곳이에요.”

하고 그 여자는 말했다.

“그렇지만 퍽 좋은 곳이에요. 곧 공격이 시작될 거라면서요?”

“그럴 겁니다.”

“그럼 우리도 바빠지겠네요.”

“간호사가 되신 지 오래됩니까?”

"1915년 말부터예요. 그이의 출정과 같이 시작됐지요. 지금도 기억하고 있는데, 혹시 그 사람이 내가 있는 병원으로 오게 될지도 모른다는 어리석은 상상을 하곤 했어요. 그가 칼에 찔려 머리에 붕대를 두르고 말예요. 그렇지 않으면 어깨에 총을 맞거나…… 하여간 그림 같은 공상을 했었지요."

"여기는 정말 그림같이 아름다운 곳입니다."

"그래요. 사람들은 프랑스가 정말 어떤 나란지 모르고 있어요. 알았다면 이런 무모한 짓을 계속할 리는 없는데, 그 사람은 부상을 입긴커녕 산산조각이 돼 버리고 말았어요."

"……"

"언제까지 전쟁이 계속될 것 같아요?"

"글쎄요."

"어떡하면 전쟁이 끝날까요?"

"언젠가 어느 한 쪽이 항복하면 끝이 나겠죠."

"우리 쪽이 항복할 거예요. 프랑스가 지게 돼 있어요. 솜므에서와 같은 식으로 하다가는 항복할 수밖에 없을 거예요."

"그러나 여기선 지지 않을 겁니다."

"그렇게 생각하세요?"

"네, 작년 여름만 해도 잘 싸웠으니까요."

"그래도 질지 몰라요. 누구든 지지 말란 법은 없으니까요."

"독일군일지라도 그럴까요?"

우리들은 리날디와 퍼거슨이 있는 데로 갔다.

"이탈리아는 마음에 드십니까?"

리날디는 영어로 퍼거슨에게 물었다.

"참 좋아요."

리날디는 고개를 흔들었다.

'바스탄테 베네(참 좋다는 뜻의 이탈리아어)' 하고 내가 통역을 해줬다. 그는 고개를 끄덕였다.

"아무래도 신통치 않군요. 당신, 영국을 좋아합니까?"

"별로 좋아하지 않아요. 전 스코틀랜드 태생이랍니다."

리날디는 어리둥절한 표정으로 내 쪽을 쳐다보았다.

"이 분은 스코틀랜드 태생이라 영국보다는 스코틀랜드를 더 좋아하는 거래."

나는 이탈리아 말로 리날디에게 얘기했다.

"하지만 스코틀랜드도 영국 아닌가?"

나는 이 말을 퍼거슨 양에게 통역해 주었다. 그 말을 듣자 퍼거슨 양은 대뜸 이렇게 대꾸했다.

"달라요."

"정말 다릅니까?"

"아주 달라요. 우리들은 영국 사람을 그다지 좋아하지 않아요."

"영국 사람을 좋아하지 않는다고요? 그러면 버클리 양도 좋아하지 않나요?"

"아이, 그거야 별개지요. 무엇이든지 문자 그대로 해석해서는 안 돼요."

잠시 후 우리들은 인사를 하고 그곳을 떠났다.

돌아오는 도중 리날디가 먼저 입을 열었다.

"버클리 양은 나보다도 널 훨씬 마음에 들어 하는 모양이야, 틀림 없어. 그 조그마한 스코틀랜드 여자도 괜찮긴 하지만."

"그래, 아주."

나도 맞장구를 쳤다. 나는 그녀를 별로 주시해서 보진 않았다.

"자넨 그 여자가 마음에 들었나?"

"아니."

리날디가 말했다.

5

이튿날 오후 나는 다시 버클리 양을 찾아갔다. 그녀는 정원에 없었 다. 나는 앰뷸런스가 서 있는 별장 옆문으로 들어갔다. 안에서 만난 간호장은 버클리 양이 지금 근무 중이라고 했다.

"잘 아시겠지만 전쟁 중이니까요."

알고 있다고 나는 대답했다.

"이탈리아군 소속 미국인이세요?"

그녀가 물었다.

"그렇습니다, 간호장님."

"왜 그렇게 되셨어요. 왜 우리 군에 입대하지 않으셨어요?"

"모르겠습니다. 왜 그렇게 됐는지. 이제라도 들어갈 수 있을까요?"

"이젠 안 될 걸요. 정말 어떡하다 이탈리아군 같은 데에 들어가셨나요?"

"이탈리아에 있었으니까요. 게다가 이탈리아 말도 할 줄 알고."

"그래요? 저도 이탈리아 말을 배우고 있는 중이에요. 아름다운 언어예요."

"2주일만 배우면 할 수 있다고 하던데요."

"어머, 전 2주일론 어림도 없어요. 벌써 시작한 지 몇 달이나 됐는데요. 웬만하시면 7시 이후에 면회하러 오세요. 그 시간엔 비번일 테니까요. 그러나 이탈리아 사람을 잔뜩 데리고 오시면 안돼요."

"아름다운 말을 쓰는 데도요?"

"안돼요. 군복이 아무리 멋져도."

"그럼 실례하겠습니다."

"그럼 또, 중위님."

"네, 다시 뵙죠."

나는 가볍게 인사를 하고 나왔다. 이탈리아 사람인 체하며 외국 사람에게 인사를 한다는 건 정말 부자연스럽기 짝이 없는 노릇이었다. 이탈리아식의 인사는 원래부터 외국인에겐 어울리지 않은 것 같았다.

교두보까지 갔다 왔다. 공격이 개시되는 곳은 바로 그곳이었다. 작년에는 건너편에 있는 산등성이까지 전진하지 못했다. 고갯마루로부터 주교로 통하는 길은 하나밖에 없었고, 더욱이 거의 1.5킬로미터나 되는 거리가 기관총이나 포화의 사격권 내에 노출되어 있었기 때문이었다. 게다가 길의 폭도 공격에 필요한 모든 물자를 수송할 만큼 넓지 않았다. 그러므로 오스트리아군으로서는 손쉽게 이 도로를 폭격할 수 있었다. 그러나 이탈리아군은 강 건너 기슭으로 진출하여 오스트리아군 측의 강둑을 약 1.5킬로미터 반쯤이나 확보했다. 그 지점은 참으로 중요한 곳이었다. 때문에 오스트리아군이 그대로 점령당한 채 가만있을 리가 없었다. 오스트리아군은 역시 강 아래에 교두보를 확보하고 있으므로 양쪽이 서로 마찬가지였다. 오스트리아군 참호는 이탈리아군 전선에서 불과 몇 야드밖에 안 되는 산중턱에 있었다. 그곳에는 조그마한 마을이 하나 있었으나 이제는 완전히 쑥대밭으로 변해 있었다. 기차역의 잔해와 파괴된 철교가 있었지만, 적의 시야에 노출되어 있었으므로 이것을 손질해서 사용할 수는 없었다.

나는 좁은 길을 따라 강 쪽으로 내려갔다. 언덕 밑에 있는 구호소에 차를 두고는 산등성이로 가려져 있는 주교를 건너 파괴돼 버린 마을 주변을 따라 참호 속을 지나갔다. 병사들은 모두 참호 속에 있었다. 포병의 엄호 사격을 청할 때나, 전화선이 절단되는 경우에 연락하기 위한 발사 준비를 갖춘 신호대가 세워져 있었다. 주위는 조용하고 무덥고 짜증이 날 만큼 불결했다. 나는 철조망 너머로 오스트리아군 진지를 바라보았다. 사람의 그림자조차 보이지 않았다. 나는 어느 참호 속으로 들어가 안면이 있는 대위와 술을 한잔 마신 후에 다리를 건너 숙사로 돌아왔다.

산을 건너 다리 쪽을 향하여 꾸불꾸불 내려가는, 폭이 넓은 새 도로는 완성 중에 있었다. 이 도로가 완성되면 틀림없이 공격이 시작될 것이다. 이 도로는 몇 군데나 급경사로 꾸부러져 돌면서 숲속 아래쪽으로 내리뻗고 있었다. 모든 수송을 새 도로로 하고, 빈 트럭, 짐마차, 부상병을 태운 앰뷸런스, 그 밖의 모든 후송 차량은 원래의 좁은 구도로를 계속 이용할 계획이었다. 전방 구호소는 강 건너 오스트리아군 측 산기슭에 있었고 위생병은 주교를 건너 부상병을 날라야 했다. 공격이 시작되어도 이 계획만큼은 변함이 없으리라.

내 추측으로는 새 도로의 마지막 1.5킬로미터 내외 지점은 오스트리아군의 맹렬한 포격을 받을 가능성이 있어보였다. 어쩌면 굉장한 전투가 벌어질지도 모른다. 하나 이 최후의 위험 지대를 통과하면 차를 숨겨 두고 부상병이 주교로부터 운반되어 오는 것을 기다릴 수 있는 장소가 있었다. 그래서 나는 이 새 도로로 차를 몰아보고 싶었지만 아직 완공되지 않았다. 길 폭이 넓고 경사도 그리 심하지 않게 잘 정돈되어 있었다. 산중턱 숲의 공지 너머로 보이는 길의 모양은 아주 인상적이었다. 차는 튼튼한 브레이크 장치가 있었으므로 걱정이 없었다. 어쨌든 내려오는 길은 빈 차로 내려오는 것이었다. 나는 좁은 길을 차를 달려 숙사로 돌아왔다.

헌병 두 명이 차를 정지시켰다. 포탄 한 발이 떨어졌다는 것인데, 기다리고 있는 동안 또 세 발이 날아왔다. 77밀리 포탄이었다. 쉬잇, 하고 바람을 일으키며 날아와선 폭발과 더불어 눈이 부신 맹렬한 섬광을 번뜩였다. 그 뒤를 이어 피어오른 회색 연기는 도로 저쪽으로 가로질러 날아갔다. 기총병이 가도 괜찮다는 신호를 보냈다. 포탄이 떨어진 곳을 피해갔지만, 독한 폭약 냄새며 흩어진 흙과 박살난 돌조각 냄새를 맡을 수 있었다. 나는 숙사가 있는 고리치아로 돌아왔다. 그리고 버클리를 방문했다. 그러나 그녀는 근무 중이었다.

저녁을 재빨리 마치자 나는 영국군이 병원으로 쓰고 있는 별장으로 향했다. 별장은 넓고 아름다웠고 뜰에는 멋진 나무들이 우거졌다. 버클리 양은 정원 벤치에 앉아 있었다. 퍼거슨도 함께였다. 두 사람은 내가 온 것이 기쁜 모양이었다. 조금 있다가 퍼거슨은 자리를 피하려고 했다.

"두 분만이 있어야지요. 내가 없어도 재미있을 것 같아요."

"가지마, 헬렌."

버클리 양이 말렸다.

"나 정말로 가야해. 편지 쓸 것이 몇 장 있어."

"안녕히 가십시오."

"안녕, 헨리 씨."

"검열을 받을 말은 쓰지 말아요."

"걱정 말아요. 우리들은 아름다운 곳에 있고 이탈리아군은 용감하다는 그런 거밖에는 쓸 게 없을 테니까요."

"그러면 훈장을 타게 될 겁니다."

"그렇게 되며 좋겠네요. 안녕, 캐서린."

"곧 갈게."

퍼거슨 양은 어둠 속으로 사라졌다.

"좋은 여자군요."

“네, 참 좋아요. 간호사지요.”

“당신은 간호사가 아닌가요?”

“네, 전 임시 간호사예요. 일은 죽도록 열심히 하지만 아무도 우리를 신뢰하지는 않아요.”

“왜 그렇죠?”

“평화 시에는 우리들을 신뢰해 주지 않아요. 그러다가 정말로 일이 생겼을 때에만 신뢰해 주지요.”

“뭣이 다른가요?”

“간호사는 의사와 마찬가지예요. 간호사가 되려면 오랜 시일이 걸려요. 임시 간호사는 곧 될 수 있지만.”

“그렇군요.”

“이탈리아군은 여자가 이런 전선까지 오는 걸 원치 않아요. 그래서 우리들은 특별히 행실을 조심하고 외출도 안 해요.”

“하지만 내가 여기 올 수는 있지요?”

“그야 그렇지요. 우리들이 수도원에 갇혀 있는 건 아니니까요.”

“전쟁 얘기는 그만둡시다.”

“어려울 거예요. 안할 수가 없잖아요.”

“아무튼 그만둡시다.”

“그래요. 그만둬요.”

어둠 속에서 우리들은 서로 얼굴을 마주보았다. 나는 그녀가 굉장히 아름답다고 생각되어 살며시 손을 잡았다. 그녀가 가만히 있었으므로 나는 손을 꼭 쥔 채 한 팔을 그녀의 어깨 뒤로 돌렸다.

"안돼요."

그녀는 저항했다. 나는 그대로 팔을 두른 채로 있었다.

"왜, 안 되나요?"

"안돼요."

"무엇이 안돼요?"

나도 지지 않았다.

"제발."

나는 그녀에게 키스를 하려고 했다. 그러자 순간 날카로운 불꽃이 튀었다. 그녀가 나의 얼굴을 호되게 때렸기 때문이다. 나는 얼굴이 몹시 아팠으므로 반사적으로 눈물이 핑 돌았다.

"미안해요."

그 말을 듣자 나는 유리한 입장에 놓여 졌다고 느꼈다.

"당연한 일이지요, 당신으로서는."

"정말 미안해요. 다만 난 밤에 비번이 된 간호사면 으레 그러리라고 여겨지는 게 싫어서 그랬어요. 당신 기분을 상하게 할 생각을 조금도 없었어요. 아프셨죠?"

그녀는 어둠속에서 나를 빤히 쳐다보았다. 나는 무척 화가 났지만, 한편으로는 장기 게임에서 상대방의 술책을 죄다 안 것처럼 앞으로 어떻게 될 것인지를 확신했다.

"정말 당연합니다, 당신으로서는. 저는 조금도 언짢게 생각지 않습니다."

"죄송해요."

"아시겠지만 나는 별스런 생활만 해왔답니다. 게다가 영어를 쓸 기회도 없었고요."

나는 그녀의 얼굴을 바라보았다.

"그런 말씀은 하지 않으셔도 돼요. 죄송하다가 제가 말씀드렸잖아요. 우리들은 벌써 화해한 셈이에요."

"그렇군요. 그리고 전쟁 애기도 이제 쫓아 버렸으니까요."

그녀는 웃었다. 그녀의 웃음소리를 듣는 것은 이번이 처음이었다.

"좋으신 분이에요."

그녀가 말했다.

"뭘요, 그렇지도 않아요."

"아니에요, 좋은 분이세요. 괜찮으시다면 키스해 드리겠어요."

나는 그녀의 눈을 들여다보면서 아까처럼 팔을 그녀의 등 뒤로 두르고 키스를 했다. 나는 힘껏 껴안은 채 오랫동안 키스를 하고 그녀의 입술을 열려고 했다. 그러나 그녀는 입술을 꽉 다문 채로였다. 나는 아직도 화가 풀리지 않았다. 그렇게 안고 있으려니까 그녀가 갑자기 몸을 부르르 떨었다. 더욱 바싹 끌어안자 그녀의 심장이 뛰는 소리가 느껴지며 입술이 열렸다. 나는 손으로 그녀의 머리를 쓰다듬었다. 그녀는 내 어깨에 기대어 울었다.

"아아 당신, 내게 다정하게 해주시겠지요?"

뭐가 이래, 정말 별일이군, 하고 나는 깜짝 놀랐다. 나는 그녀의 머리를 쓰다듬고 가볍게 어깨를 어루만져 주었다. 그녀는 울고 있었다.

"그래 주시겠지요?"

그녀는 내 얼굴을 올려다보았다.

"이제부터 우리들은 다른 생활을 하게 될 테니까요."

잠시 후에 나는 그녀를 병원 입구까지 배웅해 주었다. 나는 숙소로 돌아왔다. 리날디가 침대에 드러누워 나를 쳐다보며 말했다.

"그래 버클리 양과 잘 돼 가고 있나?"

"그저 친구일 뿐이야."

"꼭 발정한 개처럼 즐거워 보이는 걸."

나는 그게 무슨 말인지 알아들을 수가 없었다.

"뭐 같다고?"

그는 설명했다.

"자네도 즐거운 모양일세 그려, 마치 개가……."

"그만두세. 이러다간 욕 나오겠어."

그가 웃으며 말했다.

"잘 자!"

"잘 자, 귀여운 강아지!"

나는 베개를 던져 그의 촛불을 끄고는 침대 속으로 기어들어갔다. 리날디는 초를 주위 불을 켜고는 계속해서 책을 읽어내려 갔다.

6

나는 이틀 동안이나 주둔지에 나가 있었다. 숙소로 돌아왔을 때는

45

한밤중이었기 때문에 다음 날 저녁에야 버클리 양을 만나러 갔다. 그녀는 정원에 없었다. 나는 병원 사무실에서 그녀가 내려올 때까지 기다렸다. 사무실로 사용하고 있는 방 안은 페인트를 칠한 둥근 나무 기둥이 빙 둘러서 있었다. 그 위에 대리석 흉상이 여러 개 놓여 있었는데, 사무실로 통하는 복도에도 놓여 있었다. 흉상들은 모두가 비슷했고 대리석의 특징을 유감없이 발휘하고 있었다. 조각은 언제 보아도 내게 싫증이 나는 것이긴 했지만 그래도 청동 조각만은 괜찮았다. 그러나 대리석 흉상은 모두가 무덤처럼 보였다. 하지만 꼭 하나 훌륭한 것이 있다. 피사의 것이 그렇다. 제노바는 나쁜 대리석을 구경하러 가는 곳 같았다. 이 병원은 본시 돈 많은 독일인의 별장이었던 만큼 저 흉상들도 비싼 것임에는 틀림없으리라. 누가 만든 것이며 보수는 얼마 받았을까 하고 나는 생각했다. 이 집 가족들의 흉상일까, 혹은 다른 사람들의 흉상일까 하고 제멋대로 상상해 보았으나 모든 것이 고전적이었고 누가 봐도 확언할 수는 없는 것들이었다.

나는 모자를 손에 쥔 채 의자에 걸터앉았다. 고리치아에서는 의자에 앉아도 철모를 써야 했다. 철모는 귀찮은데다가 일반인들이 아직 피난도 하지 않고 있는 거리에서는 어색하게 보였다. 주둔지에 갈 때만 철모와 영국제 방독면을 가지고 갔다. 이탈리아군은 그때 영국제 방독면을 입수할 수 있었다. 그것은 진짜 방독면이었다. 게다가 그들은 자동 권총도 반드시 휴대하라는 명령을 받고 있었다. 군의관이나 위생 장교도 마찬가지였다. 나는 등 뒤에 권총이 배기는 것을 느꼈

다. 잘 보이지 않는 곳에 차고 다니는 날엔 리날디는 휴지를 잔뜩 쑤
셔 넣은 권총 케이스를 차고 다녔다. 나는 진짜 권총을 차고 다녔는
데, 사격 연습을 하기 전에는 권총 강도 같은 착각이 들곤 했다. 총신
이 짧은 구경 7.65밀리의 아스트라식 권총으로, 사격할 때에는 반동
이 너무 심해서 무엇인가를 맞춘다는 것은 생각조차 할 수 없었다.
과녁 아래를 겨누고는 기묘하게 짧은 총신의 반동에 익숙해지려고
애쓴 결과, 20보 거리 정도에서 1야드 이내를 겨누어 맞힐 수 있게 되
었다. 나는 권총을 휴대하는 것이 쑥스러웠으나 곧 그런 것도 잊어버
렸다. 다만 영어로 얘기하는 사람을 만나면, 막연히 부끄러움을 느꼈
다. 나는 마룻바닥이며 대리석 흉상이 놓은 둥근 기둥이며 벽의 프레
스코 벽화 등을 바라보면서 계속 버클리가 오기를 기다렸다. 위생병
인 듯한 사나이가 책상 너머에서 못마땅한 눈초리로 나를 쏘아보았
다. 벽화는 훌륭했다. 벽화는 대체로 색이 바래갈 무렵이면 한결 훌
륭하게 돋보이는 법이다.

　캐서린 버클리가 이쪽으로 걸어오자 나는 의자에서 일어났다. 나
를 향해 걸어오고 있는 그녀는 커보이지는 않았으나 대단히 아름다
워 보였다.
　"안녕하셨어요, 헨리 씨?"
　그녀가 인사를 했다.
　"안녕하십니까?"
　나도 인사를 했다. 위생병이 책상 건너편에서 우리들의 얘기를 듣
고 있었다.

“여기 앉을까요, 정원으로 나갈까요?”

“밖으로 나가요. 밖이 훨씬 시원하니까요.”

나는 그녀의 뒤를 따라 밖으로 나왔다. 위생병이 뒤에서 우리를 지켜보고 있었다. 자갈길로 나오자 그녀가 물었다.

“어디 가셨었나요?”

“주둔지에 가 있었습니다.”

“소식이라도 보내시지 그랬어요.”

“그렇게 안 되더군요. 곧 돌아올 생각이었고 해서.”

“연락이 있었더라면 좋았을 것을…….”

우리들은 차도를 벗어나서 나무 그늘로 들어섰다. 나는 그녀의 두 손을 잡고 걸음을 멈추고 그녀에게 키스했다.

“어디 갈 만한 곳이 없을까요?”

“없어요. 그냥 여길 산보할 수밖에 없어요. 주둔지에 얼마나 계셨다 오신 거예요?”

“오늘로 사흘째지요. 그래도 이렇게 오지 않았습니까?”

그녀는 나를 쳐다보았다.

“저를 사랑하고 계시나요?”

“그렇고 말고요.”

“전에도 절 사랑한다고 그러셨지요?”

“그렇습니다.”

그러나 이것은 거짓말이었다. 전에 나는 그런 말을 한 기억이 없었다.

"제게 '캐서린' 하고 불러 주시겠어요?"

우리들은 나무 그늘 아래서 걸음을 멈췄다.

"나는 밤에 캐서린에게로 돌아왔노라, 하고 해 보세요."

"나는 밤에 캐서린에게로 돌아왔노라."

"아이 당신, 정말로 돌아와 주셨군요."

"그럼."

"난 정말로 당신을 사랑하고 있어요. 그래서 못 견딜 지경이었어요. 제게서 영 가버리시진 않겠지요?"

"그럼, 아무 데도 가지 않겠소. 언제든지 다시 돌아오지."

"아아, 정말 사랑해요. 손을 한 번 더 이리 주세요."

키스를 할 때 그녀의 얼굴이 잘 보이도록 고개를 내게로 돌렸다. 그녀는 눈을 꼭 감고 있었다. 나는 그 감긴 눈에도 키스를 했다. 이 여자, 내게 너무 빠져 있는데, 하고 나는 생각했다. 그렇다 하더라도 나는 좋았다. 내가 그녀와 어떤 상태에 빠지건 상관이 없을 것 같았다. 장교용 사창가에 가면 여자들이 귀찮게 매달렸다. 그리고 동료 장교들과 빈번하게 사창가 계단으로 오르내리면서 애정의 표시랍시고 군모를 거꾸로 씌워 주고 하는 것보다는 이게 훨씬 낫다고 생각됐다. 내가 캐서린 버클리를 사랑하고 있지 않고, 또 전혀 그럴 생각도 없다는 것을 나는 잘 알고 있었다. 이건 일종의 장난으로 카드놀이의 브리지와 같은 것이었다. 브리지와 마찬가지로 돈이나 그 밖의 내기한 것을 위해 도박을 하는 척하면 된다. 그 도박이 무슨 내기라는 것은 말로 표현하지 않아도 됐다. 나는 아무래도 좋았다.

"어디 다른 데 갈 곳이 있으면 좋겠는데."

내가 말했다. 나는 오랫동안 서서 연애를 할 때 남자들이 겪는 불편을 경험하고 있었다.

"아무데도 갈 만한 곳이 없어요."

그녀는 제정신으로 돌아온 모양이었다.

"잠깐 저기에 앉아요."

우리들은 납작한 돌로 만들어진 벤치에 걸터앉았다. 나는 그녀의 손을 자보 허리에 손을 둘러 안으려고 했으나 그녀는 못하게 했다.

"퍽 피곤하실 텐데요."

"아니."

그녀는 풀밭에 시선을 떨어뜨리며 말했다.

"우리는 좋지 않은 장난을 하고 있는 거예요. 그렇죠?"

"무슨 장난?"

"시침 떼지 마세요."

"무슨 소리를 하는 거요?"

"당신은 영리한 분이세요."

그녀는 재빨리 말했다.

"당신은 매우 능숙해요. 하지만 그건 좋지 않아요."

"당신은 사람들이 무얼 생각하고 있는지 언제나 알고 있소?"

"언제나 그랬다고 할 수 없죠. 하지만 상대가 당신이라면 알아요. 날 사랑하고 있는 척 안 해도 돼요. 오늘 밤은 이걸로 그만…… 무슨 또 하실 말씀 있으세요?"

"그러나 난 당신을 사랑하오."

"제발 그런 쓸데없는 거짓말은 그만두세요. 잠깐 동안 멋진 연극이었어요. 하지만 난 제정신으로 돌아왔어요. 그리고 아무렇지도 않아요. 난 미친 것도 아니고 정신이 나간 것도 아녜요. 어쩌다 가끔 그럴 때가 있을 뿐이죠."

"귀여운 캐서린."

나는 나직이 속삭였다.

"캐서린이라고 하는 소리…… 이젠 아주 우습게 들려요. 당신 발음이 아까 같지 않아요. 하지만 당신은 퍽 착한 분이에요. 인정해요. 정말로 좋은 분이에요."

"군목도 그런 말을 했지."

"그래요, 정말 좋은 분이에요. 앞으로도 저를 만나러 와주시겠지요?"

"물론."

"그렇다면 굳이 절 사랑한다고 말하지 않아도 괜찮아요."

그녀는 일어서서 손을 내밀었다.

"안녕히 가세요."

나는 키스를 하려고 했다.

"안돼요."

그녀는 거절했다.

"전 몹시 피곤해요."

"그렇지만 키스는 상관없지 않소?"

"정말 몹시 피곤해요."

“자…….”

“그렇게 제게 키스하고 싶으세요?”

“그럼.”

우리들은 키스를 했다. 그러나 그녀는 갑자기 뒤로 물러섰다.

“안돼요. 안녕, 당신.”

우리들은 문 앞까지 갔다. 나는 그녀가 안으로 들어가서 복도를 걸어가고 있는 것을 끝까지 지켜보았다. 나는 그녀가 걷는 모습을 보는 것이 좋았다. 그녀는 복도 쪽으로 계속 걸어갔다. 나는 숙사로 돌아왔다. 무더운 밤이었다. 산에서는 한창 전투가 벌어지고 있는 모양이었다. 난 산 가브리엘레 쪽에서 포화의 섬광이 번쩍이는 것을 바라보았다.

나는 빌라 로사 앞에서 걸음을 멈췄다. 덧문은 죄다 닫혀 있었지만, 안에는 아직도 사람들이 있었다. 누군가 노래를 부르는 것 같았다. 숙사로 돌아와 옷을 벗고 있는데 리날디가 들어왔다.

“아하! 일이 잘 안 되는 모양이군그래, 자네가 짜증을 다 내고.”

“자넨. 어딜 갔다 오나?”

“빌라 로사에. 아주 재미있었지. 여럿이 노래를 했지. 자넨 어딜 갔었나?”

“영국 여자를 방문했지.”

“맙소사. 그 영국 여자에게 빠져들지 않기를 정말 잘했군 그래.”

7

그 다음 날 오후 나는 산의 첫 번째 주둔지로부터 돌아와 임시 수용소에 차를 세웠다. 이곳에서는 부상자와 병을 앓는 병사들을 서류에 따라 구분하여 각기 병원을 지원해 주고 있었다. 차에 그대로 앉아 있는데 운전병이 내게 서류를 가지고 왔다. 더운 날씨였다. 하늘은 눈부실 정도로 맑고 푸르렀으나 도로는 뿌옇게 먼지로 덮여 있었다. 나는 차의 높은 좌석에 앉은 채 아무런 생각도 하고 있지 않았다. 1개 연대가 도로 위를 행군하고 있었는데 군인들은 너무 더워서 땀을 흘리고 있었다. 그중 몇 명은 철모를 쓰고 있었으나 대부분은 배낭 뒤에다 매달고 있었다. 철모의 대부분은 너무 컸으므로 그것을 쓰고 있는 병사들은 거의 귓전까지 철모로 덮여 있었다. 장교들도 모두 철모를 쓰고 있었으나 병사들 것보다는 머리에 좀 맞았다. 그들은 바실리카타 여단의 병사들이었다. 붉은 색과 흰 색의 줄무늬 휘장을 보니 알 수 있었다. 연대가 지나간 뒤 한참 만에 낙오병들이 그 뒤를 따랐다. 자기 소대 행렬에서 낙오된 병사들이었다. 그들은 땀과 먼지투성이로 절은 채 몹시들 피곤해 보였다. 그중에는 더 이상 행군할 수 없는 병사들도 있었다. 병사 하나가 낙오병의 제일 뒤에서 다리를 절며 걸어왔다. 그는 걸음을 멈추고 길옆에 주저앉아 버렸다. 나는 차에서 내려 그에게로 다가갔다.

"왜 그러나?"

그는 나를 바라보자 벌떡 일어섰다.

"가겠습니다."

"어디가 잘못된 건가?"

"전쟁이……."

"다리가 어떻게 됐나?"

"다리가 아닙니다. 탈장입니다."

"왜 수송차를 타지 못했지? 왜 병원에 가보지 않았나?"

"보내 주지를 않습니다. 중위님은 내가 일부러 탈장대를 빠뜨렸다고 그럽니다."

"어디 보자."

"많이 나와 있어요."

"어느 쪽이야?"

"이쪽입니다."

나는 만져 보았다.

"한번 기침을 해 보게나."

"더 커지면 어떡해요. 오늘 아침보다 두 배나 커졌는데."

"여기 앉아 있게나. 이 부상자들 서류만 받으면 자넬 군의관에게 태워다 줄 테니."

"군의관님은 내가 일부러 그랬다고 할 겁니다."

"군의관들도 어쩔 수 없어서 그랬을 거야. 이것은 부상이 아니니까. 전에도 이런 경험이 있었나, 응?"

"……. 그런데 전 탈장대를 잊어버렸어요."

"어쩌면 병원으로 보내 줄 거야."

"여기 남아 있을 순 없을까요, 중위님?"

"안 돼. 여긴 자네 서류가 없으니까."

운전병이 부상병의 서류를 가지고 나왔다.

"105호에 4명, 132호에 2명입니다."

운전병이 말했다. 둘 다 강 건너 병원이었다.

"자네가 운전하게."

이렇게 말하며 나는 그 탈장된 병사를 도와서 좌석에 앉혔다.

"영어할 줄 아세요?"

그가 물었다.

"할 줄 알지."

"이 빌어먹을 놈의 전쟁을 어떻게 생각하세요?"

"지긋지긋하지."

"그렇죠? 정말 어리석어요."

"자넨 미국에 있었나?"

"네, 피츠버그예요. 중위님이 미국인이라는 걸 알았어요."

"내 이탈리아 말이 그렇게도 신통찮은가?"

"미국인이라는 걸 대번에 알겠던데요?"

"이 사람도 미국인이군요."

운전병이 탈장병을 내려다보면서 이탈리아 말로 얘기했다.

"이보세요 중위님, 저를 꼭 그 연대로 데리고 가야만 합니까?"

"물론."

"중위님은 내 탈장을 알고 있었죠. 저는 다시는 전선에 돌아가지 않게 되리라고 생각하고 그 빌어먹을 탈장대를 내버렸습니다."

"알았네."

"그곳 외에 다른 데로 데려다 주실 순 없을까요?"

"우리가 좀 더 전선에 가까이 있다면 응급 구호소에라도 갈 수 있지. 그러나 이러한 우방에선 서류를 갖춰야 돼."

"부대로 가며 수술을 받은 뒤 다시 전선으로 끌려갈 겁니다."

나는 곰곰이 생각해 보았다.

"중위님도 늘 전선에 있어 보세요. 끔찍하실 거예요."

"글쎄……."

"빌어먹을 놈의 전쟁!"

"이봐, 차에서 내려 길가 아무데라도 머리를 부딪쳐 혹을 만들어 봐. 그러면 돌아오는 길에 자네를 태워 병원에 데려다 줄 테니. 여기다 차를 세워, 알도."

차는 길가에 정차하여 그를 내려 주었다.

"꼭 여기 있겠어요, 중위님."

"자, 그럼 조심하게."

차를 몰아 약 1.5킬로미터쯤 가자 앞에 가는 그 연대를 앞질렀다. 우리는 이내 강을 건넜다. 눈이 녹아 흐려진 강물은 다리 기둥 사이로 거세게 흐르고 있었다. 들판을 가로질러 가서 부상병을 두 병원에 인계해 주고 곧 차를 돌려 피츠버그 출신의 병사를 찾으려고 빨리 되돌아갔다. 다시 아까 그 연대를 지나쳤다. 그들은 아까보다 훨씬 더 위에 지친 모양으로 걸음걸이도 느렸다. 그 다음 낙오병도 지나쳤다. 한참 후에 탈장 환자를 내려놓은 길가에 앰뷸런스 한 대가 서 있는 것이 보였다. 병사 두 사람이 탈장병을 업어다 차에 태우고 있었다. 그들은 탈장병을 데리러 되돌아왔던 것이다. 그는 나를 보고 머리를 흔들었다. 철모는 어디로 날아가고 이마에 붙은 머리칼 밑으론 피가 흐르고 있었다. 콧등도 벗겨지고 피가 맺혀 있었으며 머리는 먼지를 뽀얗게 뒤집어쓰고 있었다.

"이 상처 자국 좀 보세요, 중위님."

하며 그는 큰 소리를 질렀다.

"별도리가 없어요. 이 친구들이 나를 데리러 왔어요."

숙사로 돌아오니 벌써 5시를 지나고 있었다. 나는 세차장으로 가서 샤워를 하고 창 앞에 앉아서 바지와 셔츠 바람으로 보고서를 작성했다. 이틀 후에는 공격이 시작될 예정이며, 그렇게 되면 나는 차를 인솔해 가지고 플라바로 가야 했다.

미국에 편지를 보낸 지도 꽤 오래되었다. 편지를 해야겠다는 것은 알고 있었지만, 너무도 오랫동안 보내지 않았기에 편지를 쓴다는 게 불가능해 보였다. 쓸 말도 없었다. 잘 있다는 말밖에는 아무 말도 쓰지 않고 야전 우편엽서를 두 장 부쳤다. 엽서 한 장으로 모든 것이 해결되리라. 이런 엽서가 미국에서는 퍽 귀하게 취급되었다. 이상하고 신비하기 때문이다. 이 전선도 다른 전선과는 좀 별스럽고 이상하지만, 그래도 오스트리아군 상대의 치열하고 처참한 다른 전선에 비해서는 한결 낫다고 생각됐다.

　오스트리아군은 나폴레옹에게 승리를 가져다주기 위해서 만들어진 군대였다. 어떤 나폴레옹이건 상관없다. 우리에게도 나폴레옹과 같은 명장이 하나 있으면 좋을 텐데라고 나는 생각했다. 하지만 나폴레옹은 고사하고 뚱보에 지나치게 원가 좋은 카도르나 장군과 목이 가늘고 긴, 염소 수염에서 키가 작은 빅토리오 엠마누엘 왕뿐이었다. 전선의 우익에는 아오스타 공작이 있었는데 그는 뛰어난 미남이라 위대한 장군으로선 부적당했다. 하지만 남자다운 풍모를 갖춘 사람이었다. 이 사람을 왕으로 삼고 싶어 하는 추종자들이 꽤 많을 것이다. 사실 그는 왕다운 풍모를 갖추고 있었다. 그는 현 국왕의 숙부로 제3군을 지휘하고 있었다. 우리들은 제2군에 속해 있었다. 제3군에는 영국군 포병이 몇 중대 배속되어 있었다. 나는 그 부대에 속해 있는 사수 두 사람을 밀라노에서 본 적이 있었다. 재미있는 친구들로 우리는 유쾌한 하룻밤을 같이 보냈다. 그들은 몸집이 큰데다 어쩔 줄을 몰라하며 무슨 일이건 같이 즐거워했다. 영국군에 들어갔으면 좋았을 걸 하고 나는 생각했다. 그편이 훨씬 더 나았을 것이다. 하긴 그렇게 되었더라면 나는 죽었을지도 모른다. 또한 이렇게 편한 앰뷸런스 근무가 아닐지도 모른다. 아니 앰뷸런스 근무로도 죽을 수 있다. 영국군은 앰뷸런스 운전병도 때로는 전사를 했다. 어쨌든 나는 죽고 싶은 생각은 없다. 이 전쟁에는 절대로 아니다. 이 전쟁은 나하고 아무런 상관도 없다. 위험하긴 해도 영화의 한 장면일 뿐이다. 그대로 나는 이 전쟁이 어서 끝나 주길 바라며 간절히 빌었다. 어쩌면 이 여름에는 끝날지도 모른다. 아마 오스트리아군이 항복할지도 모른다. 다른 전쟁에서도 언제나 그랬으니까. 그러나 이 전쟁은 대체 어찌된 셈인가. 모두들 프랑스는 전쟁이 끝났다고 한다. 프랑스군이 폭동을 일으켜 반란군이 파리로 진격해 들어갔다고 리날디가 말했다. 무슨 일이 있어났느냐고 하자 그는 그저 그렇게 대답할 뿐이었다.

"아 그거, 물론 진압되었지."

나는 전쟁이 없는 오스트리아에 가보고 싶었다. 블랙 포레스트에 도(쉬바르츠발트 지방), 하르츠 산맥(폴란드와 체코 국경을 이루는 산맥)에 도 가보고 싶었다.

그런데 하르츠라고 하는 산맥은 대관절 어디 있는가? 카르파티아 산에서도 전투가 벌어지고 있었다. 경치가 좋은 곳일지도 모르지만. 전쟁만 없으면 스페인으로도 갈 수 있었다. 해가 지고 날이 선선해지 기 시작했다. 저녁을 마친 뒤 캐서린 버클리를 만나러 가자. 그녀가 함께 있어 주면 좋을 텐데. 그녀와 밀라노에 있었으면 좋겠다. 코바에 서 식사를 하고 무더운 저녁나절 만초니 거리를 산책하고 캐서린 버 클리와 호텔로 가고 싶다. 어쩌면 그녀는 승낙해 줄지도 모른다. 그녀 는 나를 전사한 그녀의 애인처럼 대해 줄 것이다. 우리들은 호텔로 버 젓이 들어간다. 포터는 모자를 벗는다. 프런트에서 열쇠를 달라고 한 다. 우리들은 엘리베이터를 탄다. 엘리베이터는 달각달각 소리를 내 며 천천히 올라간다. 우리들이 내릴 층까지 오면 거기에 보이가 문을 열고 서 있다. 그녀와 나는 엘리베이터에서 내린다. 우리는 복도를 걸 어간다. 방문을 열고 우리는 안으로 들어간다. 얼음의 잔뜩 든 카프리

비앙코 한 병을 갖다가 달라고 전화로 주문한다. 얼음 부딪히는 소리가 복도를 따라 이쪽으로 가까워 온다. 보이가 문을 노크한다. 문 밖에 놓고 가라고 한다. 몹시 후덥지근해서 둘 다 아무것도 입지 않았기 때문이다. 창문은 열어젖혀 있고 제비가 지붕 위를 날쌔게 날아다닌다. 창가로 가보면 아주 조그만 박쥐들이 지붕 위나 또는 나무 위를 살짝 스치며 날아다닌다. 아린 카프리주를 마신다. 문은 잠겨 있고 어찌나 더운지 밤새 우리는 홑이불 한 장만으로 족하다. 무더운 밀라노의 하룻밤, 밤새도록 서로 사랑을 주고받을 것이다. 그렇지, 그렇게 해야지. 얼른 저녁을 먹고 캐서린 버클리를 만나러 가자.

식당에서는 모두들 제멋대로 지껄여댔다. 마시지 않으면 의리 있는 전우가 아니라고 하는 바람에 나는 그들과 술을 좀 마셨다. 나는 군목과 아일런드 대주교 얘기를 했다. 주교는 고결한 인격자인데 부당한 취급을 받았다는 것이다. 그가 받은 부당한 대우는 미국인이기 때문에 나와 상관이 있었다. 하지만 금시초문이어서 알고 있는 척만 했다. 오해로 보이는 그 원인에 대해 훌륭한 설명을 듣고 있으면서도 모르는 척 하면 실례기 때문이다. 대주교의 이름은 아주 훌륭했는데 미네소타 출신이기 때문에 그런 이름을 가졌을밖에. 미네소타의 아일런드, 위스콘신의 아일런드, 미시간의 아일런드. 이 이름이 아름답게 들리는 것은 섬이란 뜻을 가진 아일런드하고 같은 음감을 지녔기 때문이다. 아니, 그렇진 않다. 거기에는 그 이상의 무엇이 있다. 그렇습니다, 신부님. 그럴테지요, 신부님. 좌우간에 그렇습니다, 신부님. 군목은 사람은 좋지만 따분했다. 국왕 역시 마찬가지다. 장교들은 사람도 좋지 않으면서 따분하다. 술은 나쁘지만 따분하지 않다. 이놈을 들이켜면 치아의 법랑질이 벗겨져서 입천장에 걸린다.

"그래, 그 신분 감옥에 갇혔대요."

장교 로카가 먼저 말을 꺼냈다.

"그 신부님에서 3부 이자 공채가 나왔다는 거야. 물론 프랑스에서의 얘기지. 나라면 체포는 안 할거야. 그는 5부 이자 공채는 전혀 모른다고 했어. 이건 베지에(남프랑스의 도시)에서 일어난 건데, 마침 나는 그곳에 있었기 때문에 신문에서 그 기사를 보고 감옥에까지 가서 친히 신부를 만났단 말이야. 그가 공채를 훔쳤다는 건 아주 명백한 사실이었지."

"전혀 믿지 않는 걸."

리날디가 의아해 했다.

"좋으실 대로 생각하세요."

로카가 대꾸했다.

"난 다만 여기 계신 우리들의 군목님을 위해서 얘기하는 거야. 군목님에게는 유익한 얘길 걸. 여간 참고가 되지 않을 거야. 군목님이라 말뜻을 알아들을 수도 있을 테고."

군목은 웃었다.

"듣고 있으니 계속해 봐요, 빠짐없이 듣고 있으니까."

"물론 공채의 얼마쯤은 설명되지 않았지만 그는 3부 이자 공채하고 그 외에 지방 채권도 몇 개 가지고 있었지. 그게 무슨 채권이었는지 지금은 잊어버렸어. 그래서 내가 감옥으로 간 거란 말일세. 알겠나? 이게 얘기의 요점일세. 나는 감방 밖에서 서서 참회라도 하는 듯한 목소리로 이렇게 말했지. '신부님, 저를 축복해 주십시오. 신부님은 죄를 범하셨으니까' 하고."

모두들 껄껄거리고 웃었다.

"그래 뭐라고 합디까?"

군목이 물었다. 로카는 들었는지 안 들었는지 질문에 아랑곳하지 않고 나에게 그 농담을 설명하기 시작했다.

"어때 내 얘기의 골자를 알겠지?"

그 의미를 알아들으면 꽤 재미난 농담이었을 것이다. 그들은 내 술잔에 또 술을 부었다. 나도 샤워 세례를 받은 영국군 병사 얘기를 했다. 그러자 소령은 열한 명의 체코슬로바키아 병사와 한 명의 헝가리 하사관 얘기를 했다. 또 술을 마신 뒤에 나는 경마 기수가 1페니 은화를 발견한 얘기를 했다. 밤에 잠을 못 이루는 이탈리아 공작 부인에 관한 얘기도 또 소령이 했다. 그때 군목이 자리에서 일어났다. 나는 쌀쌀한 서북풍이 몰아치는 새벽 5시에 마르세이유에 도착한 행상인 얘기를 했다. 소령은 내가 술이 세다는 소문을 들었는데 정말이냐고 물었다. 나는 그것을 부인했다. 그러자 소령은 술의 신 바커스를 걸고 그 진위를 가리는 시음을 하자고 했다. 바커스는 곤란한데요, 하고 내가 말했다. 아냐, 바커스가 좋아, 하고 소령이 우겼다. 바시 필리포 빈센자를 상대로 해서 컵 유리잔 할 것 없이 모든 잔을 비워 가며 술마시기를 하는 건 어때? 바시도 기겁을 하며 물러섰다. 그는 벌써 나의 배나 마셨으므로 취해 있었기 때문이다. 그래서 나도 바커스건

바커스가 아니건 필리포 빈센자 바신가, 바시 필리포 빈센잔가 하는
친구는 한 잔도 마시지 않은 주제에 웬 거짓말이냐고, 도대체 자네 이
름은 뭐냐고 해주었다. 그도 지지 않고, 자네 이름은 페데리코 엔리
코인지, 엔리코 페데리코인지 어느 쪽이냐고 물었다. 바커스는 내버
려두고 술에 제일 강한 사람이 이긴 자가 되는 거라고 내가 말하자 소
령은 잔에 따른 붉은 포도주로 시작하라고 했다. 절반쯤 들이켜자 나
는 싫증이 났다. 가야할 곳이 생각난 것이다.

"바시가 이겼습니다."

하고 내가 말했다.

"나보다 셉니다. 갈 데가 있어서 그만."

"그 친구 정말 갈 데가 있어요. 애인을 만나러 가야 해요. 내가 잘
알지요."

하고 리날디가 한 마디 거들었다.

"가야겠습니다."

"그럼 다음번으로 미루세."

바시가 말했다.

그는 내 어깨를 가볍게 두드렸다. 식탁에는 촛불이 켜져 있고 장교
들은 모두 흥겨운 모양이었다.

"자, 내일 또 만납시다."

리날디가 내 뒤를 따라 나오며 입을 열었다.

"취해 가지고 가는 건 좋지 않아."

"취하지 않았네 리닌. 정말이야."

"커피콩이라도 좀 씹게."

"필요 없네."

"곧 갖다 줄테니 여기서 좀 기다리게."

그는 볶은 커피콩을 한 줌이나 가지고 왔다.

"자아, 이걸 좀 씹어 봐, 그러면 하느님이 도와주실 걸세."

"바커스신 말이지."

"내 데려다 주지."

"정말 아무렇지도 않다니까 그래."

우리들은 어깨를 나란히 하고 거리를 걸었다. 나는 커피콩을 씹었다. 영국군 병원으로 통하는 차도 입구에서 리날디와 나는 헤어졌다.

"잘 가게."

"자네도 같이 들어가지 그래."

그는 고개를 저었다.

"아냐, 난 단순한 게 좋아. 복잡한 건 질색이지."

"커피콩 고맙네."

"천만에."

나는 차도를 내려갔다. 길 양쪽에 있는 사이프러스 나무들의 윤곽이 뚜렷하게 보였다. 뒤돌아보니 리날디가 나를 쳐다보고 서 있었다.

나는 손을 흔들어 보였다.

나는 응접실에 앉아서 캐서린 버클리가 내려오기를 기다렸다. 누군지 복도를 걸어오는 사람이 있었기에 나는 벌떡 일어섰다. 그러나 캐서린이 아니라 퍼거슨이었다. 퍼거슨은 나를 보고 인사를 했다.

"안녕하세요."

"죄송하지만 오늘 밤은 만나 뵐 수 없다고 좀 전해 달래요."

"그렇습니까. 어디 아픈 건 아니겠죠?"

"몸이 조금 좋지 않아요."

"제가 걱정하더라고 전해 주십시오."

"네, 그러지요."

"내일 만나러 와도 괜찮을까요?"

"뭐, 괜찮겠죠."

"고맙습니다. 그럼 안녕히 계십시오."

밖으로 나오자 나는 쓸쓸하고 허전한 기분이 들었다. 나는 캐서린에 대해 너무도 가볍게 생각한 것 같았다. 술에 취해 가지고 캐서린을 만나러 간다는 것도 의식하지 못한 것이다. 하지만 막상 그녀를 못 만나니 쓸쓸하고 적막한 기분에 견딜 수가 없었다.

8

다음 날 오후, 마침내 이날 밤을 기하여 강 상류에서 공격이 있을 것이라는 말을 들었다. 우리는 네 개의 앰뷸런스를 그 지점으로 이동시켜야 했다. 누구 하나 제대로 공격에 대해 아는 바 없으면서도 모두들 큰 소리를 치며 전략상의 일까지도 아는 척을 했다. 나는 맨 앞차에 타고 있었는데 영국군 병원 앞을 지날 때 운전병에게 차를 좀 세

위 달라고 부탁했다. 뒤를 따르던 다른 차들에게 앞으로 먼저 가라고 이르고 만일 코르몬스로 들어서는 교차로에 이를 때까지도 우리 차가 뒤따라가지 못하면 거기서 기다리고 있으라고 했다. 나는 급히 병원 입구로 들어가 버클리에게 면회를 청했다.

"지금 근무 중인데요."

"잠깐이면 되는데요."

잠시 후 당번병과 함께 캐서린이 나왔다.

"문병차 잠깐 들렀습니다. 근무 중이라고 해서 잠깐 만나게 해달라고 부탁했죠."

"이젠 다 나았어요. 어젠 더위 먹은 것 같아요."

"가야겠습니다."

"잠깐만 바깥까지 나가 보겠어요."

"그럼 다 나은 겁니까?"

밖으로 나오자 내가 이렇게 물었다.

"네, 괜찮아요. 오늘 밤 제게 오시겠어요?"

"못 올 겁니다. 플라바 상류로 쇼 구경을 가는 길입니다."

"쇼?"

"뭐 대단치는 않은 거죠."

"그렇지만 돌아오시긴 하겠지요?"

"내일."

캐서린은 목에서 무엇인가 끌렀다. 그리고 나에게 쥐어 주며 말했다.

"성 안토니예요."

"내일 밤 꼭 오세요."

"카톨릭 신자는 아닐 텐데?"

"네, 하지만 사람들 말이 성 안토니는 퍽 효력이 있다고들 해요."

"소중히 간수하겠소. 자 그럼, 안녕히."

"아녜요."

하며 그녀는 황급히 나의 말을 막았다.

"안녕은 싫어요."

"알겠소."

"조심하세요."

나는 그녀에게 키스를 하려고 했다.

"아이 안돼요, 이런 데서 키스해선 안돼요."

"좋아, 알겠소.

뒤돌아보니 그녀는 아직도 현관 계단 위에 서 있었다. 그녀는 손을 흔들었다. 나는 다시 앰뷸런스 좌석에 올라앉았다. 차는 출발하기 시작했다. 성 안토니는 조그맣고 하얀 금속제 상자 속에 들어 있었다. 뚜껑을 열어본 후 나는 그 조그만 성상을 손바닥에 올려놓았다.

"성 안토니입니까?"

운전병이 물었다.

"응."

"저도 하나 있습니다."

그는 오른손을 핸들에서 떼고 상의 단추를 끄르더니 가슴속에서 그것을 끄집어냈다.

"자아, 보세요."

나는 성 안토니를 다시 집어넣고 금으로 된 가는 줄도 함께 넣고는 그것을 속주머니에 넣었다.

"목에 걸지 않으세요?"

"응."

"거시는 게 좋습니다. 걸기 위한 건데요."

"그렇게 할까."

나는 금줄 고리를 풀어 목에 건 다음 고리를 채웠다. 성상이 군복 밖으로 늘어졌다. 그래서 군복의 여밈을 풀어헤치고 셔츠 속으로 성상을 집어넣었다. 차를 다리자 금속제 갑 속의 성상이 가슴에 와 닿았다. 그러나 이내 그 느낌을 잊어버리고 말았다. 후에 부상을 당한 뒤에는 어디로 갔는지 나는 그 성상을 끝내 찾지 못했다. 구호소에서 누군가 주웠을 것이다.

다리를 넘어서자 차는 속도를 냈다. 얼마 안 가 앞쪽의 앰뷸런스들이 내고 있는 먼지가 눈에 들어왔다. 커브를 도는 길이어서 세 대의 차는 무척 조그맣게 보였다. 바퀴로부터 내뿜어지는 뿌연 먼지가 나무 사이로 사라졌다. 그 차들을 앞지른 다음 구릉으로 올라가는 샛길로 꾸부러져 갔다. 대열을 짓고 차를 모는 경우 선두로 달리는 것은 기분 좋은 일이었다. 나는 자리에 기대앉은 채 바깥 경치를 감상했다. 우리들은 강 가까이 있는 산길을 달리고 있었는데 경사가 심해지면서 눈 덮인 봉우리를 안고 있는 연이은 높은 산들이 저 멀리 북쪽으로 보였다. 뒤돌아보니 세 대의 차가 그들이 일으키는 먼지만큼의 간격을 두고 산길을 달려오고 있었다. 우리는 짐 실은 나귀들의 긴 대열을 앞질렀다. 붉은 터키모를 쓴 병사들이 나귀 옆을 걷고 있었는데 그들은 저격병이었다.

나귀의 대열을 지나자 길에는 무엇 하나 눈에 뜨이는 게 없었다. 우리들은 몇 개의 언덕을 넘고 긴 산등성이를 타고 내려 강이 흐르는 골짜기로 나갔다. 나무들이 서 있고 오른쪽 나무숲 사이로 강이 보였다. 물은 맑고 깊지 않았으며, 흐름이 빨랐다. 자갈 깔린 긴 모래밭이 강 옆으로 펼쳐져 있고 물줄기는 투명한 빛을 반짝이며 꼬불꼬불 흘러갔다. 강기슭 가까이엔 깊은 웅덩이가 있었고 물은 하늘처럼 파랬다. 강에는 아치형의 돌다리가 걸려 있었고 거기서부터 좁은 길이 큰길을 향해 뻗어 있었다. 우리는 돌로 지은 농가 앞을 지나갔다. 어느새 길은 밤나무 숲을 꾸부러져 올라가다 마침내 산마루에 닿았다. 숲 사이로 내려다보이는 저 아래쪽에 아군과 적군의 진지를 갈라놓은 강에 햇빛이 쏟아지고 있었다.

산마루를 따라 잘 닦이지 않은 새 군용 도로를 달리다 보니 북쪽으로 두 개의 산맥이 저 멀리 드러났다. 봉우리에 남은 눈 있는 데까지는 푸르스름했고 그 위는 햇빛을 받아 새하얗게 빛나고 있었다. 계속 산마루를 타고 올라가니 또 다른 산맥이 그 너머로 보였다. 아까 산보다도 더 높은, 눈을 이고 있는 산들이었다. 이런 산들과 마찬가지로 멀리로 다른 산들도 겹겹이 보였으나 보일 듯 말듯 분간할 수 없을 만큼 희미했다. 그것은 모두가 오스트리아의 산들이었다. 아래

69

를 내려다보니 길이 숲 사이로 비탈길을 이루며 사라지고 있는 것이
보였다.

그 길에는 몇 개의 부대와 군용 트럭과 야포를 실은 나귀가 함께 가
고 있었다. 한쪽으로 비탈길을 내려가는 저 멀리 아래쪽에 강이 보이
고 그 강을 따라 침목과 레일이 뻗어 있었다. 그리고 산기슭에는 우
리가 점령해야 할 조그마한 마을이 보였다.

우리들이 아래로 내려와서 강 옆으로 뻗은 본도로 접어들었을 무
렵, 사방은 벌써 어두워가고 있었다.

9

도로는 혼잡스러웠고 옥수수대와 지푸라기로 길 양쪽이 가려져 있
었다. 게다가 그 위까지 가려져 있어서 마치 곡마단이나 토인 부락의
입구 같았다. 우리들은 천천히 그 굴 속 같은 길을 차를 몰아 마침내
정거장이 있던 넓은 광장으로 나왔다. 이곳은 도로가 강둑보다 낮았
다. 그 낮게 가라앉은 도로의 양 옆을 따라 굴을 파고선 그 속에 보병
들이 들어가 있었고 해는 저물어 가고 있었다. 강둑을 따라 달리면서
올려다보니 맞은 편 산 위에 오스트리아군의 관측기구가 저녁 해를
등지고 있는 게 보였다. 우리들은 벽돌 공장 건너편에 차를 주차시켰
다. 벽돌을 굽는 아궁이와 몇 개의 깊은 굴이 구호소로 준비되어 있
었다. 그곳에는 나와 안면이 있는 군의관이 세 명이나 있었다. 전투

가 벌어져 앰뷸런스에 부상병이 실리면, 아까 그 굴 속 같은 도로로 해서 산마루를 따라 큰 길까지 나가야 한다는 것을 나는 소령으로부터 들었다. 거기에는 주차할 곳이 있으므로 거기서 다른 앰뷸런스에게 부상병을 넘겨주면 된다고 했다. 소령은 도로가 혼잡하지 않으면 좋을 텐데, 하고 걱정을 했다. 그 길은 외길이었기 때문이다. 길은 강 건너 오스트리아군 쪽에서는 볼 수 없도록 은폐되어 있었다. 벽돌 공장에서 우리는 소총과 기관총의 사격을 모면할 수 있었다. 강에는 파괴된 다리가 하나 있었다. 포격이 시작되면 또 하나의 다리를 가설하여 강 상류의 구부러진 여울을 따라 강을 건너야 했다.

소령은 카이젤 수염을 기른 몸집이 작은 사나이였다. 리비아 전쟁에도 출정한 일이 있는 그는 상이(傷痍) 훈장을 두 개나 달고 있었다. 소령은 내게 일만 잘되면 훈장을 타게끔 주선해 주겠다고 했다. 일이 잘되기를 나도 바라는 바이지만 그런 훈장은 너무 과분하므로 나는 괜찮다고 했다.

소령에게 운전병들이 머무를 수 있는 큰 참호는 없냐고 묻자 그는 병사를 한 명 데리고 왔다. 그 병사를 따라가 보니 아주 훌륭한 참호가 있었다. 운전병들은 모두 참호에 만족해했다. 나는 그들을 두고 밖으로 나왔다. 소령은 다른 두 명의 장교와 자기와 나, 이렇게 넷이서 한잔하자고 했다. 우리들은 유쾌하게 럼주를 마셨다. 밖은 어두워지고 있었다. 언제 공격하느냐고 그들에게 묻자 어두워지면 이내 시작될 거라고 대답했다.

나는 운전병들이 있는 참호로 돌아왔다. 그들은 참호 속에 앉아 무슨 얘기를 하고 있었는데 내가 들어서자 얘기를 뚝 그쳤다. 나는 그들에게 마도니아 담배 한 갑씩을 주었다. 그것은 너무나 느슨하게 말려 있어 양쪽 끝을 비틀어 다시 말지 않으면 안 되었다. 마네라가 라이터를 켜서 모두에게 돌렸다. 라이터는 피아트 차의 라디에이터 모양을 하고 있었다. 나는 소령에게서 들은 얘기를 그들에게 들려주었다.

"아까 내려올 때 그 주차장을 우리가 왜 못 보았을까요?"

파시니가 물었다.

"커브를 돈 바로 건너편에 있었어."

"그 도로가 굉장히 혼잡해 지겠어요."

마네라가 말했다.

"놈들은 덮어 놓고 포격을 하겠지요?"

"아마 그럴 거야."

"식사는 어떻게 되나요, 중위님? 전투가 시작되면 먹을 기회가 없을 걸요."

"지금 가서 알아보지."

"우리들은 여기 있어야 합니까? 아니면 이 근처를 좀 돌아다녀도 괜찮겠습니까?"

"여기 있는 게 좋아."

나는 소령이 있는 참호로 다시 갔다. 소령은 이제 야전 취사차가 올 테니 식사를 받으러 가라고 했다. 식기가 없으면 빌려 주마고도 했다. 나는 식기는 모두 가지고 있을 거라고 했다.

그러고는 참호로 돌아와서 식사가 오면 곧 타다주마고 했다. 포격
이 시작되기 전에 식사를 할 수 있게 해달라고 마네라가 부탁했다.
그들은 내가 밖으로 나올 때까지 아무 말도 없었다. 모두 기계를 만
지는 기술자들인 그들은 전쟁을 싫어했다.

나는 밖으로 나와서 차를 한번 돌아보고 주위를 살핀 다음 참호로
돌아와서 네 운전병들과 자리를 함께 했다. 모두들 벽을 등지고 앉아
담배를 피웠다. 밖은 아주 컴컴해졌다. 참호 속의 땅은 따뜻하고 건
조했다. 나는 어깨를 벽에 기댄 채 비스듬히 누워 편안한 자세를 취
했다.

“누가 공격하러 나갑니까?”

구부치가 물었다.

“저격병이겠지.”

“저격병 단독으로요?”

“그럴 거야.”

“본격적으로 공격하기에는 부대가 너무 부족하잖아요?”

“아마 본격적인 공격을 하는 곳으로부터 적의 주의를 돌리게 하는
것이겠지.”

“공격하는 병사들은 그걸 알고 있나요?”

“모르고 있을 걸.”

“물론 모르지.”

하고 마네라가 끼어들었다.

“알고 있으면 공격을 할 리가 없잖아.”

“아니, 그래도 할 거야.”

그 말을 이번엔 파시니가 받았다.

“저격병들은 숙맥이니까.”

“그들은 용감하고 우수한 훈련을 받았어.”

내가 말했다.

“놈들은 가슴이 딱 벌어지고 튼튼합니다만 역시 바보예요.”

“척탄병은 모두 키다리들이야.”

밑도끝도없이 마네라가 이렇게 말했다. 농담이었다. 모두들 한바
탕 웃어댔다.

“놈들이 공격 명령을 어겼기 때문에 족족 사살 당했다는데 그때 현
장에 계셨습니까, 중위님?”

“아니.”

“정말이라니까요. 나중엔 한 줄로 세워 놓고 하나씩 총살했지요.
헌병이 했어요.”

파시니는 이렇게 말하면서 땅바닥에다 탁 침을 뱉었다.

“헌병이……. 하지만 척탄병들은 모두 6피트 이상이지. 그들은 공
격에 나서길 싫어했으니까.”

“모두들 공격에 나서지 않는다면 전쟁은 한참 전에 끝났을 텐
데……”

마네라가 말했다.

“척탄병은 겁이 났던 거야. 척탄병 장교들은 모두 훌륭한 집안 출
신이라는군.”

"하지만 단신 공격에 나선 장교도 있었대."

"장교가 나가려 들지 않자 상사가 두 명이나 쏴죽였대."

"병사 중에도 나간 놈들이 있다던데."

"그때 나선 병사들은 총살당할 때 무사했다던데."

"헌병에게 총살을 당한 병사 중 나랑 같은 마을 출신이 하나 있었는데……."

하며 파시니가 얘기를 꺼냈다.

"척탄병에 어울리는 키 크고 멋진 녀석이었지. 늘 로마에만 있었는데 아가씨들을 늘상 데리고 다녔지. 헌병과도 늘 함께 있었고."

그는 웃었다.

"지금은 그 친구 집에 총검으로 무장한 위병이 지키고 있지. 아무도 그의 부모와 누이동생을 만날 수가 없지. 아버진 시민권까지 빼앗겨 투표도 마음대로 못한다는군. 법률이 그들을 보호하지 않는다나. 그러니 누가 마음만 먹으면 그들의 재산을 빼앗을 수도 있다는 거야."

"자기 가족이 그런 꼴을 당하지만 않는다면 누가 감히 공격에 나가겠나?"

"아냐, 그래도 알프스 산악병이라면 나갈 거야. 저격병들 가운데에도 더러 있을 거고."

"저격병은 도망도 잘 치던데. 그들은 그런 걸 잊어버리려고 하지만."

"이런 얘기는 그만 지껄이는 게 좋겠죠, 중위님. 군대 만세!"

파시니가 비꼬는 투로 말했다.

"난 자네들이 얘기하는 의미를 잘 아네만, 자네들은 운전이나 잘하고 그리고……."

"…… 다른 장교들 있는 곳에는 이런 말 말고……."

마네라가 내 말을 이었다.

"전쟁이 빨리 끝나야 할 텐데……."

나는 계속 말을 이었다.

"한쪽이 싸움을 끝낸다고 해서 전쟁이 끝나는 건 아니야. 만약 우리가 싸우는 걸 그만둔다면 상태는 더욱 나빠질 뿐이야."

"이 이상은 더 나빠질 건더기도 없겠죠."

파시니가 심각하게 한마디 던졌다.

"전쟁보다 나쁜 게 또 어디 있습니까?"

"패전은 더 나빠."

"전 그렇게 생각하지 않습니다."

파시니는 여전히 심각한 어조로 말했다.

"패전은 고향으로 돌아갈 수도 있다는 거죠."

"적이 뒤쫓아 와서 집을 빼앗고 누이동생들을 약탈해요?"

"적이라고 모두 그런 짓을 하지 않을 겁니다. 그러므로 모두가 각자의 집을 지키는 겁니다. 누이동생들을 집 속에다 꼭 감춰 두고요."

"자넨 교수형에 처하게 될 걸. 놈들이 자넬 또다시 군으로 끌어낼 거야. 이번엔 앰뷸런스 운전병이 아니라 보병으로."

"모든 사람을 교수형에 처하진 않아요."

"남의 나라 사람을 군인으로야 안 쓸 거야."

마네라가 말했다.

"전투가 벌어지면 모두들 내빼고 말 테니."

"체코 사람들처럼?"

"자네들은 정복당한다는 것이 어떤 의미인지 전혀 모르는 모양이
군. 그러니까 대단치 않게 생각하지."

"중위님."

하고 파시니가 불렀다.

"중위님은 우리들이 지껄이는 대로 그냥 내버려 두세요. 아시겠습
니까. 전쟁만큼 나쁜 게 또 어디 있습니까? 앰뷸런스에 근무하는 우
리들은 처음에 전쟁이 얼마나 나쁜지 실감을 못했습니다. 그런데 지
금은 얼마나 나쁜지 깨닫게 되었으므로 그만둘 수밖에 없지요. 안 그
러면 모두들 정신병자가 될 테니까요. 개중에는 끝내 아무것도 모르
는 병사들도 있습니다. 장교들을 매우 두려워하는 병사들도 있어요.
애당초 전쟁이 시작된 건 그런 작자들이 있기 때문이지요."

"나도 전쟁이 나쁘다는 건 알고 있네. 하지만 어쨌든 끝장은 봐야
하네."

"끝나지 않습니다. 전쟁에는 끝이 없습니다."

"아냐, 있어."

파시니는 고개를 가로저었다.

"전쟁에서 이긴다고 해서 꼭 승리하는 건 아닙니다. 가령 우리가
산 가브리엘레를 점령했다 한들 무슨 소용이 있습니까? 카르소와 몬
팔코네와 트리에스트 같은 곳을 점령한들 뭣합니까? 그런다고 우리

에게 어떤 이득이 온다는 겁니까? 오늘 저쪽 산들을 다 보셨나요? 그
것들을 전부 점령할 수 있다고 생각하세요? 그야, 오스트리아군이
전투를 그만두면 얘기는 다르겠죠. 어느 한 쪽이 전투를 그만두어야
합니다. 왜 우리 쪽이 전투를 그만두지 않습니까? 가령 적군이 산을
내려와 이탈리아로 침입한다 하더라도 곧 그들은 지쳐서 돌아가 버
릴 거예요. 놈들에게도 자기 나라가 있으니까요. 하지만 영 글렀어
요. 지금처럼 전쟁만 하고 있잖습니까."

"자넨 웅변가로군."

"우리들은 생각도 하고 책도 읽습니다. 우리들은 농부가 아니라 기
술공입니다. 그러나 농부라 할지라도 전쟁을 고마워할 만큼 무지하
진 않습니다. 누구나 다 이 전쟁을 싫어하지요."

"나라를 다스리면서도 우둔하고 아무것도 모르는 어리석은 인간
들이 있는 법이야. 그들은 알래야 알 수도 없지. 그렇기 때문에 이런
전쟁을 하고 있지."

"게다가 그 전쟁으로 돈도 벌고 있거든."

"그러나 그들의 대부분은 돈벌이도 못하는 돌대가리들이야."

파시니가 말을 이었다.

"돈벌이도 못하는 바보들! 아무 벌이도 안 되는 걸 가지고 전쟁을
하고 있거든. 멍청한 녀석들!"

"자, 그만해 두세."

마네라가 말했다.

"아무리 중위님 앞이라지만 얘기가 지나쳐."

"중위님도 이런 얘길 은근히 좋아하실지도 모르지. 중위님을 전향
시켜 드려야 해."

"제발 그만해."

마네라가 다시 한 번 되풀이했다.

"식사 준비는 아직 안됐습니까, 중위님?"

구부치가 물었다.

"어디 가보고 오지."

고르디니가 내 뒤를 따라 함께 나왔다.

"뭐든 시키실 일 없습니까, 중위님? 뭐든지 도와 드리겠습니다."

그는 네 명의 운전병 중에서 제일 온순한 병사였다.

"괜찮으면 같이 가볼까?"

참호 밖은 무척 어두웠다. 산 너머로 긴 탐조등 광선이 움직이고 있
었다. 이 전선에는 군용 트럭에 실은 대형 탐조등이 있었다. 그래서
가끔 밤중에 도로상에서 탐조들을 만나는 수가 있었다. 그 군용 트럭
은 길에서 약간 벗어난 곳에 있었는데 한 장교가 광선의 방향을 지휘
하고 있는 것 같았다. 우리들은 벽돌 공장을 가로지른 다음 구호소
본부에 들렀다. 바깥 출입구 위쪽은 푸른 나뭇가지로 덮여 어둠 속에
서 마른 나뭇잎이 밤바람에 흔들려 바스락거리고 있었다. 구호소 안
은 불이 켜져 있었다. 소령은 상자 위에 걸터앉아 전화를 하고 있었
다. 군의관 대위 하나가 공격은 1시간 연기되었다고 내게 말했다. 그
리고 코냑을 한 잔 따라서 내게 권했다. 나는 판자로 된 테이블과 불
빛에 반짝이는 의료 기구와 세숫대야와 마개를 막은 병들을 둘러보

았다. 고르디니는 내 뒤에 서 있었다. 소령이 전화를 끝내고 일어서며 말했다.

"자, 이제 시작이다. 처음대로 하기로 했어."

밖을 내다보니 컴컴했다. 오스트리아군의 탐조등이 우리들 등 뒤의 산 위에서 움직이고 있었다. 잠깐 동안은 잠잠했으나 이윽고 우리가 있는 후면 쪽에서 포에서 일제히 포격이 시작되었다.

"이제 됐다."

소령이 중얼거렸다.

"저어, 식사 때문에 왔는데요, 소령님."

내가 물었으나 그는 듣질 못했다. 나는 다시 한 번 되풀이했다.

대형 포탄 하나가 날아와 벽돌 공장에서 터졌다. 또 한 방이 터졌다. 그 폭음과 함께 벽돌과 흙덩이가 마구 쏟아져 내려는 소리가 들렸다.

"뭐 먹을 게 좀 없습니까? 뭐든지 주시면 가지고 가겠습니다."

"파스타 아슈타(마카로니 요리의 일종)라면 좀 있네."

소령이 사병에게 말하자 그는 안으로 들어가서 이내 식어 빠진 마카로니를 쇠그릇에다 가득 담아 가지고 나왔다. 나는 그것을 고르디니에게 주었다.

"치즈는 없습니까?"

소령은 주기 싫다는 듯 퉁명스럽게 사병에게 치즈를 가져오라고 명령했다. 사병은 다시 뒤쪽으로 가서 흰 치즈를 한 덩이 들고 나왔다.

"고맙습니다."

"지금은 밖으로 안 나가는 게 좋네."

문 앞에다 무엇을 내려놓는 소리가 쿵 하고 들렸다. 그것을 들고 온 두 병사 중 하나가 안을 기웃거렸다.

"데리고 들어와!"

하고 소령이 소리쳤다.

"멀 우물쭈물하는 거야? 우리가 나가 끌고 들어오란 말이야?"

두 사람의 위생병이 다친 병사의 겨드랑이와 다리를 부축해 들어왔다.

"상의를 벗겨."

소령이 말했다. 그는 핀셋 끝에 가제를 집어 들고 있었다. 두 군의관이 상의를 벗었다.

"여기 있으면 안 돼. 밖으로 나가 있어."

소령이 두 위생병에게 말했다.

"가자!"

나는 고르디니에게 말했다.

"포격이 끝날 때까지 기다리는 게 좋을 걸."

소령이 돌아보면서 말했다.

"제 운전병들이 배를 곯고 있어요."

"그렇다면 마음대로 해."

밖으로 나오자 우리는 벽돌 공장 마당을 가로질러 달음박질쳤다. 강둑 바로 근천에서 포탄이 또 터졌다. 계속해서 또 한 방 날아왔으나 우리들은 그 폭발 소리를 듣지 못했다. 우린 얼른 납작 엎드렸다.

섬광과 폭풍과 화약 냄새. 우르르 떨어지는 벽돌 파편. 모두가 눈 깜짝 할 사이에 벌어진 일이었다. 고르디니가 일어서서 참호를 향해 달렸다. 나도 치즈를 안은 채 그 뒤를 따라 달렸다. 부드러운 치즈 표면은 먼지투성이가 돼버렸다. 참호 속에서 세 운전병이 벽에 기대앉아 담배를 피우고 있었다.

"어이, 애국자 여러분!"

내가 불렀다.

"병원차는 어떻습니까?"

마네라가 물었다.

"괜찮아."

"놀라셨죠, 중위님?"

"그래, 이놈아."

나는 나이프를 꺼내 날을 닦고는, 더러워진 치즈 거죽을 도려내었다. 구부치가 마카로니가 담긴 쇠그릇을 나에게 내밀었다.

"먼저 잡수세요, 중위님."

"아냐, 바닥 위에 내려놔. 다 같이 먹자."

"포크가 하나도 없어요."

"제기랄."

나는 영어로 말했다.

치즈를 잘게 썰어 마카로니 위에 늘어놓았다.

"둘러앉지 그래."

그들은 앉아서 기다렸다. 나는 마카로니 속에 두 손가락을 넣었다가 집어 올렸다. 마카로니 한 덩어리가 딸려 올라왔다.

"높이 쳐드세요, 중위님."

팔자라는 데까지 쳐들어 올리자 마카로니 가락은 공중에 길게 늘어졌다. 그것을 입 속에 흘려 넣고 밑에서부터 쭉 빨아들이며 씹은 다음 치즈를 한입 베어 물고 포도주를 마셨다.

녹슨 쇠 맛 같았다. 나는 물통을 파시니에게 다시 주었다.

파시니는 물병을 받으며 말했다.

"썩었죠? 너무 오랫동안 놔두었더니……."

모두들 턱을 그릇 가까이 대고 고개를 뒤로 젖혀 가며 마카로니를 가닥 끝에서부터 쭉쭉 빨아들였다. 나는 마카로니와 치즈를 한입 더 입 속에 넣고는 포도주를 마셨다. 그때 뭔지 대기를 진동하는 듯한 소리가 들렸다.

"420밀리 포거나 지뢰일 거야."

구부치가 말했다.

"저 산에 420밀리 포는 하나도 없어."

내가 말했다.

"적은 커다란 스코다 포를 가지고 있어요. 스코다 포로 생긴 구멍을 본 적이 있어요."

"305밀리 포겠지."

우리들은 상관 않고 계속 먹었다. 기침을 하는 듯한 소리며 기관차가 발도 소리 비슷한 들리더니 다음 순간 또 땅을 흔드는 듯한 폭발 소리가 났다.

"여긴 완전히 깊은 참호가 아닌데."

파시니가 말했다.

"지금 것은 대형 박격포였구나."

"그렇습니다."

먹다 남은 치즈를 마저 먹고서 다시 포도주를 한 모금 들이켰다. 다른 요란한 소리와 함께 또 기침 소리가 들렸다. 이어 '슈슈슈' 하는 소리와 함께 강렬한 섬광과 굉음. 섬광은 처음에는 흰 빛인 듯하더니 붉어지면서 맹렬한 폭음과 더불어 사방으로 번져 나갔다. 나는 숨을 쉬려고 했지만 그럴 수가 없었다. 몸뚱이째 밖으로 빨려 나가는 것만 같았다. 또한 쉴 새 없이 허공으로 날아가는 것만 같았다. 온몸이 순식간에 밖으로 날려가는 순간 난 죽었구나, 하는 생각이 들었다. 그러나 곧 그것은 착각이었다는 것을 깨달았다. 나는 몸뚱이가 공중으로 떴다가 날아가는 게 아니라 미끄러지듯 내려오는 것을 느꼈다. 간신히 숨을 돌리고 보니 제자리에 되돌아와 있었다. 땅바닥이 패이고 갈라졌으며 내 머리 앞에는 부서진 갱목이 널려 있었다. 어찔어찔했다. 현기증이 났다. 어렴풋이 누가 뭐라고 소리 지르고 있는 게 들렸다. 누군가 비명을 지르는 것이라고 생각했다. 움직이려고 했지만 옴짝달싹도 할 수 없었다.

강 건너편 일대에서 퍼붓는 듯한 기관총과 소총 사격 소리가 들려왔다. 불꽃이 튀는 소리가 크게 나고 조명탄이 올라가 하늘에서 터지더니 흰 불빛을 내며 떠올랐다. 또 폭탄이 터졌다. 그것은 모두가 순식간의 일이었다. 바로 내 옆에서 비명 소리가 들렸다.

"아아, 어머니, 어머니!"

나는 간신히 몸을 끌고 겨우 다리를 빼고는 몸을 돌려 옆에 있는 사람을 만져 보았다. 파시니였다. 만지자 그는 비명을 질렀다. 그의 두 다리는 내 쪽을 향해 있었다. 번쩍이는 포화 사이로 본 그의 두 다리는 무릎 위까지 산산이 부서져 있었다. 한 쪽 다리는 아예 없어졌고 또 한쪽 다리는 힘줄과 바지가랑이 사이에 간신히 달랑달랑 붙어 있었다. 그 다리는 몸과 따로 떨어져 있는 것처럼 꿈틀거리고 뒤틀렸다. 그는 자기 팔을 물어뜯으며 신음했다. '아아, 어머니 어머니' 하다가 '살려 주세요, 성모님, 살려 주십시오, 성모님. 아아, 예수님, 날 쏘아 죽여주세요. 어머니, 어머니, 아아 이 세상에서 가장 성스럽고 아름다운 성모님, 날 쏘아 버리세요. 그만둬, 그만둬. 아아 예수님, 아름다운 성모님, 막아주십시오. 오오, 오오……' 하더니 이내 조용해졌다. 그는 팔을 입에 물고 있었다. 그의 끊어진 다리가 꿈틀거렸다.

"앰뷸런스!"

하고 나는 두 손을 나팔처럼 입에 대고 외쳤다.

"앰뷸런스!"

파시니 옆으로 가까이 다가가서 다리에 지혈대를 감아 주려고 했지만 꼼짝도 할 수 없었다. 다시 한 번 힘을 주었더니 다리가 좀 움직였다. 다리와 팔꿈치로 겨우 몸을 끌 수 있었다. 파시니는 조용해졌다. 그의 곁으로 다가가서 상의를 벗기고 셔츠자락을 찢으려고 했으나 전혀 소용이 없었으므로 셔츠 한 끝을 이로 물어뜯었다. 그때 파시니의 각반 생각이 났다. 나는 털양말을 신고 있었지만 파시니는 각

반을 감고 있었다. 그러나 파시니는 한쪽 다리가 날아가 버렸다. 나는 그 각반을 풀기 시작했으나 풀고 있는 동안 곧 지혈을 할 필요가 없다는 것을 깨달았다. 이미 죽었기 때문이었다. 나는 그가 정말 죽었는지 다시 한 번 살폈다. 다른 세 병사의 행방도 찾아야 했다. 몸을 일으키려고 하자, 머릿속에 마치 인형의 눈알을 굴리는 추 같은 것이 덜렁덜렁 움직이는 것을 느꼈다. 그것은 눈알의 앞쪽에 와 부딪혔다. 두 다리가 뜨듯한 것이 축축했고 구두도 속이 끈적끈적했다. 포탄에 맞았구나, 하는 생각에 몸을 꾸부리고 한쪽 무릎을 만져 보았더니 무릎이 없었다. 손을 보았더니 무릎이 정강이쯤에 있었다. 셔츠에 손을 닦았다. 다시 공중에 떠 있는 한 방의 신호탄이 공중에 솟았다가 천천히 떨어졌다. 나는 내 다리를 보고 공포에 사로잡히기 시작했다.

"아아 하느님, 여기서 제발 절 구해 주소서."

그러나 나는 세 병사가 있다는 것을 생각했다. 운전병은 네 명이었다. 파시니는 죽었으니 세 사람이 남아 있을 것이다. 누군가가 내 겨드랑이를 잡고, 또 한 사람이 내 두 다리를 들었다.

"아직 세 사람이 있어. 하나는 죽고."

내가 말했다.

"저는 마네라예요. 들것을 가지러 갔는데 하나도 없군요. 어떠십니까, 중위님?"

"괜찮아. 고르디니와 구부치는 지금 어디 있나?"

"고르디니는 응급 치료소에서 붕대를 감고 있습니다. 구부치는 지금 중위님의 다리를 잡고 있잖아요. 제 목에 매달리십쇼, 중위님. 많이 다치셨습니까?"

"다리야. 고르디니는 많이 다쳤나?"

"괜찮습니다. 대형 박격 포탄이었어요."

"파시니는 죽었어."

"네, 압니다."

또 한 방의 포탄이 가까운 곳에 떨어졌다. 땅바닥에 엎드리는 바람에 그들은 나를 떨어뜨렸다.

"죄송합니다, 중위님."

마네라가 말했다.

"제목을 꼭 잡으세요."

"또 떨어뜨리지 않을까?"

"놀라는 바람에 그랬어요."

"자네들은 다치지 않았나?"

"둘 다 조금 다쳤을 뿐입니다."

"고르디니는 운전할 수 있을까?"

"못할 겁니다."

그들은 응급 치료소에 도착하기 전에 또 한 번 나를 떨어뜨렸다.

"망할 것들!"

나는 그들에게 욕을 해댔다.

"정말 죄송합니다, 중위님."

마네라가 어쩔 줄을 몰랐다.

"이젠 정말 조심하겠습니다."

응급 치료소 밖에는 많은 병사들이 땅바닥에 그냥 누워 있었다. 위생병들이 쉴 새 없이 부상병들을 들어 올리고 들어 내리고 있었다. 그럴 때마다 구호소의 커튼이 열리며 그 사이로 불빛이 흘러나왔다. 시체는 한편으로 치워 놓았다. 군의들이 소매를 걷어 올리고 백정처럼 피투성이가 되어 일을 하고 있었다. 들것이 충분치 못했다. 부상자 중에는 큰 소리로 비명을 질러대는 사람도 있었지만 대부분은 조용했다. 바람이 불어 구호소 앞에 있는 나뭇잎을 흔들었다. 밤이 되자 점점 더 싸늘해져 갔다. 위생병들이 쉴 새 없이 들것을 들고 안으로 들어와서는 부상자들을 내려놓았다. 구호소에 이르자 마네라는 위생 상사 한 명을 데리고 와서는 내 다리에 붕대를 감아 주도록 했다. 그는 상처에 먼지가 잔뜩 끼어서 출혈이 심하지 않다고 했다. 그는 될 수 있는 한 빨리 치료하겠노라는 한 마디를 하고는 안으로 들어가 버렸다. 고르디니는 운전이 불가능하게 됐다고 마네라가 말했다. 어깨가 으스러지고 머리에도 부상을 입었다고 했다. 벌써 어깨가 뻣뻣해져서 움직이지 않는다고 했다. 그는 벽돌담 한쪽에 반신을 일으켜 세우고 앉아 있었다. 마네라와 구부치는 각각 부상병을 싣고 떠났다. 둘은 제대로 운전을 할 수 있었다. 영국병이 세 대의 앰뷸런스를 몰고 왔다. 한 대에 운전병이 두 명씩 타고 있었다. 고르디니는 핏기 없고 몹시 초췌한 얼굴을 하고는 운전병 하나를 데리고 내 곁으로 왔다. 그 영국병은 몸을 구부려 나를 내려다보았다.

"많이 다치셨습니까?"

그가 물었다. 그는 키가 컸고 금테 안경을 쓰고 있었다.

"다리를."

"중상이 아니면 좋겠는데. 담배 한 대 피우시겠어요?"

"고맙소, 하나 주시오."

"운전병 두 명을 잃었다고 하던데요."

"그렇소. 하난 죽고 또 하난 당신을 이리 데리고 온 그 병사요."

"운이 나빴군요. 운전은 저희들이 할까요?"

"그렇게만 해주신다면 감사하겠소."

"차를 정말 조심해서 다루겠습니다. 그리고 나중에 숙사로 보내드리죠. 206호 맞던가요?"

"그렇소."

"거긴 경치가 좋더군요. 그 근방에서 장교님을 한 번 뵌 적이 있어요. 장교님은 미국인이시라죠?"

"그렇소."

"전 영국 사람입니다."

"아닌 줄 알았는데요."

"그러셨습니까? 전 영국 사람입니다. 이탈리아 사람인 줄 아셨습니까? 저희 부대에도 이탈리아 사람이 몇 있기는 합니다만."

"차를 봐주겠다니 고맙소."

"될 수 있으면 조심하겠습니다."

그는 몸을 일으켰다.

"이 사람이 장교님을 꼭 만나 달라고 제게 간청하더군요."

그는 고르디니의 어깨를 툭 쳤다. 고르디니는 어색한 듯 몸을 움츠리고 미소 지었다. 그 영국병은 제법 유창하고 정확한 이탈리아 말을 구사했다.

"자, 얘기는 다 됐네. 자네 중위님도 만나 뵈었네. 차 두 대는 우리들이 맡을 테니 걱정할 것 없네."

그는 잠시 말을 중단했다가 이어 계속했다.

"어떻게든지 여기서 안전한 곳으로 옮겨 가게 해드려야겠군요. 군의관을 좀 만나 봐야겠어요. 후송은 저희들이 하겠습니다."

그는 부상병들 사이를 헤집고 구호소 쪽으로 갔다. 커튼을 걷자 불빛이 새어 나왔다. 그가 안으로 들어가는 것이 보였다.

"저 사람이 중위님을 돌보아 줄 겁니다."

고리디니가 말했다.

"자넨 좀 어떤가, 프랑코."

"전 괜찮습니다."

그는 내 옆에 앉았다. 그때 구호소 입구에 친 커튼이 젖혀지며 두 사람의 위생병이 나왔다. 좀 전의 그 키 큰 영국병이 뒤를 따라 나왔다. 영국병은 내가 있는 데로 위생병을 데리고 왔다.

"이분이 바로 미국인 중위님이시라네."

그는 이탈리아 말로 얘기했다.

"아냐, 난 차례를 기다리겠소. 나보다도 심한 중상자가 많으니까. 난 정말 괜찮소."

"쓸데없는 영웅심은 버리세요."

그러더니 그는 다시 이탈리아 말로 얘기했다.

"다리를 조심하게. 다리를 몹시 다쳤으니까. 이 분은 윌슨 대통령
의 맏아드님이시라네."

그들은 나를 들어 올려 치료실로 데리고 갔다. 어느 수술대에서나
수술이 진행되고 있었다. 방안에는 비어 있는 수술대라고는 한 대도
없었다. 조그마한 몸집의 소령이 긴장된 얼굴로 우리들을 쳐다보았
다. 그는 나를 알아보고는 외과용 핀셋을 흔들어 보였다.

"괜찮은가?"

"괜찮습니다."

"제가 모시고 왔습니다."

키 큰 영국병이 이탈리아 말로 말했다.

"미국 대사의 아드님이십니다. 치료해 주실 때까지 여기 있겠습니
다. 치료가 끝나는 대로 첫차로 제가 후송하겠습니다."

그는 허리를 구부려 나를 내려다보며 말했다.

"부관님을 만나 서류를 만들어 가지고 오겠습니다. 그렇게 해야 모
든 일이 빨리 진행될 테니까요."

그는 내게 머리를 숙이고는 입구로 나갔다. 소령은 핀셋을 하나씩
고리에서 끌러 대야 속으로 떨어뜨렸다. 나는 그의 손놀림을 지켜보
았다. 그는 붕대를 감기 시작했다. 위생병이 부상자를 수술대에서 내
렸다.

"이번에는 미국인 중위를 수술해야겠어."

군의관 대위 한 사람이 말했다. 그들은 나를 딱딱하고 미끄러운 수
술대 위에 눕혀 놓았다. 약 냄새, 퀴퀴한 피 냄새 등 여러 가지 독한

냄새가 코를 찔렀다. 그들은 내 바지를 벗기면서 위생 하사관에게 치료 도중 하는 말을 적도록 했다.

"좌우 대퇴부, 좌우 무릎 관절 및 오른쪽 다리에 다수의 외상, 우측 무릎 관절 및 다리에 심한 부상. 두피 파열상."

그는 계속해서 상처를 더듬어 내려갔다.

"아파요?"

"앗! 아파!"

"두개골에 골절의 의심 있음. 제일선 복무 중 부상. 이렇게 해두면 일부러 부상당했다고 군법회의에 회부되진 않을 거야."

이렇게 말한 다음 그는 이어,

"브랜디 한잔하겠나? 도대체 어쩌다 이렇게 됐소? 뭘 하려고 그랬지? 자살? 파상풍 예방을 부탁하네. 그리고 양쪽 다리에 십자표를 달아 주게. 난 이걸 좀 씻어내고 붕대를 감아 줘야겠군. 자네 피는 깨끗이 응고했는걸."

하사관이 서류에서 눈을 떼고 물었다.

"이 부상은 무엇 때문입니까?"

군의관 대위도 물었다.

"뭣에 맞았소?"

나는 눈을 감은 채 말했다.

대위는 지독히 아프게 치료를 하면서 말했다.

"그게 정말이오?"

"그런 것 같습니다."

난 참으려고 애쓰면서도 근육이 잘려져 나갈 때는 뱃속까지 떨리는 것을 느꼈다.

군의관 대위는 무언가를 발견하고 큰 소리를 쳤다.

"적의 박격포탄 파편이오. 당신이 원한다면 이 파편을 조사해 보는 게 좋겠지만 그럴 필요는 없어. 여기다 약을 충분히 발라 놓지. 여기가 쑤시지는 않소? 됐어. 이런 것쯤은 나중에 오게 될 통증에 비하면 아무것도 아니오. 통증은 아직 시작도 되지 않은 셈이오. 브랜디를 한 잔 갖다 줘. 취하면 좀 덜 아프지. 아직 아픈 것도 모를 걸. 덧나지만 않으면 걱정할 건 없어. 지금으로 봐서는 덧날 것 같지 않은데. 머린 어떻소?"

"무척 아픈데요."

"그럼 브랜디는 안 되겠소. 두골이 상해서 염증이 생길 수도 있으니까. 여긴 어때요?"

온몸에 진땀이 흘렀다.

"지독히 아파요."

"두골이 상한 것 같소. 붕대로 싸매드리지. 머리에 충격을 가하면 안 돼요."

그의 붕대 감는 솜씨는 아주 일품이었다. 잠깐 동안에 붕대는 단단하게 감겨졌다.

"다 된 것 같소. 행운을 빌겠소. 프랑스 만세."

"이 사람은 미국인이야."

다른 대위 하나가 말했다.

"난 또 프랑스 사람인 줄로 착각했지. 프랑스 말도 잘 하시더라고."

하고 그 대위는 말했다.

"전부터 얼굴은 알고 있었지만 늘 프랑스 사람인 줄로만 알았지."

그는 코냑을 반 컵이나 마셨다.

"무엇이든지 조심하시오. 그 파상풍 예방약도 충분히 가져가고."

대위는 나에게 손을 흔들었다. 들것에 들려 나올 때 담요 자락이 내 얼굴을 스쳤다. 밖으로 나오자 부관인 하사가 누워 있는 내 옆에 무릎을 꿇고 앉아서 물었다.

"성명은? 이름은? 계급은? 출생지는? 병과는? 소속 부대는?"

"머리를 다쳐서 안됐군요. 아까보다 좀 덜하십니까? 이제 영국군 야전 앰뷸런스로 후송하겠습니다."

"괜찮소. 대단히 고맙소."

아까 소령이 얘기한 그 통증이 벌써 시작되었다. 이젠 앞으로 어떤 일이 일어난다 해도 흥미도 없고 관심도 없는 것이다.

잠시 후 영국군 앰뷸런스가 와서 나를 들어 올려 차 안으로 밀어 넣었다. 옆에 또 한 개의 들것이 있었다. 거기 한 명의 사나이가 누워 있었는데 얼굴 전체를 붕대로 감아 핏기 없는 코만 보였다. 그는 매우 고통스럽게 숨을 쉬곤 했다. 또 몇 개의 들것이 태워졌다.

그 키 큰 영국군 운전병이 와서 안으로 들여다보며 말했다.

"아주 서서히 몰겠습니다. 마음을 놓으십시오."

엔진 소리가 났고 그가 운전석으로 올라가 브레이크를 풀고 클러치를 거는 것을 느낄 수 있었다.

우리들은 잠시 후 출발했다. 나는 가만히 누운 채 뼛속까지 스미는 통증을 참고 있었다.

앰뷸런스가 언덕길에 이르자 속력은 좀 줄어들었다. 길이 복잡해서 가끔씩 서기도 하고 또 커브 길에서 뒤로 물러나기도 했지만 곧 제 속도를 찾고 빠르게 달려 올라갔다.

나는 무언가 뚝뚝 떨어지는 소리를 들었다. 처음에는 천천히 규칙적으로 떨어지더니 이내 그것은 흐르는 것처럼 떨어져 내렸다. 내가 운전병에게 소리를 지르자 그는 차를 세우더니 뒤창으로 우리를 들여다보았다.

"뭡니까?"

"내 위에 있는 부상병이 출혈이 심해."

"도착하려면 얼마 안 남았습니다. 저 혼자서는 도저히 들것을 끌어내릴 수 없으니까 조금만 참으십시오."

그는 다시 차를 몰았다. 피는 계속 내게로 흘러 떨어졌다. 어두웠기 때문에 머리 위 어디쯤 떨어지는지 대체 알 수가 없었다. 나는 몸에 떨어지지 않게 옆으로 비키려고 했으나 잘 되지 않았다. 뜨뜻한 피가 흘러 들어와 셔츠 밑이 미적지근하고 끈적끈적했다. 게다가 춥고 다리에 통증이 찾아와 기분이 언짢았다.

한참 후 머리 위 들것에서 떨어지는 흐름이 줄고 또다시 처음처럼 똑똑 한 방울씩 방울져 떨어지기 시작했다. 들것의 천이 움직이는 소리가 나고 들것 안에 있는 사나이가 편안한 자세를 취한 것 같은 기색이었다.

"조금 있으면 도착입니다. 그 사람은 어떻습니까?"

영국병이 뒤를 향해 소리를 질렀다.

"죽은 것 같은데."

핏방울은 겨울철 해가 진 후 고드름에서 물방울이 떨어지는 것처럼 간간히 떨어졌다. 차차 지대가 높아져가자 차 안은 자꾸만 추워졌다. 주둔지에 도착하자 그 들것을 밖으로 날라내고 대신 다른 들것이 실려 들어왔다. 그리고 차는 계속해서 달렸다.

10

야전 병원의 병실에서 오후에 나는 누가 찾아왔다는 연락을 받았다. 날씨는 덥고 병실에는 파리가 많았다. 내 담당 위생병은 종이를 기다랗게 오려 그것을 막대기 끝에 잡아매어 총채를 만들고는 그것으로 파리를 내몰았다. 나는 파리 떼가 천장에 가 앉는 것을 지켜보았다. 그가 지쳤는지 파리 쫓기를 그만두고 잠이 들자, 파리들은 다시 날아 내려왔다. 나도 처음에는 파리를 쫓곤 했는데, 나중에는 나도 두 손으로 얼굴을 가리고는 자버렸다. 무척 후텁지근했다. 잠이 깨자 다리가 가려웠다. 위생병을 깨우고 붕대 위로 탄산수를 좀 부어달라고 부탁했다. 탄산수는 침대마저 적셔 무척 시원했다. 잠이 들지 않은 환자들은 병상 너머로 서로 얘기를 주고받았다. 오후에는 사뭇 조용했다. 아침에는 한 명의 군의와 세 명의 간호병이 차례로 병상을 돌았다. 그들은 환자를 치료실로 데리고 가서 치료했다. 그리고 그동안 침대를 다시 정돈했다. 치료실로 옮겨지는 것은 편한 일은 아니었기 때문에 나는 치료실에 가는 것이 너무 싫었다. 나중에 가서야 나는 환자를 침대에 눕혀 둔 채로도 자리를 정돈할 수 있다는 것을 겨우 알게 되었다. 위생병이 탄산수를 다 뿌리자 기분이 상쾌해졌다. 나는 가려운 발뒤축을 간호병에게 긁어 달라고 했다. 군의 하나가 리날디를 데리고 들어왔다. 그는 들어오더니 침대 위로 허리를 구부려 나에게 키스를 했다. 리날디는 장갑을 끼고 있었다.

"어때, 도련님, 좀 괜찮은가? 이걸 가지고 왔지."

코냑 병이었다. 위생병이 의자를 가지고 왔다.

"그리고 좋은 소식을 전하지. 자네 아마 훈장을 타게 될 걸세. 은장밖에 못 타지만."

"뭣 때문에?"

"중상을 입었으니까. 만약 자네가 공훈을 세웠다는 것을 증명할 수 있다면 은장을 탈 수 있을 걸세. 그렇지 못하면 동장이고. 어떻게 된 건지 그때 일을 자세히 얘기해 보게나. 자네가 어떤 영웅적인 행동을 했나?"

"한 건 정말 아무것도 없어. 다들 치즈를 먹고 있을 때 폭탄이 터져서 나만 이렇게 된 거지."

"농담이 아냐. 부상을 입기 전후에 무슨 영웅적인 행동을 했을 것 아냐? 잘 생각해 봐."

"없다니까."

"누구를 업어다 주진 않았나? 고르디니 얘기로는 자네가 대여섯 명 정도의 부상병을 업어 날랐다는데, 1주둔지의 소령은 그럴 리가 없다고 한단 말이야. 그 소령이 전공(戰功) 보고서에 서명해야 하는데."

"나르긴 누굴 날라, 움직일 수도 없었는데."

"그건 아무래도 좋아."

리날디가 말했다.

"자네가 은장 정도는 탈 수 있을 것 같아. 다른 부상병보다 먼저 치료받기를 자네가 거부했다지?"

"그렇게 한마디로 거절한 것도 아니야."

"그런 건 아무래도 상관없어. 현재 자넨 큰 부상을 입지 않았나. 늘 최전선만을 지원하던 자네의 용감한 행위를 생각해 봐. 게다가 작전도 성공이고."

"강을 건너는 데는 성공했나?"

"대성공이지. 약 천 명 가까운 포로를 잡았네. 회보에도 실렸는데 자네 못 봤나?"

"못 봤어."

"다음에 갖다 주지. 성공적인 기습이었네."

"어떤가, 모두들?"

"모두 잘 있네. 모두들 자네를 자랑하고 있는 걸. 부상시의 상황이 어땠는지 내게 설명해 봐. 꼭 은장을 탈거야. 자, 얘기해 보라고. 빨리 말해 봐."

그는 말을 끊고 잠시 생각하는 듯했다.

"어쩌면 영국 훈장도 탈 수 있을 거야. 그때 영국 사람도 있었지, 그렇지? 그 친굴 만나서 자녤 추천해 줄는지 물어봐야겠군. 그 친구가 협조해 줄 거야. 몹시 아픈가? 한잔 들게나. 위생병, 병따개 좀 가져와. 참 그렇지, 내가 소장을 3미터나 잘라내는 수술을 어떻게 했는지 보여줘야 하는데. 이젠 전보다도 훨씬 능숙해졌네. 이건 〈란셋〉(영국의 주간의학 잡지)에 실릴 만하네. 자네가 만약 번역을 해준다면 〈란셋〉에 기고할 생각이야. 나날이 난 실력이 늘어간다네. 불쌍한 이 친구야, 몸은 어떤가? 그런데 그 병따개가 어디 갔기에 이리도 늦지? 자네가 너무도 조용히 있어서 난 자네가 괴로워하고 있다는 걸 깜박 잊어버리고 있었네."

그는 장갑으로 침대 가장자리를 탁 쳤다.

"병따개 가져왔습니다, 중위님."

하고 위생병이 말했다.

"마갤 따고, 잔도 가져오게. 자, 마시게. 머린 어때? 자네 서류를 보니 골절은 전혀 없어. 그 1주둔지의 응급소 소령은 돼지 백정이야. 내가 자녤 치료했더라면 조금도 아프게 하지 않았을 텐데. 매일 어떻게 하면 좀 더 쉽고 솜씨 있게 수술할 수 있는가 노력하고 있는 중일세. 혼자 너무 떠들어서 미안하네. 자네가 이렇게 심한 부상을 당한 걸 보니 내가 흥분했는가보네. 자, 마시자고. 맛이 아주 기가 막혀. 15리라나 준 거야. 맛이 좋을 수밖에. 파이브 스타(술이름)일세. 가는 길에 들러 영국 군인을 만나봐야겠네. 자네가 훈장을 타도록 아마 힘써 줄 거야."

"그까짓 하찮은 일로 훈장을 주지는 않아. 게다가 나는 영국인도 아닌데."

"자넨 참 겸손하군. 연락 장교를 보내 봐야지. 그는 영국 사람들을 주물러 놓을 수 있을 거야."

"버클리 양을 만났나?"

"여기 데려다 줌세. 곧 가서 데리고 오겠네."

"그마두게. 고리치아 얘기라도 해주게. 여자들은 어떤가?"

"여자다운 여자라곤 하나도 없어. 벌써 2주일 동안이나 가지 않았는걸. 난 거긴 절대로 안 가. 체면도 좀 생각해야지. 여자라기보다는 모두 정든 전우나 마찬가지일 뿐이야."

"전혀 가지 않나?"

"새로 온 여자가 있나 가볼 뿐이지. 지나가는 길에 들러보는 정도야. 모두 자네 얘기만 묻던데 그래. 그들과 친구가 될 만큼 오래 지냈다는 건 정말 한심한 일이야."

"여자들도 이곳으로 오고 싶지는 않은 모양이지."

"오고 싶어야 하지. 군엔 흔한 게 여잔데. 다만 운영 방법이 틀렸어. 후방 참호 속에 있는 녀석들의 노리개로나 삼고 있으니 원."

"안 됐는데, 리날디. 외롭게 혼자 전선에 나와 있는데, 여자마저 못 보다니."

리날디는 코냑을 한잔 따라 마셨다.

"몸에 해가 되진 않을 거야, 마시게."

나는 코냑을 마셨다. 리날디는 또 한 잔 따랐다. 그는 이제 말이 없었다. 그는 잔을 높이 들었다.

"자네의 용감한 부상을 위해, 그리고 자네 은장을 위해 건배! 날씨도 더운데 이렇게 밤낮 누워만 있으니 짜증나지 않나?"

"때론 그래."

"나 같으면 죽어도 이렇게는 못 있을 거야. 아마 미쳐버릴 거야."

"그렇지 않아도 자넨 미쳤는데 뭘."

"자네가 어서 돌아와야겠어. 밤중에 연애를 끝내고 돌아오는 놈이라곤 하나도 없어. 피를 나눈 형제 같은 놈도 없고, 한 방에서 같이 지내는 놈도 없어. 돈을 빌려주는 놈도. 자넨 왜 부상을 당했단 말인가?"

"군목을 놀려주면 되지 않나?"

"그 군목 말이야. 그 군목을 놀려 먹고 재미있어 하는 사람은 정작 내가 아니라 대윌세. 난 군목을 좋아해. 군목이 필요하다면 내가 데리고 오지. 자넬 보고 싶어 하네. 단단히 준비하고 있던데 그래."

"나도 그가 좋아."

"응, 알고 있어. 때론 자네와 군목이 그거 아닐까 하고 생각 되더군. 어때, 내 말이 틀렸나?"

"거 쓸데없는 소리."

"아냐, 가끔 그래보여, 다소 그것다운 데가 있어. 안코나 여단의 제1연대 녀석들처럼."

"뭐라구, 헛소리 작작해."

그는 일어서서 장갑을 끼었다.

"아, 난 자넬 놀려먹는 게 재미있네. 자네에겐 군목도 있고, 또 영국 여자도 있어. 그 사람들에 대한 심중은 아마 자네도 나와 마찬가지일 거야."

"천만에."

"아냐, 정말 그래. 자네는 진짜 이탈리아 사람 같아. 불과 연기뿐이지 속은 텅 비었어. 자네는 그저 미국 사람 흉내만 내고 있을 뿐이야. 우리들은 형제야, 서로 사랑하고 있다고."

"내가 없는 동안 점잖게 지내고 있게."

"버클리 양을 보내지. 자넨 나보다는 그녀와 함께 있는 것이 훨씬 괜찮을 거야. 그편이 더 달콤할 테니까."

"고약한 친구."

"그 여잘 보내겠네. 자네의 아름답고 냉정한 여신, 영국 여신을. 그런 여자라면 그저 남자는 우러러보는 방법밖에 별 수 있나? 대체 영국 여잔 그 밖에 무슨 소용이 있나?"

"자네는 무식한 이탈리아 놈이야."

"무식한 뭐라고?"

"무식한 이탈리아 꽁생원이란 말이야."

"내가 무식한 꽁생원이라면 자넨 냉혈한 꽁생원이야."

"자넨 무식하고 멍청해."

이 말이 그의 가슴을 따끔하게 한 것을 눈치채고 나는 다시 말을 이었다.

"무식하고 풋내기고, 그러니까 결국 자넨 바보야."

"정말인가? 그렇다면 나도 할 말이 있네. 자네의 선량한 여자에 대해 얘기해 볼까? 자네의 그 여신에 대해. 얌전한 처녀와 거리의 여자와 다른 점은 꼭 하나야. 처녀를 상대할 때는 골치 아픈 일이 따른다는 걸세."

그는 장갑으로 침대를 때리며 말했다.

"그리고 처녀 측에서도 정말 그걸 좋아하는지 어떤지, 이건 자넨 분명 몰라."

"……."

"자네 화났나?"

"천만에, 화는 내가 왜 내나?"

"나는 단지 자네를 위해 가르쳐 줄 따름이야. 자네에게 번거로운 일이 생길까봐."

"차이란 그것뿐인가?"

"그렇지. 하나 자네 같은 바보들은 그걸 전혀 모르지."

"어쨌든 알려줘서 고맙네."

"그만두세. 난 자네를 너무 좋아하니까 하는 소리야. 그러니 바보짓은 말게, 제발."

"알았네. 나도 자네처럼 현명해지도록 노력해보겠네."

"화내지 말게. 웃고 술이나 마시게. 난 그만 가 봐야겠어."

"자넨 좋은 친구야."

"그야 물론이지. 한 꺼풀 벗기고 보면 나나 자네나 마찬가지야. 우린 전우 아닌가. 작별의 키스를 해주게."

"이런 친구 봤나."

"아니. 내가 자네보다 인정이 많을 뿐이지."

그의 숨결이 가까이 온 것을 나는 느꼈다.

"잘 있게."

그의 숨결이 멀어져 갔다.

"자네가 싫다면 키스는 생략하겠네. 자네 여잘 보내 주지. 잘 있게.
코냑은 침대 밑에 있어. 빨리 완쾌하길 바라네."

그는 가 버렸다.

11

군목이 온 것은 날이 어두워질 무렵이었다. 수프가 저녁 식사로 나
왔다. 식사를 마치자 나는 침대에 드러누워 나란히 늘어선 침대들을
바라보다가 미풍에 가볍게 떨고 있는 창밖의 나무 끝을 보았다. 시원
한 미풍이 창으로부터 불어 들어왔다. 해가 저물자 점점 기온이 서늘
해졌다. 파리 떼는 이제 천장과 전선에 매달린 전구에 달라붙어 있었
다. 전등은 밤에 환자가 운반돼 들어오거나 무엇을 할 때만 켰다. 황
혼의 어둠 속에 조용히 누워 있자니 마치 어린 시절로 돌아간 것만 같
았다. 이른 저녁 식사를 마치고 잠자리 속에 누웠던 유년의 기억들이
떠올랐다. 그때 위생병이 침대 사이로 걸어오더니 내 옆에서 멈췄다.
누군가 동행이 있었는데 군목이었다. 조그만 몸집, 햇볕에 그을린 얼

굴은 어쩔 줄을 몰라 하는 표정을 짓고 있었다.

"몸은 좀 어떠십니까?"

그는 몇 개의 꾸러미를 침대 옆 마룻바닥에 내려놓았다.

"괜찮습니다, 군목님."

그는 좀 전에 리날디가 앉았던 의자에 앉아 겸연쩍은 듯이 밖을 내다보았다. 그는 퍽 피곤해 보였다.

"너무 늦어서 잠깐밖에 있을 수 없겠군요."

"늦긴요. 식당에선 지금도 여전합니까?"

그는 웃었다.

"나는 아직도 놀림감이지요."

그는 목소리마저 피곤기가 어려 있었다.

"덕택으로 다들 잘 있습니다."

다시 그는 물었다.

"괜찮아서 정말로 다행입니다. 많이 아프지는 않나요?"

그는 여간 피곤해 보이지 않았다. 이렇게 피곤해 하는 그를 전에는 본 일이 없었다.

"이젠 아무렇지도 않습니다."

"식사 때 뵐 수 없어 정말 섭섭합니다."

"나도 가고 싶군요. 늘 우리들은 유쾌한 시간을 보냈는데요."

"뭘 좀 가져왔습니다."

그는 꾸러미를 집어 들었다.

"이것은 모기장이고, 이것은 백포도주입니다. 백포도주 좋아하시죠? 그리고 이것은 영국 신문들입니다.”

“좀 풀어 주십시오.”

그는 기꺼이 그것들을 끌렀다. 나는 손으로 모기장을 집어 들었다. 그는 백포도주 병을 나에게 보인 다음 침대 옆 마룻바닥에 내려놓았다. 나는 신문 뭉치를 하나 집어 들었는데 창으로부터 새어 들어오는 희미한 불빛 덕분으로 표제를 읽을 수 있었다. 그것은 ‘세계의 뉴스’였다.

“다른 건 화보가 있는 신문입니다.”

“참 고맙습니다. 이런 걸 읽게 해 주셔서. 어디서 구하셨습니까?”

“메스트레로 주문했죠. 계속 구해다 그리죠.”

“오셔서 정말 기쁩니다. 군목님, 한잔하시겠습니까?”

“괜찮습니다. 두고두고 드세요. 당신을 위해서 가져온 거니까.”

“아뇨, 한 잔만 드세요.”

“그럼 그러죠. 다음에 또 가지고 오죠.”

위생병이 술잔을 가지고 왔다. 그가 병마개를 땄는데 코르크 병마개를 부서뜨리고 말았으므로 그 끝을 병 속에다 틀어넣어야 했다. 군목은 퍽 실망한 빛이었으나 다만,

“할 수 없죠, 괜찮습니다.”

라고 말했을 뿐이었다.

“군목님의 건강을 위해.”

“당신의 건강이 회복되길 바라며.”

우리들은 서로 대화 속으로 빠져들 만큼 허물없는 사이였는데 오

늘 만큼은 그것이 퍽 어려웠다.

"왜 그러십니까, 군목님? 퍽 피곤해 보이시는데."

"피곤하긴 하지만, 피곤할 이유는 전혀 없습니다."

"더위 먹으신 거 아니에요?"

"아뇨, 어쩐지 자꾸 맥이 빠져요."

"전쟁에 질력이 나셨군요."

"그렇진 않습니다. 그러나 전쟁은 정말 싫습니다."

"나도 물론 전쟁을 좋아하진 않습니다."

그는 고개를 흔들며 창밖을 내다보았다.

"당신은 전쟁을 그리 심각하게 생각하진 않습니다. 전쟁을 모릅니다. 용서하십시오, 이런 말을 해서. 부상당하신 건 잘 알지만."

"제 부상은 그냥 우연이었습니다."

"부상을 당했다 해도 역시 당신은 전쟁을 모릅니다. 정말입니다. 저 자신도 잘 모르지만 어렴풋이나마 느낄 수는 있습니다."

"제가 부상을 당했을 때에도 우리들은 모두 전쟁에 관해 제각기 의견을 얘기하고 있었어요. 파시니가 열을 내며 얘기했죠."

군목은 술잔을 내려놓았다. 그는 무언가 골똘히 생각 중이었다.

"나도 병사들 기분은 압니다. 나도 그들과 같은 처지니까요."

"그래도 군목님은 그들과는 다릅니다."

"아니, 별반 다를 게 없습니다."

"장교들이야말로 아무것도 모르지요. 물론 알고 있는 사람도 있죠. 개중에는 퍽 민감한 사람도 있어 누구보다도 전쟁을 유감스럽게

생각하지요."

"대개는 그렇지 않아요."

"교육과 돈하고는 상관이 없습니다. 뭔가 다른 게 있습니다. 교육과 돈이 있다고 해도 파시니 같은 사람은 장교를 꿈꾸진 않을 겁니다."

"나도 장교는 되고 싶지 않아요."

"군목님은 장교 대우를 받지 않습니까? 나도 장교이고."

"나야 진짜 장교가 아니죠. 당신 역시 이탈리아 사람은 아닙니다. 외국인입니다. 그런데도 당신은 병사보다는 장교 편에 가깝죠."

"병사와 장교는 어떻게 다른가요?"

"한마디로 단언할 수 없는 문제예요. 전쟁을 일으키고 싶어 하는 사람들이 있습니다. 이 나라에도 많지요. 반면에 전쟁을 싫어하는 사람도 있습니다."

"그러니까 전쟁을 일으키고 싶어 하는 사람들이 전쟁을 싫어하는 사람들을 시켜 싸우게 하는 거군요."

"그렇습니다."

"그리고 나는 그런 사람들을 도와주고."

"당신은 외국인이죠. 애국자입니다."

"그러면 전쟁을 싫어하는 사람들은 어떻습니까? 그들에게 전쟁을 그만두게 할 수 있습니까?"

"모를 일이지요."

그는 다시 창밖을 내다보았다. 나는 그의 얼굴을 쳐다보았다.

"대관절 그들이 이제까지 전쟁을 그만두게 하는데 성공한 적이 있습니까?”

“그들은 무슨 일을 도모할 조직력이 없어요. 만약 조직력이 생긴다면 그들의 지도자들이 그들을 팔아넘깁니다.”

“그렇다면 절망이군요.”

“전혀 희망이 없는 것도 아니에요. 가끔씩 희망도 생깁니다. 그래서 늘 희망을 가지려고 노력하고 있습니다.”

“그 사이 전쟁이 끝날지도 모르지요.”

“그러길 바랍니다.”

“전쟁이 끝나면 군목님은 뭘 하시겠습니까?”

햇볕에 그을린 그의 갈색 얼굴에 갑자기 활기가 돌았다.

“군목님은 아브루치를 사랑하시는군요.”

“네, 퍽 사랑합니다.”

“그렇다면 당연히 그곳으로 가시겠네요.”

“그렇게 되면 더할 나위 없이 행복하지요. 거기서 살며 하느님을 사랑하고 하느님에게 봉사할 수가 있다면요.”

“세상 사람들의 존경도 한 몸에 받고요.”

내가 덧붙였다.

“그렇습니다. 모든 사람의 존경을 받을 수 있다면, 또 그렇게 노력해야죠.”

“물론이죠, 존경을 받아야 하고 말구요.”

“그건 아무래도 괜찮아요. 저희 고향에선 으레 하느님을 사랑하는 것으로 생각하고 있습니다. 이건 쓸데없는 농담이 아닙니다.”

"알겠습니다."

그는 나를 보고 미소 지었다.

"당신은 하느님을 알고 있으면서도 사랑하지 않습니다."

"그렇습니다."

"하느님을 전혀 사랑하지 않습니까?"

"가끔 밤이면 하느님이 두려울 때도 있습니다."

"하느님을 사랑하지 않으면 안 됩니다."

"나는 무엇이든지 몹시 사랑하는 성격이 아닙니다."

"아니, 당신도 사랑을 할 수 있습니다. 밤에 가끔 나에게 하던 얘기, 그건 사랑이 아닙니다. 그것은 헛된 정열과 육욕에 지나지 않습니다. 사랑을 하면 무언가 하고 싶어지죠. 희생과 봉사를 하고 싶어집니다."

"나는 사랑을 못합니다."

"사랑하게 될 겁니다. 반드시 그렇게 될 겁니다. 그때는 당신도 행복해질 겁니다."

"나는 행복합니다. 여태까지도 늘 행복했고요."

"그것과는 전혀 다른 행복입니다. 사랑에서 오는 행복은 결코 얻어보지 않고는 모릅니다."

"글쎄요, 만약 그 행복이 제게 온다면 군목님께 꼭 알려 드리죠."

"너무 오랫동안 얘기한 것 같군요."

근 정말로 시간이 오래 지났음을 염려했다.

"아니, 좀 더 있다 가세요. 여자를 사랑하는 건 어떻습니까? 만일

내가 진심으로 어떤 여잘 사랑한다고 해도 그와 비슷한 행복을 얻을
수 있을까요?”

“그건 모르겠습니다. 난 여잘 사랑해 본 일이 없으니까요.”

“당신 어머니는요?”

“어머니라면 언제나 사랑했지요.”

“군목님은 늘 하느님을 사랑하셨습니까?”

“아주 어린 시절부터 내리…….”

“그래요.”

그렇게 한 마디 해놓고 나는 뭐라고 말해야 좋을지 몰랐다.

“군목님은 훌륭한 젊은이입니다.”

“난 젊은이입니다. 그런데도 당신은 늘 나를 군목님이라고 부르
지요.”

“그건 예의니까요.”

그는 웃었다.

“정말 가야겠습니다.”

이렇게 한 마디 한 다음 그는 내게 물었다.

“제가 뭐 도와드릴 거 없습니까?”

그는 정말 도움을 주고 싶다는 표정이었다.

“없습니다. 군목님과 애기를 좀 더 나누고 싶은 것 외에는요.”

“식당 친구들에게 안부 전해드리지요.”

“여러 가지로 좋은 선물 보내주셔서 진심으로 감사드립니다.”

“아니, 뭘요.”

"또 와주세요."

"오고 말고요. 자아, 그럼 몸조리 잘하세요."

그는 가볍게 내 손을 두드렸다.

"안녕히."

나는 이탈리아 사투리로 말했다.

"안녕히."

그도 내 말을 흉내 냈다.

병실 안은 컴컴했다. 침대 발치에 앉아 있던 위생병도 군목과 함께 나갔다. 나는 그가 퍽 좋았으며 언젠가는 그가 아브루치로 돌아가 하느님을 사랑하며 살기를 바랐다. 그는 식당에서 늘 놀림을 당했지만 그 자신은 대수롭게 생각지 않았다. 나는 그가 고향에 돌아가면 어떤 생활을 할 것인가 곰곰이 생각해 보았다. 카프라코타에는 마을 아래로 흐르는 개울에 송어가 많다는 말을 들은 기억이 났다. 또 밤에 피리를 부는 것만은 금지되어 있다고 했는데 그것은 젊은 처녀가 밤에 피리 소리를 듣는 것은 처녀의 앞날에 좋지 못하기 때문이라고 했다. 그곳 농부들은 모두가 자기를 '나리'라고 부르며 길가에서 만나면 정중히 모자를 벗는다고 했다. 그의 부친은 매일 같이 사냥을 나가기 때문에 농가에서 식사를 했는데 농부들에게는 식사 대접이 최고의 영광이라고 했다. 타향 사람이 마을로 사냥을 하러 오면 아직까지 한 번도 죄를 지은 일이 없다는 증명서를 제출해야 한다고도 했다. 그란 삿소 이탈리아에는 곰이 있지만 거기까지는 사냥하러 가기에 너무 멀다고 했다. 아퀼라는 아름다운 마을이라고 했다. 그러나 무엇보다

도 아브루치의 봄은 이탈리아에서도 가장 눈부시게 아름답다고 그는
내게 자랑했다. 더욱 즐거운 것은 밤나무 숲으로 사냥갈 수 있는 가
을이라고 했다. 새들은 포도를 따먹기 때문에 모두가 살이 쪘고 도시
락 같은 건 전혀 가지고 갈 필요가 없다는 것이었다. 왜냐하면 농부
들은 자기 집에서 식사해 주는 것을 최고의 영광으로 생각하기 때문
이라고 했다. 그런 생각들을 하며 나는 잠이 들었다.

12

　병실은 길었다. 오른쪽에 창문이 있고 저쪽 끝으로 치료실로 통하
는 문이 있었다. 내 침대가 있는 줄은 창에 면해 있었고, 또 한 줄은
창 아래 벽에 면해 있었다. 그래서 왼쪽으로 돌아누우면 치료실의 문
이 보였다. 저쪽 끝으로 또 하나의 문이 있어 가끔 그 문으로 사람들
이 드나들었다.

　임종이 가까운 환자가 생기면 그 침대 주위에 휘장을 쳐서 사람들
에게 보이지 않도록 했다. 단지 군의관과 위생병의 각반만이 휘장 아
래로 보였고 임종 시에는 수군거리는 소리도 들렸다. 얼마 뒤에 군목
이 휘장 뒤에서 나오면 위생병이 들어가서 시체에 담요를 덮어가지
고 나와 침대 사이의 통로로 운반해 간다. 다음 누군가가 휘장을 걷
어서 간다.

　그날 아침 병실 책임인 소령이 나에게 다른 곳으로 이동할 수 있겠

느냐고 물었다. 할 수 있다고 대답했더니 그는 내일 아침 일찍 나를 후송하겠다고 했다. 날이 더워지기 전에 출발하는 것이 좋을 거라는 것이다.

치료실로 돌아갈 때 창밖을 내다보니 마당에 새로 만들어진 무덤이 눈에 띄었다. 한 병사가 정원으로 통하는 문밖에 앉아 십자가를 만들고는 거기다가 죽은 병사의 성명과 계급, 소속 연대 따위를 페인트로 쓰고 있었다. 그는 병실 안에서 일하는 병사였다. 한가한 틈을 이용해 오스트리아군의 소총 탄피로 라이터를 만들어 내게 선물한 일도 있었다. 군의관들은 모두가 친절했고 유능해 보였다. 그들은 나를 밀라노로 보내고 싶어 했다. 밀라노에는 좀 더 훌륭한 엑스레이 설비도 있고, 또 수술을 받은 뒤에 물리 치료를 받을 수도 있으므로 나는 밀라노로 가고 싶었다. 병원에서는 가능한 한 우리들 모두를 후방으로 보내고 싶어 했다. 공격이 시작되면 침대가 많이 필요하기 때문이다.

야전 병원을 떠나기 전날 밤, 리날디가 우리들의 식당 친구인 소령을 데리고 문병을 왔다. 그들의 얘기를 들어보니 내가 밀라노에 새로 생긴 미군 병원으로 이송될 것이라고 했다. 미군 위생대와 약간의 부대가 이 병원에 파견될 예정이었는데 그들은 이탈리아에서 군무에 종사하고 있는 미국 사람들을 돌볼 예정이었다. 적십자사에는 많은 미국인들이 있었다. 미국은 독일에는 선전 포고를 했으나, 오스트리아에는 아직 하지 않았다.

미국이 오스트리아에 대해서도 곧 선전 포고를 할 것이라고 이탈리아 사람들은 확신하고 있었다. 그래서 파견되어 오는 미국인에 대해서는 설령 적십자 요원들이라도 무조건 환영을 했다. 그들은 윌슨 대통령이 오스트리아에도 선전 포고를 할 것이냐고 나에게 물었다. 나는 그것이 시간 문제일 뿐이라고 대답했다. 미국 사람이 오스트리아에 대해서 어떤 감정이 있는지 모르지만, 독일에 대해 선전 포고를 했다면 의당 오스트리아에 대해서도 선전 포고를 하는 것이 순리 아니겠는가. 미국이 터키에 대해서도 선전 포고를 할 것이냐고 그들은 물었다. 그건 나 역시 모른다고 대답했다. 터키(칠면조)는 우리 미국 국민들이 좋아하는 새이기 때문이라고 했더니, 이 농담이 잘못 통역되어 그들은 매우 어리둥절해 했다. 난 어쩌면 터키에 대해서도 선전 포고를 할 것이라고 말해 줬다. 그렇다면 불가리아는?

　우리들은 이미 브랜디를 대여섯 잔이나 마신 뒤였다. 나는 맹세코 미국은 불가리아와 일본에 대해서도 선전 포고를 할 것이라고 말했다. 그랬더니 그들은 일본은 영국의 동맹국인데 그럴 수 있느냐고 했다. 영국을 신용할 수 있는가? 일본은 하와이를 탐낸다고 나는 말했다. 하와이란 대체 어디 있는 거야? 태평양에 있지. 왜 일본은 그것을 탐내지? 일본이 정말 탐낸다는 것은 아니고 단지 그렇다는 얘기지. 춤과 약한 술을 좋아하는 일본인은 우수한 국민이지. 프랑스인 같군, 하고 소령이 얘기했다.

　우리들은 프랑스로부터 니스와 사브와를 빼앗고 다음에 코르시카와 아드리아 해안 전체를 점령한다고 리날디가 말했다. 이탈리아는 다시 고대 로마의 영화로 돌아간다고 소령이 한술 더 떴다. 나는 로마를 좋아하지 않는다고 반박했다. 날씨는 푹푹 찌고 온통 벼룩투성이야. 뭣이 어째, 로마를 좋아하지 않는다고, 자넨? 천만에, 난 로마가 제일 좋아. 로마는 모든 나라의 어머니야. 나는 티베르 강물을 먹고 자란 로물루스(동생과 함께 티베르 강가에 버려졌으나 이리의 젖을 먹고 자라 로마를 건설했다는 전설의 인물)를 잊을 수가 없어. 뭐라고? 아냐, 아무것도 아냐. 다같이 로마로 가세. 오늘 밤에 로마로 가서 돌아오지 말기로 하세. 로마는 정말 아름다운 도시야, 하고 소령이 열을 올렸다. 그렇지, 모든 나라의 어머니인 동시에 아버지야, 하고 이번에는 내가 한마디 덧붙였다. 로마는 여성이야, 하고 리날디가 말했다. 그러므로 아버지가 될 수가 없지. 그럼 아버지는 누구야. 성령인가? 신을 모독하지 말게. 나는 모독하려는 게 아니야. 다만 알려고 할 분이야. 자네 취했어, 도련님. 누가 나를 취하게 했지? 나지, 하고 소령이 말했다. 내가 자네를 취하게 했지. 왜냐하면 난 자네가 마음에 드니까. 게다가 미국이 참전해 주었으니까. 실컷 마셔서 취할 거야, 하고 내가 큰소리쳤다. 자네는 내일 아침 떠나야 해, 도련님, 하고 리날디가 거들었다. 응, 로마로, 하고 내가 말했다. 아냐, 밀라노야. 밀라노로? 소령이 말했다. 수정궁으로, 코바로, 캄파리로, 비피로, 갈레리아로. 자네는 운이 좋아. 그란이탈리아에도 가야지, 거기서 조지한테 돈을 빌려야지, 하고 내가 말했다. 스칼라에도 갈 테야. 그리고 매일 밤 가겠어, 하고 내가 말했다. 무슨 돈으로 매일 밤 거길 가, 하고 소령이 말했다.

입장권이 터무니없이 비싸지. 뭘, 할아버지 앞으로 일시불 환어음을 떼면 되지, 하고 내가 말했다. 뭐라고? 일시불 환어음 말이야. 할아버지가 대신 갚아 줄 거야. 그렇지 않으면 형무소에 가는 거고. 은행에 있는 커닝검 씨가 도와주겠지. 나는 일시불 환어음으로만 먹고 사니까. 이탈리아를 구제하려다가 이제 죽음에 처해 있는 애국자 손자를 설마 할아버지가 형무소로야 보내지 않겠지. 미국의 가리발디 만세! 하고 리날디가 외쳤다. 일시불 환어음 만세! 내가 응했다. 조용히 해, 하고 소령이 우리를 환기시켰다. 몇 번이나 조용히 하라는 말을 들었으니까. 정말 내일 떠날 작정인가, 페데리코? 글쎄, 미국 병원으로 간다니까요. 리날디가 말했다. 예쁜 미국인 간호사들이 있는 곳으로. 그녀들은 야전 병원의 수염을 기른 위생병들과는 전혀 다르지. 그래 알겠어, 소령이 말했다. 하지만 수염 같은 건 염려하지 않아, 하고 내가 말했다. 수염을 기르고 싶거든 누구든지 기르라고 내버려 둬. 소령님은 근데 왜 수염을 기르지 않습니까? 방독면을 쓸 때 안 들어가기 때문이지. 아뇨, 들어갑니다. 방독 마스크 속엔 뭐든지 다 들어갑니다. 나는 방독 마스크 속에서 구역질을 한 적도 있습니다. 제발 큰소리로 얘기하지 마, 도련님, 하고 리날디가 핀잔을 주었다. 자네가 전선에 있었다는 건 모두 알고 있으니까. 아아, 그런데 자네가 떠나 버리면 난 이제 어떡하지? 그만 가야겠네, 이젠, 하고 소령이 말했다. 여기 있으면 자꾸 감상적이 돼서 안 되겠어. 어이, 자넬 깜짝 놀라게 할 것이 하나 있네. 자네 그 영국 여자 말이야. 그 여자도 밀라노로 간다는 거야. 자네가 매일 밤 병원으로 만나러 가던 그 영국 여자 말이야. 다른 간호사 하나하고 같이 미군 병원으로 근무하러 간다네.

밀라노에는 미국에서 아직 간호사가 오지 않았기 때문이지. 오늘 병원 원장을 만나서 얘길 들었지. 전선에 여자가 너무 많아서 일부는 후방으로 돌려보낸다는군. 어때, 반갑지? 그렇지? 자네는 이제부터 큰 도시에 가서 좋아하는 영국 여자를 품에 안을 수 있겠지? 난 왜 부상도 당하지 않을까? 부상당할는지 어떻게 아나, 하고 내가 말했다. 그만 가야지, 하고 소령이 말했다. 술 마시고 떠들어대고, 페데리코에게 너무 많이 폐를 끼쳤군. 천만에. 가지 마세요. 안 돼, 이젠 가야 해. 안녕, 도련님. 안녕, 행운을 비네. 재미 많이 보게. 그럼 또, 안녕. 빨리 돌아오게. 리날디가 나에게 키스했다. 자넨 소독약 냄새가 나는군. 안녕, 도련님. 안녕. 소령이 내 어깨를 다정하게 두드렸다. 그들은 발소리를 내지 않도록 조용히 걸어갔다. 나는 완전히 취해버렸고 그대로 잠이 들었다.

이튿날 아침 우리들은 밀라노를 향해 출발해 48시간 만에 도착했다. 열차가 메스트레에 닿기도 전에 전방 대피선에서 오랫동안 기다려야 했고 아이들이 몰려와서 차 안을 기웃거렸다. 한 조그마한 사내아이에게 코냑을 한 병 사다 달라고 했다. 그랬더니 꼬마는 한참 만에 돌아와 그라파밖에는 구할 수 없다고 했다. 그럼 그라파라도 사다 달라고 아이를 다시 보냈다. 술을 사오자 그애에게 심부름 값으로 나머지 거스름돈을 주었다. 나는 옆에 누운 친구하고 그것을 나눠 마셨는데, 취해서 빈센자를 지날 때까지 잠이 들어 버렸다. 눈을 뜨자 나는 바닥에 무척 많이 토했다. 그러나 옆의 친구는 벌써 여러 번이나 토하고 있었기 때문에 나는 문제도 아니었다. 베로나 교외의 정거장에서 차창 밖을 왔다 갔다 하고 있는 병사를 불러 물을 청했다. 병사는 물을 떠다 주었다. 얼마나 갈증이 나던지 정신없이 물을 들이마시고는 취한 친구를 깨워 물을 마시게 했다. 그는 어깨에 부어 달라고 하고는 또다시 잠이 들었다. 물을 떠다 준 그 군인은 고마움의 표시로 준 돈도 받지 않고 오히려 즙이 많은 오렌지 하나를 갖다 주었다. 나는 한입 깨물어 즙만 쭉쭉 빨아마시곤 속살은 뱉어버렸다. 그러면서 화차 앞에서 왔다 갔다 하는 그 병사를 바라보았다. 잠시 후에 열차는 덜컹하고 크게 한 번 흔들리더니 출발하기 시작했다.

제2부

13

    우리는 이른 아침 밀라노에 도착했다. 우리들은 화물차 플랫폼에 내려졌다. 한 대의 앰뷸런스가 오더니 나를 미군 병원으로 싣고 갔다. 들것에 실린 채로 앰뷸런스를 타고 있었기 때문에 나는 어디가 어딘지 전혀 알 수가 없었다. 앰뷸런스에서 내려지자 바로 눈앞에 시장과 술집이 보였다. 술집 앞을 한 젊은 여자가 청소를 하고 있었다. 사람들이 거리에 물을 뿌려 놓아 거리에선 이른 아침의 냄새가 풍겨 왔다. 그들은 나를 내려놓고 안으로 들어가 포터를 데리고 나왔다. 그는 회색 콧수염을 기르고 있었는데 포터 제모에 셔츠 소매를 걷어 붙이고 있었다. 아무리 기를 써도 들것은 엘리베이터 안으로 들어가

지 않았다. 그들은 나를 일으켜서 엘리베이터로 올라갈 것인지, 혹은
들것에 태운 채 계단을 이용할 것인지를 열심히 상의했다. 나는 그들
이 얘기하는 것을 들었다. 이내 그들은 엘리베이터로 결정을 내리고
는 나를 들것에서 안아 일으켰다.

"살살 해주게."

내가 말했다.

엘리베이터 안은 우리들만으로 꽉 차버렸다. 나는 다리가 꾸부러
져 아픔을 견딜 수가 없었다.

"다리를 좀 펴주게."

하고 내가 말했다.

"안됩니다, 중위님. 여긴 너무 좁아요."

이렇게 말한 병사가 나를 안고 있었다. 나는 두 팔로 그의 목을 감
았다. 그의 입에서 마늘과 붉은 포도주 냄새가 내게로 확 끼쳐 올라
왔다.

"가만히 계세요."

다른 사나이가 말했다.

"뭐라고, 가만히 있지 않고 그럼 누가 어쨌다는 건가!"

"그냥 가만히 계시라는 말입니다."

내 다리를 붙잡고 있는 병사가 되풀이해서 말했다.

엘리베이터 문이 닫히고 또 덧문도 닫히고 4층 단추를 누르는 포터
의 걱정스런 얼굴이 보였다.

엘리베이터는 천천히 올라갔다.

“무거운가?”

나는 마늘 냄새가 나는 병사에게 물었다.

“괜찮습니다.”

그는 얼굴에서 땀을 흘리며 퉁명스러운 말투로 얘기했다. 엘리베이터는 천천히 올라갔다가 멈추었다. 내 다리를 붙잡고 있던 병사가 먼저 문 밖으로 나갔다. 바로 발코니였다. 손잡이가 달린 문이 대여섯 개 보였다. 다리를 붙잡고 있던 병사가 벨을 눌렀다. 문 안쪽에서 벨 울리는 소리가 났으나 아무도 나오지 않았다. 이윽고 포터가 계단으로 올라왔다.

“사람들은 모두 어디 있어요?”

위생병이 물었다.

“모르겠습니다. 늘 아래층에 있으니까.”

“누구라도 좀 데리고 오게.”

포터는 벨을 누르고 문을 두드리다가 문을 열고 안으로 들어갔다. 그는 곧 안경을 쓰고 나이가 좀 들어 보이는 여자를 데리고 나왔다. 머리가 풀어져 금발 흘러내릴 것 같은 그 여자는 간호복을 입고 있었다.

“난 몰라요.”

하고 간호사가 말했다.

“난 이탈리아 말을 할 줄 몰라요.”

“제가 영어를 할 줄 압니다.”

하고 내가 말했다.

“절 병실로 좀 옮겨 주세요.”

“어떤 병실도 아직 준비가 끝나지 않았어요. 환자를 아직 받을 수가 없는데요.”

그녀는 머리를 치켜 올리며 안경테 너머로 근시안의 눈을 찌푸렸다.

“아무데라도 좋으니 날 수용할 만한 병실을 좀 알려주세요.”

“어떡하나. 환자가 오리라곤 생각지도 않았고, 또 아무 병실이나 사용할 수는 없고…….”

“어떤 병실이든 저는 상관없습니다.”

하고 말한 다음 포터를 향해 이탈리아어로 말했다.

“빈 병실이 있나 한번 찾아보게.”

“전부 비어 있습니다.”

하고 포터는 대답했다.

“중위님이 첫 번째 환자예요.”

그는 모자를 벗고 늙은 간호사의 눈치를 살폈다.

“제발 부탁이오, 병실 하나만 주십시오.”

다리를 꾸부리고 있으니 통증이 더욱 심했다. 뼛속까지 아픔이 스며들어 왔다. 포터가 간호사를 따라 들어가더니 이내 빠른 걸음으로 돌아왔다.

“절 따라오십시오.”

그들은 나를 업고 긴 복도를 따라 어느 병실로 들어갔다. 새 가구 냄새가 났다. 병실에는 침대와 거울이 달린 커다란 옷장이 있었다. 그들은 나를 침대 위에 내려놓았다.

“시트를 깔 수가 없어요.”

그 간호사가 말했다.

“시트 보관소가 잠겨 있어서요.”

나는 그녀에게는 아무 대꾸도 않고 포터에게 말했다.

“내 주머니에 돈이 있을 거요. 단추가 채워져 있는 주머니에.”

포터는 주머니에서 돈을 꺼냈다. 두 위생병은 모자를 손에 쥐고 침대 옆에 서 있었다.

“이 두 사람에게 5리라씩 나누어 주고. 당신도 5리라 갖고. 내 서류가 반대편 주머니에 있소. 그건 간호사에게 주고.”

위생병은 경례를 하더니 고맙다고 했다.

“잘 가게. 여러 가지로 수고 많이 하셨소.”

내가 말했다.

그들은 또 한 번 경례하고는 밖으로 나갔다.

“그 서류에…….”

나는 간호사에게 말했다.

“내 증세와 지금까지 받은 치료에 관한 기록이 있습니다.”

간호사는 서류를 들고 안경 너머로 그것을 들여다봤다. 서류는 모두 세 통이었고 접혀 있었다.

“어떻게 해야 좋을지 모르겠어요. 전 이탈리아 말은 도통 읽을 줄 몰라요. 의사 선생님의 지시 없인 아무것도 할 수 없어요.”

그녀는 간호복의 앞주머니에서 서류를 넣고는 훌쩍이기 시작했다.

“선생님은 미국 사람이세요?”

그녀는 울면서 물었다.

"그렇습니다. 미안하지만 그 서류는 침대 옆 테이블 위에다 그냥 놓고 가십시오."

병실은 어두컴컴하고 시원했다. 침대에 드러누워 저쪽 벽에 걸려 있는 큰 거울은 볼 수 있었지만, 무엇이 비치는지는 볼 수가 없었다.

포터가 침대 옆에 서 있었다. 그는 인상이 서글서글했고 친절한 사람이었다.

"가도 좋소."

하고 나는 포터에게 말했다. 간호사에게도,

"당신도 가도 좋습니다."

하고 나서 다시 이내,

"당신 이름은?"

"미시즈 워커입니다."

"가도 좋습니다, 미시즈 워커. 잠을 자고 싶으니까요."

병실에는 나 혼자만 남았다. 서늘했다. 병원 냄새는 별로 나지 않았다. 매트리스는 딱딱했으나 편하고 기분이 좋았다. 나는 진통이 가라앉자 숨을 죽인 채 가만히 누워 있었다.

한참 후에 물이 마시고 싶어졌다. 옆에 벨이 있어 눌러 보았으나 아무도 오지 않았다. 나는 그냥 잠이 들었다.

얼마 후에 잠이 깨서 사방을 둘러보았다. 창문 사이로 햇빛이 비쳐 들고 있었다. 커다란 옷장과 벽과 의자 두 개만이 동그마니 놓여 있었다. 더러워진 붕대가 감긴 내 다리가 침대 위에 똑바로 뻗어 있었

다. 나는 다리를 움직이지 않으려고 조심했다. 목이 말랐으므로 나는
손을 뻗어 벨을 눌렀다. 문 열리는 소리가 들리더니 곧 젊고 아름다
운 간호사가 나타났다.

“안녕하시오?”

하고 나는 인사를 했다.

“안녕하세요?”

그녀는 침대 쪽으로 다가왔다.

“의사 선생님이 아직 오지 않으셨어요. 선생님은 코모 호수에 가셨
어요. 환자가 올 줄은 아무도 몰랐어요. 그런데 대체 어디를 다치셨
어요?”

“부상당했죠. 발과 다리를요, 그리고 머리도.”

“이름은요?”

“헨리, 프레드릭 헨리.”

“몸을 깨끗이 닦아드리겠어요. 하지만 의사 선생님이 오실 때까지
치료는 해드릴 수 없어요.”

“미스 버클리라고 혹시 여기 계십니까?”

“아뇨. 그런 이름을 가진 분은 없어요.”

“그럼 누굽니까, 내가 들어왔을 때 온 간호사는?”

그녀는 웃었다.

“그분은 미시즈 워커예요. 어제 야근을 해서 주무시고 계셨지요.
환자가 안 올 줄 알고.”

얘기를 하고 있는 동안 그녀는 내 옷을 벗겼다. 그리고 붕대가 감겨

진 곳을 제외하고는 온몸을 아주 가볍고 부드럽게, 익숙한 솜씨로 닦아 주었다. 기분이 무척 상쾌해졌다. 머리에도 붕대를 감고 있었는데 그녀는 머리 둘레도 돌아가며 깨끗이 닦아 주었다.

"어디서 부상당하셨어요?"

"플라바의 북쪽 이손조 강변에서요."

"그건 어디 있나요?"

"고리치아의 북쪽이죠."

그러한 지명이 물론 그녀에게는 아무런 의미도 없다는 것을 나는 알았다.

"많이 아프세요?"

"아뇨, 이젠 그렇게 아프진 않아요."

그녀는 내 입속에 체온계를 넣었다.

"이탈리아 사람들은 체온계를 겨드랑이 밑에 꽂던데요."

"잠자코 계세요."

그녀는 체온계를 꺼내 보더니 그것을 들여다보았다.

"체온이 어떻습니까?"

"환자에게는 비밀이에요."

"몇 도인지 가르쳐 주십시오."

"거의 정상이에요."

"하긴 신열이 난 적은 없으니까. 다만 내 다리는 온통 고철투성이랍니다."

"무슨 말씀이세요?"

"박격 포탄의 파편이니, 낡은 나사못이니, 침대 스프링이니 하는 온갖 잡다한 것들로 박혀 있단 말입니다."

그녀는 머리를 저으며 미소 지었다.

"만일 다리에 몹쓸 게 들어 있으면 염증이 생기고 열이 나요."

"압니다. 하지만 이제 뭐가 나올지 알게 될 겁니다."

그녀는 병실을 나가더니 어제의 그 늙은 간호사와 함께 들어왔다. 두 사람은 나를 그대로 누인 채 침대를 정돈해 줬다. 나로서는 처음 보는 일로 그들의 솜씨는 매우 훌륭했다.

"여기 책임자는 누굽니까?"

"미스 밴 캠펜이에요."

"간호사는 몇 명 있나요?"

"우리들 두 사람뿐이에요."

"늘리지 않나요?"

"몇 명 더 오기로 돼 있어요."

"언제 온답디까, 여긴?"

"글쎄요. 환자가 뭐 그리 알고 싶은 게 많으세요?"

"환자가 아니라 나는 부상병이지요."

그녀들은 침대 정돈을 모두 마쳤다. 나는 감촉이 좋은 깨끗한 시트를 밑에 깔고 다른 한 장은 위에 덮고 누웠다. 미시즈 워커가 밖으로 나가더니 깨끗한 옷을 가지고 왔다.

그녀들은 그것을 나에게 입혀 주었다. 나는 아주 상쾌한 기분을 맛볼 수 있었다.

"당신들은 매우 친절하군요."

내 말을 듣자 미스 게이지라는 간호사가 킬킬거리며 웃었다.

"먹을 물 좀 갖다 주시겠어요?"

"네, 갖다 드리지요. 그러고 나서 아침 식사를 하세요."

"식사 생각이 별로 없는데요. 덧문 좀 열어 주시겠소?"

덧문이 열리자 지금까지 어두컴컴했던 방안으로 밝은 햇빛이 가득 들어왔다. 밖의 발코니 너머로 기와지붕과 굴뚝을 바라다보니 지붕 위로 흰 구름과 맑고 푸른 하늘이 펼쳐져 있었다.

"다른 간호사들은 정말 언제 오는지 모르십니까?"

"왜 그러세요? 우리들의 간호가 마음에 들지 않으세요?"

"천만에요. 썩 마음에 들어요."

"변기 쓰고 싶으세요?"

"그럽시다."

그들은 나를 부축해 주었으나 헛수고였다. 다시 침대에 누운 나는 열린 문틈으로 발코니 쪽을 내다보았다.

"의사는 언제쯤 오나요?"

"빨리 돌아오시도록 코보 호반에 전화로 연락해 놓았어요."

"다른 의사는 또 없습니까?"

"그분이 이 병원 의사예요."

미스 게이지가 물주전자와 유리컵을 가지고 왔다. 나는 연달아 세 잔이나 거푸 마셨다. 그녀들이 나간 후에 나는 잠시 창밖을 내다보다가 또 잠이 들었다. 나는 점심을 조금 먹었다. 오후에 간호장인 미스

129

밴 캠펜이 나를 보러 왔다. 그녀는 나를 좋아하지 않았고 나 역시 그
녀가 마음에 들지 않았다. 그녀는 키가 작고 의심이 많았으며 직분에
걸맞지 않게 잘난 체를 했다. 이것저것 쓸데없는 질문을 했는데, 그
녀는 내가 이탈리아군에 소속돼 있었던 것을 수치스러운 일로 여기
는 듯했다.

"식사 때 포도주를 마셔도 좋습니까?"

내가 물었다.

"의사가 지시하면 드리지요."

"그럼, 절대로 의사가 올 때까진 마시면 안 되겠군요?"

"그럼요, 안 되지요."

"의사는 정말 오기로 했나요?"

"전화로 연락해 놓았습니다."

그녀가 나가자 미스 게이지가 들어왔다.

"왜 미스 밴 캠펜에게 실례되는 말을 하셨어요?"

그녀는 나를 아주 깔끔하고 자상하게 돌봐 준 다음 이렇게 물었다.

"그럴 생각은 전혀 없었습니다. 하지만 그 여자는 좀 거만해요."

"미스 캠펜은 당신이 아주 건방지고 무례하다고 하던데요."

"그럴 리가 있나요. 그런데 의사 없는 병원이 말이 됩니까?"

"곧 오실 거예요. 곧 오시도록 선생님께 전활 걸었어요."

"거기서 뭘 하고 있나요?"

"거기도 진료소가 있답니다."

"어째서 다른 의사는 두지 않습니까?"

"조용히 기다리세요. 그러면 곧 선생님이 오실 거예요."

나는 포터를 불러 달랬다. 그가 오자 술집에 가서 친자노 한 병과 적포도주 한 병, 그리고 석간신문을 사다 달라고 이탈리아 말로 부탁했다. 밖으로 나가자 잠시 후 그는 그것들은 신문지에 싸가지고 와서 꾸러미를 내게 내밀었다. 나는 포도주와 친자노는 병마개를 빼서 침대 밑에 놓아 달라고 했다. 혼자 남게 되자 나는 침대에 누워서 잠시 신문을 뒤적였다. 전선 소식이며 전사한 장교들의 명단과 그들에게 수여된 훈장 소식들을 눈으로 쭉 훑었다. 침대 밑으로 손을 뻗어 친자노 병과 차디찬 유리컵을 배 위에다 올려놓고 조금씩 술을 마셨다. 마시면서 병을 배 위에다 올려놓았기 때문에 배 위에 동그란 자국이 생겼다. 나는 바깥 거리를 내다보며 하늘이 점점 컴컴하게 어두워지는 것을 바라봤다. 제비가 공중에 커다란 원을 그리면서 빙빙 날고 있었다. 그 제비와 지붕 주변을 날고 있는 매를 보면서 나는 친자노를 마셨다. 미스 게이지가 계란 술을 만들어 가지고 왔다. 그녀가 들어오자 나는 술병을 침대 아래쪽으로 감췄다.

"미스 밴 캠펜이 여기다 셰리주를 좀 타서 주셨어요. 그분에게 상냥하게 대하세요. 젊은 분도 아니고 이 병원에선 큰 책임을 지고 계신 분이세요. 미시즈 워커는 너무 늙어서 그분에게 별로 도움을 주지 못해요."

"멋진 사람이군요. 고맙다고 안부 전해 주세요."

"곧 저녁 식사를 가지고 오겠어요."

"괜찮습니다, 배가 고프지 않아요."

그녀가 저녁을 가지고 와서 침대 옆에 놓았으므로 그녀에게 고맙다는 인사를 하고는 조금만 먹었다. 밖이 이제 껌껌해지자 몇 줄기의 탐조등이 하늘에서 이리저리 움직이는 것이 보였다. 그것을 한참 바라보다가 나는 잠이 들었다. 곤한 잠이었다. 식은땀을 흘리고 놀라서 한 번 깼으나 곧 다시 꿈을 꾸지 않으려고 애쓰면서 잠이 들었다.

날이 새기 얼마 전에 나는 눈을 떴다. 닭 우는 소리를 들으면서 날이 밝을 때까지 잠을 이루지 못하고 뒤척였다. 날이 밝은 뒤에야 다시 간신히 잠이 들었다.

14

잠이 깼을 때 병실 안은 눈부신 햇살로 가득 차 있었다. 마치 나는 전선으로 돌아와 있는 것 같은 착각 속에 빠져 침대 속에서 쭉 기지개를 켰다. 다리에 통증이 와 내려다보니 붕대가 감겨져 있었다. 비로소 지금 내가 어디에 있는지를 알았다. 손을 뻗어 벨을 눌렀다. 복조에서 벨이 찌르릉 하고 울리더니 이내 누군가가 신을 끌며 복도를 걸어오고 있었다. 미스 게이지였다. 밝은 곳에서 보니 그녀는 약간 나이가 들어 보였고 그다지 예쁘지도 않았다.

"안녕히 주무셨어요?"

그녀가 인사를 했다.

"네, 덕분에 잘 잤습니다. 그런데 이발을 좀 할 수 없을까요?"

"어떻게 주무시나 지난밤에 들러 보았더니 이걸 안고 주무시더군요."

그녀는 옷장 문을 열고 베르뭇 병을 내게 내밀었다. 그 병은 거의 비어 있었다.

"침대 밑에 있던 다른 병도 저쪽으로 치워 놓았어요. 왜 제게 잔을 부탁하지 않으셨어요?"

"술을 못 마시게 할 줄 알았지요."

"조금 같이 마실 수도 있었을 텐데."

"멋진 분이군요."

"혼자서 마시는 건 좋지 않아요."

그녀가 말했다.

"그러시면 정말 안 돼요."

"알겠소."

"중위님 친구라는 미스 버클리가 도착했어요."

"정말입니까?"

"정말이에요. 그러나 전 그 분을 좋아하지 않아요."

"곧 좋아질 겁니다. 여간 좋은 사람이 아니에요."

그녀는 머리를 가로저었다.

"그야 예쁜 건 확실해요. 잠깐 이쪽으로 옮겨 누우세요? 이젠 됐어요. 아침 식사 전에 몸을 깨끗이 닦아 드릴게요."

그녀는 수건에 비누질을 하며 더운 물로 내 몸을 닦아 주었다.

"어깨를 들고 계세요. 됐어요."

"식사 전에 이발사를 부를 수 없을까요?"

"포터에게 시키지요."

그녀는 나가더니 이내 곧 돌아왔다.

"부르러 갔으니 곧 올 거예요."

그녀는 손에 들었던 수건을 대야에 담았다.

포터가 이발사를 데리고 왔다. 수염을 치켜 기른 쉰 살쯤 돼 보이는 사나이였다. 미스 게이지가 시중을 마치고 나가자 이발사는 내 얼굴에 비누칠을 하며 면도를 하기 시작했다. 그는 얼굴을 잔뜩 찡그린 채 입을 굳게 다물고 면도를 했다.

"무슨 얘기라도 좀 해보시오."

내가 말을 건넸다.

"무슨 얘기요?"

"아무거라도. 거리의 상황은 어떻소?"

"지금은 전시입니다."

그는 말했다.

"적은 사방에서 귀를 기울이고 있어요."

나는 그를 올려다보았다.

"얼굴을 좀 가만히 두십쇼. 그리고 난 아무것도 말하지 않겠습니다."

그는 그렇게 한마디 하고는 면도를 계속했다.

"당신, 대체 왜 그러시오?"

"난 이탈리아 사람이오. 적과는 사귀지 않습니다."

　나는 그대로 있을 수밖에 없었다. 이 친구가 만일 미쳤다면 한시라도 빨리 이 면도기 아래서 벗어나는 것이 상책이라고 나는 생각했다. 그래서 한 번 그의 얼굴을 잘 봐두려고 했다.
　"조심하시오. 잘못하면 다칩니다."
　면도가 끝나자 나는 이발료를 지불하고 반 리라를 팁으로 주었다. 그랬더니 그는 받지 않았다.

　"받지 않겠소. 비록 전선에 가 있진 않아도 난 이탈리아 사람이오."
　"알겠소, 당장 나가시오."
　"나가라면 나가지요. 실례했습니다."
　그는 면도기를 신문지에다 싸고는 동전 반 리라를 그대로 탁자 위에 놔둔 채 나가 버렸다.
　나는 벨을 눌렀다. 미스 게이지가 들어왔다.
　"포터 좀 불러주시겠소?"
　"그러지요."
　포터가 들어왔다. 그는 웃음을 꾹 참고 있었다.
　"그 이발사 좀 미친 거 아니오?"
　"아뇨, 중위님. 오해를 했나 봐요. 그는 제 말을 잘못 알아들었어요. 제가 중위님을 오스트리아군 장교라고 한 줄 알았나 봐요."
　"그랬군."
　"하하하!"
　포터는 웃었다.
　"재미있는 사람입니다. 그 친구는 중위님이 조금이라도 움직이면 이렇게 할 작정이었대요."

그는 손가락으로 목 자르는 시늉을 했다.

"하하하!"

그는 소리 내어 웃었다.

"중위님이 오스트리아군 장교가 아니라고 했더니, 하하하!"

"하하하!"

나도 따라 웃었다.

"그 자가 만약 내 목을 잘랐다면 재미있는 일이 생길 뻔했군. 하하하!"

"천만에요, 중위님. 사실은요, 그 친구가 오스트리아 사람을 얼마나 무서워한다고요."

"하하하! 그만 나가 봐요."

그가 나간 뒤에도 복도에서 여전히 그의 웃음소리가 크게 들려왔다.

누가 복도를 걸어오는 소리가 들렸다. 나는 문 쪽을 돌아다보았다. 캐서린 버클리였다.

그녀는 방안으로 들어오자 침대 곁으로 가까이 다가오며 내게 인사했다.

"오래간만예요."

그녀는 인사를 했다. 그녀는 젊고 발랄하고 아름다웠다. 이렇게 아름다운 여자는 이제껏 본 적이 없는 것 같았다.

"나도."

나도 인사를 했다. 그녀를 본 순간 단번에 나는 사랑의 불길이 타오름을 느꼈다.

내 마음속에서 모든 것이 소용돌이쳤다. 그녀는 문 쪽을 보고 아무도 없는 것을 확인하자 침대 한 쪽에 걸터앉아 몸을 굽혀 내게 키스했다. 나는 그녀를 가슴속에 와락 끌어당겨 열렬히 키스를 했다. 그녀의 심장이 고동치고 있음을 느낄 수 있었다.

"아아, 캐서린!"

하고 나는 나직이 부르짖었다.

"당신이 여기 오다니 정말 꿈만 같소."

"오는 건 어렵지 않았어요. 하지만 머물러 있기는 힘들지도 몰라요."

"당신은 내 곁에 있어야 해. 아아, 정말 기뻐."

나는 정신이 없었다. 그녀가 여기 있다는 것이 정말 믿기지 않았다. 나는 다시 한 번 그녀를 힘껏 끌어안았다.

"안돼요, 아직 몸도 다 낫지 않았는데."

"아냐, 괜찮아. 이리 와요."

"안돼요. 아직 건강도 회복되지 않았는데."

"아냐, 건강해. 정말이야, 제발."

"진심으로 절 사랑하세요?"

"진심이야. 당신을 사랑해. 당신 때문에 난 미칠 것 같아. 그러니 이리 와요."

"제 심장 뛰는 소리가 들리세요?"

"심장 따윈 아무래도 좋아. 난 당신이 필요해. 당신이 좋아서 미칠 지경이야."

"절 정말 사랑하세요?"

"왜 자꾸 그런 소릴 하는 거야. 자 빨리, 캐서린."

"네, 하지만 잠깐만이에요."

"좋아, 문을 닫아요."

"안돼요, 그건."

"자아 빨리. 아무 말 말고. 응, 어서."

캐서린은 침대 옆 의자에 걸터앉았다. 문은 복도 쪽으로 열려 있었다. 한순간의 열정이 사라지자 여태껏 맛보지 못했던 상쾌함을 느꼈다.

그녀가 물었다.

"이제 제가 당신을 사랑하고 있다는 걸 믿어 주시겠지요?"

"아아, 당신은 너무 사랑스러워."

내가 말했다.

"당신은 언제까지나 내 곁에 있어야 해. 다른 곳으로 절대 보내지 않겠어. 난 당신을 사랑해."

"우리들은 무척 조심해야 돼요."

"밤이라면 괜찮을 거야."

"그렇지 않아요. 특히 다른 사람들 앞에선 더욱."

"조심하지."

"정말 그러셔야 해요. 당신은 좋은 분이에요. 절 사랑해 주시겠죠, 그렇죠?"

"이제 그런 말은 하지 마오. 그 말이 내게 얼마나 섭섭하게 들리는지 당신은 몰라."

"그럼 나도 조심할게요. 더 이상 당신을 괴롭히지 않을게요. 이젠 가 봐야겠어요."

"곧 돌아와 줘."

"가능한 빨리 올 수 있으면 그럴게요."

"빨리 와요."

"갔다 오겠어요."

그녀는 밖으로 나갔다. 내가 그녀와 사랑을 하게 되리라고는 하느님도 몰랐을 것이다. 나는 누구와도 사랑에 빠지고 싶은 생각을 전혀 하지 않았다. 그런데 나는 사랑에 빠진 것이다. 그리고 밀라노 병원의 한 병실에 누워 있다니. 여러 가지 상념들이 머리에 떠올랐다 사라져갔다. 그러나 기분은 퍽 유쾌했다. 미스 게이지가 들어왔다.

"의사 선생님이 이제 곧 도착하실 거예요. 코모 호반에서 전화가 왔어요."

"언제 도착하신 답니까?"

"오늘 오후쯤 될 거예요."

15

오후까지는 아무 일도 생기지 않았다. 의사는 몸집이 작은 점잖고 조용한 사람으로, 전쟁을 혐오하는 것 같았다. 그는 퍽 품위 있는 표정으로 불쾌감을 드러내면서 내 넓적다리에서 조그만 강철 파편을 여러 개 꺼냈다. 그는 내게 국부 마취제를 썼는데 그것은 근육 조직을 마취시켜 탐침(探針)이나 메스나 핀셋에도 아픔을 전혀 못 느끼게 했다. 마취된 국부를 나도 똑똑히 알 수 있었다. 한참 후에 의사는 엑스레이를 찍어 보는 게 좋을 거라고 했다. 탐침으로는 아무래도 만족하게 파편을 찾아낼 수 없다는 것이다.

엑스레이는 오스페달레 마조레(큰 병원)에서 찍었다. 의사는 유능하고 꽤 활달한 사람이었다. 어깨를 일으켜 세우고 찍었으므로 환자가 체내에 들어가 있는 커다란 이물질을 직접 볼 수 있었다. 필름은 나중에 보내 준다고 했다. 의사는 그의 수첩에 내 이름과 소속 연대, 감상 등을 써 달라고 했다. 그는 사진으로 본 내 이물질이 더럽고 끔찍하다고 했다. 또 그는 오스트리아인은 모두 개새끼라고 욕을 해대며 대체 몇이나 죽였느냐고 물었다. 나는 한 명도 죽이지 않았으나 그를 즐겁게 해주고 싶어서 퍽 많이 죽였노라고 대답했다. 나를 따라온 미스 게이지를 의사는 거의 끌어안다시피 했다. 그리고는 그녀에게 클레오파트라보다도 예쁘다고 부추겼다. 그녀가 과연 무슨 소린지 알아들었을까? 옛날 이집트의 여왕 클레오파트라 말이야. 그렇지, 정말 미인이야. 우리들은 앰뷸런스를 타고 병원으로 다시 돌아왔다. 간신히 나는 위층으로 업혀 올라와 다시 침대에 뉘어졌다. 필름은 그날 오후에 왔다. 의사는 무슨 일이 있더라도 오후까지는 보내 주겠다고 했는데 약속을 지킨 것이다. 캐서린은 그것을 나에게 보여 주었다. 빨간 봉투에 들어 있는 필름을 그녀가 꺼냈다. 우리들은 불빛을 통해 그것을 함께 들여다보았다.

"이게 오른쪽 다리예요."

그녀는 그 필름을 봉투에 집어넣었다.

"이게 왼쪽이고요."

"다 치워 두고 이리로 와."

"싫어요."

그녀가 말했다.

"이걸 보여 드리려고 잠깐 들렀을 뿐이에요."

그녀는 나가버렸고 나는 다시 침대에 누웠다. 오후에는 무더웠다. 침대에 누워 있는 것이 질력이 났다. 포토에게 신문을 살 수 있는 한 모조리 사가지고 오라고 시켰다.

그가 돌아오기 전에 세 명의 의사가 들어 왔다. 치료에 대한 경험이 부족한 의사는 진찰을 할 때 동료와 같이 있으면서 도와주고는 한다. 맹장을 제대로 끄집어낼 줄 모르는 의사는 편도선을 멋지게 잘라내지 못하는 의사를 추천하는 법이다. 이 세 사람도 그런 의사들이었다.

"이 사람인데요."

섬세한 손을 한 병원 의사가 말했다.

"어떻소?"

수염을 기른, 키가 훤칠하고 바싹 마른 의사가 내게 물었다. 붉은 봉투에 든 엑스레이 사진을 들고 온 셋째 번 의사는 아무 말도 하지

않았다.

"붕대를 풀어 볼까요?"

수염을 기른 의사가 말했다.

그의 군복 소매에는 세 개의 별과 한 개의 줄이 있었다. 이것은 선임 대위의 표시였다.

"그럽시다."

병원 의사가 동의했다. 두 의사는 매우 신중하게 내 오른쪽 다리를 들고 그것을 구부렸다.

"아픕니다."

"자, 좀 더 구부려 봅시다."

"그만. 이젠 더 안 돼요."

"부분적인 관절 결합이야."

하고 선임 대위가 중얼거렸다.

"닥터, 한 번 더 그 필름을 봅시다."

셋째 번 의사가 원판을 한 장 그에게 주었다.

"아니, 왼쪽 다리 것을."

"그게 왼쪽입니다."

"옳지, 내가 반대쪽으로 보고 있었군."

그는 필름을 돌려주고 또 한 장의 다른 필름을 한참 동안 들여다 봤다.

"저, 이것 좀 보세요."

그는 밝은 쪽으로 돌아서서 둥글고 또렷하게 보이는 이물질 하나를 가리켰다. 그들은 다시 필름을 살폈다.

"이것만을 말할 수 있겠군."

얼마 후 예의 그 수염난 선임 대위가 말했다.

"이건 시간이 좀 걸리겠는데. 3개월 아니면 6개월쯤."

"확실히 관절액이 새로 만들어져야겠죠."

"그렇죠. 때가 돼야 할 것 같습니다. 이런 무릎은 의사의 양심상 현재로는 절개할 수 없어요. 탄알이 포낭을 감싸이기 전에는요."

"동감입니다."

"무엇 때문에 6개월이나 걸립니까?"

내가 물었다.

"안전하게 무릎을 절개할 수 있도록, 탄환이 포낭에 감싸이려면 한 6개월 걸린단 말이오."

"정말입니까?"

"젊은 친구, 무릎을 잃고 싶진 않겠지?"

"아뇨."

"뭐라고?"

"자르고 싶습니다."

하고 내가 말했다.

"무릎에 고리를 끼고 다니면 되니까요."

"무슨 소리요? 고리라니?"

"농담이에요."

이 병원 의사가 말했다. 그는 내 어깨를 다정하게 두드려 주었다.

"무릎을 잘래내고 싶을 까닭이 없어요. 이 친구 아주 용감한 젊은 사람이랍니다. 은장을 타게 되어 있지요."

"어허, 축하합니다."

선임 대위는 내 손을 잡고 악수를 했다.

"내가 말할 수 있는 것은 안전하게 무릎을 절개하려면 적어도 6개월은 기다려야 한다는 거요. 물론 우리들은 당신 의견을 따르겠습니다."

"대단히 고맙습니다. 군의관님 의견을 따르죠."

선임 대위는 시계를 들여다보았다.

"가야겠군, 이젠. 그럼 몸조심해요."

"안녕히 가십시오. 여러 가지로 고맙습니다."

나는 인사를 했다. 나는 셋째 번 군의관과도 악수를 했다.

"바리니 대위입니다."

"엔리코 중위입니다."

이렇게 인사를 하고 나자 세 사람은 병실에서 나갔다.

"미스 게이지."

그녀가 들어왔다.

"우리 병원 의사더러 잠깐 와달라고 부탁 좀 해주시오."

그가 모자를 들고 방으로 들어와서 내 곁에 섰다.

"무슨 일이 있으십니까?"

"네, 6개월이나 기다릴 순 없습니다, 난. 군의관님은 6개월 동안 침대에 누워 계셔본 적이 있습니까?"

"늘 침대에 누워 있으라는 게 아닙니다. 우선 상처에 일광을 쐬어 주어야 합니다. 그 후로는 지팡이를 짚고 걸어 다녀도 상관없습니다."

"그러니까 6개월 후에 수술을 받는다는 거죠?"

"그 편이 안전하죠. 이물질이 포낭에 감싸여야 하니까요. 그러면 관절액도 새로 생길 거고. 그리고 나서 무릎을 절개하는 것이 안전합니다.

"선생님은 정말로 내가 그렇게 오랫동안 기다려야 한다고 생각하십니까?"

"그것이 최선의 방법입니다."

"그 선임 대위 누굽니까?"

"밀라노에서도 유명한 외과 의사죠."

"선임 대위 맞지요, 그 사람?"

"네, 그는 매우 우수한 외과 의사입니다."

"나는 선임 대위 따위가 내 다리를 멋대로 주무르는 걸 원치 않아요. 정말로 뛰어나다면 소령이 돼 있어야죠. 난 선임 대위가 어느 정도 실력인지 알고 있습니다. 선생님."

"그분은 우수한 외과 의사입니다. 나는 내가 아는 그 어떤 누구보다도 그분의 진단에 따르고 싶은데요."

"다른 외과의의 진단은 받을 수 없습니까?"

"원하신다면야 할 수 있죠, 그러나 저 같으면 바렐라 박사의 의견을 따를 겁니다."

"다른 외과의를 불러 주시겠습니까?"

"발렌티니에게 부탁해 보죠."

"그 분은 어떤 사람입니까?"

"오스페달레 마조레의 외과의사."

"좋습니다. 그렇게 해주신다면 정말로 고맙겠습니다. 제 기분을 좀 알아주시겠지요. 전 6개월이나 누워 있을 순 없어요."

"누워 있는 게 전부가 아니라니까요. 우선 일광 치료부터 하고 다음에 가벼운 운동을 하는 겁니다. 그리고 포낭이 되면 수술해 버리는 겁니다."

"그래도 6개월은 너무 길어요."

의사는 모자를 쥐고 있던 섬세한 손가락을 펴면서 미소 지었다.

"정말로 그렇게 빨리 당신은 전선으로 돌아가고 싶소?"

"그럼요."

"참으로 장하고 훌륭한 분이오."

그는 감동한 듯 허리를 굽혀 가볍게 내 볼에 키스했다.

"발렌티니를 불러오죠. 걱정하거나 흥분하지 말고 얌전히 계십시오."

"한 잔 드시겠습니까?"

내가 물었다.

"고맙습니다. 하지만 전 술을 안 합니다."

"한 잔만."

나는 포터에게 잔을 가져오라고 벨을 눌렀다.

"아니, 정말 안 합니다. 모두들 저를 기다리고 있어서 그만."

"그럼 안녕히 가십시오."

"안녕히."

두 시간 후에 발렌티니 박사가 병실로 들어왔다. 그는 몹시 성급한 사람으로 뾰족한 수염 끝이 위로 뻗어 올라가 있었다. 그는 소령으로, 얼굴은 햇볕에 그을려 검게 탔고 노상 웃는 얼굴을 하고 있었다.

"어떻게 이 지경이 됐소? 몹시 다쳤군."

그는 수다를 떨기 시작했다.

"어디 사진 좀 봅시다. 옳지, 그래. 자넨 산양처럼 건강해 보이는 군. 이 미인은 누구? 자네 애인인가? 그럴 줄 알았어. 정말 지독한 전 쟁이지? 자네 생각은 어떤가? 내가 완전히 낫게 해주지. 여긴 어떤 가. 아파? 물론 아프겠지. 의사들은 환자를 아프게 하는 걸 좋아하 지. 여태까지 어떤 치료를 받았나? 이 아가씨, 이탈리아 말을 할 줄 아나? 모르면 배워야지. 정말 귀여운 여자로군. 내 가르쳐 줄 수도 있 지. 나도 환자가 되고 싶군. 그게 아니라 아가씨가 몸을 풀 때는 무료 로 봐주지. 이 아가씨, 무슨 소린지 알아들을까? 자네에게 귀여운 사 내애를 낳아 줄 걸세, 이 아가씬. 아가씨를 닮은 귀여운 금발 사내애 를 말일세. 그만하면 됐어. 정말 귀여운 아가씨군. 나와 함께 저녁 식 사를 하겠는가 물어봐 주게. 천만에, 자네 애인을 뺏진 않아. 아가씨, 자 이걸로 그만. 내가 알고 싶은 건 다 알았소."

그는 가볍게 내 어깨를 두드렸다.

"붕대는 그냥 푼 채로 두시오."

"한 잔 어떻습니까, 발렌티니 박사님?"

"한 잔? 좋고말고. 열 잔이라도 합시다. 어디 있소, 술은?"

"옷장 안에 있습니다. 미스 버클리가 꺼내 줄 겁니다."

"축배, 아가씨를 위해 축배. 정말 아름다운 아가씨야. 다음에 올 때는 이것보단 좋은 코냑을 갖다 주지."

그는 수염을 닦았다.

"언제쯤 수술할 수 있습니까?"

"내일 아침에. 그보다 빨리 할 수는 없어. 위가 비어야 하니까. 뱃속을 깨끗이 비워 놓도록. 아래층에 있는 늙은 간호사를 만나 내가 얘기해 두겠네. 잘 있게. 그럼 내일 또. 이것보다 좋은 코냑을 갖다 줌세. 자넨 여기가 무척 편한 것 같군. 잘 있게. 그럼 잘 자두게. 내일 아침엔 일찍 올 테니까."

그는 문 앞에서 손을 흔들었다. 수염이 위로 뻗은 까무잡잡한 얼굴이 나를 향해 미소 짓고 있었다. 소령이기 때문에 그의 소매에는 네모진 테두리에 별이 하나 달려 있었다.

16

그날 밤 발코니로 통하는 창문으로 박쥐 한 마리가 날아 들어왔다. 그 창문으로 우리는 함께 시가지에 내려앉은 어둠을 지켜보고 있었다. 병실 안은 아주 캄캄했다. 거리의 불빛이 희미하게 비쳐들었으나 박쥐는 놀라지도 않고 마치 바깥에 있는 것처럼 방안을 이리저리 날아다녔다. 우리는 가만히 누운 채 박쥐를 바라보았다. 박쥐는 우리들을 보지 못한 모양이었다. 박쥐가 밖으로 사라지자 탐조등이 켜지더니 하늘을 이리저리 비추었다. 하나 그것도 이내 꺼지고 사방은 다시 깜깜해졌다. 이웃집 지붕 위에서 고사포병들의 얘기 소리가 들렸다. 선선한지 그들은 외투를 걸치고 있었다. 나는 밤중에 누가 올라와서 보지나 않을까 걱정했다. 캐서린은 모두들 자고 있으니 걱정 말라고 했다. 밤새 꼭 한 번 잠이 들었다. 눈을 떠보니 그녀는 내 곁에 없었다. 그때 복도를 걸어오는 발소리가 들리더니 문이 열리고 그녀가 침대로 돌아왔다. 아래층으로 내려 가보니 모두들 자고 있으므로 염려 없다고 했다. 미스 밴 캠펜의 방 앞까지 가보았지만 그녀의 숨소리만 들린다는 것이었다. 그녀가 크래커를 가지고 왔다. 우리는 그것을 먹으며 베르뭇을 몇 잔 마셨다. 무척 배가 고팠다. 그러나 지금 먹은 것들은 아침이 되면 몽땅 토해내야 할 거라고 그녀는 말했다.

날이 밝을 무렵 나는 다시 잠이 들었다. 잠이 깨니 캐서린은 또 보이지 않았다.

얼마 후 그녀는 싱그럽고 귀여운 얼굴로 들어와서 침대에 걸터앉았다. 내가 체온기를 물고 있는 동안 아침 해가 떠올랐다. 우리는 지붕의 이슬과 이웃집 옥상의 고사포병들이 끓이는 커피 냄새를 맡으며 향긋해 했다.

"둘이서 산보할 수 있었으면 좋겠어요."

캐서린이 말했다.

“휠체어가 있으면 밀어드릴 텐데.”

“어떻게 앉을 수 있지?”

“제가 앉혀드리지요.”

“그럼 공원에 나가 아침 식사를 할 수 있겠군.”

나는 열린 문으로 밖을 내다보았다.

“우리들은……”

하고 그녀는 화제를 돌려 얘기했다.

“발렌티니 박사님이 언제 오셔도 당신은 수술할 수 있도록 준비해 놓아야 해요.”

“그 분은 훌륭한 사람 같던데.”

“당신만큼 좋은 줄은 모르겠지만 퍽 좋은 분 같아요.”

“이리 와요, 캐서린.”

“안돼요. 멋진 밤을 보냈잖아요.”

“오늘 밤도 또 야근이 될까?”

“아마 될 거예요. 하지만 당신이 저를 원하지 않을 거예요.”

“절대로 그럴 리가 없어.”

“안돼요. 당신은 한 번도 수술을 받은 적이 없어요. 그래서 당신이 어떻게 되는지 알 수 없어요.”

“걱정 없어.”

“기분이 나빠지면 저 따위는 아랑곳하지 않을 거예요.”

“그럼, 지금 이리로 와요.”

“안돼요.”

그녀는 말했다.

"체온표를 만들고, 당신 수술 준비도 해야 하고 제겐 할 일이 많아요."

"당신은 날 진정으로 사랑하지 않는군. 만약 날 진정으로 사랑한다면 당신은 여기로 올 거야."

"정말 당신은 고집스럽군요."

그녀는 나에게 키스했다.

"당신 체온은 정상이에요. 정말 훌륭한 체온을 가졌어요."

"당신 손이 닿으면 뭐든지 다 좋아지지."

"저는 단지 체온이 일정해서 좋다고 한 거예요. 당신 체온이 퍽 자랑스럽군요."

"아마 우리 아이들도 훌륭한 체온을 갖게 되겠지?"

"글쎄요, 형편없는 체온일지도 모르죠."

"발렌티니 선생의 수술 준비란 뭘 얘기하는 거지?"

"별거 아니에요. 하지만 썩 기분이 내키는 건 아니죠."

"그런 거 당신이 하지 않으면 좋을 텐데."

"물론 하지 않아도 상관없어요. 그러나 전 그 누구도 당신 몸을 만지게 하고 싶지는 않아요. 바보지요? 다른 사람이 당신을 만지면 막 화가 나요."

"퍼거슨도?"

"특히 퍼거슨과 게이지요. 또 한 사람 뭐라더라?"

"워커?"

"그래요, 그 사람. 현재로서 여긴 간호사가 너무 많아요. 환자가 더 들어와야 할 텐데. 그렇지 않으면 다른 데로 옮겨가게 될 지도 몰라요. 간호사가 지금 네 명이나 있으니까요."

"이제 환자가 늘겠지. 그러면 간호사는 그만큼 필요할 거고. 여긴 매우 큰 병원이니까."

"좀 더 환자가 들어왔으면 좋겠어요. 만일 다른 곳으로 옮기게 되면 어떻게 하죠? 좀 더 환자가 늘지 않는다면 틀림없이 다른 곳으로 가게 될 거예요."

"그땐 나도 가겠어."

"당신은 바보군요. 갈 수도 없으시면서. 어서 빨리 낫기나 하세요. 그래야 우리가 어디든지 갈 수 있죠."

"그러고는 어떡하지?"

"그러면 아마 전쟁도 끝날 거예요. 전쟁이 영원히 계속되진 않겠죠?"

"나는 곧 나을 거요. 발렌티니 선생님이 계시니까."

"그분 설마 콧수염 값을 하시겠지요. 그리고 당신, 마취제를 맞을 때는 뭔가 다른 생각을 하세요……. 우리들 생각 말고. 남의 일이 아니에요. 마취에 취하면 뭐든지 술술 얘기하게 되니까요."

"뭘 생각하면 될까?"

"아무거나. 우리 관계만 아니면 무엇이든 괜찮아요. 당신 집안 식구 생각이라도 하세요. 다른 여자 생각을 해도 제가 이번에는 용서해 드릴게요."

"싫어."

“그럼 기도라도 하고 계세요. 그럼 틀림없이 굉장한 효과를 볼 거예요.”

“아무 말도 하지 않을 거요.”

“그럴 수도 있어요. 말하지 않는 사람도 매우 많으니까요.”

“말하지 않고말고.”

“장담하진 마세요, 제발. 당신은 퍽 좋은 분이시니까.”

“한 마디도 안할 거야, 난.”

“봐요, 또 장담하시잖아요. 심호흡을 하라고 하면 기도를 하거나 시를 외세요. 그래야 당신은 좋은 분이에요. 물론 난 당신이 그렇지 않아도 자랑스럽게 생각해요. 당신 체온은 훌륭하고 또 어린애처럼 나를 베개인 듯이 끌어안고 주무시니까. 혹 다른 여자로 나를 착각하고 그런지도 모르죠. 어쩜 예쁜 이탈리아 아가씬지도 모르지.”

“당신이야.”

“물론 나겠죠. 아아, 당신을 사랑해요. 발렌티니 선생님이 당신 다리를 훌륭히 고쳐 주실 거예요. 제가 그걸 보지 않아도 되는 것이 기뻐요.”

“그런데 오늘 밤에도 당신 야근이겠지?”

“네, 하지만 당신은 정신이 없을 거예요.”

“두고 보라니까.”

“자, 이젠 당신 몸이 깨끗해 졌어요. 말해 주세요. 지금까지 당신 여자를 몇 명이나 사랑했어요?”

“하나도 없어.”

"저도요?"

"아니, 오직 당신뿐이야. 당신을 사랑해."

"정말로 나 말고 몇 명이나 있었어요?"

"없었다니까."

"이제까지 몇 명의 여자와…… 뭐라고 하면 좋지…… 같이 잠자리를 나누었어요?"

"하나도 없다니까."

"거짓말 마세요."

"정말이라니까."

"괜찮아요, 아무리 거짓말하셔도. 나는 단지 당신이 그래줬으면 하길 원해요. 그 여자들 예뻤어요?"

"아무하고도 잠자리를 나눈 적이 없었다니깐."

"괜찮아요. 그 여자들 아주 매력적이었나요?"

"전혀 모르겠어."

"당신은 이제 저만의 사람이에요. 정말이에요. 어느 누구의 애인도 아니에요. 설사 당신이 다른 사람의 애인이었다고 해도 난 상관하지 않겠어요. 하나도 두렵지 않아요. 그러니 그 여자들 얘기는 제게 하지 마세요. 남자가 여자하고 잘 때 여자들은 언제 사랑한다는 말을 하나요?"

"몰라!"

"모르시겠죠, 물론. 당신을 사랑한다고 여자가 고백했나요? 가르쳐 주세요. 알고 싶어요."

"사랑한다고 하지. 남자가 원한다면."

"남자도 그 여잘 사랑한다고 하나요? 알려주세요. 내겐 중요한 일이에요."

"그렇게 얘기하고 싶으면 또 그렇게 하겠지."

"그렇지만 당신은 한 번도 사랑한다는 말을 하지 않았겠죠. 그렇지요."

"그럼."

"정말 그래요? 사실대로 얘기해 주세요."

"안했다니까."

나는 거짓말을 했다.

"그래요, 말하지 않으셨다는 걸 알아요. 아아, 당신을 사랑해요."

벌써 해가 지붕 위로 떠올라 성당의 첨탑 위에서 반짝이고 있었다.

나는 몸을 깨끗이 씻고 의사를 기다렸다.

잠시 후에 캐서린이 또 물었다.

"그럼 여자는 남자가 뭘 원하는지 물어 볼 수도 있겠네요?"

"반드시 그렇다고만은 할 수 없지."

"나라면 그러겠어요. 당신이 원하는 걸 해 드릴 거예요. 그러면 당신은 다른 여자 생각은 하지 않겠지요, 그렇죠?"

그녀는 매우 즐거운 듯이 나를 쳐다보았다.

"저는 당신이 원하는 대로 해 드리고 당신이 원하는 얘기만 할 거예요. 그러면 제가 당신 마음에 들겠죠, 그렇죠?"

"그럼."

“이제 준비도 끝났는데, 전 뭘 하죠?”

“한 번만 더 침대로 와 주지 않겠어?”

“좋아요, 갈게요.”

“아아, 당신은 정말 사랑스러워.”

“거 봐요. 전 당신이 원하는 건 무엇이든지 해드리잖아요.”

“당신은 정말 훌륭한 여자야.”

“나 아직 익숙하지 않죠?”

“아니, 당신은 멋져.”

“당신이 원하는 건 저도 원하는 거예요. 이제 나의 의미는 존재하지 않아요. 오직 저는 당신이 원하는 사람일 뿐이에요.”

“당신은 귀여워.”

“저, 이만하면 괜찮죠? 안 그래요? 당신이 다른 여잘 생각진 않겠죠?”

“그럼.”

“정말 제가 좋지요? 당신이 원하는 건 모두 해드리잖아요.”

17

수술 뒤에 눈을 떠 보니 나는 죽지 않았다. 목숨이 끊어지는 것도 그리 쉬운 일이 아닌가 보다. 단지 난 마취약에 취해 질식되었을 뿐이다. 죽는 것과는 달리 그저 약의 힘으로 숨이 막히므로 감각이 없어지고, 그래서 토할 때 담즙이 나오는 것뿐이다. 기분이 나아지지 않는 것을 제외하고는 술에 취한 것과 별로 다를 것이 없다. 잠시 후에 미스 게이지가 들어왔다.

"기분은 어떠세요?"

하고 그녀가 물었다.

"좋아졌어요."

내가 대답했다.

"의사 선생님은 훌륭한 수술을 하셨어요."

"시간은 얼마나 걸렸소?"

"두 시간 반이요."

"내가 쓸데없는 소리라도 했나요?"

"아니에요, 한 마디도 말씀하지 마세요. 그저 가만히 계세요."

캐서린 말대로 나는 괴로웠다. 누가 야근을 하는 것은 아무래도 상관이 없었다.

이제는 환자가 나 말고 세 사람이나 더 늘었다. 적십자에 근무하다가 말라리아에 걸린 조지아주 출신의 야윈 청년, 뉴욕 출신의 역시 말라리아와 황달에 걸린 청년, 또 한 사람은 산탄과 고성능 폭탄을 합친 포탄의 신관 뚜껑을 기념으로 빼내려던 청년, 이렇게 세 사람이었다. 그것은 오스트리아군이 유산탄으로 사용하던 것으로 그 끝에 달려 있는 뚜껑은 폭발 뒤에도 또 한 번 터지는 것이었다.

캐서린 버클리는 언제나 야근을 도맡아 했으므로 다른 간호사들의

호감을 샀다. 그녀가 말라리아 환자를 돌보는 시간은 그다지 많지 않았다. 신관 뚜껑을 뜯으려던 군인은 밤에 꼭 필요한 일이 없는 한 결코 벨을 누르지 않았다. 우리들은 그녀의 근무 시간 사이사이 언제나 같이 있었다.

나는 그녀를 무척 사랑했고 그녀 또한 나를 사랑했다. 나는 낮에는 잠을 잤다. 잠을 안 잘 때에는 짧은 편지를 써서 퍼거슨을 통해 주고받고는 했다. 퍼거슨은 착한 여자였다. 오빠가 제52사단에 하나, 메소포타미아에 하나 있다는 것 이외에는 그녀에 관해 전혀 아는 바가 없었지만 그녀는 캐서린 버클리에게 아주 친절했다.

"우리들 결혼식에 꼭 와주시겠죠?"

언젠가 내가 그녀에게 이렇게 물어 본 적이 있었다.

"당신들은 결혼하지 않을 거예요."

"왜 안 해요?"

"못할 거예요."

"왜?"

"결혼 전에 먼저 싸움부터 할 걸요."

"우리는 싸움 같은 건 하지 않아요."

"아직 두고 봐야지요."

"절대로 안 싸울 거요."

"그러면 아마 죽을 거예요. 싸우거나 죽거나. 인간이란 다 그런 거예요. 결혼 같은 건 못할 거예요."

나는 손을 뻗어 그녀의 손을 잡으려 했다.

"잡지 마세요."

하고 그녀는 말했다.

"나 울고 있는 거 아녜요. 어쩌면 두 사람은 괜찮을지도 모르죠. 하지만 애길 갖게 하거나 하진 마세요. 캐서린에게 만약 무슨 일이 생기면 내가 가만있지 않을 거예요."

"그렇게 될 리가 있나?"

"그러니까 조심하세요. 두 분이 잘 되길 진심으로 빌어요. 그리고 즐겁게 지내세요."

"그렇잖아도 즐겁습니다."

"싸우지도 마시고 캐서린을 난처하게 하지도 마세요."

"그런 짓은 안 해요."

"그러니까 조심하세요. 난 캐서린이 전쟁고아를 갖는 걸 절대 원치 않아요."

"당신은 참 좋은 분이오, 퍼기."

"천만에요. 제게 아첨 따윈 필요 없어요. 다린 어떠세요?"

"괜찮아요."

"머리는요?"

그녀는 손가락 끝으로 내 정수리를 만져 보았다.

그러나 신경이 마비된 발처럼 무딘 채 감각이 없었다.

"아무렇지도 않아요."

"몹시 다치며 미쳐버리는 수가 있어요. 정말 아무렇지도 않으세요?"

"아무렇지도 않다니까요."

"당신은 운이 좋군요. 캐서린에게 줄 편지는 쓰셨어요? 저 그만 내려가야겠는데."

"여기 있소."

"당분간 캐서린에게 야근하라고 하지 마세요. 몹시 지쳐 있어요."

"알겠소."

"내가 대신 해주고 싶어도 도무지 듣지 않아요. 다른 간호사들은 캐서린이 야근을 해주니까 아주 좋아해요. 어쨌든 캐서린은 좀 쉬어야 될 거예요."

"알았습니다."

"미스 밴 캠펜이 중위님은 늘 오전 중엔 주무신다고 하던데요."

"그랬소."

"캐서린도 좀 쉬게 하는 게 좋을 거예요."

"나도 그렇게 생각하고 있었소."

"정말이세요? 만약 캐서린을 쉬게 해 준다고 약속한다면 중위님을 존경하겠어요."

"쉬게 하겠소."

"믿겠어요."

그녀는 짤막한 편지를 들고 나갔다. 나는 벨을 눌렀다. 좀 있다가 미스 게이지가 들어왔다.

"왜 그러세요?"

"당신과 할 얘기가 좀 있어서요. 미스 버클리가 잠시 야근을 쉬어야 한다고 생각지 않으세요? 무척 피곤해 보이던데. 어째서 혼자만 야근을 하는지 모르겠어요."

미스 게이지는 나를 쳐다보았다.

"난 당신들을 이해하고 있어요. 그런 식으로 말씀하지 않으셔도 돼요."

"그건 무슨 뜻이오?"

"시침 떼지 마세요. 용무는 이뿐인가요?"

"베르뭇 한잔 어떻소?"

"마시죠. 그러나 곧 가야해요."

그녀는 옷장에서 베르뭇을 꺼내고 잔은 하나만 가지고 왔다.

"당신은 잔으로 해요. 난 병째 마실 테니."

내가 말했다.

"건강을 위해서 건배."

미스 게이지는 건배를 했다.

"내가 아침 늦게까지 자는 걸 밴 캠펜은 뭐라고 하던가요?"

"그냥 투덜거릴 뿐이에요. 중위님은 이곳의 특별 환자라고 그러면서."

"빌어먹을!"

"못돼먹은 사람은 아니에요. 단지 나이를 먹어서 까다로울 뿐이지. 그리고 그분은 중위님을 좋아하지 않아요."

"알고 있소."

"하지만 전 안 그래요. 당신 편이에요. 그걸 절대 잊지 마세요."

"당신은 좋은 분이오."

"아녜요. 중위님을 좋아하는 사람이 누군지 다 알고 있어요. 그러나 난 중위님 편이에요. 다리는 어떠세요?"

"괜찮소."

"차가운 물로 적셔 드릴게요. 깁스한 밑이 가려울 거예요. 바깥쪽이 뜨뜻해 졌어요."

"고맙소, 정말."

"참을 수 없을 정도로 몹시 가려우세요?"

"아니, 괜찮소."

"그 모래주머니를 잘 놔드리죠."

그녀는 허리를 구부렸다.

"난 당신 편이에요."

"알고 있소."

"아니, 모르세요. 언젠가는 알게 되겠죠."

캐서린 버클리는 사흘 동안 야근을 쉬었다가 다시 계속하게 되었다. 우리는 각자 먼 여행을 떠났다가 다시 만난 것 같은 기분이었다.

18

캐서린과 나는 그해 여름 멋진 시간을 보냈다. 내가 외출을 할 수 있게 되자 우리는 마차를 타고 공원을 돌아다녔다. 그 마차, 느릿느릿 달리는 말, 윤기 나는 실크 모자를 쓴 마부의 등, 내 곁에 앉아 있던 캐서린을 나는 결코 잊을 수가 없다. 우리들은 손이 닿는 것만으로도 가슴이 설레었다. 내가 목발을 짚고 걸을 수 있게 되자 우리들은 '비피'나 '그란이탈리아' 같은 식당으로 저녁 식사를 하러 갔다. 웨이터들이 드나들고 많은 사람들과 부딪쳤다. 테이블 위에는 갓을 씌운 촛불이 하나 놓여 있었다. 우리가 그란이탈리아가 제일 마음에 든다고 하자 웨이터장인 조지가 언제나 테이블을 잡아 주었다. 그는 착한 사람이었다. 식사를 주문하는 동안 우리는 거리의 오고 가는 사람들과 황혼에 잠긴 회랑을 구경하고 서로 얼굴을 마주 보곤 했다. 우리는 얼음에 채운 약간 독한 백카프리주를 마셨다. 하기야 그 밖에도 프레사, 바르베라 등 좋은 포도주를 많이 마시긴 했지만. 전쟁 때문에 포도주 전문 웨이터가 없었으므로 내가 프레사 같은 포도주에 물으면 조지는 늘 수줍은 미소를 지었다.

"포도가 딸기 맛이 난다고 해서 포도주를 만드는 나라가 있다고 생각하시는 건 아니겠죠?"

그가 말했다.

"그러면 어때요, 멋지게 들리잖아요?"

하고 캐서린이 말했다.

"훌륭한 것 같은데요."

"그럼 부인께선 그걸 드시죠. 그러나 중위님에겐 작은 마르고 포도주를 한 병 갖다드리죠."

"아니 그걸 한번 마셔보지, 조지."

"중위님껜 권할 수 없습니다. 딸기 맛조차 나지 않으니까요."

"날지도 몰라요."

캐서린이 말했다.

"딸기 맛이 나면 멋지겠는데."

"가지고 오겠습니다. 그랬다가 부인도 마실 만큼 드셨으면 가져 가죠."

그것은 별로 포도주 같지 않았다. 그의 말대로 딸기 맛조차 나지 않 았다. 우리들은 다시 카프리주를 마셨다.

어느 날 저녁은 우리에게 돈이 없었다. 그러자 조지가 백 리라를 꾸 어 주었다.

"괜찮습니다, 중위님. 남자분이 돈이 부족해 하는 것쯤은 알고 있 지요. 이해합니다. 만약에 중위님이나 부인께서 돈이 필요하시다면 언제든지 꿔드리겠습니다."

식사를 마치면 우리들은 다른 식당들과 문을 닫은 가게들을 지나 샌드위치를 파는 조그마한 가게 앞에서 걸음을 멈췄다. 그곳에는 상 추를 넣은 햄 샌드위치와 손가락만큼 작은 롤빵으로 만든 안초비 샌 드위치 등이 있었다. 우리는 이런 것을 사두었다가 밤중에 배가 고파 지기 시작하면 먹었다. 성당 앞 회랑에서 무개마차를 타고 우리는 병 원으로 돌아왔다. 병원 현관에서 포터가 나와 목발을 짚은 나를 부축 해서 마차에서 내려 줬다. 마부에게 마차 삯을 치른 뒤에 우리는 엘 리베이터를 타고 위층으로 올라갔다. 캐서린은 간호사들이 기거하 는 층으로 내리고 나는 더 올라가서 목발을 짚고 복도를 걸어 내 방으 로 들어왔다. 때로는 들어오자마자 옷을 벗고 침대에 들어가기도 했으나 어떤 때에는 발코니로 나가 의자에 걸터앉아 지붕 위를 날아다니는 제비들을 바라보면서 캐서린이 오기를 기다렸다. 그녀가 올라오면 마치 오랜 여행이라도 갔다 온 것처럼 다시 반가웠다. 그리고 나는 목발을 짚고 그녀를 따라 복도를 걸어 다니거나 그녀 대신 대야를 날라주곤 했다. 때론 병실 밖에서 그녀를 기다리기도 하고 방안에까지 따라 들어갈 때도 있었다. 내가 병실 안으로 들어가고 안 들어가고는 그 병실 사람들이 우리 편인가 아닌가에 달려 있었다. 그녀가 할 일을 모두 마치면 우리는 내 방으로 돌아와 바깥 발코니에 가서 앉았다. 내가 잠자리로 들어가고 환자들도 더 이상 자기를 찾을 염려가 없다고 확신하면 그녀는 내게로 왔다. 나는 그녀의 머리를 풀어 주는 것을 좋아했다. 그녀는 침대에 앉아서 내게 가만히 몸을 맡기곤 했다. 때로는 갑자기 키스를 하려고 허리를 굽힐 때도 있었다. 나는 핀을 뽑아 시트 위에 놓았다. 머리가 풀어지고 꼼짝도 않고 있는 그녀를 나는 바라보았다. 마지막 두 개의 핀을 뽑자 머리카락이 온통 어깨 위로 흘러내렸다. 그녀가 고개를 숙이면 우리는 둘 다 머리카락 속에 파묻혀 버려 텐트 속이나 폭포 속에 있는 듯한 느낌이 들었다.

　그녀는 더할 나위 없이 아름다운 머리를 가지고 있었다. 가끔 자리에 누운 채 열린 문틈으로 새어드는 빛으로 그녀가 머리를 틀어 올리는 것을 바라볼 때가 있었다. 그럴 때면 날이 새기 전에 호수가 반짝이는 것처럼 그녀의 머리칼이 빛나는 것을 볼 수 있었다. 그녀는 아름다운 얼굴과 몸매를 가졌으며 피부도 보드라웠다. 함께 자리에 누워 손끝으로 근의 볼이며 이마, 눈이나 턱과 목을 매만지며,

"피아노의 건반처럼 매끄러워."

하고 내가 말하면 그녀도 내 턱을 자신의 손가락으로 어루만지면서 말했다.

"껄끄러워서 피아노 건반에겐 지독하게도 거칠어요."

"거칠단 말이지?"

"아녜요, 그저 놀려 본 것뿐이에요."

밤은 늘 유쾌하고 우리는 서로 몸이 닿기만 해도 행복했다. 황홀한 즐거움을 누리는 것 외에도 우리는 여러 가지 사랑의 장난을 하여 두 사람이 각기 떨어져 있을 때에도 서로를 생각하도록 했다. 때로는 잘 될 때도 있었다. 그것은 두 사람이 같은 생각을 품고 있었기 때문이리라.

캐서린이 이 병원에 처음으로 온 날을 결혼한 것으로 치고 그 결혼 날로부터 얼마나 되었는지를 우리는 세어 보았다. 나는 정식으로 그녀와 결혼하고 싶었다. 하지만 캐서린은 만일 결혼한다면 자신은 본국으로 송환되고 단지 결혼 수속을 밟는 것만으로도 병원의 감시를 받게 될 것이며, 우리 둘 사이는 영원히 갈라질 것이라고 했다. 또 우리들은 이탈리아의 법률에 따라 결혼해야 하는데 그 수속 또한 매우 성가신 것이었다. 캐서린에게 아이가 생기는 게 마음에 걸려 나는 정식으로 결혼을 해야겠다고 생각했다. 그래도 우리는 결혼한 것으로 생각하고 걱정하지 않기로 했다. 사실 나는 결혼하지 않고 지내는 것이 오히려 즐거웠다. 어느 날 밤 결혼에 관한 얘기를 꺼내자 캐서린이 말했다.

"저는 소환당할 거예요."

"그렇지는 않을 거야."

"저를 쫓아낼 거예요. 본국으로요. 그러면 우리들은 전쟁이 끝날 때까지 헤어져 있어야만 해요."

"내가 휴가를 받아 찾아가지."

"휴가 가지고는 스코틀랜드를 다녀갈 수 없어요. 그리고 난 당신과 한시라도 떨어져 있고 싶지 않아요. 이제 새삼스레 결혼을 해서 뭐하겠다는 거예요? 우리, 정말은 결혼했잖아요? 이 이상 또 무슨 결혼을 해요?"

"나는 당신을 위해서 그러는 거야."

"이제 전 없는 것과 같아요. 난 바로 당신이에요. 당신과 떨어져 있는 저는 생각지도 마세요."

"난 여자란 늘 결혼을 원한다고 생각했소."

"그래요. 하지만 전 결혼했어요. 당신과 결혼했어요. 전 당신의 착한 아내가 아닌가요?"

"당신은 좋은 아내야."

"제게도 결혼을 기다린 적이 한 번 있었어요."

"그 얘기는 듣고 싶지 않군!"

"아시죠? 내가 당신 이외에는 누구도 사랑한 적이 없다는 걸! 예전에 다른 남자가 나를 사랑한다고 해서 기분 나빠해서는 안돼요."

"기분 나쁜걸."

"난 이제 당신의 사람이 되었는데, 죽은 사람을 질투하진 마세요."

"질투하는 건 아냐. 하지만 그런 얘긴 듣고 싶지 않아."

"난 당신이 여러 여자를 상대했던 걸 알지만 조금도 문제 삼지 않아요."

"남몰래 비밀스럽게 결혼하는 방법은 없을까? 만약 내게 어떤 일이 생기거나 당신이 어린애를 갖게 되는 경우를 위해."

"결혼은 교회나 국가의 법률에 따를 수밖에 없어요. 우리들은 이미 결혼한 게 아녜요? 제가 무슨 종교를 가졌다면 그건 커다란 문제겠지요. 그러나 전 종교가 없어요."

"당신은 나에게 성 안토니를 주지 않았소?"

"그건 그냥 행운의 부적일 뿐이에요. 누군가 제게 선사한 거예요."

"그럼 당신, 아무런 근심도 갖고 있지 않소?"

"당신 곁을 떠나게 되지 않나 하는 것뿐이에요. 당신은 제 종교고 제 전부예요."

"알겠소. 그러나 난 당신이 결혼을 원한다면 언제라도 하겠소."

"마치 날 정식 아내로 만들어야 할 것처럼 얘기하지 마세요. 난 어엿한 당신의 아내예요. 당신이 행복하고, 그것을 자랑스럽게 여기시는 한 무슨 일이건 부끄러울 건 없어요. 당신, 행복하지 않아요?"

"설마 당신, 날 버리고 다른 남자한테로 가진 않겠지?"

"그럼요. 내가 당신을 버리고 다른 남자한테 갈 것 같아요? 앞으로 울에겐 여러 가지 어려운 일들이 닥쳐올 거예요. 하지만 염려할 필요는 없어요."

"염려 안 해. 그러나 난 당신을 이렇게 사랑하는데 당신은 전에 누군가를 사랑한 적이 있지 않소."

"하지만 그 사람은 어떻게 됐죠?"

"죽었지."

"그래요. 만일 그 사람이 죽지 않았다면 난 당신을 만나지 못했을 거예요. 나는 정숙하지 못한 여자가 아녜요. 결점도 많기는 하지만 저는 아주 정숙한 여자예요."

"난 곧 전선으로 돌아가야 할 거야."

"당신이 떠날 때까지 그런 건 생각하지 말기로 해요. 행복해요. 아주 멋진 시간을 보내잖아요. 오랫동안 행복이라는 걸 알지 못했어요. 그래서 당신을 만났을 때는 거의 당신에게 빠져들었나 봐요. 아마 미쳐 있었을 거예요. 하지만 지금 우리는 행복하고 서로 사랑하고 있어요. 그러니 제발 행복하게 있어요. 당신도 행복하시죠, 네? 당신이 싫어하는 건 하지 않을게요. 뭔가 당신을 즐겁게 해드릴 수 없을까요? 제 머릴 풀어 보고 싶으세요? 장난하고 싶으세요?"

"응, 이리로 와요."

"좋아요. 그 전에 우선 환자부터 보고 올게요."

19

그해 여름은 그렇게 지나갔다. 더웠다는 것과 신문에 많은 전과가 보도됐다는 것 외에는 그날그날에 대한 별다른 기억이 남아 있질 않다. 나는 건강해졌고 다리의 회복도 빨랐으므로 목발을 짚고 다닌 지 얼마 안 되어 지팡이만으로 걸을 수 있게 되었다. 그 후 오스페달레 마조레에서 무릎을 굽히는 치료를 시작으로 하여 반사경이 달린 상자 속에서 자외선을 쐬거나 마사지와 목욕 등의 물리 치료를 받았다. 병원에는 매일 오후에 갔다. 돌아오는 길에 카페에 들러 한잔하면서 신문을 읽기도 했다. 나는 거리를 쏘다니지 않고 카페에서 곧장 병원으로 돌아오고 싶었다. 캐서린을 만나는 것만이 내가 바라는 전부였다. 그 나머지 시간은 기꺼이 희생해도 좋았다.

대게 오전 중에는 잠을 잤고 점심때가 되면 경마 구경을 갔다가 오후 늦게야 물리 치료를 받으러 갔다. 또 어떤 때는 앵글로 아메리칸 클럽에 들러 창 앞에 놓여 있는 쿠션 좋은 가죽 의자에 몸을 묻고 잡지를 읽었다. 목발 없이 걷게 되자 병원에서는 우리가 함께 외출하는 것을 허락하지 않았다. 환자가 간호사와 다닌다는 것은 보기에 좋지 않다는 것이었다. 그래서 오후에는 같이 있을 기회가 많지 않았다. 그래도 퍼거슨이 함께 가 줄 때에는 간혹 같이 저녁을 먹으러 외출할 수가 있었다. 미스 밴 캠펜은 캐서린이 일을 많이 하기 때문에 우리들의 친밀한 사이를 인정해 주었다. 그녀는 캐서린이 좋은 집안 출신이라고 하며 편파적일 정도로 그녀를 두둔했다. 미스 밴 캠펜은 가문을 퍽 중요시했으며 그녀 자신도 훌륭한 집안 출신이었다. 그녀는 늘 일에 몰렸다. 그해 여름은 무척 더웠다. 밀라노에는 내가 아는 사람도 많았지만 해가 저물자마자 나는 병원으로 돌아오고 싶었다.

전선에서는 카르소까지 진격해서 벌써 플라바 전방의 쿡을 점령했고, 이제는 바인시차 고지를 점령하려던 참이었다.

서부 전선은 별로 신통한 것 같지 않았다. 전쟁은 아무래도 장기전으로 들어간 모양이었다. 미국도 참전은 했지만 대부대를 파견하여 전투 훈련을 시키려면 1년은 걸릴 것 같았다. 내년엔 전세가 악화될지도 모르지만, 어쩌면 아군에게 유리하게 전개될지도 몰랐다. 이탈리아군은 엄청난 병력을 손실시키고 있어 앞으로 전쟁을 계속 할 수 있을지 염려되었다. 바인시차와 산 가브리엘레 산 일대를 완전히 점령한다 하더라도 오스트리아까지에는 산들이 첩첩 가로 놓여 있었다. 나는 실제로 그것들을 본 적이 있었다. 험한 준령은 모두 저편에 있었다.

카르소에서는 아군이 전진하고 있지만 해안 지대에는 늪과 습지가 많았다. 나폴레옹이라면 오스트리아군을 평지에서 격파하였을 것이다. 산악 지대에서 싸우는 일은 결코 하지 않았을 것이다. 평지로 진격해 오는 것을 기다렸다가 베로나 근방에서 격파하였을 것이다. 서부 전선에서는 아직 서로 상대방을 격파하지 못하고 있었다. 전쟁은 아마 더 이상 서로에게 승리를 가져다주지는 않을 것 같았다. 전쟁은 영원히 계속될지도 모른다. 제2의 '백년 전쟁'이 될지도 모른다. 나는 신문을 신물걸이에 걸고는 클럽을 나왔다. 조심스럽게 계단을 내려간 다음 만초니 거리를 걸었다. 그랑 호텔 밖에서 마차에서 내리는 마이어즈 노부처와 만났다. 그들 부부는 경마에서 돌아오는 길이었다. 부인은 검은 공단 옷을 차려입은 가슴이 풍만한 여자였다. 마이어즈 씨는 키가 작은 노인이었다. 하얀 수염을 길렀으며 등나무 단장을 짚고 발바닥이 평발인 사람이 걷는 모양으로 걸었다.

"오랜만이에요."

부인이 나에게 악수를 청했다.

마이어즈 씨도 인사를 했다.

"여어."

"경마 어떻던가요?"

"훌륭했다오. 무척 재미있었어요. 난 우승마를 세 번이나 맞혔소."

"어떠셨습니까?"

마이어즈 씨에게로 고개를 돌리며 물었다.

"괜찮았지. 한 번 맞혔다."

"저분이 어떻게 하는지 난 대체 모르겠어요. 아무 말도 안 해주니까."

"난 나대로 잘한다오."

노인은 부드럽고 친절한 표정으로 말했다.

"자네도 좀 나오지."

마이어즈 씨와 얘기를 하고 있으면, 이 노인은 상대방을 보고 있지 않는 게 아닌가, 혹은 다른 사람으로 착각하고 있는 게 아닌가 하는 인상을 받는다.

"네, 가겠습니다."

"그렇지 않아도 당신을 보러 갈 참이었다오."

이번에는 마이어즈 노부인이 말했다.

"아들에게 갖다 줄 것이 생겼다우. 당신 같은 사람은 모두가 다 내

아들이지. 당신들은 정말 모두가 내 귀여운 아들이야."

"다들 기뻐할 거예요."

"다들 귀여운 아들들이지. 당신도 그렇고. 당신도 내 아들 중의 하나야."

"그만 가 봐야겠습니다."

"귀여운 아들들에게 안부 전해 줘요. 갖다 줄 것이 퍽 많다오. 훌륭한 마르살라(이탈리아 산 백포도주)도 있고 과자도 있고."

"안녕히 가십시오. 오시면 모두들 기뻐할 겁니다."

"잘 가요."

이번에는 마이어즈 씨가 인사를 했다.

"회랑으로 오시오. 내 테이블이 있는 곳을 알고 있겠지? 오후엔 늘 거기 가 있으니까."

그들과 헤어진 후 나는 줄곧 거리를 걸었다. 코바에서 캐서린에게 갖다 줄 걸 사고 싶었다. 초콜릿 한 상자를 사고 여점원이 그것을 포장하는 동안 바로 갔다. 두 명의 영국 사람과 항공병이 몇 있었다. 나는 혼자서 마티니를 마시고 그 값을 치른 뒤 초콜릿 상자를 받은 다음 병원으로 천천히 걸어갔다. 가는 도중 스칼라 극장 건너편 술집에서 아는 사람을 몇 만났다. 부영사와 성악을 공부하고 있는 두 사람과 그리고 샌프란시스코에서 온 이탈리아인으로 이탈리아군에 입대해 있는 에토레 모레티 등이었다. 나는 그들과 한잔했다. 가수 중 하나는 랠프 시몬즈가 본명이었지만 엔리코 델 크레도라는 예명으로 노래를 부르고 있었다. 그가 어느 정도의 가수인지는 알 수 없었으나

173

그는 언제나 굉장한 일을 벌이고 말 것처럼 허풍을 떠는 사나이였다. 뚱뚱한 몸집에 코와 입언저리가 건초열에라도 걸려 있는 것처럼 허옇게 말라붙어 있었다. 그는 피아센자에서 노래를 부르고 돌아오는 길이라고 했다. 토스카를 불렀다는데, 그것은 썩 훌륭했다고 했다.

"물론 자넨 내 노래를 들은 적이 없겠지."

하고 그가 먼저 말을 꺼냈다.

"여기선 언제 부르나?"

"가을에 스칼라 극장에 설 거야."

"그러면 뭘 해, 손님들이 의자를 던질 텐데."

하고 에토레가 놀려 댔다.

"모데나에서 이 친구 얻어맞은 얘기 들었나?"

"터무니없는 얘기야. 믿지 말게."

"관객들이 막 의자를 던졌다네."

에토레가 되풀이했다.

"거기에 나도 있었어. 나도 의자를 여섯 개나 집어던졌지."

"어이, 시끄러, 이 프리시코(샌프란시스코의 줄인 이름)에서 돌아온 워프 공!"

"이 작잔 이탈리아어를 할 줄 모른다네."

에토레가 또다시 놀려댔다.

"피아센자 극장은 북부 이탈리아에서도 제일 노래 부르기 어려운 곳이야."

하고 다른 테너 가수가 말을 받았다.

“정말 거기는 부르기 어려운 곳이야.”

이 테너 가수는 에드거 손더즈로서 에두아르도 조바니라고 하는 예명으로 노래를 부르고 있었다.

“자네가 의자 세례를 당하는 꼴을 좀 보았으면 좋겠는데.”

하고 또다시 에토레가 말했다.

“제 주제에 무슨 이탈리아 말로 노랠 부른다구.”

“저 작자 좀 보게.”

이번에는 에드거 손더즈의 반격이었다.

“저 친군 의자 세례라는 말밖에는 할 줄 몰라.”

“너희들이 노래하면 손님들이 그런 행동밖에 보이지 않으니까 그렇지.”

하고 에토레가 덧붙였다.

“그래도 미국으로 돌아가면 스칼라 극장에서 대성공이었다고 큰 소릴 치겠지? 원래 스칼라 극장에선 처음 한 곡조만 듣고도 청중들이 그만 집어치우라고 야단들이었을 텐데.”

“봐라, 내가 스칼라 극장에서 노랠 부를 테니.”

시몬즈도 지질 않았다.

“10월에 토스카를 부르기로 되어 있네.”

“그땐 우리도 가세, 응, 맥?”

하고 에토레가 이번에는 부영사에게 말을 건넸다.

“보호해 줄 사람이 필요할 테니까.”

“아마 미군이 출동해서 보호해 줄 거야.”

무기여 잘 있거라

부영사도 맞장구를 쳤다.

"어때 또 한 잔, 시몬즈? 자넨 어떤가, 손더즈?"

"들겠네."

손더즈가 서슴지 않고 대답했다.

"소문엔 자넨 은장을 받는다면서?"

이번에는 에토레가 나에게 말을 건넸다.

"어떤 전공으론가?"

"몰라. 받는다는 것조차 난 모른다네."

"받게 돼 있어. 거 참, 좋겠네. 훈장을 타면 코바의 아가씨들은 자넬 멋진 사내로 생각할 걸세. 모두들 자네가 오스트리아 병사를 2백 명이나 죽였거나 단신 적의 참호를 뺏었다고 생각할 걸세. 정말이야. 나도 훈장을 타려면 또 활약해야겠군."

"그래, 자넨 훈장을 몇 개나 탔나, 에토레?"

부영사가 물었다.

"그 사람 안 탄 훈장이 어디 있나?"

시몬즈가 한마디 했다.

"저 친구 때문에 모두가 전쟁을 하고 있는 셈인데."

"동 훈장 두 개와 은 훈장 세 개를 탔지."

하고 에토레가 으스대며 말했다.

"그러나 표창장은 한 번밖엔 못 탔어."

"다른 건 어찌 대고?"

시몬즈가 물었다.

"작전이 성공하지 못했거든."

하고 에토레가 대답했다.

"작전이 성공하지 못하면 공로장은 모두 보류거든."

"자넨 몇 번이나 부상했나, 에토레?"

"중상이 세 번. 그래 전상(戰傷) 휘장을 세 개나 받았어. 이거야."

그러면서 그는 소매를 뒤집어 우리에게 보였다. 어깨에서 8인치가량 내려온 곳에, 소매를 꿰매 붙인 흑색 바탕의 천에 평행해 달려있는 세 개의 은빛 선이 있었다.

"자네도 하나 있지."

하며 에토레가 나까지 끌어넣었다.

"정말이야, 이건 정말로 훌륭한 걸세. 나는 훈장보다도 이게 더 부러워. 여보게, 이놈을 세 개나 타려면 얼마나 힘이 드는 줄 아나? 병원에 3개월 동안 입원할 정도의 부상을 입어야 겨우 이것 하나밖에 받지 못하거든."

"자넨 어딜 다쳤지, 에토레?"

부영사가 다시 물었다.

에토레는 소매를 걷어 올렸다.

"여기야."

그는 반질반질하고 깊고 붉은 상처 자국을 보였다.

"다리는 여기고. 각반을 차고 있으니까 보일 순 없지만. 게다가 발. 발에 죽은 뼈가 있어서 지금도 고약한 냄새가 나지. 아침마다 조금씩 뼈 부스러기를 빼내긴 하지만 그래도 늘 냄새가 나."

177

"뭣에 다쳤길래?"

시몬즈가 물었다.

"수류탄일세. 그 감자 찧는 절굿공이 같은 거 말이야. 그놈이 내 발 한 쪽을 온통 날려 버렸지."

그는 나를 쳐다보며 말했다.

"난 그 망할 녀석들이 그걸 던지는 걸 보았다네."

하고 에토레는 말을 이었다.

"그걸 맞고 넘어지면서 이젠 죽었구나 싶었지. 그랬더니 그 절굿공이가 말이야, 속이 텅텅 비어 있지 않겠어. 나는 내 소총으로 그자를 쏴 죽였지. 놈들은 내가 늘 소총을 가지고 다니기 때문에 장교라는 사실을 몰랐지."

"녀석의 얼굴은 어땠나?"

시몬즈가 물었다.

"수류탄이 그것 하나밖에 없었던 모양이야. 도대체 뭣 때문에 나에게 던졌는지 모르겠어. 아마 그 녀석은 늘 수류탄 던져 보기가 원이었던 모양이야. 진짜 전투는 한 번도 못해 본 놈 같이. 내가 쏜 탄알은 정확히 놈에게 명중했지."

"자네가 쏘았을 때 그는 어떤 얼굴을 하고 있었던가?"

시몬즈가 재차 물었다.

"제기랄! 알게 뭔가. 난 그자의 배에 쏘아댔다네. 처음엔 머릴 겨누다가 빗나가면 안 된다고 생각했지."

"자네는 장교가 된 지 몇 해나 되나, 에토레?"

내가 물었다.

"2년. 곧 대위가 될 걸세. 자넨 중위가 된 지 얼마나 됐나?"

"이럭저럭 3년일세."

"이탈리아어를 잘 모르면 대위가 되기는 힘들다네. 말은 하지만 읽고 쓰는 게 충분하지 못하지. 대위가 되려면 공부를 해야 해. 어째서 자네는 미군에 안 들어가나?"

"아마 들어갈지도 모르지."

"나도 들어갔으면 하는데. 어이, 여보게, 대위는 월급을 얼마 정도 받나?"

"정확히는 모르지만, 2백50달러쯤 될 걸세."

"2백50달러 있으면 뭐든지 하겠는데. 자넨 빨리 미군에 들어가는 게 좋겠어, 프레드. 나도 들어갈 수 있는지 알아봐 주게나."

"알겠네."

"나는 이탈리아어로 1개 중대를 지휘할 수 있어. 영어로도 문제없이 해낼 수 있을 거야."

"자넨 장군이 될지도 몰라."

시몬즈가 말했다.

"아냐, 장군이 될 정도의 지식은 없네. 장군은 많은 것을 알고 있어야 돼. 자네들은 전쟁이 무턱대고 아무렇게나 하는 줄 알고 있는 모양이야. 자네들 머리로는 이등 하사도 못될 거야."

"그렇게 되지 않아 천만 다행이야."

시몬즈가 말했다.

"이젠 군에서 자네같이 군을 싫어하는 친구들을 벌줄 거야. 앞으로 보게나. 군에 안 들어오고 견딜 재주가 있나. 이봐, 자네들이 내 소대로 와 주었으면 좋겠어. 맥, 자네도 그렇고. 자넨 내 연락병으로 삼고 싶은데."

"오, 위대하셔라. 그런데 자넨 암만 봐도 군국주의자 같아."

맥이 말했다.

"난 전쟁이 끝날 때까지는 대령은 될 수 있을 거야."

"죽지만 않으며 말이지?"

"죽긴 왜 죽어!"

그는 엄지손가락과 집게손가락으로 옷깃의 계급장을 만졌다.

"내가 지금 뭘 하는지 아나? 우리들은 죽음이라는 말을 입 밖에 올리면 어제나 이렇게 계급장을 만진다네."

"그만 가세, 심."

손더즈가 일어섰다.

"좋아."

"그러면 또."

하고 내가 인사를 했다.

"나도 가야겠어."

술집의 시계는 6시 15분 전이었다.

"잘 있게, 에토레."

"잘 가게, 프레드."

에토레가 인사를 받으며 말했다.

"참 잘됐네, 은장을 받게 돼서."

"아직 모르겠어."

"받게 될 거야, 프레드. 받으리라는 소문을 들었어."

"또 만나세."

하고 내가 다시 인사를 했다.

"사고나 내지 말고 잘 지내게, 에토레."

"내 걱정은 말게. 주정뱅이도 아니고 호색가도 아니니까, 어떻게 해야 몸을 간수하는지 잘 알고 있다네."

"잘 가게. 자네가 대위로 진급한다니 반갑네."

"진급할 때까지 기다릴 수는 없다네. 전공을 세워 대위로 승진하는 거지. 알겠나? 별 셋과 그 위의 검 두 자루를 교차시키고 왕관이 있는 것, 그게 바로 내가 바라는 걸세."

"행운을 비네."

"고마워. 행운을! 자넨 언제 전선으로 돌아가나?"

"머지않아."

"그래, 또 만나세."

"잘 있게."

"잘 가게!"

나는 병원으로 가는 지름길인 뒷골목을 걸어갔다. 에토레는 스물두 살이었다. 샌프란시스코에 있는 백부 밑에서 자랐는데, 토리노에 있는 부모를 찾아왔다가 전쟁을 맞게 되었다. 그는 누이동생과 함께 미국에 있는 백부에게로 가서 공부를 하고 올해 사법학교를 졸업할

181

예정이었다. 그는 천부적으로 유쾌한 성격으로 만나는 사람마다 그에게 싫증을 냈다. 캐서린도 그를 무척 싫어했다.

"우리 나에도 호걸은 있어요."

하고 캐서린이 말했다.

"그러나 대개는 조용하고 점잖지요."

"그 친구 난 괜찮은데."

"저도 그렇게 자만심에 가득 사로잡혀 있지 않고 저를 따분하게 하지 않는다면 괜찮아요."

"나도 그렇긴 해."

"그렇게 말씀해 주시니 정말 기뻐요. 하지만 그렇게 말씀하시지 않아도 돼요. 당신이 전선에서 그분과 서로 돕고 도움을 준다는 것을 알아요. 하지만 그분은 제가 별로 매력을 느끼지 못하는 타입이에요."

"알겠소."

"알아주셔서 고마워요. 나도 그분을 좋아해야겠다고 생각은 하지만 잘 안돼요."

"오늘 오후에 만났는데, 곧 대위가 된다는군."

"잘 됐군요. 그분 매우 기뻐하겠네요."

"내 계급이 좀 올랐으면 하고 생각지 않소?"

"전 그저 우리가 고급 식당에 들어갈 수 있을 만한 정도의 계급이면 돼요."

"그렇다면 내 계급이 당신에겐 꼭 알맞은 셈이군."

"당신은 훌륭한 계급을 가졌어요. 전 그 이상의 계급은 원치 않아요. 계급 때문에 더 큰 욕심을 부릴지도 모르니까. 난 당신이 겸손해서 참 좋아요. 하지만 당신이 자만심에 가득 찬 사람이라 해도 난 당신이 자랑스러울 거예요. 그리고 당신과 결혼했을 테고.”

우리는 발코니로 나가서 조용히 애기를 주고받았다. 달이 뜰 것 같았는데 온통 밤안개로 덮여 달은 보이지 않았다. 얼마 후에 가랑비가 내리기 시작하여 우리는 안으로 들어왔다. 얼마가 지나 비는 심하게 퍼부어댔고 동시에 지붕을 두드리는 소리가 들렸다. 나는 일어서서 비가 들이치나 보려고 창가로 갔다. 그러나 비는 들이치지 않았으므로 열린 채로 두었다.

“그 밖에 누굴 만났어요?”

캐서린이 물었다.

“마이어즈 부부를 만났지.”

“좀 이상한 분들이죠?”

“남편은 자기 나라에서 형무소에 있어야 할 형편이었다더군. 그런데 늙어 얼마 못 살 것 같으니까 내보낸 게지.”

“그 뒤로는 줄곧 쭉 밀라노에서 행복하게 사는군요.”

“얼마나 행복한지는 모르지.”

“형무소에 있던 때를 생각하면 그야 행복하겠죠.”

“부인이 이곳으로 뭘 갖다 주겠다고 하던 걸.”

“늘 멋진 선물을 주시죠. 당신도 그분의 귀여운 아들이에요?”

“아들의 하나일 뿐이지.”

“당신 같은 사람들은 모두 그분의 귀여운 아들들이에요. 그분은 아들을 무척 좋아하나봐. 당신, 이 빗소리를 한번 들어보세요."

"많이 내리는군."

"언제까지나 절 사랑해 주시겠죠?"

"그럼."

"저렇게 비가 퍼부어도 변함없겠죠."

"없지."

"아아. 잘됐네요. 난 비가 무서워요."

"어째서?"

나는 졸렸다. 밖에선 쉴 새 없이 비가 내리고 있었다.

"왠진 모르겠어요. 어릴 때부터 비가 무서웠어요."

"나는 좋은데."

"빗속을 걷는 건 좋아요. 그러나 비는 사랑에 여간 잔인한 게 아니에요."

"나는 영원히 당신을 사랑할 거요."

"나도 당신을 사랑해요. 비가 오나 눈이 오나 우박이 쏟아지나 변함없이…… 아, 그 밖에도 무엇이 있을까요?"

"몰라. 졸려 죽겠어."

"어서 주무세요. 아무래도 좋아요, 전 당신을 사랑하니까."

"당신, 비가 무섭다며?"

"당신과 함께 있을 때는 결코 무섭지 않아요."

"왜 비가 무섭지?"

"모르겠어요."

“말해 봐.”

“조르지 마세요.”

“말해 봐.”

“싫어요.”

“말해 보라니까.”

“그럼 좋아요. 말할게요. 비가 무서운 건요, 가끔 빗속에서 제가 죽어 있는 환영이 보이기 때문이에요.”

“바보 같은 소리!”

“가끔씩은 당신이 죽어 있는 것도 보여요.”

“그건 있을 수 있겠군.”

“아녜요, 그렇지 않아요. 왜냐하면 제가 당신을 위험으로부터 지켜 드리니까요. 정말 할 수 있어요. 하지만 누구든지 자신을 지킬 수 있는 사람은 없어요.”

“자, 그만해요. 오늘 밤은 스코틀랜드 사람이나 하는 잠꼬대 같은 소리는 하지 마. 헤어질 날도 얼마 남지 않았는데.”

“그래요. 그렇지만 난 스코틀랜드 사람이고 미쳤어요. 그 얘긴 관 둘게요. 시시한 얘기니까.”

“그렇지, 다 시시한 얘기야.”

“정말 그래요. 잠꼬대 같은 소리예요. 나비 같은 건 무섭지 않아요. 무섭지 않아요. 아아, 하느님, 무섭지 않게 해 주세요.”

그녀는 울고 있었다. 내가 위로하자 그녀는 울음을 그쳤다. 그러나 밖에서는 여전히 비가 세차게 내리고 있었다.

무 기 여 잘 있 거 라

어느 날 오후 우리는 경마장에 갔다. 퍼거슨과 포탄 신관의 파열로 눈을 다친 크로웰 로저스도 함께였다. 점심을 마치고 캐서린과 퍼거슨이 옷을 갈아입으러 간 사이 크로웰과 나는 그의 병실 침대에 걸터앉아 경마 신문에 실린 지금까지의 경마 성적과 오늘의 예상 따위를 읽었다. 크로웰은 머리에 붕대를 감고 있었다. 그는 경마에는 별로 관심이 없었다. 하지만 경마 신문만큼은 늘 읽고 있었기 때문에 말에 대해서만은 무엇이든지 알고 있었다. 여기 말들은 모두가 다 형편없지만, 말이라곤 이것밖엔 없으니 어쩔 수 없다고 그는 말했다.

마이어즈 씨는 크로웰을 마음에 들어 했다. 그래서 이길 거라고 예상되는 말을 그에게 몰래 가르쳐 주곤 했다. 마이어즈 씨는 거의 경마 때마다 계속해서 이겼다. 그러나 자신에게로 돌아오는 배당금이 적어진다고 다른 사람에게는 이길 말의 예상을 가르쳐 주기 싫어했다. 이곳 경마는 매우 허술했다. 출장이 금지되어 있는 기수들이 이탈리아에서는 경마에 나왔다. 마이어즈 씨의 정보는 정확했으나, 나는 그에게 묻는 것이 싫었다. 이따금 그는 사람들이 물어보면 대답을 피할 때도 있고 마지못해 말해 주면서도 손해를 본 듯한 표정을 지었다. 그래서 크로웰에게는 싫은 내색을 보이지 않고 가르쳐 주었다. 크로웰은 눈에 부상을 입고 있었다. 한쪽 눈은 특히 심했는데 마이어즈 노인도 눈병을 앓고 있었다. 그래서인지 크로웰에게 유달리 호의

를 보이고 있었다. 마이어즈 씨는 자기가 어떤 말에 걸었다는 것을
부인에게조차 절대 말하지 않았다. 그 부인은 이기기도 하고 지기도
했다. 그러나 대체로 졌다. 그녀는 줄곧 수다만 떨고 있었다.

우리 네 사람은 무개 마차로 산 시로로 갔다. 맑은 날씨였다. 공원
을 지나 전차 길을 따라 마차를 몰고 교외로 나오자 길은 온통 먼지투
성이였다. 철책을 두르고 나무가 무성한 넓은 들이 있는 별장, 졸졸
졸 흐르는 개울, 잎사귀에 먼지가 앉은 푸른 채소밭들이 있었다. 멀
리 평야를 바라보니 농가와 함께 봇도랑이 있는 풍요한 농장이 보이
고 북녘으론 산들이 보였다. 많은 마차가 경마장으로 들어갔다. 입구
에 있던 사람은 군복 차람인 우리들을 입장권 없이 들여보냈다. 우리
들은 마차에서 내려 프로그램을 사서 트랙을 가로질렀다. 다시 경주
로의 부드럽고 폭신폭신한 잔디밭을 지나 출장마를 넣어 둔 곳으로
갔다. 중앙 관람석은 오래된 목조 건물이었다. 마권을 사려는 사람들
은 관람석 밑에서 마구간까지 한 줄로 늘어서 있었다. 트랙 울타리
쪽으로 한무리의 군인들이 둘러서 있었다. 말 대기소에도 많은 사람
들이 있었다. 중안 관람석 뒤에 있는 마장에서는 조마사들이 말을 빙
빙 돌려 걷는 훈련을 시키고 있었다. 아는 사람들도 만났다. 우리는
퍼거슨과 캐서린에게 자리를 잡아 주고 말을 구경했다.

말은 고개를 아래로 떨어뜨린 채 조마사에게 끌려 차례로 빙빙 돌
고 있었다. 크로웰은 자주색이 도는 검은 빛 말을 보고 염색한 것이
라고 했다. 자세히 보니 그런 것도 같았다. 그 말은 안장을 놓으라는
벨 신호가 울리기 직전에 끌려나왔다. 조마사의 완장에 붙인 번호를

보고 출전표를 확인해 보니 자팔라크라는 검정색 거세마였다. 이 경마에 출전한 말들은 상금 천 리라 이상의 경마에는 우승한 일이 없는 것들로만 제한되어 있었다. 캐서린도 확실히 그 말의 털은 염색된 것이라고 했다. 퍼거슨은 잘 모르겠다고 했다. 나도 좀 미심쩍었다. 우리들은 이 말에다 걸기로 의견을 일치해서 백 리라를 거둬 모았다. 마권 할당표에는 이 말이 이기면 35배의 배당금이 돌아온다고 기록되어 있었다. 크로웰이 마권을 사러 간 동안 우리들은, 기수들이 다시 한 번 말을 한 바퀴 걸린 뒤 나무 그늘을 지나 경주로의 출발점으로 천천히 말을 끌고 가는 것을 바라보았다.

우리들은 경마를 자세히 구경하려고 중앙 관람석으로 올라갔다. 당시 산 시로엔 자동식 출발 장치가 없었다. 그러므로 출발 담당자가 말들을 일렬로 나란히 세웠다. 건너편 경주로의 말들은 아주 조그맣고 보였다. 잠시 후 출발 담당자가 손에 들고 있던 긴 채찍을 휙 올리는 것을 신호로 그 말들을 출발시켰다. 말들이 우리들 앞을 지나갈 때의 예의 그 검은 말이 선두를 달리고 있었다. 그 말은 코너에 이르자 다른 말보다 훨씬 앞서 달렸다. 나는 계속 망원경으로 멀리서 달리고 있는 말들을 좇았다. 검은 말을 탄 기수는 속도를 조절하느라 무척 애를 썼다. 그 말은 코너를 돌아 마지막 경주로로 들어섰을 땐 다른 말들보다 15마신이나 앞서 있었다. 그 말은 결승점을 지난 뒤에도 코너 있는 데까지 계속 달렸다.

"얼마나 멋있어요!"

캐서린이 먼저 입을 열었다.

“3천 리라 이상 탈 수 있어요. 정말 훌륭한 말이에요.”

“배당금 지불이 끝날 때까지 염색한 빛깔이 변하지 말아야 할 텐데.”

크로웰이 말했다.

“정말 굉장한 말이었어요.”

캐서린이 또 감탄했다.

“마이어즈 씨도 그 말에 걸었는지 몰라.”

“저 우승마에 거셨습니까?”

나는 마이어즈 노인에게 큰 소리로 물어보았다. 그는 고개를 끄덕였다.

“글쎄, 나는 다른 말에 걸었지 뭐예요.”

마이어즈 부인이 말했다.

“당신들은 어느 말에 걸었소?”

“자팔라크예요.”

“정말? 그건 배당금이 35밴데!”

“털 빛깔이 마음에 들었어요.”

“난 마음에 들지 않았어요. 왠지 초라해 보여서. 모두들 그 말에 걸지 말라고 하더군.”

“뭐 대단한 배당은 없을 거야.”

마이어즈 노인이 말했다.

“배당표에는 35배로 나와 있습니다.”

내가 말했다.

“많이 돌아오진 않을 거야. 막판에 가서 사람들이 그 말에 많이들

걸었거든."

"누가요?"

"캠프톤과 그 패들이. 곧 알게 될 걸세. 두 배도 못 될 거라는 걸."

"그럼 우리들은 3천 리라는 못 타겠네요."

하고 캐서린이 소리쳤다.

"이건 사기야!"

"2백 리라는 타게 되겠지."

"그런 건 안 타는 거나 마찬가지예요. 우리에겐 아무 소용도 없어요. 3천 리라 탈 것으로만 알고 있었는데."

"엉터리야, 정말."

퍼거슨도 분해했다.

"정말이야."

캐서린은 아쉬운 표정으로 말했다.

"엉터리가 아니었더라면 우리들은 저 말에 걸지 않았을 거예요. 저는 3천 리라가 탐났거든요."

"아래로 가서 한잔하고 배당금을 봅시다."

하고 크로웰이 말했다. 번호를 써 붙인 곳으로 가 보았다. 배당을 알리는 벨이 울리고 자팔라크라고 하는 이름 옆에 단승(單勝) 18.50이라고 게시되어 있었다. 이것은 10리라를 걸어가지고, 배당금이 같은 액수인 10리라도 안 되는 배당인 셈이다.

우리들은 본부석에 있는 바로 가서 위스키 소다를 한 잔씩 마셨다. 우리는 안면 있는 이탈리아 사람 둘과 부영사인 맥 애덤즈를 우연히 만났다. 우리들은 그들과 함께 그녀들 있는 곳으로 돌아왔다. 그 두 이탈리아 사람은 예의바른 사람들이었다. 우리가 또 예상 말을 걸기 위하여 아래로 내려가 있는 동안 맥 애덤즈는 캐서린과 얘기하고 있었다. 마이어즈 씨가 마권 매표소 가까이에 있었다.

"어느 말에 걸었는지 물어보게."

내가 크로웰에게 말했다.

"어느 것에 거셨어요, 마이어즈 씨?"

크로웰이 물었다. 마이어즈 씨는 출전표를 꺼내서 연필로 5번을 가리켰다.

"저희들도 그 말에 걸어도 괜찮겠습니까?"

크로웰이 물었다.

"그렇게 하도록 하게. 그러나 내 아내에겐 절대로 비밀일세."

"한잔하시렵니까?"

내가 물었다.

"고맙지만 난 술을 사양하겠네."

우리들은 5번이 우승하리라 믿어 백 리라를 걸고 또 복승에 백 리라 더 걸었다. 그리고는 위스키소다를 한 잔씩 더 마셨다. 나는 기분이 좋았다. 우린 다른 두 명의 이탈리아 사람과도 벌써 사귀었다. 그들과 같이 잔을 나눈 다음 우리는 함께 여자들이 있는 곳으로 갔다. 나는 캐서린에게 마권을 주었다.

"어떤 말이에요?"

"모르겠어. 마이어즈 씨가 고른 거야."

“이름도 몰라요?”

“응, 출전표를 보면 알 수 있겠지. 5번일 거야.”

“당신은 그분을 아주 신용하고 계시군요.”

5번은 이겼지만 배당은 터무니없었다.

“20리라 따기 위해 2백 리라를 걸다니…….”

마이어즈 씨는 화가 났다.

“아니 또 12리라로 10리라라니 말이 되나? 우리 집 사람은 20리라
나 잃었어.”

“저도 내려가 보겠어요.”

캐서린은 나에게 말했다. 이탈리아 사람들도 모두 일어났다. 우리
들은 아래로 내려가서 말 대기소로 갔다.

“당신, 이런 게 좋으세요?”

캐서린이 물었다.

“난 괜찮은데.”

“하지만 난 이렇게 많은 사람들을 만나는 게 싫어요.”

“많지도 않은 것 같은데 뭘.”

“그래요. 하지만 저 마이어즈 내외나 아내와 딸을 데리고 온 은행
가…….”

“그 친구는 내 수표를 현금으로 바꿔 주는 사람이오.”

“그야 그렇겠죠. 하지만 그분이 아니라도 다른 사람들도 있잖아
요. 그리고 그 나중에 만난 네 사람은 정말로 싫어요, 난.”

“우리 여기 울타리 있는 데서 구경하지.”

"좋아요. 한 번도 들은 적 없는, 마이어즈 씨도 걸지 는 말에 걸어
봐요."

"응, 그러지."

우리는 '나의 빛'이라고 하는 말에다 걸었다. 그런데 이 말은 다섯
마리가 뛰는 경마에서 4위를 했다. 우리는 울타리에 몸을 기댄 채 말
굽 소리를 울리며 달려가는 말들을 바라보았다. 그리곤 저 멀리 산이
며 숲과 들 너머의 밀라노를 바라보았다.

"여기가 훨씬 상쾌해요."

캐서린이 말했다. 말들이 땀에 흠뻑 젖어 문으로 들어오고 있었다.
기수들은 말에서 내리기 위해 말들을 나무 그늘로 몰고 갔다.

"한잔 하시겠어요? 여기라면 마시면서 말을 구경할 수 있어요."

"내 가져 오지."

"보이가 가져다 줄 거예요."

그녀가 한 손을 쳐들자 보이가 마사 곁에 있는 바에서 나왔다. 우리
들은 둥근 테이블을 사이에 두고 마주보며 앉았다.

"우리 둘만이 있는 게 좋지 않으세요?"

"좋고말고."

"여러 사람들과 함께 있으면 전 이상하게 더 외로워요."

"여긴 퍽 좋은데."

"그래요. 정말 훌륭한 곳이에요."

"정말이야."

"모처럼 당신이 좋아하시는데 저 때문에 재미가 없어지면 어떻게

해요. 저쪽으로 가시고 싶은 거라면 전 신경 쓰지 마세요."

"아냐, 여기서 이렇게 둘이서만 마십시다. 나중에 아래로 가서 장애물 경주나 구경하고."

"당신은 정말 친절한 분이셔."

한동안 우리는 둘이서만 있다가 다시 즐거운 마음으로 사람들과 함께 어울렸다. 멋지고 유쾌한 하루였다.

21

9월로 접어들자 서늘한 밤이 찾아들었다. 낮에도 물론 서늘했으며 공원의 나뭇잎이 물들기 시작하자 우리는 여름이 지나갔음을 알았다. 전선의 상황은 매우 불리했다. 아군은 아직도 산 가브리엘레를 점령하지 못했다. 바인시차 고지의 전투는 이미 끝났고 이달 중순경에는 산 가브리엘레의 전투도 끝날 예정이었다. 결국 이탈리아군은 그곳을 점령하지 못했다. 에토레는 전선으로 돌아갔다. 말들은 로마로 옮겨 갔기 때문에 경마도 없었다. 크로웰로 로마로 떠났다. 그는 곧 미국으로 후송될 예정이었다. 밀라노에선 반전 폭동이 두 번 일어났고 투린에서도 폭동이 있었다. 클럽에서 만난 한 영국군 소령이 바인시차 고지와 산 가브리엘레 전투에서 이탈리아군은 15만의 병력을 잃었다고 했다. 그 외에 카르소 지방에서도 4만 명을 잃었다고 했다. 우리는 술을 같이 마셨다. 얘기는 소령 혼자서 전부 떠들어 댔다.

그는 이 근방의 전투는 금년으로 이것이 끝이다, 이탈리아군은 분수에 넘친 작전을 시도했다고 했다. 또 플랜더스 전선의 공격도 악화되고 있다고 했다. 금년 가을처럼 병력을 상실하면 연합군은 1년 후엔 손을 들 것이다. 하지만 그것을 모르고 있는 동안 염려는 없다고 했다. 벌써 우린 지쳐버렸고 끝에 와 있었다. 문제는 그것을 시인하지 않고 있는 점이었다. 그것을 끝까지 시인하지 않는 나라가 전쟁에서 이기는 법이다. 우리들은 한 잔 더 마셨다. 내가 어느 부대 참모냐고? 아니야. 그는 참모였다. 클럽에서 우리 둘만이 커다란 가죽 소파에 몸을 기대고 앉아 있었다. 그의 군화는 말끔하게 손질을 한, 윤기가 흐르지 않는 가죽이었다. 훌륭한 군화였다. 모든 것이 다 뒤죽박죽이라고 그는 말했다. 군 당국은 단지 사단이니 병력이니 하는 것만을 표준으로 생각한다. 사단이니 뭐니 하고 떠들면 모두 몰살시키고 있다. 모두 지쳐 있다.

도이치 군이 승리를 거둘 것이다. 그들이야말로 정말 군인다우니까. 도이치 놈들은 옛날부터 군인이거든. 하지만 그들 역시 지쳐 있다. 모두가 끝장이다. 나는 러시아군에 대해 물었다. 그는 러시아도 벌써 옛날에 끝났다고 했다. 나는 곧 그들이 끝장이 났다는 걸 알 수 있었다. 그리고 오스트리아군도 끝장났어. 만일 오스트리아군에 도이치의 몇 개 사단이 가담한다며 해볼 만하겠지. 이번 가을에 오스트리아군이 공경하리라고 생각하시오? 물론. 이탈리아군도 끝장났어. 이탈리아군이 끝장난 건 세상이 다 아는 사실이야. 도이치 놈들이 남하하여 트렌티노를 돌파하고 비첸자에서 철도를 차단할 것이다. 그러면 이탈리아군은 어떻게 되지? 1916년에도 그런 작전을 했지요, 하고 내가 말했다. 도이치군이, 아니 독일군이지요, 하고 내가 말했다. 그러나 이제 그런 작전은 하지 않을 걸 하고 그는 말했다. 너무 명백하고 단순하니까. 좀 더 복잡한 작전을 짜가지고 그럴 듯하게 끝장을 보겠지. 이젠 가 봐야겠습니다. 나는 일어섰다. 병원으로 가야 했다.

"그럼 안녕히."

나는 작별 인사를 했다.

"늘 행운을 빌겠네!"

쾌활한 목소리로 그는 인사했다. 그의 세계를 보는 비관론과 개인적인 명랑함은 커다란 대조를 이루었다.

나는 이발관에 들러 면도를 하고 병원으로 돌아왔다. 다리는 이제 전선에 다시 나가도 끄떡없을 만큼 튼튼해졌다. 오스페달레 마조레에서의 치료가 끝나기까지 아직도 며칠이나 남아 있었다. 나는 절룩거리지 않도록 연습하면서 거리를 걸어갔다.

한 노인이 회랑 아래서 그림자의 실루엣을 오려내고 있었다. 나는 멈춰 서서 물끄러미 노인을 보았다. 노인은 한쪽으로 고개를 기울인 채 여자를 쳐다보면서 매우 빠른 솜씨로 그녀들의 모습이 비친 그림을 오려나갔다. 여자들은 킬킬거리며 웃고 있었다. 노인은 그것을 흰 종이 위에 풀로 붙여 그들에게 주기 전에 나에게 보였다.

"아름답죠? 한번 해 보시죠, 중위님!"

여자들은 자신들의 실루엣을 받아 보고는 웃으면서 가 버렸다.

예쁜 처녀들이었다. 병원 맞은편에 있는 술집에서 일하는 여자들이었다.

"하나 부탁하겠습니다."

"모자를 벗으세요."

"아니, 쓴 채로."

"그럼, 깨끗하게 안 될 텐데."

그는 말했다.

"하지만."

그는 명랑해지면서 말했다.

"그편이 더 군인답겠군요."

그는 검은 종이로 내 옆얼굴을 만들어 오리고는, 그 오려낸 두 장의 종이를 따로따로 두꺼운 종이에다 붙여서 나에게 주었다.

"얼맙니까?"

"그만두십시오."

그는 손을 내저었다.

"그저 중위님을 위해 하나 만들어 드린 겁니다."

"받으십시오."

나는 동전 몇 리라를 꺼냈다.

"미안하니까 제발 받아 주십시오."

"괜찮아요. 취미로 만들어 본 거니까. 중위님이 사랑하는 분에게 드리십시오."

"고맙습니다. 자, 그럼 다시 만나길 바랍니다."

나는 병원으로 돌아왔다. 몇 통의 편지가 와 있었다. 공용 한 장과 그 외의 몇 통이었다. 공용은 3주간의 요양 휴가를 보낸 뒤에 끝나면 전선으로 돌아오라는 것이었다. 나는 그것을 몇 번이나 되풀이해 읽었다. 아무튼 이렇게 되는 거란 말이지! 요양 휴가는 내 치료가 끝나는 10월 4일부터 시작이 된다. 3주일이라고 하면 21일간이다. 그럼 10월 25일이다. 나는 병원에 외출하겠다고 알린 다음, 저녁을 먹으러 병원에서 조금 떨어진 식당으로 갔다. 식탁에서 편지와 〈코리에레 데라 세라〉 신문을 읽었다. 조부께서 보낸 편지가 있었다. 가족들의 소식과 애국적인 격려의 말, 그리고 2백 달러와 두세 개의 시문 스크랩이 들어 있었다. 또 우리들의 식당 친구인 군목으로부터의 싱거운 편지, 비행사로 프랑스군에 입대해 있는 친구의 편지도 읽었다. 이 친구는 짓궂은 장난꾸러기 패거리의 얘기를 적어 보냈다. 리날디의 짧막한 편지에는 언제까지 밀라노에서 빈둥거리고 있을 셈이냐, 도대체 상황이 어떻게 돌아가는 거냐고 물어왔다. 그리고 돌아올 때에 레코드를 사가지고 오라며 그 목록을 함께 동봉했다. 나는 식사와 함께 작은 키안티 병 하나를 마시고 식후에 커피와 코냑을 마셨다. 신문을 읽고 나서 편지를 주머니에 넣고 신문과 팁을 테이블 위에 놓고 밖으로 나왔다.

병원으로 돌아와서 옷을 벗고 잠옷으로 갈아입은 다음, 발코니로 통하는 문에 커튼을 치고 침대에 걸터앉았다. 마이어즈 부인이 아들들(입원한 병사들) 보라고 두고 간 〈보스턴 신문〉을 읽었다. 시카고 화이트 삭스 팀이 아메리칸 리그에서 우승하였고 뉴욕 자이언트 팀이

내셔널 리그에서 수위를 차지하고 있었다. 베이브 루드는 보스턴 팀의 투수였다. 기사 내용은 한결같이 시시하고 흥미가 없었으며 지역적이고 너절한 것들뿐이었다. 전쟁 기사 역시 때늦은 것이었다. 모두 약속이라도 한 듯이 신병 훈련소에 관한 것뿐이었다. 그 훈련소에 들어가지 않은 것을 나는 기쁘게 생각했다. 읽을 만한 것은 고작 야구 기사였지만 나는 그런 것에 전혀 흥미가 없었다. 야구를 취급하는 신문이 너무나 많았기 때문에 흥미를 가질 수가 없었다. 묵은 기사뿐이었지만 나는 그것을 읽었다. 미국은 정말로 참전할 것인가? 메이저 리그는 중지될 것인가? 아마 그렇지는 않을 것이다. 밀라노에서는 아직 경마가 열리고 있고 전쟁은 더 이상 악화될 염려가 없었다. 프랑스에서는 경마를 중지하고 있다. 우리들이 건 자팔라크라는 말은 프랑스에서 왔다. 캐서린은 9시까지는 근무가 없었다. 근무 시간이 되자 이내 그녀의 발소리가 들렸고 지나가는 모습도 한 번 힐끗 보였다. 그녀는 몇 차례 다른 병실을 둘러보고서야 나에게로 왔다.

"늦었어요, 그만."

캐서린은 내게 미안해했다.

"일이 많았어요. 어때요, 당신?"

나는 편지 얘기, 휴가 얘기 등을 그녀에게 들려줬다.

"잘됐네요. 어디로 가고 싶으세요?"

"어느 곳도 가고 싶지 않아. 당신과 그냥 여기 있고 싶어."

"그런 소리 마세요. 그건 바보짓이에요. 갈 곳을 정하세요. 그러면 나도 당신을 따라갈 테니."

199

"그렇게 할 수 있겠소?"

"아직은 잘 몰라요. 하지만 그럴 작정이에요."

"당신은 용감한데."

"그렇지 않아요. 잃을 것이 없다고 생각하면 인생이란 그리 어려운 것만은 아니에요."

"무슨 소리지?"

"아무것도 아니에요. 다만 이제까지 큰 문제로 나를 짓눌러 왔던 일이 별안간 어쩌면 이렇게 보잘 것없이 하찮아 보일까 하고 생각했을 뿐이에요."

"난 그렇게 생각하지 않는데 인생이란 쉬운 게 아니야."

"천만에요. 막다른 골목에 다다르면 결국에는 도망칠 뿐예요. 하지만 그렇게 안 될 거예요."

"간다고 하면 어디로 가지?"

"어디로라도, 당신이 가고 싶은 곳이라면 아무데라도. 아무도 없는 곳으로."

"아무데라도 좋아?"

"네, 난 아무데라도 좋아요. 당신과 함께라면."

그녀는 몹시 흥분하고 긴장된 것같이 보였다.

"웬일이오, 캐서린?"

"아무것도 아니에요."

"아냐, 무언가 내게 숨기고 있는 게 있어."

"아녜요. 정말 아무것도 아니에요."

“얼굴에 씌어 있는데? 말해 봐요. 내게 못할 얘기가 어디 있소.”

“아무것도 아니라니까요.”

“말해 봐.”

“말하고 싶지 않아요. 당신을 불행하게 하거나 걱정 끼쳐 드리는
거 같아서.”

“천만에, 그렇지 않아.”

“정말이에요? 난 염려 없지만 당신이 걱정하지나 않으실지?”

“당신이 걱정하지 않는다면 나도 걱정하지 않아.”

“말하고 싶지 않아요.”

“어서 얘기해 봐.”

“꼭 말해야 해요?”

“그럼.”

“나 아이가 생긴 모양이에요. 벌써 석 달이나 돼요. 당신 걱정되시
죠? 염려 마세요, 제발. 걱정하지 않으셔도 돼요.”

“……”

“당신 괜찮아요?”

“물론.”

“난 별짓을 다 해봤어요. 별짓을 다 해봤지만 마찬가지였어요.”

“염려하지 마.”

“할 수 없었어요. 하지만 난 이젠 걱정하지 않아요. 그러니 당신도
걱정하지 마세요.”

“난 다만 당신이 걱정이오.”

"아니에요. 여자라면 누구나 다 어린애를 낳는 법예요. 그렇지 않은 여자가 어디 있나요? 당연한 일이에요."

"당신 정말 훌륭해."

"아녜요, 그렇지 않아요. 하지만 당신만은 걱정해서는 안돼요. 나 당신을 성가시게 하지 않도록 할 거예요 전엔 당신을 괴롭혔지만. 하지만 지금까지 당신에게 전 좋은 여자였잖아요? 이런 거 당신은 조금도 모르셨죠?"

"응."

"그럴 거예요. 당신은 그저 걱정만 안하시면 돼요. 당신 지금 걱정하고 계시죠? 그만두세요. 한잔 안 하시겠어요? 당신, 한잔하시면 언제나 유쾌해지잖아요."

"아냐 괜찮아, 걱정하지 마. 난 유쾌해. 그런데 당신 정말 용감하구려."

"그렇진 않아요. 하지만 우리가 갈 곳을 당신이 정한다면 갈 수 있도록 모든 준비해 놓겠어요. 10월이니까 틀림없이 멋질 거예요. 당신이 전선에 가 계실 동안 전 날마다 편지를 쓰겠어요."

"당신은 어디로 가고?"

"아직은 모르겠어요. 하지만 어디든 멋진 곳으로 가고 싶어요. 그런 데를 찾아보겠어요."

우리는 한동안 서로 아무 말도 하지 않았다. 캐서린은 침대 위에 걸터앉아 있었고 나는 그녀를 쳐다보고 있었다. 그러나 서로 몸에 손을 대지는 않았다. 누가 안으로 갑자기 들어왔을 때 느끼는 그런 어색한 기분으로 우리는 서로 떨어져 있었다. 그녀는 손을 내밀어 내 손을 잡았다.

"당신 화나시지 않으셨죠, 네?"

"아니."

"함정에 빠졌다고 느끼시는 건 더욱 아니겠죠?"

"약간은. 그러나 당신 때문은 아냐."

"누가 나 때문이래요?"

"생리적으로 이럴 때에는 언제나 함정에 빠졌다는 느낌이 드는 거요."

그녀는 꿈쩍도 하지 않은 채 손도 떼지 않고 있었다. 그녀는 자신이 어디 먼 곳으로 날아가 버리는 것만 같았다.

"그 언제나 라고 하는 말, 과히 듣기 좋은 말은 아니군요."

"미안하게 됐군."

"괜찮아요, 하지만 난 아직 어린아이를 낳아 본 적도 없고 누구를 사랑해 본 적도 없었어요. 그런데 당신은 언제나라는 말을 너무도 쉽게 쓰시는군요."

"할 수 있다면 내 혀를 빼버리고 싶군."

나는 사과했다.

"아아. 당신도!"

그녀는 먼 곳에서 다시 제자리로 되돌아온 것 같았다.

"제가 한 말 신경 쓰지 마세요."

우리는 또다시 한마음이 되었다. 어색한 느낌은 곧 사라졌다.

"우리는 이제 일심동체예요. 서로를 오해해서는 안 돼요."

"오해 같은 건 하지 않아."

"하지만 흔히 있는 일이에요. 서로 사랑하고 있으면서도 서로 오해하고 싸우고 그래서 허물어지고 말아요."

"우리는 싸우지 않아."

"그래요. 우리는 단지 우리 둘뿐이니까요. 만일 우리 사이에 무슨 불화가 생기면 그땐 우린 끝장이에요. 세상에 지고 마는 거예요."

"지지 않을 거야. 당신은 용감하잖아. 용감한 사람에겐 아무 일도 일어나지 않아."

"하지만 죽긴 하겠죠."

"그러나 꼭 한 번뿐이야."

"그럴까요? 누가 그랬죠?"

"비겁한 자는 천 번 죽는다. 용감한 자는 오직 한 번뿐이라지?"

"그래요. 누가 그랬죠?"

"모르겠어."

"그 사람은 아마 비겁한 사람이었을 거예요. 우리는 비겁한 사람에 대해서는 너무나 잘 알고 있으면서 용감한 사람에 대해선 전혀 몰라요. 용감한 자가 영리한 사람이라면 아마 2천 번이라도 죽을 거예요. 다만 말로 하지 않을 뿐이죠."

"그럴까? 용감한 자의 머릿속까지 들여다보긴 어렵겠지."

"그래요. 그러니까 용감한 자지요."

"당신은 권위주의자로군."

“맞아요. 난 그런 말을 들을 자격이 있어요.”

“당신은 용감해.”

“천만에요. 하지만 그렇게 되고는 싶어요.”

“난 용감한 자는 아냐. 난 내가 어떤지를 알아. 오랫동안 전선에 나가 있으니까 그걸 똑똑히 알게 되더군. 2할 3푼의 타율을 갖고 있는 야구 선수가 그 이상은 절대로 칠 수 없는 것과 같이…….”

“2할 3푼의 선수란 무슨 말예요? 무척 인상적인 말이네요.”

“그건 야구에서 아주 평범한 타자를 두고 하는 말이야.”

“하지만 역시 타자는 타자 아녜요?”

“우리는 아마 두 다 자만하고 있는 모양이야.”

그렇게 말하고 나서 나는 한마디 더 했다.

“그렇지만 역시 당신은 용감해. 그리고 난 한잔 들어가면 더욱 용감해지지.”

“우리는 정말 별난 사람들이에요.”

하면서 캐서린은 옷장으로 가서 코냑과 유리잔을 하나 가지고 왔다.

“한잔하세요. 당신은 정말 제게 더없이 좋은 분이에요.”

“정말 할 생각 없는데.”

“한 잔만.”

“그러지.”

나는 유리잔에 코냑을 3분의 1가량 따라 마셨다.

“멋있어요. 당신 브랜디 마시는 폼이. 브랜디는 영웅이 마시는 술이라죠? 그러나 당신은 너무 마시면 안 돼요.”

"전쟁이 끝나면 우리 어디서 살까?"

"친지들이 가까이 사는 곳에서죠. 난 3년 동안 전쟁이 크리스마스에 끝나 주었으면 하고 바랐어요. 어린애처럼 말예요. 그러나 이젠 우리 아들이 해군 소령이 될 때까지라도 기다리겠어요."

"아마 육군 대장이 될지도 모르지."

"백년 동안 전쟁을 한다면 해군에도 근무할 수 있을 거예요."

"당신 한잔 들지 않겠소?"

"아녜요. 당신에겐 술이 즐거움이지만 난 어지러울 뿐이에요."

"그럼 브랜디도 마셔 본 적이 없소?"

"없어요. 저 무척 고지식한 아내죠?" 나는 마룻바닥에 손을 뻗어 또 한 잔 따랐다.

"당신 전우들을 한번 돌아보고 올 테니 신문이라도 읽고 계세요."

"꼭 가야만 해?"

"네, 그렇지 않으면 나중에라도 가야 해요."

"그래, 그럼 지금 갔다 와요."

"좀 있다 올게요."

"그때까지 신문이나 읽어 두지."

22

그날 밤 갑자기 날씨가 쌀쌀해지더니 이튿날은 비가 내렸다. 오스페달레 마조레에서 돌아오는 길에 억수 같은 비를 만났다. 병원에 도착했을 때는 비에 흠뻑 젖고 말았다. 위층 병실로 올라오자 바람이 발코니의 유리문에 비를 몰아치고 있었다. 옷을 갈아입고 브랜디를 마셨지만 기분이 좋지 않았다. 밤이 되자 기분이 언짢아졌다. 다음날 아침에는 식한 것을 모두 토해 버렸다.

"틀림없어, 확실합니다."

하고 의사는 간호사에게 말했다.

"눈의 흰자위를 좀 봐요, 간호사."

미스 게이지가 내 눈을 들여다보았다. 그들은 나에게 거울을 보여 주었다. 흰자위가 노랬다. 황달이었다. 그 때문에 캐서린과 나는 병후의 요양 휴가를 함께 할 수가 없었다. 우리는 마조레 호반의 팔란자로 갈 계획이었다. 단풍이 들 무렵의 그곳 경치는 아름다움의 절정이었다. 산책할 수 있는 산길도 있고 호수에 배를 띄우고 낚시를 해도 좋았다. 스트레사에 비해 팔란자는 아는 사람들이 적기 때문에 좋았다. 팔란자에는 경치 좋은 아담한 마을이 있고, 어부들이 살고 있는 섬까지 배를 저어 갈 수도 있었다. 그리고 제일 큰 섬에는 음식점도 있었다. 그러나 우리는 갈 수 없었다.

황달로 누워 있던 어느 날, 밴 캠펜이 내 병실로 들어와서 옷장의 문을 열고는 빈 술병들을 발견했다. 내가 포터를 시켜 빈 병들을 한 아름 아래층에 내려 보냈는데 그녀는 포터가 병을 나르는 것을 보고 아직도 더 있으리라 짐작하고 올라왔던 것이다. 그것은 대부분 베르뭇 병, 마르살라 병, 카프리 병, 빈 휴대용 키안티 병이라든가 몇 개의

코냑 병들이었다. 포터는 우선 베르뭇이 들어 있던 큰 병과 짚으로 싼 휴대용 키안티 병을 가지고 갔는데 브랜디 병만은 나중에 가지고 가려고 남겨 두었었다.

미스 밴 캠펜이 발견한 것 중에서 이 브랜디 병과 큄멜주가 들어있는 곰 모양을 한 병이 특히 그녀를 화나게 했다. 그녀는 병을 압수했다. 곰이 앞발을 쳐들고 엉덩이를 내민 채 주저앉아 있는 모습을 한 그 유리병 끝에는 코르크 병마개가 끼워져 있으며 바닥에는 끈적끈적한 결정체들이 약간 남아 있었다.

"그건 큄멜주입니다. 최고급품은 그렇게 곰 모양의 병에 들어 있지요. 러시아에서 만든 거죠."

나는 웃으며 말했다.

"저건 모두 브랜디 병인가요?"

밴 캠펜이 물었다.

"잘 보이진 않지만 아마 그럴 걸요."

나는 대답했다.

"언제부터 이런 짓을 했죠?"

"내가 직접 사서 내 손으로 들고 온 것들이죠. 친구인 이탈리아 장교들이 가끔씩 나를 방문하기 때문에 그들을 대접하려고 사다가 둔 거죠."

"중위님은 마시지 않으셨나요?"

"나도 마셨죠?"

"브랜딜요?"

하고 그녀는 깜짝 놀랐다.

"브랜디 빈 병이 열한 개. 또 저 곰처럼 생긴 술도요?"

"큄멜줍니다."

"치우도록 하겠어요. 빈 병은 이게 전부예요?"

"네, 지금으로서는요."

"그런 줄도 모르고 중위님이 황달에 걸린 걸 가엾게 생각하고 있었지요. 동정을 낭비한 것 같군요."

"죄송합니다."

"전선으로 돌아가고 싶어 하지 않는 건 알아요. 하지만 알코올 중독보다는 좀 더 괜찮은 방법이 있을 법도 한데요."

"어떤 이유로 황달에 걸렸다고요?"

"알코올 중독 말예요. 내 말 못 알아들으셨어요?"

나는 아무 말도 하지 않았다.

"그 밖에 다른 병이 걸리지 않는 한 황달이 치료되면 전선으로 돌아가야겠죠. 다른 방도를 강구하지 않는 한도 내에서는요. 일부러 황달에 걸렸기 때문에 병후 요양 휴가를 받을 자격이 없다고 생각돼요."

"그렇게 생각하오?"

"그럼요."

"당신도 황달에 걸려 본 적이 있소?"

"천만에요. 하지만 황달 환자는 많이 봤어요."

"그래서 황달 환자가 그걸 즐긴다고 생각하는군요."

"전선보다는 그게 나으니까요."

"미스 밴 캠펜!"

하고 나는 소리를 높였다.

"당신은 자신의 국부를 발로 차서 군대에 가지 않으려고 한 사람도 알고 있소?"

미스 밴 캠펜은 그 질문을 무시해 버렸다. 내 질문을 못 들은 척 하거나 이 방에서 나가거나, 둘 중의 하나를 택해야 했다. 그러나 이 여자는 나갈 생각은 아예 없었다. 왜냐하면 오랫동안 나를 미워한 그 앙갚음의 표시를 할 기회가 지금 왔기 때문이었다.

"나는 고의로 부상을 입곤 전선으로 도망치려고 한 사람을 많이 봐 왔어요."

"그런 것을 묻고 있는 게 아닙니다. 내가 물은 건 자신의 국부를 걷어차서 불구가 되려고 한 사람을 알고 있느냐는 거지요. 왜냐하면 그건 황달에 가까운 기분이고, 또 여자들이 거의 경험해 본 일이 없는 것일 테니까요. 그래서 당신에게 황달에 걸린 경험이 있느냐고 물은 겁니다. 미스 밴 캠펜."

미스 밴 캠펜은 아무 말 않고 방을 나갔다. 조금 후 미스 게이지가 들어왔다.

"미스 밴 캠펜에게 무슨 말씀을 하셨어요? 그분 굉장히 화가 나 계시던데요."

"기분을 비교해 봤죠. 그분에게 단지 난 어린애 낳는 경험이 한 번도 없었다는 걸 일깨워 주려고 했을 뿐인데……."

"바보시군요. 그분은 중위님을 난처하게 할지도 몰라요."

"벌써 당했소. 휴가가 취소돼 버렸고 어쩌면 그녀는 날 군법 회의
에 회부하려고 할지도 모르지. 정말 비열한 여자야."

"그분은 처음부터 당신을 좋아하지 않았어요. 그런데 도대체 무엇
때문에 그러는 거예요?"

"내가 전선에 돌아가지 않으려고 일부러 술을 마시고 황달에 걸렸
다는 거야."

"그런 거라면 한 잔도 안 드셨다고 제가 증언해 드리죠. 누구나 중
위님을 위해 증언해 드릴 거예요."

"술병을 들켰소."

"빈 병을 치워 버리라고 몇 번이나 말씀드렸잖아요. 어디 있어요,
빈병?"

"옷장 속에."

"가방 있어요?"

"없소. 저 배낭 속에다 넣어 주시오."

미스 게이지는 빈 병을 배낭 속에다 쑤셔 넣었다.

"제가 포터에게 맡길게요."

그녀는 배낭을 들고 문 있는 쪽으로 걸어갔다.

"잠깐!"

미스 밴 캠펜의 목소리였다.

"내가 그 병을 가지고 가겠어요."

그녀는 포터를 대동하고 왔다.

"이걸 가져가세요."

그녀는 이렇게 포터에게 말하고 나서,

"보고서를 작성할 적에 이걸 군의관께 보여드려야 하니까요."

그녀는 복도로 걸어 나갔다. 포터는 배낭을 가지고 갔다. 그는 배낭 속에 무엇이 들어 있는가를 알고 있었다.

내게는 휴가를 놓친 것 외에는 아무 일도 일어나지 않았다.

23

전선으로 돌아가기로 된 그날 밤, 나는 포터를 시켜 투린에서 오는 열차의 좌석 하나를 잡게 했다. 기차는 한밤중 12시에 떠날 예정이었다. 투린에서 출발하면 밤 10시 반쯤 밀라노에 도착, 발차할 때까진 역에 머물러 있어야 했다. 좌석을 잡으려면 기차가 들어올 때 미리 역에 나가 있어야 했다. 포터는 양복점에서 일을 하다가 지금은 기관 총수로 휴가 중인 친구 하나를 데리고 갔다. 그 친구와 둘이서 가면 좌석 하나쯤은 문제없다고 생각한 것이었다. 그들에게 표 살 돈을 주고 짐을 가져가게 했다. 큰 배낭이 하나, 잡낭이 두 개였다.

나는 5시쯤 병원 사람들에게 작별 인사를 하고 밖으로 나왔다. 포터는 벌써 내 짐을 대기실로 날라다 놓았다. 나는 그에게 출발 조금 전에 역으로 가겠노라고 말했다. 그의 아내는 나를 '나리'라고 부르며 눈물을 흘렸다. 그녀는 눈물을 닦고 나와 악수한 뒤 다시 울었다. 내가 그녀의 등을 가볍게 두드리자 그녀는 또 울었다. 내 옷을 꿰매

주기도 한, 몹시 키가 작고 몸집이 뚱뚱하며, 백발에 행복해 보이는 표정을 짓곤 하는 여자였다. 울면 온통 얼굴이 일그러졌다.

나는 거리 모퉁이의 술집으로 들어가 창밖을 보며 캐서린을 기다렸다. 밖을 어둡고 추우며 안개가 끼어 있었다. 커피 값을 치르고는 유리창을 통해 불빛 속으로 걸어가는 사람들을 지켜보았다.

캐서린이 보이자 창을 똑똑 두드렸다. 그녀는 나를 보자 생긋 미소지었다. 나는 밖으로 나가 그녀 옆으로 갔다. 그녀는 짙은 감색 케이프에 부드러운 펠트 모자를 쓰고 있었다. 우리는 어깨를 나란히 하며 걸었다. 군데군데 서 있는 술집 앞을 지나 시장 광장을 가로지른 다음, 거리를 걸어 올라갔다. 아치 밑을 지나 성당 앞 광장으로 향했다. 거기에는 전차 선로가 있고 그 건너편으로 성당이 보였다. 성당 안개 속에 하얗게 젖어 희미하게 그 자태를 드러냈다. 전차 선로를 건너니 왼편으로 상점이 있고 창문을 불빛이 환했으며 회랑으로 들어가는 입구가 보였다. 광장에는 안개가 자욱했다. 성당 앞으로 가까이 다가가니 성당은 매우 웅장해 보였다.

"안으로 들어갈까?"

"싫어요."

캐서린이 대답했다. 우리는 그대로 앞으로 걸어갔다. 우리들 앞쪽의 돌벽에 군이 하나가 애인과 함께 서 있었다. 우리들은 그 앞을 지나갔다. 그들은 돌벽에 몸을 바싹 기대고 서 있었다. 남자는 자기 외투로 여자를 꼭 감싸 안고 있었다.

"저 사람들도 우리와 비슷하군."

내가 말했다.

"우리 같은 사람은 없어요."

하고 캐서린이 말했다. 행복하다는 듯으로 한 말은 아니었다.

"저 두 사람도 어디 갈 곳이 있었으면 좋겠군."

"갈 곳은 있어도 어쩔 수 없는지도 모르지요."

"글쎄, 누구나 갈 곳은 있어야 해."

"저 사람들에겐 성당이 있잖아요."

우리들은 이미 성당 앞을 지났다. 광장 끝을 가로지른 다음 성당을 돌아다보았다. 안개가 자욱하여 성당은 아름다웠다. 우리는 가죽 제품을 파는 상점 앞에 섰다. 진열장에는 승마화, 배낭, 스키화 등이 있었다. 하나하나의 상품은 전시라도 되어 있는 것처럼 화려하게 진열되어 있었다. 배낭이 한가운데에 놓여 졌고 승마와 스키화가 각각 반대편에 있었다. 가죽은 길이 든 안장처럼 검고 매끄러우며 기름을 먹인 것 같았다. 전등의 불빛이 가죽의 빛을 짙게 비추고 있었다.

"언제 같이 스키 타러 가지."

"이제 두 달만 지나면 뮈렌에서 스키를 탈 수 있겠군요."

"거기로 가지."

"그래요."

캐서린은 아이처럼 즐거워했다. 몇 군데의 상점을 더 지나친 후에 우리들은 좁은 길로 들어섰다.

"이 길은 처음이에요."

"여긴 내가 병원을 다니던 길이야."

그 좁은 길을 우리는 오른쪽으로 붙어 서서 걸어갔다. 많은 사람들이 안개 속을 걸어가고 있었다. 상점이 즐비해 있고 진열장은 모두 환하게 불이 켜져 있었다. 우리는 진열장 속에 하나 가득 쌓인 치즈 덩어리를 보았다. 나는 총포점 앞에서 걸음을 멈췄다.

"잠깐 들어가지. 총 한 자루를 사야겠어."

"무슨 총이요?"

"권총."

우리는 안으로 들어갔다. 나는 벨트를 풀어 빈 권총 케이스를 카운터 위에 올려 놓았다. 여점원이 권총을 몇 자루 내놓았다.

"여기에 맞아야 할 텐데."

나는 권총 케이스를 열면서 말했다. 그것은 회색 가죽 권총 케이스로 거리에 나갈 때 휴대하기 위해 산 것이었다.

"좋은 권총이 있나요?"

캐서린이 물었다.

"모두 비슷비슷하군. 이걸 한 번 시험해 봐도 좋소?"

나는 여점원에게 물었다.

"장소가 마땅치 않은데요."

여점원의 대답이었다.

"하지만 매우 성능이 좋은 거예요. 틀림없어요. 제가 보증하죠."

나는 찰카닥 하고 방아쇠를 잡아당겼다. 스프링이 약간 강했지만 느낌은 아주 좋았다. 조준을 맞춰서 한 번 더 당겨 보았다.

"이거 중고예요."

하고 여점원이 말했다.

"사격 솜씨가 뛰어난 어느 장교님이 갖고 계시던 거예요."

"여기서 판 건가요?"

"네."

"어떻게 다시 이리로 되돌아왔죠?"

"그분 당번병을 통해서요."

"아마 내 것도 여기 있겠군. 이건 얼마요?"

"50리라예요. 아주 싸죠."

"이걸 사겠소. 예비 탄창 두 개하고 실탄 한 상자도 있어야겠는데."

그녀는 카운터 아래에서 그것들을 꺼냈다.

"군도는 필요 없으세요?"

하고 여점원이 물었다.

"아주 값싸고 좋은 군도가 한 자루 있는데요."

"나는 전선으로 가는 길이오."

"아, 그러시군요. 그럼 군도는 필요 없으시겠네요."

나는 실탄과 권총 값을 치르고 탄창에 탄알을 재서 넣었다. 그런 다음 권총을 케이스에 넣고 예비 탄창에 탄알을 재서 그것을 권총 케이스 위에 붙어 있는 가죽집에 끼워서 벨트를 찼다. 벨트가 묵직했다. 정규 권총을 살 걸 그랬나 보다 하는 후회가 금방 일었다. 그거라면 언제든지 탄알을 구할 수 있었기 때문이다.

"자, 이제 든든히 무장했군."

나는 마음이 가벼워졌다.

"이것만은 잊어버리지 말아야지. 그전에 가졌던 것은 병원에 실려 오는 도중에 누가 가져가 버렸거든."

"성능이 좋아야 할 텐데."

캐서린도 말했다.

"그 밖에 필요하신 물건은 없으신가요?"

여점원이 물었다.

"없소."

"그 권총엔 끈이 달려 있어요."

"나도 봤소."

여점원은 무엇을 또 팔고 싶은 모양이었다.

"호각은 필요 없으세요?"

"필요 없소."

여점원이 인사를 했다. 우리들은 밖으로 나왔다.

캐서린이 상점 안을 기웃거리자 여점원이 밖을 내다보며 우리에게 고개를 숙였다.

"저 나무에 매달린 조그만 거울은 뭘 하는 거죠?"

"새들을 불러들이는 데에 쓰는 거야. 저걸 들판에서 빙빙 돌리면 종달새들이 그걸 보고 날아오지. 그러면 이탈리아 사람들은 총을 쏘아 새를 잡지."

"꾀 많은 사람들이군요."

캐서린이 말했다.

"미국에선 종달새 같은 거 잡지 않나요?"

“별로 안 잡지.”

우리는 거리를 가로질러 반대쪽 길을 걷기 시작했다.

“이제 좀 마음이 놓이네요.”

캐서린이 말했다.

“나올 때에는 왠지 기분이 편치 않았어요.”

“같이 있으면 언제나 기분이 나아지지.”

“우리들, 언제까지 함께 있을 수 있죠?”

“12시에 열차가 출발하니까 그 전에는 가야 할 거야.”

우리들은 거리를 계속 걸었다. 안개 때문에 가로등 불빛이 노랗게 보였다.

“피곤하지 않으세요?”

캐서린이 물었다.

“당신은?”

“전 괜찮아요. 걷는 게 재미있어요.”

“그러나 너무 많이 걷진 맙시다.”

“네.”

우리들은 불빛이 전혀 없는 골목으로 들어섰다. 나는 멈춰 서서 캐서린에게 키스를 했다. 키스를 하고 있는 동안에 내 어깨에 그녀의 손이 올려졌다. 그녀는 내 어깨에 걸친 외투를 자신에게 끌어당겼다. 우리는 외투 속에 싸이고 말았다. 우리는 길가의 높은 담벼락에 기대서 있었다.

“어디 딴 데로 가지.”

내가 속삭였다.

"좋아요."

우리는 그 거리를 걸어 나와 운하가 보이는 넓은 길로 나왔다. 운하 건너편으로 벽돌담이 싸인 건물이 있었다. 저쪽 길 앞으로 다리를 건너는 전차가 보였다.

"저 다리 근방에서 마차를 잡을 수 있겠지."

우리는 안개에 싸인 다리 위에서 마차를 기다렸다. 몇 대의 전차가 지나갔는데 모두가 집으로 돌아가는 사람들로 가득 차 있었다. 잠시 후 마차가 한 대 왔으나 안에 누군가 타고 있었다. 안개가 점차 비로 변하기 시작했다.

"걷든지 전차를 타든지 해야겠어요."

"이제 곧 오겠지. 마차는 모두 여기를 지나가니까."

"옳지, 왔어요."

마부는 말을 세웠다. 그리고 미터에 달린 금속판 표지를 내렸다. 좌석 위에는 포장이 쳐 있고 마부의 외투에는 물방울이 묻어 있었다. 비에 젖어 모자가 반짝거렸다. 우리는 자리에 나란히 앉았다. 포장 때문에 어두웠다.

"어디로 가라고 했어요?"

"역으로. 역 건너편에 우리가 갈 만한 호텔이 있어."

"이대로 그냥 갈 수 있어요, 짐도 안 가지고?"

"괜찮아."

마차는 비가 오는 거리를 달려 역으로 향했다.

“저녁 안 먹어요? 나 배고파요.”

캐서린이 물었다.

“호텔 방에서 먹을 수 있을 거야.”

“입을 게 아무것도 없어요. 나이트 가운조차 없어요.”

“하나 사지 뭐.”

그러고 나서 나는 큰 소리로 마부를 불렀다.

“만초니 거리로 갑시다.”

마부는 고개를 끄덕이고는 다음 모퉁이에서 말머리를 왼쪽으로 돌렸다. 큰 거리로 나가자 캐서린은 상점을 찾았다.

“저기 하나 있군요.”

마부에게 마차를 세우게 하자 캐서린은 마차에서 내려 보도를 가로질러 상점 안으로 들어갔다. 나는 등을 기대고 앉아 마차 안에서 그녀를 기다렸다. 비는 계속 내렸다. 비에 젖은 거리의 냄새, 말의 냄새를 맡을 수 있었다.

그녀가 꾸러미를 들고 와서 마차에 올라탔다. 마차는 다시 빗속을 달렸다.

“굉장히 비싼 물건이에요.”

하고 그녀는 말했다.

“하지만 아주 멋진 나이트 가운이에요.”

호텔에 도착하자 캐서린더러 마차 속에 있으라고 하고 나는 안으로 들어가서 지배인에게 빈 방이 있느냐고 물었다. 빈 방은 많이 있었다. 나는 마차로 되돌아와서 마부에게 요금을 치르고 캐서린과 함

께 호텔로 들어갔다. 금단추를 단 몸집이 작은 소년이 꾸러미를 갖다
주었다. 지배인이 우리를 엘리베이터 쪽으로 안내했다. 지배인이 함
께 엘리베이터로 올라갔다.

"방에서 식사를 하시렵니까?"

"네, 메뉴를 올려 보내 주시오."

"특별한 식사를 원하십니까? 이를테면 산새 요리라든가 수플레(달
걀 요리의 일종)라든가."

엘리베이터는 층마다 번번이 소리를 내더니 3층을 지나면서 딸각
하고는 멎었다.

"산새 요리론 무엇이 있죠?"

"꿩이나 누른 도요새가 있습니다."

"그럼 누른 도요새로."

우리는 복도를 걸어갔다. 융단은 낡고 닳아빠졌다. 방문만 여럿
즐비하게 보였다. 지배인이 그중 하나 앞에 서더니 문에 열쇠를 넣
었다.

"여깁니다. 훌륭한 방이지요."

아까 그 금단추의 제복을 입은 소년이 방 한가운데에 있는 테이블
위에 캐서린의 꾸러미를 올려놓았다.

지배인이 커튼을 젖혔다.

창밖을 내다보며 지배인은,

"밖은 온통 안개로 덮였어요."

실내는 붉은 빛의 명주 천으로 장식되어 있었다. 거울이 여러 개 걸

려 있고 의자가 두 개, 공단 커버를 두른 큰 침대가 하나 있었다.

"메뉴를 보내드리겠습니다."

지배인은 이렇게 말하고 허리를 굽혀 보이고는 나가 버렸다.

나는 창가로 다가서서 밖을 내다본 뒤, 줄을 당겨 커튼을 내렸다. 캐서린은 침대에 걸터앉아 유리로 만든 샹들리에를 보고 있었다. 모자를 벗고 있었으므로 머리카락이 불빛이 반사되어 반짝였다. 그녀는 거울에 자기 얼굴을 비쳐 보더니 머리카락을 손으로 쓰다듬어 내렸다. 그녀의 모습은 동시에 다른 세 개의 거울에도 비쳤다. 별로 그녀는 기분이 좋은 것 같지 않았다. 그녀는 케이프를 침대 위에 벗어 놓았다.

"별로 기분이 좋지 않은가 본데, 캐서린?"

그러자 뜻밖에 그녀는 이렇게 말했다.

"이제까지 한 번도 난 내 자신을 매춘부라고 느껴본 적이 없었어요."

나는 창가로 가서 커튼을 젖히고 밖을 내다보았다. 이렇게 되리라고는 꿈에도 생각지 못했다.

"캐서린, 당신은 매춘부가 아니야."

"그건 알아요. 하지만 그런 생각이 들었어요."

그녀의 목소리는 메말라 있었다.

"이곳이 우리가 올 수 있는 최고의 호텔이오."

나는 또 창밖을 내다보았다. 광장 건너편으로 역의 불빛이 보였다. 거리에는 마차가 지나가고 있었다. 공원의 많은 나무들도 보였다. 호텔의 불빛이 비에 젖은 길을 환히 비쳤다. 제기랄, 하필이면 이런 중요한 때에 여기서 말다툼을 해야 할까?

"이리 오세요, 네?"

캐서린의 목소리는 아까의 목소리와는 달리 촉촉이 젖어 있었다.

"이리 오세요, 저는 다시 당신의 착한 애인이 될게요."

나는 침대 쪽을 보았다. 그녀는 나를 향해 미소 짓고 있었다.

나는 그녀 곁으로 다가가서 침대에 나란히 걸터앉아 그녀에게 부드럽게 키스했다.

"당신은 내 귀여운 애인이야."

"난 정말 당신 거예요."

식사가 끝나자 우리는 한결 기분이 좋아졌다. 그래서 얼마 후에는 무한한 행복감에 빠져들었다. 그리고 이곳이 우리들의 집처럼 아늑하게 느껴졌다. 병원의 내 병실이 어제까지 우리들의 집이었듯이 지금은 이 방이 우리들의 집이었다.

캐서린은 식사를 하는 동안 내 군복을 어깨에 걸치고 있었다. 매우 시장했기 때문에 식사는 맛이 좋았다. 카프리주 한 병과 센트 에스테프주 한 병을 더 마셨다. 거의 내가 마셨지만 캐서린도 약간 마셨다. 그것이 그녀의 기분을 점차 유쾌하게 만들었다. 식사에는 수플레와 누른 도요새 요리, 그리고 수프와 샐러드, 디저트에는 자바이오네(달걀 요리의 일종)를 먹었다.

"아늑한 방이에요. 밀라노에 있는 동안 줄곧 여기 있을 걸 그랬나 봐요."

"묘한 분위기를 자아내면서 아주 멋진 걸."

무
기
여
잘
있
거
라

"나쁜 짓이란 재미나는 건가 봐요. 나쁜 짓을 하려고 들어오는 사람들도 이 방면에는 뛰어난 고상한 취미를 갖고 있는 모양이에요. 저 붉은 명주천, 저 여러 개의 거울도 참 매혹적이에요."

"당신 참 귀여운 여자야."

"이런 방에서 아침에 눈을 뜨면 기분이 어떨까요? 정말 멋있는 방이에요."

나는 센트 에스테프주를 또 한 잔 따랐다.

"뭔가 꼭 죄를 지은 것 같아요."

하고 캐서린은 또 말을 이었다.

"우리는 여태까지 평범하고 단순하게 살아왔잖아요. 우리는 죄를 짓고는 도저히 못살 거예요."

"당신은 착하고 순진한 여자야."

"그래요, 난 순진해요. 그걸 이해해 준 사람은 당신 말고는 아무도 없었어요."

"내가 처음 당신을 만났을 때 카부르 호텔로 데리고 가야 하나, 가면 어떻게 해야 하나 하고 오후를 몽땅 소비한 적이 있었소."

"정말 당신 능글맞군요, 그런 걸 생각하고 계셨다니. 여긴 카부르 호텔이 아니잖아요?"

"아니지. 그 호텔은 우리들로서는 들어갈 수도 없을 거야."

"하지만 바로 그게 우리가 다른 점이에요. 난 그때 그런 건 생각지도 못했어요."

"전혀 생각지도 않았단 말이지?"

"약간은요."

"요 귀염둥이."

"난 그저 단순한 여자예요."

"처음에는 그렇게 생각하지 않았어. 그냥 약간 좀 정신이 나간 여자라고 생각했지."

"조금은 그랬어요. 하지만 그렇게 심하지는 않았어요. 내가 그렇게 많이 당신을 괴롭혔나요?"

"술이란 정말 좋은 거야. 나쁜 일을 전부 잊게 해 주거든."

"좋은 것이긴 하지만 술 때문에 우리 아버진 중풍에 걸렸어요."

"아버지가 살아 계셔?"

"네, 중풍에 걸리셨어요, 아버진 당신이 만나지 않으셔도 돼요. 당신은 아버지가 안 계세요?"

"의붓아버지가 계시지."

"제가 그분을 좋아할 수 있을까요?"

"만나지 않아도 괜찮아."

"정말 즐거워요."

하고 캐서린이 말했다.

"난 이제 당신 이외에는 그 무엇에도 흥미가 없어요. 당신과 결혼해서 참 행복해요."

웨이터가 들어와서 그릇을 치웠다. 잠시 후 우리는 말없이 그저 빗소리에 귀를 기울였다. 아래쪽 거리에서 자동차 경적 소리가 울렸다.

내 등 뒤에서 끊임없이 들리는 소리

날개 돋친 세월의 수레가

서둘러 다가오는 소리

내가 시를 읊었다.

"나도 알아요, 그 시."

하고 캐서린이 말했다.

"마벌(영국의 시인)의 시죠. 하지만 그건 남자와 살기를 원하지 않는 여자를 노래한 거예요."

나는 머리가 맑아졌다. 냉정한 이성적 힘을 되찾게 되자 나는 우리의 현실 문제를 얘기해 보고 싶었다.

"당신은 어디서 어린앨 낳고 싶소?"

"몰라요. 되도록 제일 좋은 곳에서 낳고 싶어요."

"어떤 식으로 준빌 하지?"

"글쎄요, 잘 될 거예요. 걱정하지 마세요. 전쟁이 끝날 때까진 몇 명 더 낳을지도 몰라요."

"나갈 식간이 거의 다 됐군."

"알아요. 당신이 나가고 싶어 하시면 지금이라도 괜찮아요."

"아니야."

"염려마세요. 지금까지는 기분이 좋으셨는데 벌써 걱정하시는 거예요?"

"아냐. 얼마나 자주 편지 쓸 거야?"

"매일 쓰죠. 편지를 검열하나요?"

"편지를 압수할 정도로 영어를 이해하지는 못할 거야."

"그들이 모르게 난 어렵게 쓸 거예요."

"하지만 너무 어렵게 쓰진 마."

"그럼 그들이 알아볼 수 없을 정도로만 쓸게요."

"이젠 나가 봐야겠군."

"네, 그래요."

"이렇게 아늑한 보금자리를 떠나고 싶지가 않군."

"저도요."

"그래도 이젠 가야지."

"네, 나가요. 하지만 우리는 한 번도 우리들만의 보금자리에서 편히 쉰 적이 없네요."

"언젠가는 편히 쉴 때가 오겠지."

"당신이 오실 때까지 좋은 보금자리를 준비해 놓겠어요."

"아마 곧 돌아오게 될 거야."

"어쩌면 발을 조금 다칠지도 모르고……."

"그렇지 않으면 귓불이거나."

"싫어요, 당신 귀는 그대로 두고 싶어요."

"그럼 발은 상관없단 말이오?"

"발은 벌써 부상을 당했으니까요."

"이젠 정말로 나가야겠소."

"네, 가요. 당신이 먼저 나가세요."

24

우리는 엘리베이터를 타지 않고 계단을 걸어서 내려왔다.

계단의 융단은 매우 낡았다. 식사 요금은 저녁을 가져왔을 때에 미리 치렀다. 식사를 날라 왔던 아까 그 웨이터가 가까운 자리에 앉아 있다가 벌떡 일어나서 우리에게 인사를 했다. 나는 그를 데리고 옆방으로 들어가서 방값을 치렀다. 지배인은 나를 잘 안다고 수선을 피우며 방값을 미리 지불하려 해도 거절했었다. 그런데 그는 내가 방값을 떼먹고 나가는 일이 없도록 문 앞에서 웨이터로 하여금 우리를 지키게 하고 자신은 자러 간 모양이었다. 아마 방값을 떼였었나 보다. 잘 아는 사람들의 경우에도 그런 일은 있을 것이다. 전쟁 중에는 여러 방면으로 친구가 많이 생기게 마련이다.

나는 웨이터에게 마차를 불러 달라고 부탁했다. 그는 내가 들고 있던 캐서린의 짐꾸러미를 받아들고 우산을 받고 나갔다. 창을 통해서 그가 빗속으로 길을 건너는 것이 보였다. 우리는 현관 옆 대기실에서서 창밖을 내다보았다.

"기분은 어때, 캐서린?"

"졸려요."

"나는 어째 속이 허전하고 배도 고픈데."

"뭐 먹을 거라도 있어요?"

"응, 배낭 속에."

마차가 오는 것이 보였다. 마차가 멎고, 말은 빗속에 머리를 숙이고 있었다. 마차에서 내린 웨이터는 우산을 펴들고 호텔 쪽으로 걸어왔다. 우리는 문 앞에서 그를 만나 우산을 함께 받고는 마차 쪽으로 걸어갔다. 하수구로 빗물이 흘러내렸다.

"짐은 마차에 두었습니다."

웨이터가 말했다. 그는 우리가 마차를 탈 때까지 우산을 받쳐주었다. 나는 그에게 팁을 주었다.

"고맙습니다. 즐거운 여행 되십시오."

하고 그가 말했다.

마부가 고삐를 들자 말은 움직이기 시작했다. 웨이터는 우산을 받은 채 발길을 돌려 호텔 쪽으로 갔다. 마차는 거리를 달려 내려와서 왼쪽으로 돌아 바로 역 앞에서 오른쪽으로 또 돌았다. 역 앞에 비를 피해 두 명의 기총병이 서 있었다. 불빛이 그들의 모자를 비추었다. 역의 불빛으로 비가 맑고 투명하게 빛났다. 포터가 역 대합실에서 어깨에 비를 맞으며 나왔다.

"괜찮소, 필요 없소."

내가 말했다.

캐서린 쪽으로 얼굴을 돌리니 그녀의 얼굴은 마차의 포장에 가려져 있었다.

"이젠 작별 인사를 하는 게 좋겠군."

"나는 들어갈 수 없어요."

"안돼. 그럼 안녕, 캐서린."

"마부에게 병원을 일러주시겠어요?"

"그러지."

나는 마부에게 병원의 위치를 알려주었다.

그는 고개를 끄덕였다.

"안녕."

하고 나는 작별 인사를 했다.

"몸조심 해. 뱃속의 아기도 조심하고."

"당신, 잘가요."

"잘있어."

내가 빗속으로 내려서자 마차는 출발했다. 캐서린이 창밖으로 몸을 내밀었다. 불빛으로 그녀의 얼굴이 보였다. 그녀는 미소 지으며 손을 흔들었다. 마차는 거리를 그대로 달려갔다. 캐서린은 손가락으로 가리켰다. 그녀가 가리키는 쪽을 보니 두 기총병이 서 있을 뿐이었다. 나는 곧 그것이 비를 피해 안으로 들어가라는 뜻임을 알아차렸다. 그 안으로 들어가서 우두커니 선 채 캐서린이 탄 마차가 거리 모퉁이를 돌아가는 것을 지켜보았다. 마차가 안 보이게 된 다음에야 나는 역을 빠져 나와 열차 있는 데로 갔다.

병원의 포터가 플랫폼에서 나를 찾고 있었다. 나는 그를 따라 차 안으로 들어가 승객들 틈을 헤치고 통로를 따라 갔다. 문을 열고 좌석 한구석에 포터의 친구인 기관총수가 앉아 있는 데로 갔다. 배낭과 잡낭은 그의 머리 위 수하물 선반에 놓여 있었다. 통로에는 많은 사람들이 있었는데 우리가 들어서자 승객들이 모두 우리에게 시선을 집

중시켰다. 안은 좌석이 충분치 못했으므로 좌석이 없는 그들의 시선
은 적의에 차 있었다. 기관총수가 나를 앉히려고 일어섰다. 순가 누
가 내 어깨를 두드렸다. 돌아보니 그는 키가 크고 마른 포병 대위로
턱에 붉은 상처가 있었다. 그는 통로의 유리 너머로 들여다보다가 차
안으로 들어온 것이다.

"무슨 일이십니까?"

내가 물었다. 나는 몸을 돌려 그와 마주보고 섰다. 그는 나보다 훨
씬 키가 컸고 모자 밑으로 보이는 그의 얼굴은 무척 말라 보였다. 상
처는 근래에 생긴 모양인지 번쩍거렸다. 차 안의 사람들이 모두 나를
지켜보았다.

"이런 짓을 해서는 안 돼."

그가 말했다.

"사병에게 자리를 잡아놓게 해서는 안 된다는 걸세."

"이미 끝난 일입니다."

그는 침을 꿀꺽 삼켰다. 그의 목젖이 위로 올라갔다 내려갔다 하는
것을 보니 그는 무척 흥분된 모양이었다. 기관총수는 좌석 앞에 서
있었다. 다른 승객들이 유리문 너머로 이쪽을 보고 있었다. 차 안의
사람들은 아무도 입을 열지 않았다.

"자네에게 그럴 권리는 없네. 나는 자네보다도 두 시간 전에 여기
와 있었거든."

"어쩌란 말입니까?"

"그 좌석을 내놓으란 말이오."

“나도 이 좌석이 필요합니다.”

나는 그의 얼굴을 똑바로 응시했다. 나는 차 안의 모든 사람들이 내 편이 아닌 것을 직감할 수 있었다.

나는 그들을 비난할 생각은 없었다. 대위 말이 옳은 것이다. 그러나 나는 좌석이 필요했다. 여전히 아무도 말이 없었다. 고요한 침묵이 흘렀다.

제기랄, 하고 나는 생각했다.

“앉으시오, 대위님.”

하고 나는 말했다. 기관총수가 자리를 비키자 키 큰 대위가 앉았다. 그는 나를 쳐다보았다. 자존심을 상한 듯한 표정이었지만 내게서 좌석을 뺏은 셈이다.

“짐을 내려주게.”

나는 기관총수에게 말했다. 우리는 통로로 나왔다. 열차는 만원이었으므로 좌석을 얻을 가망이 없음을 나는 잘 알고 있었다. 나는 포터와 기관총수에게 10리라씩 주었다. 통로를 지나 바깥의 플랫폼으로 나와 창문으로 안을 들여다보고 다녔지만 빈 자리라곤 하나도 없었다.

“브레스치아에선 자리가 좀 생길 겁니다.”

포터가 말했다.

“거기선 타는 사람이 아마 더 많을 걸.”

기관총수가 말했다.

나는 그들과 작별 인사를 하고 악수도 했다. 그들은 떠났다. 둘 다 내게 미안해 하는 표정을 지었다. 승객들 대부분이 통로에 서 있었다. 열차는 출발했다. 역 구내의 불빛이 눈앞을 스쳐갔다. 아직도 비가 내리고 있었다. 이내 창문은 비에 젖어 뿌옇게 되었고 밖은 보이지 않았다. 얼마 후 나는 통로 바닥에서 잠이 들었다. 자기 전에 돈과 서류가 들어 있는 지갑을 셔츠와 바지 안쪽으로 집어넣었다. 나는 밤새도록 잤다. 브레스치아와 베로나에서 열차가 멈춰 승객을 태웠기 때문에 잠깐 잠에서 깼다. 그러나 이내 또 잠이 들었다. 나는 잡낭을 베고 배낭을 끌어안고 잤다. 사람들이 만약 나를 밟을 생각이 없다는 내 몸을 타넘고 가야 했다. 사람들이 줄을 지어 통로의 마룻바닥에서 잤다. 다른 승객들은 창틀을 잡고서 열차 벽에 기대어 서 있었다. 열차는 줄곧 만원이었다.

제3부

25

　가을철로 접어들면서 나무들은 모두 잎을 떨구어내고 길은 진창이 되었다. 우디네에서 나는 군용 트럭을 타고 고리치아로 갔다. 가는 도중 다른 군용 트럭들을 지나쳤다. 나는 시골 풍경에 눈길을 주었다. 뽕나무는 잎이 떨어져 벌거숭이였고 들판은 온통 갈색 빛을 띠고 있었다. 길가에는 헐벗은 나무가 줄지어 서 있고 그 나무에서 떨어진 젖은 낙엽만은 쓸쓸히 길 위에 뒹굴고 있었다. 병사들이 가로수 아래의 자갈을 주워 차바퀴로 패인 곳을 메우고 있었다. 안개 때문에 산들은 안 보였지만 안개에 싸인 고리치아 거리가 보였다. 강을 건널 때 물이 불은 것이 보였다. 산악 지대에서는 비가 여러 날 내린 모양이었다. 공장들과 별장을 지나서 우리들은 마을로 들어섰다. 더욱 많은 집들이 폭격으로 파괴되었다. 거리에서 영국 적십자 앰뷸런스를 지나쳤다. 운전수는 전투모를 썼었는데 수척하고 새카맣게 그을린 모르는 얼굴이었다. 나는 시장 저택 앞의 넓은광장에서 차를 내렸다. 운전병이 내 배낭을 내려주었다. 나는 그것을 지고 두 개의 잡낭을 든 채 숙사인 별장으로 걸어갔다. 집으로 돌아오는 기분은 나지 않았다. 나는 나무들 사이로 별장을 바라보면서 축축한 자갈길을 걸어갔다. 창문은 모두 닫혀 있었지만 문은 열려 있었다. 들어가니 벽에 지도와 타이프 친 서류만이 붙어 있는 썰렁한 방에 소령이 혼자 앉아 있었다.

"여어, 어떤가?"

그가 소리를 질렀다. 그는 더 늙고 생기 없이 보였다.

"괜찮습니다. 여기는 잘돼 갑니까?"

하고 내가 물었다.

"만사가 잘 돼 가네. 배낭을 내려놓고 좀 앉게."

나는 배낭과 두 개의 잡낭을 마루에 내려놓고 군모를 배낭 위에 얹어 놓았다. 나는 벽 옆에 있는 의자를 가져다가 책상 옆에 놓고 앉았다.

"지독한 여름이었지."

하고 소령이 말을 꺼냈다.

"자네 이젠 건강한가?"

"네."

“훈장도 탔나?”

“네, 훌륭한 걸 탔습니다. 정말 고맙습니다.”

“어디 보여 주게.”

나는 외투를 젖혀 두 개의 약장(略章)을 그에게 보였다.

“정장(正章)이 들어 있는 상자도 주던가?”

“아뇨, 서류뿐입니다.”

“상자는 나중에 보내 줄 걸세. 그건 좀 시간이 걸리니까.”

“저는 무얼 하게 됩니까?”

“차는 전부 출동했다네. 여섯 대가 북쪽의 카포레토에 가 있지. 자네 카포레토를 알고 있나?”

“네.”

나는 골짜기 종류가 있는 한적하고 조그만 마을이라고 기억하고 있었다. 깨끗하고 작은 마을로 광장에는 멋진 분수가 있었다.

“그곳을 중심으로 활동하고 있네. 지금 환자가 많아. 전투는 끝났어.”

“다른 차는 어디 있습니까?”

“두 대는 산악 지대에, 네 대는 바인시차에 있지. 다른 두 앰뷸런스 소대는 제3군에 소속되어 카르소에 가 있네.”

“전 뭘 하면 좋을까요?”

“바인시차로 가서 거기 있는 네 대를 인계받게나. 지노가 가 있은 지 꽤 오래 됐네. 자네는 아직 그쪽에 가본 일이 없지?”

“없습니다.”

"곤욕을 치렀다네. 우리는 세 대나 잃었어."

"그 얘긴 알고 있습니다."

"그렇지, 리날디가 편지를 했겠군."

"리날디는 어디 있지요?"

"여기 병원에 있지. 여름과 가을 내내 여기 있다네."

"그렇군요."

"참 대단했지. 얼마나 형편없이 당했는지 자넨 상상조차 못할 걸세. 자넨 그때 다쳐서 병원에 입원했던 게 정말 천만 다행이었어. 난 지금도 그렇게 생각하네."

"다행인 줄은 저도 압니다."

"내년엔 더 심해질걸."

소령은 말을 이었다.

"이제 적은 공세로 나올지도 모르지. 공세로 나올 거라구 모두들 얘기하지만 난 그렇게 생각지 않아. 이미 너무 늦었기 때문이야 자네, 그 강 봤나?"

"네, 벌써 물이 불었던데요."

"이미 장마가 시작됐는데 적들이 공세를 취하리라곤 생각되지 않아. 곧 눈이 올 거야. 그런데 자네 나라 사람들은 어떻게 된 건가? 자네 말고 또 미국 사람들이 올 건가?"

"많은 군대를 훈련 중이라고 합니다."

"그중에서 약간만 이리로 보내 주면 좋겠는데. 하지만 프랑스군이 전부 차지할 테지. 우린 차례도 안 오겠지. 좋아, 자넨 오늘 밤 여기서

자고 내일 소형차로 가서 지노를 대신 보내주게. 그쪽 길을 아는 병사를 같이 보내지. 지노가 자세한 설명을 해줄 걸세. 아직도 조금씩 폭격을 해오지만 끝난 셈이야. 자넨 바인시차를 보고 싶지 않나?"

"보고 싶습니다. 소령님 곁으로 돌아오게 되어 정말 기쁩니다."

그는 빙그레 웃었다.

"그렇게 말해 주니 고맙네. 난 이 전쟁엔 이제 신물이 나네. 다시는 이 전선으로 돌아오고 싶지 않아."

"그렇게 지독합니까?"

"그럼, 말도 말게. 가서 씻고 자네 친구 리날디나 만나보게."

나는 밖으로 나와 짐을 2층으로 가지고 갔다. 리날디는 방에 없었지만 소지품은 그대로 있었다. 나는 침대에 걸터앉아 각반을 풀고 오른쪽 군화를 벗었다. 그러고 나서 침대 위에 벌렁 드러누웠다. 굉장히 피로했고 오른쪽 발이 아파왔다. 한쪽 구두만 벗고 침대에 누워 있는 것이 어리석은 것 같아 왼쪽 발의 구두끈도 마저 풀고 구두를 침대 밑으로 벗어 던지고 다시 담요 위에 벌렁 누웠다. 방안 공기는 창문이 닫혀 있어 무더웠지만 너무 피곤해서 일어나 창문을 열 엄두조차 나지 않았다. 내 소지품이 모두 방 한구석에 있는 것이 보였다. 밖은 점점 어둠이 깔렸다. 나는 침대에 누워 캐서린을 그리워하며 리날디가 돌아오기를 기다렸다. 앞으로 잠자리에 들기 전 외에는 캐서린을 생각하지 않을 결심이었다. 그러나 지금은 피곤했고 할 일도 없었으므로 캐서린을 생각했다. 한창 그녀 생각에 잠겨 있을 때 리날디가 돌아왔다. 그는 조금도 변함이 없었다. 약간 수척해 보이는 정도였다.

"야아, 도련님!"

그는 소리를 질렀다. 나는 침대 위에 일어나 있었다. 그는 나에게로 다가와서 곁에 앉더니 두 팔로 얼싸안았다.

"어이, 정든 도련님."

그는 내 등을 철썩 때렸다. 나는 그의 두 팔을 붙잡았다.

"이봐, 도련님."

그가 말했다.

"어디 무릎 좀 보자고."

"바지를 벗어야 하는 걸."

"벗어. 여기선 다들 친구 아닌가? 그 녀석들이 어떻게 치료했는지 한번 보고 싶네."

나는 일어서서 바지를 내리고 무릎의 붕대를 풀기 시작했다. 리날디는 마룻바닥에 앉아서 내 무릎을 가만히 앞뒤로 폈다 구부렸다 했다. 손을 펴서 상처를 더듬어가다 양쪽 엄지손가락으로 무릎 뼈를 눌러 보고 가만가만 흔들어 보기도 했다.

"관절 접합이 이 정도밖에 안 되는 거야?"

"응."

"이러고서 전선으로 자네를 다시 보내다니 죄악일세. 완전히 접합이 되어야 하는데."

"그래도 전보다는 퍽 좋아졌네. 전엔 널빤지처럼 뻣뻣하게 굳어 있었거든."

리날디는 다시 한 번 내 무릎을 구부렸다. 나는 그의 두 손을 가만히 지켜보았다. 그는 외과 의사로서 더없이 훌륭한 솜씨를 지니고 있었다. 그의 정수리를 내려다보니 윤기가 흐르고 부드러운 머리칼이 좌우로 갈라져 있었다. 그가 너무 무릎을 세게 구부렸으므로 나는 아파서 소리를 질렀다.

"기계로 좀 더 치료를 받아야 하겠는데."

"전보다는 좋아졌어."

"그야 그렇겠지. 그러나 이런 건 자네보다도 내가 좀 더 많이 알고 있을 걸."

그는 몸을 일으켜 침대에 걸터앉았다.

"무릎 자첸 잘 나았네."

그는 무릎 검사를 끝마친 모양이었다.

"자아, 이제 그간의 것들을 모조리 얘기해 봐."

"뭐 얘기할 게 있나. 그냥 조용히 있다가 돌아온 걸."

"결혼한 사람마냥 점잖아졌군그래. 웬일인가?"

"뭐가 웬일이야. 자네야말로 어떻게 지냈나?"

"이 전쟁 때문에 난 죽을 것만 같네. 전쟁 때문에 우울해 미치겠어."

그는 무릎 위로 두 손을 가만히 모아 쥐었다.

"저런."

"뭐야, 인간적인 충동까지도 갖지 말란 말인가?"

"아니야, 난 그동안 자네가 퍽 유쾌하게 지냈다고 생각했는데, 그게 아닌가? 얘기해 봐."

"여름내, 가으내 수술만 했어. 밤낮없이 일만 했지. 쉬지도 못하고
모든 사람의 일을 도맡아 했지. 힘든 일은 전부 내게만 떠맡겼으니,
정말. 여보게, 나도 유명한 외과 의사가 될 모양이야."

"거 잘됐군."

"난 일체 아무 생각도 하지 않기로 했어. 난 절대로 생각 안 해. 하
는 건 단지 수술뿐이야."

"그럴 테지."

"하지만 여보게, 이젠 모두가 다 깨끗이 끝났어. 이젠 수술은 안하
지만 왠지 지옥에 있는 것 같은 기분이야. 정말 지긋지긋한 전쟁이
야. 내 말을 자네도 이해해 주겠지. 자, 날 한번 유쾌하게 해주게나.
그리고 참 레코드는 사왔겠지."

"응."

레코드는 종이 상자 속에 종이로 포장되어 배낭 속에 들어 있었다.
나는 그것을 꺼낼 기운마저 없을 만큼 피로했다.

"어디 몸이 좋지 않은가?"

"피곤해 죽겠어."

"끔찍한 전쟁이야. 자, 우리 술이나 마시고 기운 좀 내세. 그리고
밖에 나가서 어디 실컷 놀아 보세. 그럼 기분이 좀 풀릴 거야."

"난 황달에 걸렸어. 술은 못해."

"저런, 여보게, 그래 그 몸을 해 가지고도 용케 돌아왔네 그려. 병까
지 걸려 겁쟁이가 돼가지고서. 돼먹지 않은 전쟁이야. 어떡하다 이런
어리석은 짓을 하게 됐을까?"

"한잔하세. 난 취하긴 싫지만 마시자고."

리날디는 방을 가로질러 세면대로 가서 유리컵 두 개와 코냑 병을 들고 왔다.

"오스트리아 코냑이지. 세븐 스타야. 산 가브리엘레에서 뺏은 건 모두 이것뿐일세."

"자네도 거기 갔더랬나?"

"아니, 난 아무데도 안 갔어. 난 늘 여기서 수술만 했다네. 이보게, 이거 자네가 이 닦을 때 쓰던 컵일세. 자넬 잊지 않으려고 그대로 뒀었지."

"자네가 이 닦는 걸 잊지 않기 위해서겠지."

"천만에. 난 내 것이 있는 걸. 이걸 그대로 둔 것은 자네가 매일 아침 욕지거릴 하거나 아스피린을 먹으면서 아가씨들을 저주하고 빌라 로사를 이빨에서 닦아내려고 하던 것을 잊어버리지 않기 위해서라네. 나는 이 유리컵을 볼 때마다 자네가 칫솔로 양심을 닦으려던 것을 생각하곤 했지."

그는 침대로 다가서면서 말했다.

"나에게 키스하고 자넨 얌전빼는 게 아니라고 말해 주게."

"자네한테 키슬 해? 원숭이하고?"

"그래? 아참, 자넨 훌륭한 앵글로 색슨 청년이지. 그래, 그렇지. 자넨 참회하는 청년이지. 난 그 앵글로 색슨의 아들이 창녀와의 장난을 칫솔로 깨끗이 닦아내는 걸 구경이나 해야겠군."

"코냑이나 따라 주게."

우리는 서로 컵을 부딪치고 마셨다.

리날디는 나를 비웃었다.

"난 자네를 취하게 하여 자네 창자주머니를 떼고 그 대신 질긴 이탈리아인의 창자를 집어넣어 다시 한 번 사내답게 만들어 보겠어."

나는 컵을 내밀어 또 한 잔 받아 마셨다. 밖은 벌써 어두워졌다. 코냑 술잔을 손에 든 채 나는 창가로 가서 창문을 열었다. 비는 그쳤다. 밖은 훨씬 서늘해졌고 나무들은 안개에 잠겨 잘 보이지 않았다.

"코냑을 창밖에 버리진 말게."

리날디가 말했다.

"마시지 않으려면 이리 줘."

"실컷 마시고 혼자 취하게나."

또다시 리날디를 만나게 된 것이 나는 무척 기뻤다. 그는 2년 동안이나 나를 놀리고 괴롭혀 왔지만 나는 그를 항상 좋아했다. 우리들은 늘 서로 마음속으로 충분히 이해하고 있었던 것이다.

"자네, 결혼했나?"

그는 침대에 앉은 채 물었다. 나는 창가에 기대어 서 있었다.

"아직."

"그녀를 사랑하고 있나?"

"응."

"그 영국 여자를?"

"응."

"불쌍한 도련님. 그래 그녀가 잘해 주던가?"

“물론.”

“아니, 실제적인 면에서 잘해 줬냔 말이야.”

“그만해 둬.”

“그만두지. 자네도 내가 얼마나 생각이 깊은 사람인지 알게 될 걸세. 그런데 그 여자는……”

“리닌.”

하고 내가 말을 막았다.

“제발 그만두게. 자네가 계속 내 친구면 그만둬 주게.”

“자네 친구가 되고 싶은 게 아니라 나는 바로 자네 친구야.”

“그럼 가만히 있어.”

“그러지.”

나는 침대로 다가가서 리날디 곁에 걸터앉았다. 그는 유리컵을 든 채 우두커니 마룻바닥을 내려다보았다.

“이해하겠지, 리닌?”

“그럼 이해하지. 난 이제껏 농담을 해선 안 될 신성한 문제를 많이 보아 왔지만 자네와 나 사이엔 그런 홍허물이 없는 줄 알았지. 자네도 역시 그런 신성한 건 가지고 있어야겠지.”

그는 여전히 마룻바닥을 내다보았다.

“그런 게 자네는 없단 말인가?”

“없어.”

“전혀?”

“없어.”

"내가 자네 어머니나 누이동생을 두고 그런 농담을 해도 상관없단 말인가?"

"자네 누이에 대해서도 마찬가지야."

리날디는 빠른 어조로 말했다. 우리 둘은 함께 웃었다.

"못 당하겠어, 자넨."

"아마 내가 자네를 질투하나 보군."

리날디가 말했다.

"아냐, 질투가 아냐."

"그런 의미가 아냐. 좀 더 다른 뜻에서 한 말이야. 자넨 누구 결혼한 친구 있나?"

"있지."

"난 없네. 부부가 서로 끔찍이 사랑하는 녀석과는 친구가 될 수 없다고 난 생각한단 말이야."

"왜?"

"나를 좋아하지 않으니까."

"왜?"

"난 뱀이야. 이성의 뱀."

"자넨 혼돈하고 있어. 사과가 이성이야."

"아니야. 뱀이야."

그는 다소 쾌활해졌다.

"그렇게 심각하지 않을 때의 자네가 더 좋네."

"나도 자네가 좋아."

245

리날디가 계속 말을 했다.

"내가 위대한 이탈리아의 사상가가 되려고 하면 자넨 금방 나를 우습게 만들어 버린단 말이야. 그러나 나는 입으로는 설명할 수 없는 그 무언가를 알고 있다네. 자네보다 더 많이 알고 있단 말이야."

"그렇지, 자네 말이 옳아."

"그러나 재미는 자네가 더 많이 볼 걸세. 후회하면서도 자네가 재미는 더 많이 본단 말이야."

"그렇지도 않을 걸."

"아냐, 그래. 그건 정말이야. 내가 진정으로 행복을 느끼는 건 일을 할 때뿐이야."

그는 다시 마룻바닥으로 시선을 떨어뜨렸다.

"이제 곧 그런 건 극복하게 되겠지."

"아니야. 그 밖에 내가 좋아하는 게 두 가지 있지. 한 가지는 내 일에 지장을 주고, 또 하나는 30분이나 15분으로 끝나는 거네. 때로는 더 빨리 끝날 때도 있지."

"때로는 아주 잠깐일 때도 있을 걸."

"아마 숙달된 모양이야. 자넨 잘 몰라. 그러나 내게 행복이란 이 두 가지와 일밖에는 없어."

"앞으로 다른 재미가 생기겠지."

"천만에. 다른 게 전혀 생길 것 같지 않아. 모두가 태어날 때부터 가지고 있는 것뿐이지 뭘 배워서 알게 된 건 아냐. 새로 무엇을 터득하는 일은 절대로 없어. 우리는 처음부터 완전한 존재로서 출발하는 거야. 자네는 라틴계 국민으로 태어나지 않은 걸 기쁘게 생각해야 해.”

“라틴계 국민이란 따로 없는 거야. 그거야말로 라틴적 사고방식이지. 자네는 지금 자기 결점을 자랑하고 있어.”

리날디는 고개를 들고 껄껄 웃었다.

“자, 이제 그만두세. 난 너무 이것저것 생각하면 머리가 아파.”

아까 들어왔을 때부터 그는 피곤해 보였다.

“식사 시간이 거의 다 됐군. 자네가 돌아와서 반갑네. 자네는 나의 가장 좋은 친구며 전우야.”

“전우들은 몇 시에 식사를 하나?”

내가 물었다.

“자네 창자 주머닐 위해서 한 잔 더 하세.”

“성 바울처럼.”

“틀렸어. 그거 포도주와 위 주머니지. 그대 위 주머니를 위해 포도주를 조금 들지어다!”

“병 속에 무엇이 들어 있건 자네가 말하는 그 무엇인가를 위해 좌우간 들지.”

“자네 애인을 위해서.”

그렇게 말하며 리날디는 들고 있던 컵을 내밀었다.

“좋아.”

“난 앞으로 그 여자에 관해서 절대로 추잡한 소린 안하겠네.”

“그렇게 억지 부릴 필요는 없어.”

그는 코냑을 단숨에 들이마셨다.

"난 순수해. 자네와 조금도 다를 게 없네. 나도 영국 여자를 얻어야
지. 사실 자네 애인은 내가 먼저 알았지만 내게는 키가 좀 컸어. 키 큰
여자는 누이로 모셔라, 이 말이지."

그는 그 말을 어디에서인지 인용했다.

"자넨 사랑스럽고 순결한 마음을 지녔어."

"물론이지! 그래서 모두들 날 순결한 리날디라고 하지 않나."

"난봉꾼 리날디가 아니고."

"자, 여보게. 내 마음이 순결할 동안 내려가서 우리 식사하세."

나는 세수를 하고 머리를 빗고 계단을 내려갔다. 리날디는 약간 취
한 것 같았다. 우리가 식사를 할 방에는 아직 식사 준비가 되어 있지
않았다.

"가서 술병을 가져와야겠군."

리날디가 말했다. 그는 계단을 올라갔다. 식탁에 앉아서 기다리자
그가 술병을 가지고 와서 각각 코냑을 반 컵씩 따랐다.

"너무 많군."

나는 식탁 위의 램프불에 컵을 비쳐보았다.

"빈 위장에는 좋지 않아. 이건 참 묘한 거야. 위를 완전히 태워 버
릴 걸세. 자네에겐 하나도 나쁠 건 없지."

"괜찮아."

"나날이 자멸해 가는 거지."

리날디가 혼잣말로 중얼거렸다.

"위는 엉망진창이 되고 손은 자꾸만 떨리고. 외과 의사에겐 더할

나위 없는 거지.”

“자넨 그걸 권유하는 건가?”

“진심으로. 다른 건 필요 없어. 쭉 들이켜. 그리고 새롭게 병을 앓
게 되리란 걸 각오하란 말이야.”

나는 컵을 반쯤 비웠다. 복도에서 당번병이 소리쳤다.

“수프! 수프가 됐습니다.”

소령이 들어와서 우리에게 고개를 끄덕이고 자리에 앉았다. 자리
에 앉은 그는 너무나 왜소해 보였다.

“전원 모두 집합했나?”

소령이 물었다. 당번병이 수프 그릇을 놓고 한 접시 가득 담았다.

“전부입니다.”

리날디가 대답했다.

“군목은 빼고 말입니다. 그는 페데리코가 여기 잇는 줄 알면 당장
올 겁니다.”

“군목은 어딜 갔기에……”

내가 물었다.

“307부대에 가 있네.”

소령이 말했다. 그는 열심히 수프를 먹었다. 그는 입을 닦고 위로
말아 올라간 회색 수염도 조심스레 닦았다.

“이제 곧 올 거야. 내 자네가 왔다가 전화하도록 얘기해 놨으니까.”

“식당이 법석거리지 않아 섭섭하네요.”

내가 말했다.

“그래, 아주 조용해졌지.”

소령이 말했다.

“내가 한 번 떠들어 볼까?”

리날디가 말했다.

“엔리코, 포도주 좀 들게.”

소령이 내 잔에 포도주를 가득 따랐다.

스파게티가 나오자 우린 그걸 먹느라고 서로 분주했다. 스파게티를 다 먹자 군목이 왔다. 그는 전과 다름없이 조그맣고 거무스름한 몸매에, 빈틈없는 표정을 하고 있었다. 나는 일어서서 악수를 청했다. 그는 내 어깨에 손을 얹으며 말했다.

“당신이 왔단 말을 듣고 부리나케 달려왔지요.”

“어서 앉으시오.”

하고 소령이 말했다.

“늦었군요.”

“안녕하십니까, 군목님?”

리날디가 영어로 말했다. 그들은 몇 마디 영어를 지껄일 줄 아는, 군목을 잘 놀리는 대위한테서 인사를 배웠다.

“안녕하시오, 리날디?”

군목이 말했다.

당번병이 수프를 가지고 왔다. 그러나 군목은 스파게티부터 들겠다고 했다.

“좀 몸은 괜찮으십니까, 이젠?”

군목이 나에게 물었다.

"좋습니다. 군목님은 어떠세요?"

"포도주 좀 드시오, 군목님."

리날디가 말했다.

"그대 위 주머니를 위해서 포도주를 조금 들지어다. 이건 아시다시피 성 바울입니다."

"네, 알고 있습니다."

군목은 상냥하게 대답했다. 리날디가 군목의 잔을 채웠다.

"그래, 성 바울이야."

리날디가 말했다.

"성 바울은 모든 재난의 근원이지."

군목은 나를 쳐다보고 미소 지었다.

그에게 아무리 짓궂게 굴어도 이제는 별로 효과가 없음을 나는 알았다.

"성 바울은 말이야."

하고 리날디는 다시 말을 이었다.

"그 작잔 주정뱅이에다 여자 꽁무니만 졸졸 따라다녔는데, 그만 그러다가도 열이 식어 버리면 그런 것을 해선 안 된다고 했거든. 자기는 할 만큼 다 하고는 아직 한창인 우리들에겐 규칙을 만들어 그런 걸 하지 말라고 했지. 안 그런가, 페데리코?"

소령이 웃었다. 우리들은 소고기 스튜를 먹었다.

"난 날이 저문 뒤에는 절대로 성자(聖者)에 대해 이러쿵저러쿵 논

하지 않기로 했어."

하고 내가 말했다.

군목은 스튜 그릇에서 얼굴을 들고 나에게 웃어 보였다.

"옳지, 이젠 군목 편을 드네."

하고 리날디가 말했다.

"나와 함께 군목을 놀려 먹던 그 선량한 우리의 친구들은 다 어디로 간 거야? 카발칸티는? 브룬디는? 세자레는? 난 도와 주는 친구하나 없이 군목님을 놀려야 하나?"

"이 분은 좋은 군목님일세."

소령이 말했다.

"이분은 정말 좋은 군목님이죠."

리날디가 받았다.

"그러나 역시 군목은 군목이거든. 나는 이 식당을 옛날 분위기처럼 만들고 싶은 거야. 그래서 난 페데리코를 즐겁게 해 주고 싶어. 군목님, 지옥으로 가란 말이야!"

그를 쳐다본 소령은 그가 취한 것을 눈치 챘다. 그의 야윈 얼굴은 창백했다. 하얀 앞이마에 헝클어진 머리카락이 유난히도 검게 빛났다.

"괜찮아요, 리날디 중위?"

군목이 말했다.

"지옥으로 떨어지란 말이야. 전쟁이고 뭐고 죄다 지옥으로 꺼지란 말이야."

그가 자기 의자에 풀썩 주저앉았다.

"너무 일에 치여서 그만 지친 거야."

소령이 나에게 말했다. 그는 소고기를 먹고 빵조각으로 고기 국물을 닦아 먹었다.

"될 대로 돼라지!"

리날디는 식탁에 둘러앉은 우리에게 소리쳤다.

"전쟁이고 뭐고 다 지옥으로 꺼져 버려!"

그는 거리낌 없이 식탁을 둘러보았다. 핏발이 선 눈은 생기가 없고 얼굴은 창백했다.

"그렇고말고. 이건 정말 빌어먹을 짓들이지. 몽땅 지옥으로나 가 버려라."

나는 맞장구를 쳤다.

"천만에, 천만에."

리날디가 말했다.

"자네는 안 돼, 자네로선 무리야. 자네는 술도 안 마시고, 어림도 없어. 달리 아무것도 없어. 달리 아무것도 없단 말이야. 뭣이 있냔 마리야, 제기랄. 난 내가 언제 일을 그만둬야 하는지 잘 알고 있다고!"

군목은 머리를 흔들었다. 당번병이 스튜 접시를 치웠다.

"뭣 때문에 군목은 고길 먹는 거요?"

리날디는 군목 쪽을 향하여 소리를 질렀다.

"오늘은 금요일이라는 걸 모르시오?"

"오늘은 목요일이에요."

군목이 대꾸했다.

"거짓말 마쇼. 금요일이야. 당신은 지금 주님의 살을 먹고 있는 거요. 그것은 하느님의 살이야. 내 모를 줄 아슈? 그것은 오스트리아 병정의 시체야. 당신은 지금 그걸 먹고 있는 거요."

"흰 고기는 장교의 살이고."

나는 그의 농담을 보충해 주었다.

리날디는 껄껄 웃었다. 그는 자기 잔을 채웠다.

"내가 한 말 상관 마세요."

리날디는 말했다.

"난 지금 약간 돌았어."

"휴가를 얻어야겠군요."

군목이 말했다. 소령은 군목에게 머리를 저어보였다. 리날디는 군목을 쳐다보았다.

"휴가를 얻어야겠다고 생각하시오?"

소령은 군목을 향해 계속 머리를 저었고 리날디는 군목을 쳐다보고 있었다.

"뜻대로 하시는 거죠."

군목이 대답했다.

"싫으시다면 그만두고."

"지옥으로나 가버려."

리날디가 소리쳤다.

"모두들 날 쫓아내려고, 매일 밤 모두 날 쫓아내려고 하는 거야.

그렇게는 안 돼. 도리어 내가 모두 쫓아버릴 테다. 내가 그것에 걸렸다면 어떻단 말이냐? 누구나 다 걸려 있는데. 세상 놈들이 다 걸린 걸."

그는 강의하는 투로 말을 이었다.

"우선 조그만 부스럼이 생기고 다음은 어깨에 발진이 나타나고 그리곤 아무 징후도 확인할 수 없어. 우리들은 그저 수은만 믿을 뿐이야."

"아니면 살바르산이다."

소령이 조용히 한 마디 했다.

"수은제죠."

하고 리날디가 말했다. 득의만면한 어조였다.

"이 두 가지에 관해선 꽤 잘 알고 있소. 친애하는 군목님, 당신은 절대로 걸리지 않을 거요. 우리 친구는 걸리겠지만. 이건 단지 직업상의 사고야. 다만 직업적인 사고에 지나지 않는다고."

당번병이 후식으로 과자와 커피를 가지고 왔다. 과자는 소스를 친 일종의 흑빵 같은 푸딩이었다. 램프 속은 연기로 자욱했다. 램프 둘레로도 검은 연기가 가득히 맴돌았다.

"양초를 두 자루 가져오고 램프는 가지고 가."

소령이 말했다.

당번병이 불을 붙인 양초 두 자루를 각기 접시에 세워 가지고 왔다. 그는 램프를 들고 가면서 불어 꺼버렸다.

리날디는 이제 조용해 졌다. 기분이 가라앉은 모양이었다.

우리들은 잡담을 나누고 커피를 마신 다음 모두 홀로 나갔다.

"자네는 군목님과 얘기하고 싶겠지. 나는 거리로 나가 봐야 해."

하고 리날디는 나에게 말했다.

"군목님, 잘 쉬세요."

"잘 다녀와요, 리날디 중위."

"프레디, 나중에 만나세."

리날디가 말했다.

"그러세, 일찍 돌아오게."

그는 얼굴을 잔뜩 찌푸린 채 밖으로 나가버렸다. 소령은 우리들과 함께 서 있었다.

"저 친군 몹시 피로해 있어. 과로야."

하고 소령이 말했다.

"게다가 자긴 매독에 걸렸다고 생각하고 있지. 난 믿지 않지만 어쩌면 걸렸을지도 모르지. 그 치료를 손수 자신이 하고 있다네. 그럼 잘들 가게. 엔리코, 자넨 새벽녘에 출발할 수 있겠지?"

"네."

"그럼 잘 가게. 행운을 비네. 페두치가 자넬 깨워서 같이 가줄 걸세."

"안녕히 주무십쇼, 소령님."

"잘 가게. 오스트리아군이 공세를 취할 거란 소문이 돌지만 난 믿지 않아. 공세가 없으면 좋으련만. 좌우간 여기선 없을 거야. 지노가 모든 얘길 해줄 걸세. 전환 이제 잘 연결돼."

"정기적으로 전화를 하죠."

"그래 주게. 잘 가게. 리날디가 브랜딜 너무 많이 마시지 않도록 조심해 주게."

"그러죠."

"잘 쉬세요, 군목님."

"안녕히 주무세요, 소령님."

그는 자기 사무실로 들어갔다.

26

나는 문 앞으로 가서 밖을 내다보았다. 비는 그쳐 있었지만 안개가 자욱하게 끼어 있었다.

"2층으로 올라갈까요?"

나는 군목에게 물었다.

"잠깐밖에는 머무를 수 없겠는데요."

"제 방으로 올라가죠."

우리는 계단을 올라 내 방으로 들어갔다.

나는 리날디의 침대에 드러누웠다. 군목은 당번병이 만들어 준 간이침대에 걸터앉았다. 방안은 어두웠다.

"그런데……"

하고 군목이 말을 꺼냈다.

"건강은 정말 어떠십니까?"

“이젠 아무렇지도 않아요. 그런데 오늘 밤은 좀 피곤하군요.”

“나도 그래요. 별로 피곤할 이유도 없는데.”

“전쟁은 어떻게 돼가는 겁니까?”

“내 생각엔 곧 끝날 것 같아요. 왠지는 몰라도 어쩐지 그렇게 느껴지는군요.”

“어째서 그렇게 느껴집니까?”

“소령의 거동을 보셨겠죠? 온순하죠? 요즘은 사람들이 다 그렇답니다.”

“나 자신도 그런데요.”

내가 말했다.

“정말 끔찍하고 지긋지긋한 여름이었죠?”

군목이 말했다. 그는 내가 이곳을 떠날 때보다도 훨씬 자신감이 있어 보였다.

“어땠는지 믿기지 않으실 겁니다. 실제로 이곳에 있어서 그것이 얼마나 지독했는지 체험하기 전엔 말이죠. 많은 사람들이 이번 여름이 되어서야 전쟁이라는 것을 뼈저리게 인식했을 겁니다. 절대로 인식하지 못하리라고 생각했던 장교들까지도 전쟁이 무엇인지 절실히 느꼈으니 말이죠.”

“앞으로 어떻게 될까요?”

나는 손으로 담요를 툭툭 치며 말했다.

“모르긴 모르겠습니다만 제 생각으론 그다지 길게 계속될 것 같진 않습니다.”

"그럼 어떻게 되나요?"

"전쟁을 그만두겠죠."

"누가요?"

"양쪽 모두가."

"그랬으면 좋으련만."

"당신은 그렇게 생각하지 않습니까?"

"쌍방이 동시에 전쟁을 그만두리라곤 생각지 않아요."

"나도 역시 동감입니다. 그래선 기대가 너무 큰 거죠. 그러나 사람들의 변화를 보면 전쟁이 그리 오래 계속되리라곤 생각되지 않는군요."

"이번 여름 전투는 실제로 어느 쪽이 이긴 겁니까?"

"어느 쪽도 못 이겼죠."

"오스트리아군이 이긴 겁니다. 그들은 공격에서 산 가브리엘레를 끝내 지켰습니다. 그들이 이긴 거죠. 그들은 전쟁을 그만두지 않을 겁니다."

"그들 역시 우리가 느끼는 것과 똑같이 느낀다면 그만두겠지요. 그들도 우리들과 똑같은 경험을 해 왔으니까요."

"누구나 이길 때에 싸움을 그만두는 그런 어리석은 사람은 없어요."

"그 말을 들으니 맥이 빠지는군요."

"난 그저 생각한 대로를 말할 뿐입니다."

"그럼 언제까지 전쟁이 한없이 계속될 거라는 겁니까? 아무 일도 안 일어나고?"

"모르겠어요. 다만 오스트리아군은 승리를 하고 있을 때에 싸움을 그만두지 않으리라는 것뿐이에요. 우리가 크리스천이 되는 건 지고 있을 때니까요."

"오스트리아 사람도 크리스천입니다. 보스니아(유고슬라비아 연방의 하나) 사람만 제외하고."

"나는 형식적인 의미로 크리스천을 말한 건 아닙니다. 하느님 같은 사람을 뜻한 거죠."

그는 아무 말도 하지 않았다.

"우리는 지고 있으므로 온순해진 거예요. 만일 베드로가 감람 동산에서 주님을 구했더라면 주님은 어떻게 되었을까요?"

"마찬가지였겠죠."

"난 그렇게 생각지 않습니다."

"당신 애길 들으면 자꾸 용기가 없어집니다."

군목이 말했다.

"나는 무엇인가 일어날 거라 믿고 또 빌고 있어요. 그것이 아주 가까워진 걸 저는 느끼고 있습니다."

"그야 무엇이 일어나긴 하겠지요. 하지만 그건 우리에게만 일어날 겁니다. 그들도 우리처럼 느낀다면 더욱 좋겠지요. 그러나 그들은 우리에게 이겼습니다. 그들이 느끼는 건 우리와는 달라요."

"많은 군인들이 늘 그렇게 느껴 왔죠. 그렇지만 반드시 전쟁에 패배했다고 해서 느끼는 건 아닙니다."

"그들은 처음부터 진 겁니다. 그들은 군대에 편입되었을 때부터 패배한 거예요 그러므로 농민이 더 총명합니다. 그들에게 권력을 갖게 해 보십시오. 얼마나 분별력 있고 현명한지 곧 알게 될 겁니다."

그는 아무 말도 하지 않고 생각에 잠겨 있었다.

"나는 이제 용기를 잃었어요."

하고 내가 말했다.

"그렇기 때문에 나는 그런 것을 생각하지 않습니다. 절대로 생각하지 않습니다. 말을 하기 시작하면 무의식중에 머릿속에 있는 것을 불쑥 얘기하고 마니까요."

"나는 줄곧 무언가를 바라고 있었어요."

"패전을?"

"아니, 그 이상의 무엇을."

"그 이상의 것이라곤 없습니다. 승리 이외에는. 하지만 그게 더 나쁠지도 몰라요."

"나는 오랫동안 승리를 바랐지요."

"나도 그랬습니다."

"이제는 모르겠습니다."

"승리냐 패배냐, 둘 중의 하나겠지요."

"난 이제 승리는 믿지 않습니다."

"나 역시 그래요. 그러나 패배는 더욱 믿지 않습니다. 어쩌면 그것이 더 나을지도 모르지만."

"그럼 당신은 뭘 믿습니다."

"잠을."

내가 말했다. 그는 일어섰다.

"너무 오랫동안 지체해서 실례가 많았습니다. 그러나 전 당신하고 얘길 하고 있는 게 무척 즐겁습니다."

"다시 얘기할 수 있게 되어 기쁩니다. 잠 이야긴 별 의미 없이 한 겁니다. 그건 어떤 의미도 없어요."

우리들은 일어나서 어둠 속에서 악수를 했다.

"나는 지금 307호에 묵고 있어요."

그가 말했다.

"저는 내일 아침 임지로 떠납니다."

"돌아오시거든 또 만납시다."

"그땐 같이 산책이나 하면서 얘기합시다."

나는 그와 문 앞까지 걸어갔다.

"내려오지 마세요."

하고 그가 말했다.

"당신이 돌아와서 무척 반갑습니다. 당신에겐 별로 좋은 일이 아니지만."

그는 내 어깨에 손을 얹었다.

"난 괜찮습니다. 안녕히 주무세요."

"안녕히!"

"안녕!"

나는 너무 졸려서 곯아떨어질 지경이었다.

27

리날디가 들어왔을 때 나는 잠이 깼지만 그가 아무 말도 않기에 다시 잠을 청했다. 다음 날, 나는 동이 트기 전에 준비를 하고 일찍 출발했다. 내가 떠날 때 리날디는 아직 자고 있었다.

나는 바인시차에 한 번도 간 일이 없었다. 전에 부상을 입은 강 아래를 지나 오스트리아군이 있던 언덕길을 올라가자니 어쩐지 이상한 생각이 들었다. 가파른 새 길이 평탄해지고 숲과 가파른 산들이 안개 사이로 보였다. 갑자기 점령되었기 때문에 파괴를 모면한 숲들이었다. 도로가 구릉에 둘러싸여 있지 않은 곳은 양쪽과 상부를 가마니로 막아 놓았다. 도로는 어느 파괴된 마을에서 끝나 있었다. 참호는 그 앞 고지에 있었다. 주위에는 많은 포들이 있었다. 집들은 거의 파괴되었지만 질서정연했고 사방에 표지판이 보였다. 지노가 있는 곳을 찾아 커피를 얻어 마시고 나중에 그와 함께 여러 사람들과 인사를 한 후에 내가 맡게 된 주둔 장소를 돌아보았다. 지노는 바인시차의 훨씬 아래쪽에 있는 라브네에 영국군 앰뷸런스가 있다고 했다. 그는 영국 군인들에게 탄복하고 있었다. 그의 말로는 포격은 다소 있지만 부상자는 그리 많지 않다고 했다. 장마기가 시작되었으므로 이제 질병에 걸리는 환자가 많이 나올 것이라고도 했다. 오스트리아군이 공세로 나올지도 모른다고 했지만 그는 그것을 믿지 않았다. 이쪽에서 공격을 취할 것 같기도 했으나 새 증원 부대를 조금도 보내지 않는 걸 보

무기여 잘 있거라

면 역시 단념한 모양이라고 했다. 이곳은 식량이 변변치 않으므로 고리치아에 가서 음식을 실컷 먹어 봤으면 좋겠다고도 했다. 특히 그는 돌체(디저트의 일종)에 탄복했다. 나는 자세한 설명을 하지 않고 다만 돌체라고만 했다. 그는 빵과 푸딩 정도가 아니라 좀 더 손이 간 것이라고 생각하는 모양이었다.

그는 자신이 이제 어디로 배치될 것인지 아느냐고 물었다. 나는 그건 모르지만 다른 앰뷸런스가 몇 대 카포레토에 가 있다고 대답했다. 그는 거기로 갔으면 좋겠다고 했다. 건너편에 솟아 있는 높은 산이 특별히 마음에 든다고 했다. 그는 똑똑한 청년으로 모든 사람들이 그를 좋아하는 눈치였다. 이어 그는 정말로 지옥과 같았던 것은 산 가브리엘레의 전투와 실패로 끝난 롬 전방의 공격이었다고 했다.

오스트리아군은 아군 바로 건너편과 머리 위 테르노바의 능선을 따라 숲속에 많은 야포 진지를 배치해 놓고 밤이 되면 맹렬히 도로에 포격을 가했다고 했다. 저쪽에 있는 해군 부대의 포 사격은 더욱 신경이 쓰였다고 했다. 이 포들은 탄도가 수평이므로 곧 알게 될 것이라고 했다.

"포격이 시작되었구나 하는 순간 대기를 찢는 듯한 포성이 시작되지. 적은 언제나 동시에 두 발을 연거푸 발사하기 때문에 그것이 폭발하면 파편이 엄청나지."

그는 파편 하나를 나에게 보여 줬는데 길이 1피트 이상의 들쭉날쭉한 톱날 모양의 금속 파편이었다. 배비트 합금이었다.

"그렇게 대단한 위력이 있는 거 같진 않지만."

지노는 말을 이었다.

"그러나 간담이 서늘해진단 말이야. 파편이란 파편은 모두 나를 향해서 날아오는 것 같거든. '쿵' 하는 소리가 나는가 하면 천지를 뒤흔드는 듯한 소리를 내며 터져 버리지. 부상은 안 다해도 죽을 것처럼 놀라니 죽는 거나 마찬가지란 말이야."

현재 우리 진지 반대편에는 크로아티아인과 마자르인이 약간 있다고 했다. 아군은 아직도 공격 태세 그대로였다.

"오스트리아군이 공격해 오면 아군측엔 철조망도 없고 후퇴해서 수비가 가능한 지점도 없어. 고원에서 내리뻗은 낮은 산악지대엔 알맞은 방어 진지가 있지만 방어를 위한 설비는 전혀 되어 있지 않아."

이렇게 말하면서 그는 바인시차를 어떻게 생각하느냐고 물었다.

"나는 좀 더 평탄하고 고원지대다운 것이라고 생각했어. 이렇게 기복이 심한 줄은 몰랐지."

"고원이지 평원은 아냐."

지노가 말했다.

우리는 그가 머물고 있는 집의 지하실로 돌아왔다. 나는 평평하며 약간 깊숙한 능선이, 조그만 산들이 연달아 있는 곳보단 방어하기가 한결 쉽고 실리적이라고 말했다. 산을 공격하는 것은 평지를 공격하는 것보다 곤란하지 않다고 나는 주장했다.

"그야 산 나름이지."

하고 그가 말했다.

"산 가브리엘레를 보라구."

"그렇지. 그러나 정작 진땀을 뺀 건 산꼭대기의 평평한 곳에서였어. 정상까지는 수월하게 올라갔지 않았나."

"그렇게 수월하지도 않았어."

그가 말했다.

"그렇지. 그러나 그건 산이라기보다는 요새였으니까. 오스트리아군은 수년간을 두고 그것을 요새화했지."

나는 전략적인 의미에서 기동성이 있는 전쟁을 말한 것이다. 산악지대라 해도 간단히 우회할 수 있기 때문에 전선으로 지탱하기엔 아무 쓸모도 없다. 될 수 있는 한 기동성을 가져야 하는데 산악지대란 그다지 기동성이 없고 더구나 산상에서 아래를 향해 발사하는 경우 사정거리를 넘는 수가 많다. 만일 측면을 우회당하는 경우에 정예 부대라면 가장 높은 고지에 남게 된다. 나는 산악전은 좋게 생각하지 않았다. 그것에 관해서는 나도 많이 생각해 봤다고 했다. 이쪽이 산을 하나 빼앗으면 저쪽에서도 다른 산을 하나 빼앗고, 그러다가 결전할 단계에 이르면 쌍방이 다 산악지대를 버려서 평지로 나오기 마련이라고 생각했다.

"산악이 국경이라면 어떻게 할 셈이지?"

그가 물었다.

"거기까진 아직 연구하지 못했는데."

우리는 함께 껄껄 웃었다.

"그렇지만 옛날에 오스트리아군은 언제나 베로나 부근의 사각지대에서 큰 타격을 받곤 했어. 평지로 끌어내어 거기서 격파했거든."

“그렇지.”

지노도 끄덕였다.

“그러나 그건 프랑스 군대였어. 다른 나라에서 싸우는 경우라면 군사상의 문제는 분명히 계획되고 해결할 수 있지.”

“그래. 자기 나라에서 싸우면 그렇게 과학적으로 훌륭히 군대를 이용할 수가 없는 법이지.”

“러시아군은 그걸 했지. 나폴레옹을 함정에 빠뜨리려고.”

“그래. 그러나 그들은 국토가 넓었으므로 가능한 거지. 만일 이탈리아에서 나폴레옹을 함정에 빠뜨리려고 후퇴하는 작전을 써본다고 해보게. 브린디시(이탈리아 남쪽끝의 군항)까지 밀려가게 될 테니.”

“브린디시, 지독한 곳이야.”

하고 지노가 말했다.

“거기 가봤나?”

“지낸 적은 없어.”

지노가 말했다.

“나는 애국자지만 브린디시나 타란토(이탈리아 동남쪽의 도시)는 정말 마음에 들지 않아.”

“바인시차는 좋은가?”

하고 내가 물었다.

“땅은 좋지만 감자가 좀 더 많이 났으면 좋겠어. 우리가 여기 왔을 땐 오스트리아군이 심어 논 감자밭이 있었지.”

“식량이 그렇게 부족한가?”

"한 번도 배불리 먹어 본 적이 없어. 그래도 나는 대식가지만 굶어 죽진 않았어. 식사는 보통 정도는 돼. 전선의 연대는 꽤 괜찮은 급식을 받는 모양이지만 예비대는 그렇지 못해. 뭔가 어디에 잘못된 데가 있어. 양식은 충분히 있을 텐데."

"나쁜 놈들이 딴 데 팔아 먹는 모양이지."

"그런가 봐. 전방 부대엔 많이 줄지 몰라도 후방 부대는 아주 부족해. 오스트리아군의 감자건 숲에서 딴 밤이건 간에 전부 먹어버리거든. 좀 더 급식을 잘 주어야 하는데. 우리들은 대식가야. 틀림없이 식량 부족이라면 이건 좀 곤란하지 않나? 급식이 병사들에게 끼치는 영향을 자넨 생각해 본 적이 있나?"

"그럼. 그래선 전쟁엔 이길 수 없지."

"지는 얘긴 그만 집어치우세. 지는 얘긴 그렇잖아도 귀가 따갑도록 듣고 있으니까. 이번 여름에 견딘 것이 헛되이 끝날 리는 없겠지."

나는 아무 말도 하지 않았다. 나는 신성이니 영광이니 희생이니 하는 그런 공허한 표현에는 언제나 어리둥절했다. 때로는 들리지도 않을 정도로 시끄러운 빗속에 서서 그런 말을 들은 적도 있었다. 그럴 때 들려오는 건 고함소리뿐이었다. 포고문 아래, 벌써 오래 전에 덧붙여진 포고문에서 그런 문구를 읽은 일도 있지만, 실제로 내 눈으로 신성한 것을 본 적은 없었다. 뿐만 아니라 영광이라고 불려지는 것은 조금도 영광이 아니었고 희생이라는 것 역시 고깃덩어리를 매장하는 것 외에 별 뾰족한 것이 아니었다. 그것은 시카고의 도살장과 조금도 다름없이 여겨졌다.

들기에 거북스러운 말이 너무도 많은 까닭에 나중에는 단지 지명 (地名)만이 위엄 있는 말이었다. 어떤 숫자나 날짜 같은 것은, 이것들 이 지명과 함께 사용될 때만이 어떤 의미를 가질 수 있는 유일한 말들 이었다. 영광, 명예, 용기, 신성 따위의 추상적인 말들은 촌락의 이름 들, 도로 번호, 강 이름, 연대나 날짜의 숫자 같은 구체적인 이름 옆에 갖다 놓으면 유치해지고 우스워 보였다. 지노는 애국자였다. 때로는 우리가 정반대되는 견해를 갖고 있지만 역시 좋은 친구였고, 그가 애 국자임을 나는 알고 있었다. 그는 태어나면서부터 애국자였다. 그는 고리치아로 돌아가기 위해 페두치와 함께 자동차로 떠났다.

그날은 종일 폭풍우가 몰아쳤다. 바람은 비를 몰아쳐 가는 곳마다 물이 괴고 진창투성이었다. 부서진 집의 벽토는 잿빛으로 젖어 있었 다. 오후 늦게서야 비가 그쳤다. 제2번 주둔지에서 바라보니 구름이 산봉우리에 길게 걸려 있었다. 헐벗고 젖은 가을 경치며 도로를 막아 놓은 가마니가 젖어서 물방울이 떨어지고 있는 것도 보였다. 해는 지 기 전에 산마루 너머에 있는 헐벗은 숲을 비추고 있었다. 그 산마루 의 숲에는 오스트리아군의 야포가 많이 있었으나 불을 토한 것은 몇 대 안되었다.

나는 전선 근처의 파괴된 농가 상공으로 유산탄의 둥근 연기가 덩 어리져 오르는 것을 쳐다보았다. 그것은 희고 누런 색의 섬광이 도는 부드러운 연깃덩어리였다. 섬광이 번쩍 하면 다음에 포성이 들리고 연깃덩어리가 바람에 날리면서 희미하게 부서져 갔다. 파괴된 인가 의 깨진 기왓장 속에도, 주둔지가 있었던 파괴된 농가 옆의 도로에도 유산탄의 파편이 뒹굴었다. 그날 오후엔 주둔지 부근의 포격은 없었다. 우리는 두 대의 앰뷸런스에 부상병을 싣고 젖은 가마니로 가려진 도로를 달렸다. 태양의 마지막 잔광이 가마니의 틈 사이로 새어 들어왔다. 우리가 산 후면에 있는 차단되지 않은 도로에 나오기 전에 해는 졌다. 도로를 달려 모퉁이를 돌아 넓은 공지로 나왔다. 다시 네모진 아치형의 가마니 터널로 들어서자 비가 또 뿌리기 시작했다.

밤이 되자 비바람은 더욱 심해졌다. 새벽 3시, 억수처럼 퍼붓는 비와 함께 포격이 시작됐다. 크로아티아인 부대가 산간 초원을 가로질러 숲을 통과하여 습격을 가해 왔다. 어둠이 한창 깔린 빗속에서 치열한 격전이 벌어졌는데 제2선에 있던 놀란 병사들의 반격으로 그들은 격퇴되었다. 비를 무릅쓰고 맹렬한 포격이 시작됐다. 로켓탄이 발사되었으며 전선 일대에서 기관총과 소총 소리가 요란했다. 적은 재차 내습해 오진 않았지만 점차 조용해져 가는 가운데 갑자기 심해져 가는 비바람 사이로 멀리 북쪽에서 포격 소리가 들려왔다.

부상병들이 더러는 들것으로, 더러는 걸어서, 더러는 전우의 등에 업혀 들판을 건너 주둔지가 있는 곳으로 왔다. 비에 흠뻑 젖은 그들은 모두가 겁에 질려 있었다.

우리는 주둔지의 지하실에서 들것을 올라오는 대로 두 대의 앰뷸런스를 부상병으로 채웠다. 두 번째 차의 문을 닫고 잠글 때 나는 얼굴을 때리는 비가 눈송이로 변한 것을 느꼈다. 눈송이는 비에 섞여 빠르고 세차게 내렸다.

날이 밝아도 폭풍은 여전했으나 눈은 그쳐 있었다. 눈은 젖은 땅에 내려앉자 곧 녹았으나 다시 비로 변해 있었다. 날이 밝자 또 한 차례 적들의 공격이 있었지만 실패로 돌아갔다. 우리들은 종일 공격을 기다리고 있었지만 해가 질 때까지 다시 공격은 없었다. 포격은 오스트리아군의 포병대가 집결해 있는 남쪽의 산등성이 근처에서 시작되었다. 우리도 포격을 받으리라 예상했지만 아무 일도 없었다. 점점 어두워져 갔다. 마을 뒤쪽 들판에서 야포들이 포격을 하고 있었는데 날아가는 포탄은 듣기 좋은 울림을 내고 있었다.

우리는 남쪽에서의 공격이 성공하지 못했다는 소식을 들었다. 그날 밤 적의 공격은 없었다. 그러나 북쪽 전선이 돌파당했다는 소리가 들렸다. 밤중에 후퇴할 준비를 하라는 통지가 왔다. 주둔지의 대위가 나에게 그것을 알렸다. 여단 사령부로부터 통지를 받았다고 했다. 그러나 잠시 후 전화를 받고 돌아오더니 오보였다며 어떤 일이 있더라도 바인시차 전선을 확보하라는 여단 사령부로부터의 명령을 받았다고 했다. 내가 아군의 전선이 돌파되었다던데요, 하고 대위에게 묻자 그는 자기가 여단 사령부에서 들은 바에 의하면 오스트리아군이 카포레토를 향해 진군했는데 제27군을 돌파했다고 말했다. 온종일 북방에서 치열한 전투가 있었던 거시다.

"적에게 돌파당했다면 우린 끝장난 거야."

"공격하고 있는 건 도이치군이랍니다."

군의관 하나가 대꾸했다. 도이치군이라는 말은 섬뜩할 정도로 공포의 대상이었다. 우리는 도이치군과는 아무 관계도 갖고 싶지 않았다.

“도이치군은 15개 사단이 있어요.”

하고 그 군의관이 말했다.

“놈들이 아군 전선을 돌파했다면 우린 전멸입니다.”

“여단 사령부가 이 전선은 어떤 일이 있어도 확보해야 한다는 거야. 돌파되었다고 해도 치명적인 것은 아니라는 거지. 아군은 마조레 산에서부터 산악지대를 횡단하는 전선을 확보하는 거라 했어.”

“그런 얘는 어디서 들은 거지?”

“사단 본부에서.”

“우리가 퇴각할 거란 말도 사단 본부에서 나왔다는데.”

“우리들도 군 사령부 밑에서 움직이고 있습니다.”

하고 내가 말했다.

“그러나 여기선 대위님 밑에서 움직이고 있습니다. 대위님이 퇴각하라고 하면 당연히 퇴각하는 거죠. 그러나 명령은 직접 정확히 받아 주세요.”

“명령은 여기 그대로 있으라는 거야. 자네는 안전하게 부상자들을 수용소로 수송해 주게.”

“때에 따라선 가수용소에서 야전 병원으로 수송할 수도 있습니다. 나는 아직 퇴각이라는 걸 경험한 적이 없는데…… 만일 퇴각할 경우에는 어떻게 부상자 전원을 후송시킵니까?”

“전부는 아냐. 가능한도까지만 후송하고 나머지는 내버려 두고 가야지.”

“앰뷸런스엔 무얼 싣습니까?”

“병원 시설.”

“알겠습니다.”

다음 날 밤 우리는 퇴각하기 시작했다. 도이치군과 오스트라군이 북방 전선을 돌파하고 지비달레와 우디네를 향해 계곡을 타고 진격 중이라고 했다. 퇴각은 비에 젖어 을씨년스러웠지만 질서 정연했다. 밤중에 혼자 복잡한 도로를 따라 천천히 퇴각하면서 우리는 빗속을 행군하는 부대와 대포 마차를 이끄는 군마와 노새, 트럭 등의 대열을 지나쳤다. 모두가 전서에서 철수하는 것들이었다. 진군할 때에 비해 그다지 큰 혼란은 없었다.

그날 밤 우리들은 고지의 가장 덜 파괴된 마을에 위치해 있었던 야전 병원의 철수를 도와 부상자를 강 상륙에 있는 플라바로 운반시켰다. 다음 날은 플라바의 야전 병원과 가수용소를 철수시키기 위해 종일토록 빗속에서 일을 했다. 비는 줄기차게 내렸다. 바인시차 방면의 부대들은 그해 봄 큰 승리를 거두기 시작했던 강을 건너 10월의 비를 맞으면서 고원으로부터 철수했다. 우리는 다음 날 점심때쯤 되어서 고리치아에 도착했다. 비는 그치고, 거리는 텅 비어 있었다. 우리가 거리로 들어서자 병사들이 군인 위안소에서 여자들을 트럭에 싣고 있었다. 여자는 일곱 명이었는데 모자와 외투차림에 조그만 옷 가방을 들고 있었다. 그중 두 여자는 울고 있었다. 여자들 가운데 하나가 우리에게 미소를 던지더니 혀를 아래위로 날름거렸다. 그녀는 도톰한 입술에 검은 눈동자를 하고 있었다.

나는 차를 세우고 포주에게 가서 말을 걸었다. 장교 위안소의 여자

무기여 잘 있거라

들은 오늘 아침 일찍 떠났다고 했다. 어디로 갔느냐고 물었더니 코네리아노라고 했다. 여자들을 실은 트럭이 출발하기 시작했다. 도톰한 입술의 여자가 우리에게 또 혀를 내보였다. 포주는 손을 흔들었다. 두 여자는 여전히 울고 있었다. 다른 여자들은 재미있는 듯 호기심에 가득 찬 눈으로 거리를 내다보고 있었다. 나는 차로 되돌아왔다.

"저 패들과 같이 가면 좋겠는데요."

보넬로가 말했다.

"신나는 여행이 될 거예요."

"그렇지. 이제부터 우리는 신나는 여행을 하게 될 거다."

"이제 지옥 같은 여행을 하게 될 겁니다."

"나 역시 그런 뜻으로 한 말이야."

우리는 별장 가도로 차를 몰았다.

"그 왈패놈들이 색시 집으로 기어 들어가는 꼴을 봤으면 좋겠네요?"

"그럴 것 같은가?"

"물론이죠. 제2군에서 저 포주를 모르는 놈은 하나도 없어요."

우리들은 별장 근처로 나왔다.

"모두들 그 여잘 수녀 원장이라고 부르죠. 계집애들은 낯설지만 누구나 그 여자는 알고 있어요. 아마 퇴각 직전에 저 계집애들을 데리고 왔을 거예요."

"그럼 단단히 당하겠는 걸."

"단단히 당하겠죠. 공짜로 한 번 저것들과 한바탕 했으면 좋겠어요. 저 집은 너무 비싸요. 정부가 우리에게 돈을 우려내는 거죠."

"차를 밖으로 내놓고 정비병에게 정비 좀 하라고 해."

하고 내가 말했다.

"오일을 갈아 넣고 차를 점검해. 가솔린을 채워 놓고 좀 자두게나."

"네, 중위님."

별장은 비어 있었다. 리날디는 야전 병원과 함께 따라가고 없었다. 소령도 간부용 차에 병원을 싣고 가버린 뒤였다. 창틈에 내 앞으로 써놓은 쪽지가 하나 있었다. 복도에 쌓아 놓은 자재들을 싣고 포르데 노네로 오라고 씌어 있었다. 정비병들도 이미 가버린 뒤였다. 나는 되돌아와 차고로 갔다. 조금 후에 앰뷸런스 두 대가 도착하여 운전병 이 차에서 내려왔다. 또 비가 내리기 시작했다.

"어찌나 졸립던지…… 플라바에서 여기까지 오는 도중에 세 번이 나 졸았습니다."

하고 피아니가 말했다.

"이제부터 우리들은 뭘 합니까, 중위님?"

"오일을 갈아 넣고 그리스를 치고, 가솔린이 가득 차면 현관에다 차를 대놓게나. 그리고 남기고 간 자질구레한 것들을 싣고."

"그리고 출발합니까?"

"아니 세 시간 동안 자는 거야."

"잠을 잘 수 있다니! 고맙습니다."

하고 보넬로가 말했다.

"도무지 졸음이 와서 운전을 할 수가 있어야죠."

“자넨 참 어떤가, 아이모?”

“걱정 없습니다.”

“가서 작업복을 가져와, 오일 가는 걸 도와주겠다.”

“괜찮습니다, 중위님.”

하고 아이모가 말했다.

“대단한 일도 아닌 걸요. 저리 가서서 중위님 짐이나 꾸리세요.”

“내 짐은 벌써 다 꾸려놨어. 그럼 우리에게 남기고 간 짐을 가지고 나올 테니 저이가 끝나는 대로 차를 앞으로 돌려주게.”

그들은 앰뷸런스를 별장 현관으로 돌렸다. 우리들은 복도에 쌓여 있던 병원 자재를 모두 차에 실었다. 짐을 다 신자 세 대의 앰뷸런스는 비가 내리는 나무 아래의 차도에 일렬로 섰다. 우리는 집 안으로 들어갔다.

“불을 피우고 옷들을 말리지.”

내가 말했다.

“옷이야 마르건 말건 상관없어요.”

피아니가 대꾸했다.

“우선 자야겠어요.”

“난 소령님의 침대에서 자야지.”

보넬로가 말했다.

“어디서 자든 난 상관없어.”

하고 피아니가 말했다.

“여기도 침대가 두 개 있어.”

나는 문을 열었다.

"난 그 방에 뭣이 있었는지 전혀 몰랐어요."

보넬로가 말했다.

"그게 물고기 얼굴을 한 영감의 방이었다네."

"자네들 둘은 거기서 자. 깨워 줄 테니."

"너무 오래 자면 오스트리아군이 우리를 깨울 겁니다."

보넬로가 말했다.

"난 그렇게 늦게까지는 자지 않네. 아이모는 어디 갔지?"

"부엌에 갔습니다."

"어서들 자."

"자겠습니다."

피아니가 말했다.

"온종일 앉은 채로 졸았어요. 완전히 눈꺼풀이 내려앉았어요."

"군화는 벗으라고."

보넬로가 말했다.

"물고기 영감의 침대야."

"물고기 얼굴이건 뭐건 무슨 상관이야."

피아니는 진흙투성이의 군화를 신은 채 발을 뻗고 팔을 베개 삼아 침대에 드러누웠다. 나는 부엌으로 가 보았다. 아이모가 난로에 불을 피우고 물주전자를 올려놓고 있었다.

"파스타 아슈타라도 만들까 해서요. 잠이 깨면 모두 배가 고플 것 같거든요."

"자넨 안 졸리나, 바르톨로메오?"

"별로 졸리지 않습니다. 물이 끓으며 놔두고 자죠. 불은 저절로 꺼질 테니까."

"좀 자두는 게 좋은 거야. 치즈하고 쇠고기 통조림을 먹으면 되지 뭐."

"이게 더 좋아요. 저 두 명의 무정부주의자들에겐 뭐든 뜨거운 음식이 좋을 거예요. 중위님도 어서 쉬세요."

"소령님 방에 침대가 하나 있네."

"중위님이나 주무십쇼."

"아냐. 난 내가 쓰던 방으로 가서 자겠네. 한잔 생각 없나?"

"출발할 때 하지요, 중위님. 지금 마셔봐야 아무 쓸모없어요."

"세 시간 후에도 내가 잠이 깨지 않으면 날 깨워 주게. 알겠지?"

"시계가 없는데요, 중위님."

"소령님 방 벽에 걸려 있어."

"알겠습니다."

나는 식당을 나와서 리날디와 함께 쓰던 내 방으로 갔다. 밖엔 아직도 비가 내리고 있었다. 나는 창가로 가서 밖을 내다보았다. 어둠이 내리고 있었다. 나무 밑에 나란히 세워 둔 세 대의 차량이 보였다. 나무는 비에 젖어 빗방울을 떨어뜨리고 있었다. 나는 리날디의 침대로 가서 몸을 눕히자 금방 잠들어 버렸다.

출발하기 전에 주방에서 우리는 요기를 했다. 아이모가 마늘과 통조림 고기를 다져서 넣은 스파게티를 내놓았다. 우리는 식탁에 둘러

앉아 별장 지하실에 남아 있던 포도주 두 병을 마셨다. 밖은 이제 캄캄해졌고 비가 여전히 내리고 있었다. 피아니는 잠이 덜 깬 얼굴로 식탁에 앉아 있었다.

"진군보다는 퇴각이 재미있어."

하고 보넬로가 말했다.

"퇴각 때는 바르벨라를 마시거든."

"지금은 술을 마시고 있지만 내일은 어쩜 빗물을 마시게 될지도 모를 거야."

아이모의 말이었다.

"내일은 우디네에 도착이다. 샴페인을 마시자. 거긴 병역 기피자들이 살고 있는 곳이거든. 일어나, 피아니! 내일은 우디네에서 샴페인을 터트리는 거야!"

"깼어요."

피아니가 말했다. 그는 접시에다 스파게티와 고기를 가득 담았다.

"토마토소스는 없던가, 바르토?"

"없어."

아이모가 대답했다.

"우디네에서 샴페인을 터트리자구."

보넬로가 말했다. 그는 자기 잔에다 맑고 붉은 바르벨라 포도주를 따랐다.

"많이 잡수셨습니까, 중위님?"

아이모가 물었다.

“많이 먹었네. 그 병 좀 이리 주게.”

“각 차에 한 병씩 가져갈 수 있게 해 놓았습니다.”

아이모가 말했다.

“자넨 좀 잤나?”

“좀 잤습니다. 전 많이 잘 필요가 없어요.”

“내일은 왕의 침대에서 잘 거야.”

보넬로가 말했다. 기분이 사뭇 좋은 모양이었다.

“나는 왕비하고 잘 거야.”

보넬로가 다시 말했다. 그는 내가 이 농담을 어떻게 받아들이나 이리저리 눈치를 살폈다.

“그만해.”

하고 내가 말했다.

“술 몇 잔 마시고 무엇이 그리 즐거운가?”

밖에는 비가 세차게 내리퍼붓고 있었다. 시계를 보니 9시 반이었다.

“출발 시간이야.”

나는 일어섰다.

“누구 차에 타시렵니까?”

보넬로가 물었다.

“아이모 차에 타겠다. 그 다음에는 자네가 따르게. 그 다음은 피아니. 코르몬 가도를 따라 달리기로 한다.”

“도중에 또 졸까봐 걱정인데요.”

피아니가 말했다.

“좋아. 그럼 내가 자네 차에 타지. 다음이 보넬로, 다음이 아이모.”

“그게 좋습니다.”

피아니가 말했다.

“졸려 견딜 수가 없으니까요.”

“내가 운전할 테니 잠시 자도록 하게.”

“아닙니다. 자면 깨워 주겠지 하는 것을 알고 있으면 운전할 수 있어요.”

“내가 깨워 주지. 난롯불을 끄게나.”

“그냥 둬도 상관없지 않습니까?”

보넬로가 말했다.

“이제 여긴 아무 볼일도 없지 않아요.”

“내 방에 조그만 트렁크가 하나 있는데. 함께 좀 내려다 줄 수 있겠나, 피아니?”

“우리가 가지고 오죠.”

피아니가 말했다.

“보넬로, 가세.”

그는 보넬로와 함께 홀 안으로 들어갔다. 그들이 2층으로 올라가는 소리가 들렸다.

“여긴 참 좋은 곳입니다.”

하고 아이모가 말했다. 그는 포도주 두 병과 치즈 반 덩어리를 잡낭 속에 넣었다.

“이런 곳은 아마 없을 거예요. 어디로 후퇴합니까, 중위님?”

"탈리아멘토 강을 건넌다더군. 병원과 배속 부대는 포르데노네에
있게 될 거야."

"여긴 포르데노네보다 좋은데요."

"난 포르데노네가 어떤지 몰라. 다만 지나가 본 적이 있을 뿐이야."

"그렇게 대단한 곳은 못됩니다."

아이모가 말했다.

28

서서히 거리를 빠져나가며 보니 부대와 야포의 대열 외엔 마을은
비에 젖고 어둠에 싸인 채 텅 비어 있었다. 좁은 거리로 지나가는 많
은 트럭과 몇 대의 짐마차가 역시 큰 거리에서 집결했다. 우리가 피
혁 공장 앞을 지나 큰 거리로 나오자 많은 부대와 트럭과 짐마차와 야
포들이 큰 대열을 짓고 천천히 움직이고 있었다. 우리는 빗속을 서서
히, 그러나 쉬지 않고 앞으로 나아갔다. 내가 탄 자동차의 라디에이
터 뚜껑이, 짐을 높이 쌓은 젖은 포장을 덮은 트럭의 꽁무니와 부딪칠
정도로 가깝게 따라갔다. 그러자 앞 트럭이 섰다. 대열 전체가 섰다.
나는 차에서 내려 트럭과 짐마차 사이를 뚫고 젖은 말 옆을 지나 앞으
로 나가 보았다. 길이 막인 것은 좀 더 앞쪽이었다. 도로를 떠나 도랑
에 놓인 발판을 건너 도랑 저편의 들판을 따라 걸었다. 들판을 가로
질러 나가보니 빗속에 서 있는 나무들 사이로 못 박힌 채 서 있는 대

열이 보였다.

나는 1.5킬로미터 정도 걸었다. 대열은 꼼짝도 하지 않았다. 그러나 막혀 있는 대열 반대편에서 다른 부대가 움직이고 있는 것이 보였다. 나는 차로 되돌아왔다. 피아니는 핸들 위에 엎드려 졸고 있었다. 그의 옆 자리로 기어올라 나도 함께 졸고 말았다. 몇 시간 뒤에 우리 바로 앞쪽의 트럭이 기어를 넣는 소리가 들렸다. 피아니를 깨우고 출발했으나 몇 야드 못가서 또 멈추고 앞으로 다시 나아가고 했다. 비는 여전히 내리고 있었다.

밤이 되도록 대열은 길이 막혀 조금도 움직이지 못했다. 나는 차를 내려 아이모와 보넬로를 보러 뒤로 갔다. 보넬로는 공병 상사 두 명을 그의 차에 태우고 있었다. 내가 가까이 가자 그 두 상사의 얼굴이 굳어졌다.

무
기
여
잘
있
거
라

"이 두 사람은 다리에 무슨 장치를 하려고 남아 있었대요."

하고 보넬로가 말했다.

"자기 소속 부대를 찾을 수 없다고 해서 할 수 없이 태웠습니다."

"중위님, 허락해 주십시오."

"허락하지."

"중위님은 미국인이셔."

상사 하나가 싱긋 웃었다. 또 한 상사가 내게 혹 남미나 북미에서 온 이탈리아 사람이 아니냐고 보넬로에게 물었다.

"이분은 이탈리아 사람이 아니라니까. 북미의 영국 사람이지."

상사들은 공손했지만 난 그 말을 믿지 않았다. 나는 그들 곁을 떠나 아이모에게로 갔다. 그는 옆 좌석에 두 소녀를 앉혀 놓고는 구석에 기대앉은 채 담배를 피우고 있었다.

"아이모! 아이모!"

하고 내가 불렀다.

"이 아가씨들에게 말씀 좀 하십시오, 중위님. 뭘 말하는지 도무지 못 알아듣겠어요. 이봐!"

그는 소녀의 넓적다리에 손을 얹고는 정답게 꼬집는 시늉을 했다. 소녀는 숄로 단단히 몸을 감싸며 그의 손을 뿌리쳤다.

"이봐! 네 이름과 여기서 뭘 하고 있었는지 중위님께 어서 말해봐."

한 소녀가 당돌하게 나를 쳐다봤다. 또 한 소녀는 눈을 내리깔고 잠자코 있었다. 나를 쳐다본 소녀는 한 마디도 알아듣지 못할 사투리로 뭐라고 말을 했다. 탐스럽고 가무잡잡한 열여섯 살 가량 되어 보이는 소녀였다.

"동생인가?"

이렇게 물으며 또 한 소녀를 가리키자 그녀는 머리를 끄덕이며 미소지었다.

"괜찮아."

이렇게 말하고 나서 그녀의 무릎을 가볍게 쳤다. 손이 닿자 그녀가 무서워하고 있음을 느낄 수 있었다. 동생은 한 번도 얼굴을 쳐들지 않았다. 언니보다 한 살쯤 아래로 보였다. 아이모가 언니의 넓적다리에다 손을 얹자 얼른 밀어냈다. 그는 그녀를 보고 웃었다.

"좋은 사람."

아이모는 자기를 가리켰다.

"좋은 사람."

이번에는 나를 가리켰다.

"겁내지 마."

이 두 소녀는 마치 들새와도 같았다.

"나를 무서워한다면 뭣 때문에 나하고 함께 탔는지 모르겠어요."

하고 아이모가 말했다.

"내가 손짓을 해 보이자 단번에 올라탔답니다."

그는 소녀들 쪽으로 돌아앉았다.

"걱정 마."

하고 그는 말했다.

"…… 그럴 위험은 없어."

그는 저속한 말을 했다.

"…… 그럴 장소도 없고."

그 말을 그녀는 알아들은 듯싶었으나 그뿐이었다. 그녀는 겁을 잔
뜩 먹은 눈으로 그를 쳐다보고는 숄로 몸을 단단히 감쌌다.

"이봐, 자동차가 꽉 차서."

하고 아이모가 말을 했다.

"그럴 위험은 없어. 그럴 장소도 없고."

아이모가 다시 한 번 그 말을 하자 그녀는 조금씩 긴장했다. 그리고
는 굳은 표정으로 앉아서 그를 바라보더니 울기 시작했다. 입술이 부
들부들 떨리고 눈물이 볼에 흘러내렸다. 동생은 고개도 쳐들지 않고

언니의 손을 잡은 채 그대로 앉아 있었다.

"아마 내가 놀라게 했나 보네. 그럴 생각은 전혀 아니었는데."

그는 자기 잡낭 속에서 치즈를 꺼내 두 조각으로 나누었다.

"자아."

하고 그는 말했다.

"울지 마."

언니는 고개를 젓고 여전히 울고 있었지만 동생은 치즈를 받아서 먹기 시작했다. 잠시 후 동생이 두 번째로 받은 치즈 조각을 언니에게 주자 그들은 같이 나누어 먹었다. 언니는 아직도 흐느꼈다.

"조금만 있으면 괜찮아질 거예요."

아이모가 말했다.

그는 갑자기 무슨 생각이 떠올랐는지 바로 곁에 있는 언니에게 물었다.

"처녀인가?"

그녀는 고개를 끄덕였다.

"너도?"

그는 동생을 가리켰다. 두 소녀는 함께 고개를 끄덕였고 언니가 뭐라고 사투리로 말했다.

"좋아, 좋아. 걱정할 거 하나도 없어."

하고 아이모가 말했다. 두 소녀는 이제 마음을 놓은 모양이었다. 나는 비스듬히 앉아 있는 아이모와, 앉아 있는 두 소녀를 남겨둔 채 피아니의 차로 돌아왔다.

차량의 대열은 꼼짝도 안했지만 부대는 계속 곁을 지나쳤다

비는 아직도 세차게 퍼붓고 있었다. 대열이 정지되는 것은 차의 엔진이 젖어 전류가 통하지 않기 때문이 아닌가 생각됐다. 아니, 그보다도 말이나 사람이 줄기 때문인지도 모른다. 그런데 모두가 줄지 않고 도시를 지날 때에도 교통은 마비되는 수가 있다. 그것은 마차와 자동차가 서로 섞여 있기 때문이었다. 이 둘은 서로에게 방해가 될 뿐이다.

아이모하고 같이 있는 저 두 소녀도 마찬가지다. 퇴각하는 마당에 이곳은 저런 소녀들이 나타날 곳이 못된다. 틀림없이 두 소녀는 매우 신앙이 두터울 것이다. 전쟁만 아니라면 우리들은 지금쯤 모두 침대 속에 들어가 있을 텐데. 침대 속에 들어가 머리를 베개에 눕힌다. 침대와 식사(침식을 같이하는 부부관계), 침대 속에서 뻣뻣이 사지를 펴고 눕니다. 캐서린은 침대 위에 누워 있을 것이다. 어느 쪽으로 누워 잘까? 어쩌면 안자고 누워서 내 생각을 하고 있을 지도 모른다. 불어라, 불어라, 서풍아. 옳지, 바람이 분다. 그러나 이슬비가 아니고 굵은 빗줄기다. 밤새도록 쏟아졌다. 바람이 비를 몰아온다. 아아, 제기랄, 캐서린이 내 팔에 안겨 있고 내가 그녀와 침대에 누워 있다면. 그리운 캐서린. 내 사랑 캐서린을 비처럼 내게 내리게 하소서. 바람아, 다시 한 번 그녀를 나에게 데려다 주렴. 그렇지, 우리들은 비바람 속에 그렇게 있다. 모두 비바람 속에 사로잡혀 있다. 이슬비로는 바람을 잠재울 수 없으리라.

캐서린, 잘 자! 나는 소리 내어 말했다. 잘 자기를 바라오. 잠자리

가 불편하면 돌아누워요. 냉수를 떠다 주지. 조금 있으면 아침이 찾아올 거고. 아침이 되면 나이질 거요. 미안하구려, 그처럼 당신을 불편하게 해서. 좀 더 자려고 해봐요, 응, 캐서린.

여태까지 쭉 잤는걸요, 하고 캐서린이 말했다. 당신은 잠꼬대를 하시는군요. 몸은 괜찮으세요? 당신은 정말 거기 있소? 물론이죠, 저 여기 있어요. 난 아무데도 가지 않아요. 우리들 사이에 달라질건 그 무엇도 없어요. 당신은 정말로 귀엽고 사랑스러워. 이렇게 어두운 밤에 날 버리고 가진 않겠지? 물론 안 달아나죠. 전 언제든지 여기 있어요. 당신이 원하신다면 언제든지 달려가겠어요.

피아니가 말했다.

"다시 움직이기 시작합니다."

"깜빡 졸았군."

내가 말했다.

시계를 보았다. 새벽 3시였다. 좌석 뒤로 손을 뻗어 바르벨라 술병을 집었다.

"큰 소리로 잠꼬댈 하시던데요."

"꿈을 꾸었는데 영어로 잠꼬대를 했나 보군."

빗발은 조금씩 약해지고 차들은 다시 앞을 향해서 움직였다. 동이 트기 전에 또 한 번 길이 막혔는데 날이 밝자 우리는 약간 높은 지대에 와 있었다. 퇴각로가 앞으로 아득히 뻗어 있고 대열 사이로 보병이 잠깐씩 빠져나갈 뿐 모든 것이 정지된 상태였다. 다시 움직이기 시작했다. 하루 동안의 진행 정도를 보니 우디네에 도착하려면 어떻게 해서든지 간선 도로를 벗어나 밭을 가로질러 샛길로 갈 수밖에 딴 도리가 없을 것 같았다.

밤이 되자 많은 피난 농부들이 이곳저곳에서 대열로 끼어들었다. 세간을 실은 짐마차가 곳곳에 눈에 띄었다. 이불 사이로 거울이 불쑥 삐져나와 있기도 했고, 병아리와 집오리가 짐마차에 묶여 있기도 했다. 우리 바로 앞을 가는 짐마차의 재봉틀이 빗속에 드러났다. 가장 귀중한 물건을 날라 내온 셈이다. 어떤 짐마차에는 비를 피해 여자들이 서로 의지하면서 웅크리고 앉았다. 될 수 있는 한 여자들은 짐마차에 바싹 다가가서 따라가고 있었다. 굴러가는 마차 아래에서 대열을 따라가는 개도 있었다. 길을 질퍽거렸고 길가의 양쪽 도랑엔 물이 가득 고였다. 길가에 늘어선 가로수 너머의 논밭은 물에 잠겨 있어 가로 질러가는 걸 단념해야 했다.

나는 차에서 내려 길을 걸어 올라가면서 옆으로 빠져나갈 옆길이 없나 하고 한참 찾았다. 옆길이 여러 갈래 있었지만 우리가 가는 방향과 다른 길이라면 아무 소용이 없었다. 우리는 늘 차로 달리면서 도로를 지나쳤기 때문에 어디가 어딘지 잘 기억할 수 없었고 모두 비슷비슷해 보였다. 도로의 번잡을 피해 빨리 가려면 어떻게 해서든지 샛길을 하나 찾아야 했다. 오스트리아군이 어디 위치해 있는지, 전황이 어떻게 되었는지 아무도 아는 사람이 없었지만, 만일 비가 그치고 비행기가 날아와 이 대열에 공격을 가한다면 그야말로 끝장이 날 것은 자명한 이치였다. 소수의 병사들이 트럭을 버린다거나 혹은 말 몇 마리가 죽든가 하면 길은 더욱더 마비되게 마련이다.

비는 그다지 심하게 내리지 않았다. 이런 상태라면 갤지도 모른다고 나는 생각했다. 길가를 따라가다 보니 양쪽의 나무 울타리 사이로 북으로 뚫린 작은 길이 보였다. 이 길로 나가는 것이 좋겠다고 생각하고는 급히 차 있는 데로 돌아왔다. 나는 피아니에게 그 길로 차를 돌리라고 한 다음, 보넬로와 아이모에게로 가서 말했다.

"만일 아무데도 나가는 길이 없다면 되돌아와서 다시 끼어들면 그만이야."

내가 말했다.

"이 친구들은 어떻게 할까요?"

보넬로가 물었다.

그가 때운 두 상사는 그의 옆 좌석에 앉아 있었다. 수염을 깎지 않았지만 그래도 이른 아침에 보니 그들은 군인 티가 났다.

"차를 미는 데 도움이 되겠군."

내가 말했다.

나는 아이모에게로 가서 이제 밭을 가로질러 간다고 말했다.

"이 소녀들은 어떻게 하죠?"

"아무짝에도 소용이 없겠는데. 차라리 차를 밀 수 있는 사람을 태우는 게 좋겠어."

"차 뒷자리에 태울 수 있습니다."

하고 아이모가 말했다.

"뒷자리에도 자리가 있으니까요."

"자네 소원이라면 그렇게 해. 그리고 차를 미는 데에 도움이 될 어깨가 떡 벌어진 녀석을 한번 골라 태워 봐."

"저격병이 좋겠군요."

아이모가 싱긋 웃었다.

"그 놈들이 어깨가 가장 넓어요. 어깨 넓이를 재보고서 뽑으니까요. 기분은 어떻습니까, 중위님?"

"좋아, 자넨?"

"좋습니다. 그런데 배가 고픈데요."

"그 길로 가면 뭐가 있겠지. 거기서 세우고 먹도록 하지."

"다리는 어떻습니까, 중위님?"

"괜찮아."

자동차 발판에 서서 앞을 내다보니 피아니의 차가 대열을 빠져나와 옆길로 들어가는 것이 보였다. 앙상한 가지뿐인 떨어진 나무 울타리 사이로 그의 차가 보였다. 보넬로가 뒤로 그 길을 따라갔다. 피아니가 앞서 길을 헤치며 나아갔으므로 우린 앞선 두 대의 앰뷸런스를 따라 울타리 사이의 좁은 길을 달렸다. 길은 어느 농가로 뚫려 있었다. 피아니와 보넬로가 정원 차를 세웠다. 나지막하고 길다란 집으로 입구에 포도나무 넝쿨이 있었다. 정원에는 우물이 있어 피아니가 물을 길어 라디에이터에 넣고 있었다. 너무 오랫동안 낮은 기어로 달렸기 때문에 라디에이터는 몹시 뜨거웠다.

농가는 텅 비어 인기척 하나 없었다. 나는 온 길을 돌아보았다. 농가는 약간 높은 고지에 있어 들 너머를 볼 수 있었다. 길과 울타리와 밭과 후퇴 대열이 지나가고 있는 도로를 따라 가로수가 보였다. 두

상사는 집 안을 기웃거리고 있었다. 두 소녀는 잠을 깨고 정원에 세워 둔 두 대의 앰뷸런스와 우물가에 모여 있는 세 운전병들을 바라보았다. 상사 하나가 괘종시계를 들고 나왔다.

"도로 가져다 놓고 와."

그는 나를 쳐다보고 집 안으로 들어가더니 빈손으로 나왔다.

"자네 친구 어디 갔나?"

내가 물었다.

"변소에 갔습니다."

그는 앰뷸런스의 좌석으로 올라갔다. 자기를 떼어놓고 갈까 봐 그것이 걱정인 모양이었다.

"아침 식사는 어떻게 할까요, 중위님."

하고 보넬로가 물었다.

"뭘 좀 먹을 게 있을 것 같습니다. 시간은 그리 오래 걸리지 않을 겁니다."

"자네, 길 저쪽으로 내려가면 빠져나갈 길이 있을 것 같은가?"

"그럼요."

"그럼 됐어. 식사하세."

피아니와 보넬로가 집 안으로 들어갔다.

"이리 와."

아이모가 두 소녀에게 말했다. 손을 뻗어 내려 주려고 했으나 언니가 고개를 저었다. 그녀들은 집으로는 절대 들어가려고 하지 않았다. 그녀들은 우리가 들어가는 뒷모습만 바라보고 있었다.

“그것들 참 골칫거린데.”

하고 아이모가 말했다. 우리들은 함께 농가로 들어갔다. 텅 빈 것이 어둡고 썰렁하여 버려진 집 같았다. 보넬로와 피아니는 주방에 있었다.

“먹을 만한 게 별반 없는데요.”

피아니가 말했다.

“깨끗이 가져갔군.”

보넬로는 주방 식탁 위에서 크고 흰 치즈를 얇게 잘랐다.

“그 치즈는 어디 있었나?”

“지하실에요. 피아니가 포도주하고 사과를 찾아냈어요.”

“그만하면 훌륭한 아침이군.”

피아니는 버들가지로 덮은 포도주 술통의 코르크 마개를 빼고 있었다. 그는 술통을 기울여 냄비에다 하나 가득 술을 따랐다.

“냄새 좋은데. 술잔을 몇 개 찾아오게.”

두 상사가 들어왔다.

“치즈 좀 드시구려.”

보넬로가 말했다.

“빨리 가야 할 텐데.”

한 상사가 치즈를 집어 먹고 포도주를 마시면서 말했다.

“물론 가야지, 걱정 마시오.”

하고 보넬로가 말했다.

“군인이란 뱃심으로 가는 거야.”

내가 말했다.

"네?"

하고 상사가 물었다.

"먹어 두는 게 좋단 말이야."

"네, 그렇지만 시간도 중요합니다."

"벌써 어디서 먹어 둔 모양이지?"

피아니가 말했다. 두 상사가 그를 쳐다보았다.

"길을 아십니까?"

그중 하나가 내게 물었다.

"아니."

그들은 서로 마주보았다.

"될 수 있는 대로 빨리 출발하는 게 좋겠습니다."

먼젓번 상사가 말했다.

"떠나려고 하는 중이야."

나는 포도주를 한 잔 더 마셨다. 치즈와 사과를 먹었기 때문에 술맛이 좋았다.

"그 치즈는 가지고 가."

나는 밖으로 나갔다. 보넬로가 커다란 술통을 들고 나왔다.

"그건 너무 큰데."

내가 말했다.

그는 아까운 듯이 그것을 쳐다보았다.

"그렇군요. 술을 넣어 줄 테니 물통들을 내놔."

그는 물통에 술을 가득 채웠다. 마당에 술이 넘쳐흘렀다. 그런 다음 그는 술통을 문 안에다 들여놓았다.

"이렇게 두면 오스트리아놈들, 문을 부수지 않고서도 이것이 보이겠지."

"자, 출발."

하고 내가 말했다.

"피아니와 내가 앞장을 서지."

두 상사는 벌써 보넬로의 옆좌석에 앉아 있었다. 소녀들은 치즈와 사과를 먹고 있었고, 아이모는 담배를 피우고 있었다. 우리는 좁은 길을 따라 내려갔다. 나는 뒤따라오는 두 대의 앰뷸런스와 농가를 돌아보았다. 아담하고 나직한, 견고한 석조 가옥으로 특히 철세공을 한 우물 테두리는 운치가 있어 좋았다. 우리가 달리는 앞길은 좁고 질척거렸으며 길 양쪽으로 높은 울타리가 있었다. 뒤에는 두 대의 차가 바싹 쫓아오고 있었다.

29

낮 12시 때쯤, 우디네로부터 약 10킬로미터쯤 떨어졌다고 생각되는 곳에서 우리는 진창길에 빠져 꼼짝도 할 수가 없었다. 비는 오전 중에 그쳤고, 세 번이나 비행기가 날아왔다. 비행기가 머리 위를 지나 저 멀리 왼쪽으로 날아가는 것이 보였고 이어서 도로를 폭격하는

무기여 잘 있거라

소리가 들렸다. 우리는 그물코처럼 얽힌 샛길을 겨우겨우 뚫고 나갔다. 몇 번이나 잘못 들어갔지만 그때마다 되돌아 나와서는 다른 길을 찾아 우디네로 조금씩 접근해 갔다.

그런데 아이모의 차가 막힌 길에서 되돌아 나오다가 길가의 진창 속에 빠져버렸다. 바퀴가 헛돌면서 점점 땅을 파고 내려앉더니 마침내 차동 장치까지 걸리고 말았다. 이렇게 되면 바퀴 앞의 흙을 파고 체인이 걸릴 만큼 나뭇가지를 펴서 차가 길 위로 올라설 때까지 미는 방법밖에 없었다. 우리는 모두 내려서 차 주위에 모였다. 두 상사는 차를 살펴보고 바퀴를 조사했다. 그러더니 한 마디 말도 없이 길 아래쪽으로 내려가려 했다. 나는 그들 뒤를 쫓아갔다.

"이봐."

나는 말했다.

"나뭇가질 좀 꺾어와."

"우리는 가겠습니다."

한 상사가 말했다.

"빨리 꺾어 오라고."

나는 다시 말했다.

"나뭇가질 꺾어오란 말이야."

"우리는 가야 합니다."

그 상사는 되풀이 말했다. 또 한 상사는 아예 아무 말도 없었다. 그들은 서둘러 가려고 했다. 그리고 나를 바라보려고도 하지 않았다.

"명령이다. 차로 돌아와라."

한 상사가 돌아보았다.

"우리는 가야 됩니다. 조금 있다가 퇴각로가 차단됩니다. 중위님은 우리에게 명령할 수가 없습니다. 중위님은 우리의 상관이 아닙니다."

"명령이다. 나뭇가지를 꺾어와."

나는 거듭 말했다.

그들은 몸을 돌려 뛰어가기 시작했다.

"서라."

나는 명령했다.

그들은 여전히 울타리가 옆의 진창길을 계속해서 뛰어 내려갔다.

"명령이다, 서라."

하고 내가 외쳤다. 그들은 좀 더 걸음을 빨리 했다. 나는 권총집을 열고 권총을 꺼내 내게 지껄이던 상사를 겨누어 발사했다. 빗나가 맞지 않았다. 두 놈은 진력을 다해 함께 뛰기 시작했다. 나는 계속 세 발을 쏘아 한 놈을 쓰러뜨렸다. 한 놈은 울타리 사이로 뛰어들어 보이지 않았다. 그가 밭을 가로질러 뛰는 것을 보고 울타리 사이로 쏘았다. 탄알이 떨어져 권총이 찰카닥 소리를 냈으므로 나는 다른 탄창을 채웠다. 그러나 두 번째 상사에게 쏘기에는 거리가 너무 멀었다. 그는 멀리 밭을 가로질러 머리를 숙이고 뛰고 있었다.

나는 빈 탄창에 다시 탄알을 재기 시작했다. 보넬로가 다가왔다.

"제가 그놈을 처치하겠습니다."

하고 그가 말했다. 나는 그에게 권총을 주었다. 보넬로는 상사가

쓰러져 있는 데로 갔다. 그리고 몸을 숙여 상사의 머리에다 권총을
대고 방아쇠를 당겼다. 권총을 불발이었다.

"공이치기를 세워야 해."

하고 내가 말했다. 그는 공이치기를 세우고 두 번 더 쏘았다. 그리
고 상사의 두 다리를 붙잡아 길가로 끌어내어 울타리 곁에 던져 눕혔
다. 그리고 돌아와 권총을 내게 주었다.

"개새끼."

그는 상사 쪽을 바라보았다.

"제가 총 쏘는 걸 보셨습니까, 중위님?"

"빨리 가서 나뭇가질 주워와."

하고 나는 물었다.

"또 한 놈도 맞았나?"

"안 맞은 것 같아요."

아이모가 말했다.

"권총으로 쏘기에는 사정거리가 너무 멀었어요."

"개새끼."

하고 피아니가 말했다. 우리는 모두 나뭇가지를 잘라 모았다. 그리
고 차 안에 있는 물건을 모두 밖으로 끌어냈다. 보넬로가 바퀴 앞을
파고 있었다. 준비가 끝나자 아이모가 발동을 걸고 기어를 넣었다.
바퀴는 헛돌며 나뭇가지와 진창을 계속 튀겼다. 보넬로와 나는 관절
에서 소리가 날 만큼 힘주어 밀었으나 차는 꿈쩍도 하지 않았다.

"아이모, 차를 앞뒤로 흔들어 봐."

하고 내가 말했다.

그는 엔진을 반대로 넣었다가 다시 제대로 넣었다. 이렇게 여러 번 반복했으나 차는 차동 장치까지 빠질 뿐 바퀴는 파놓은 구멍 속에서 멋대로 헛돌았다. 나는 허리를 펴고 일어섰다.

"줄로 끌어 당겨 보자."

"헛수고예요, 중위님. 똑바로 끌 수 없으니까요."

"어디 해봐. 다른 뾰족한 수가 없잖아."

피아니와 보넬로의 차는 좁은 길을 겨우겨우 내려갔다.

우리는 두 차에 줄을 매어 끌었다. 그러나 바퀴는 구멍 속에서 옆으로 당겨질 뿐이었다.

"소용없어."

내가 외쳤다.

"그만 둬."

피아니와 보넬로가 차에서 내려 돌아왔다. 아이모도 내렸다. 소녀들은 약 50야드 가량 떨어진 돌담에 조용히 앉아 있었다.

"어떡하시렵니까, 중위님?"

하고 보넬로가 물었다.

"흙을 파고 다시 한 번 해보자."

나는 길 아래를 내려다보았다. 내 잘못이었다. 내가 그들을 여기까지 데리고 온 것이다. 해는 구름 뒤에서 모습을 거의 드러냈고 상사의 시체가 울타리 옆에서 뒹굴고 있었다.

"저놈의 상의와 외투를 아래에 깔아 보자."

내가 말했다.

보넬로가 옷을 벗기러 갔다. 나는 나뭇가지를 꺾고 아이모와 피아니는 차바퀴 사이를 팠다. 나는 외투를 두 쪽으로 찢어 진흙 속에 파묻힌 차바퀴 밑에 깔고 바퀴가 걸리도록 나뭇가지를 그 위에 쌓아올렸다. 준비가 끝나자 아이모가 운전대를 올라가서 엔진을 걸었으나 바퀴는 또 헛돌기만 했다. 우리는 밀고 또 밀었다. 그러나 아무런 소용이 없었다.

"할 수 없다. 차 속에 뭐 필요한 게 있으면 몽땅 갖고 나와라."

아이모가 보넬로와 함께 치즈와 포도주 두 병과 외투를 가지고 차에서 내려왔다. 보넬로가 차바퀴 뒤에 앉아 죽은 상사의 호주머니를 뒤졌다.

"옷은 내버려."

내가 말했다.

"저 소녀들은 어떡한다?"

"뒷자리에 태우죠."

피아니가 말했다.

"아주 멀리까지 갈 것 같진 않으니까요."

나는 앰뷸런스 뒷문을 열었다.

"이리 와."

내가 말했다.

"올라타."

두 소녀는 차에 올라 뒤로 가 앉았다. 그녀들은 조금 전의 사격 사건을 전혀 모르는 것 같았다. 뒤돌아 길 위를 보니 상사가 긴 소매의 내의 바람으로 뻗어 있었다. 나는 피아니와 함께 차를 타고 출발했다. 우리는 들판을 가로질러 가려고 했다. 들로 들어서자 나는 앞서 걸었다. 길을 가로지를 수 있다면 저쪽의 도로를 이용할 수 있었다. 그러나 가로지를 수가 없었다. 땅이 너무 물러 차에는 무리였다. 바퀴 축까지 진창 속에 묻혀 마침내 오도 가도 못하게 되자 우리는 들판에 차를 버리고 우디네를 향하여 걷기 시작했다. 간선 도로로 통하는 도로까지 나오자 나는 두 소녀에게 말했다.

"이제 저쪽으로 가봐."

내가 말했다.

"사람들을 만날 수 있을 테니까."

그들은 나를 쳐다보았다. 나는 지갑을 꺼내어 각각 10리라짜리 지폐를 한 장씩 나누어 주었다.

"가라니까."

다시 큰 길을 가리켰다.

"저리 가면 친구도 가족도 있어!"

무슨 말인지는 못 알아듣는 것 같았지만 그녀들은 손에 돈을 꼭 쥐고 앞으로 걸어갔다. 돈을 도로 뺏기지나 않을까 두려운 듯이. 나는 그녀들이 숄을 꼭 감싸 안고 조심스런 표정으로 뒤돌아보며 길을 걸어가는 것을 바라보고 있었다.

세 운전병은 나를 보며 껄껄 웃었다.

"내가 저쪽으로 간다면 얼마나 주시겠습니까, 중위님?"

하고 보넬로가 물었다.

"둘이서 가는 것보단 많은 사람들과 함께 가는 게 좋겠지."

"2백 리라 주신다면 난 곧장 오스트리아군 있는 데로 가겠어요."

보넬로가 말했다.

"뺏기고 말 걸."

피아니가 말했다.

"그 동안 아마 전쟁은 끝날 거야."

아이모가 말했다. 우리는 될 수 있는 대로 걸음을 빨리 했다. 태양이 구름 사이로 서서히 모습을 드러내려 하고 있었다. 길가에 뽕나무가 서 있었다. 그 뽕나무 사이로 우리들이 버리고 온 수송차 두 대가 보였다. 피아니도 돌아보았다.

"저걸 도로 빼내려면 도로부터 새로 만들어야겠군."

"자전거라도 있으면 좋겠네."

보넬로가 말했다.

"미국에서도 자전걸 탑니까?"

아이모가 물었다.

"많이들 타지."

"여기선 인기가 대단합니다. 자전거란 굉장히 귀하거든요."

"자전가가 있으면 좋을 텐데."

보넬로가 말했다.

"난 걷는 건 딱 질색이야."

"저건 포격 소린가?"

내가 물었다. 멀리서 포소리가 들려오는 것 같았다.

"글쎄요."

하고 아이모가 말했다.

"아무래도 그런 거 같아."

내가 말했다.

"우린 제일 먼저 기병대를 만나게 될 거야."

피아니가 말했다.

"적에겐 기병은 없을 걸."

"그랬으면 좋겠군요."

"기병의 창에 찔려죽고 싶진 않은데요."

"확실히 중위님은 그 상살 쏘셨죠?"

피아니가 물었다.

우리들은 모두 빠른 걸음으로 걷고 있었다.

"내가 죽였지."

하고 보넬로가 말했다.

"난 이 전쟁에서 아직 한 놈도 못 죽여 봤어. 난 평생소원이 상사 한 놈을 쏘아 죽이는 거였어."

"꼼짝 않는 놈을 근사하게 쏘던데."

하고 피아니가 말했다.

"자네가 그놈을 죽일 땐 빨리 달리고 있지 않았어."

"아무렴 어때. 아무튼 언제까지나 영원히 잊히지 않을 사건이야. 그 상사 놈을 내가 죽였단 말이야."

“고해 때 뭐라고 할 작정이지?”

아이모가 물었다.

“이렇게 말하지. 축복해 주십시오, 신부님. 저는 상사를 죽였습니다, 라고.”

모두가 한바탕 웃었다.

“저 친구는 무정부주의자랍니다.”

하고 피아니가 말했다.

“성당 같은 곳은 전혀 가지도 않아요.”

“피아니도 무정부주의자랍니다.”

보넬로가 말했다.

“자네들 정말 무정부주의자야?”

내가 물었다.

“아뇨, 중위님. 우리는 사회주의자입니다. 우리는 이몰라 출신이구요.”

“이몰라에 와보신 적 있습니까?”

“없어.”

“참 좋은 곳입니다, 중위님! 전쟁이 끝나며 한번 오세요. 제가 좋은 곳을 안내해 드릴게요.”

“그곳 사람들은 모두 사회주의잔가?”

“그렇습니다.”

“어떤 곳인가?”

“멋있는 곳이죠. 그런 곳은 평생 보신 적이 없으실 거예요.”

"어떻게 해서 모두 사회주의자가 됐지?"

"모두 사회주의자예요. 사람들은 하나도 빼놓지 않고 사회주의자
죠. 옛날부터 사회주의자였어요."

"이몰라에 와주세요, 중위님. 그러면 중위님도 사회주의자로 만들
어 드릴 테니까요."

조금 앞에서 길은 왼쪽으로 꾸부러졌고 조그만 언덕이 있었으며
돌담 너머로 사과 과수원이 보였다. 오르막길에 이르자 그들은 입을
다물었다. 우리는 한시를 다투며 걸음을 재촉했다.

30

얼마 후 우리는 강이 보이는 길로 나왔다. 다리로 나가는 길에는 버
리고 간 트럭과 짐마차가 장사진을 이루고 있었다. 개미 새끼 한 마
리도 보이지 않았다. 강물을 불었고 다리 한복판은 폭파되어 있었다.
아치형의 다리 윗돌이 통째로 강에 떨어져 있었고 흙탕물이 그 위로
흘러가고 있었다.

우리는 건널 지점을 찾으면서 둑을 따라 올라갔다. 나는 상류에 철
교가 있는 것을 알고 있었으므로 거기서 건너면 되리라고 생각했다.
길은 매우 질퍽했다. 부대는 하나도 보이지 않았다. 내버리고 간 트
럭과 군수품이었다. 강둑으로 뻗은 길에는 젖은 덤불과 진창 외에는
아무것도 없었다. 강기슭을 따라 계속 올라가자 철교가 보였다.

"아름다운 철교로군."

하고 아이모가 말했다. 물의 흐름이 없는 마른 강바닥 위에 걸려 있는 장식 없는 긴 철교였다.

"폭파되기 전에 서둘러 건너는 게 좋아."

내가 말했다.

"폭파하는 놈이 어디 있을 라고요."

피아니가 말했다.

"모두 달아났는걸요."

"지뢰를 묻었을지도 모르죠."

보넬로가 말했다.

"먼저 건너세요, 중위님."

"저 무정부주의자 하는 소리 좀 봐."

아이모가 말했다.

"저놈 먼저 건너게 하세요."

"내가 먼저 가지."

하고 내가 말했다.

"사람 하나 건넌다고 해서 폭파되지는 않을 거야."

"그것 봐."

하고 피아니가 말했다.

"머리가 잘 돌아간다는 증거야. 어이, 무정부주의자들, 어째 자네들은 머리가 안 돌아가나?"

"머리가 있으면 여기까지 왔겠나?"

보넬로가 말했다.

"그것 참 그럴 듯한데. 그렇죠, 중위님?"

하고 아이모가 말했다.

"제법 그럴 듯해."

내가 맞장구를 쳤다.

우리는 다리 앞까지 왔다. 하늘은 다시 먹구름이 덮여 비가 조금씩 내리기 시작했다. 다리는 길고 견고해 보였다.

우리들은 둑 위로 기어 올라갔다.

"한 번에 한 사람씩 건너."

내가 먼저 다리를 건너기 시작했다. 무슨 폭파 장치의 흔적이라도 없나 하고 침목과 레일을 조심해서 살폈지만 정말로 눈에 띄는 거라곤 아무것도 없었다. 침목 사이로 보이는 발 아래로 흙탕물이 흐르고 있었고, 비에 젖은 들판 저 앞쪽에 비에 잠긴 우디네가 아스라히 보였다.

다리를 건너고 뒤를 돌아보았다. 강 바로 위에 또 하나의 다리가 있었다. 그때 누런 진흙 색의 차 한 대가 그 다리를 지나고 있었다. 다리 난간이 매우 높았으므로 차체는 자세히 보이지 않았으나 운전병과 그 옆에 한 사람, 그리고 뒷자리에 앉아 있는 두 명의 군인을 나는 똑바로 볼 수 있었다. 모두가 독일군 철모를 쓰고 있었다. 차는 철교를 건너 가로수와 버리고 간 차량 뒤로 사라져 보이지 않게 되었다. 나는 다리를 건너오고 있는 아이모와 다른 두 사람에게 손을 흔들었다. 나는 기어 내려가서 철로 둑 옆에 웅크리고 앉았다. 아이모가 따라

내려왔다.

"아까 그 차를 봤나?"

내가 물었다.

"아뇨, 바로 중위님만 지켜보고 있었죠."

"독일군 참모 차가 저 위에 있는 다리로 건너갔어."

"참모 차요?"

"그래."

"맙소사!"

아이모는 깜짝 놀란 표정이다.

다른 두 사람도 내려와서 모두 나처럼 철둑 위 진창 속에 웅크리고 앉았다. 그리고 철로 너머로 늘어선 가로수와 도랑을 살폈다.

보넬로가 불쑥 물었다.

"그렇다면 퇴로가 차단된 거라고 생각하십니까, 중위님!"

내가 대답했다.

"그건 모르지. 내가 아는 건 단지 독일군 참모 차가 저곳을 지나갔다는 것뿐이지."

"이상한 생각 같지 않으세요, 중위님? 어째 좀 이상해요."

보넬로가 말했다.

"농담이 아냐, 보넬로."

"어떻습니까, 한잔?"

하고 피아니가 물었다.

"차단되었다고 해도 신경 쓰지 말고 역시 한잔하는 게 좋겠죠."

그는 물통 마개를 뽑았다.

"저것 봐! 저거!"

아이모가 도로 쪽을 가리켰다. 돌다리 난간 위로 독일군 철모가 움직였다. 그들은 상체를 앞으로 구부리고 귀신처럼 미끄러지듯 달려갔다. 다리를 건너자 그들의 모습이 보였다. 얼굴이 불그스름한 것이 혈색이 좋고 건강해 보였다. 철모를 이마와 얼굴이 가려질 만큼 깊숙이 내려쓰고 있었다. 그들의 소총은 몸체에 묶여 있었고 수류탄은 손잡이를 아래로 하고 혁대에 매달려 있었다. 철모도 회색 군복도 비에 젖어 있었다. 그들은 앞과 양 옆을 가볍게 살피면서 자전거로 달려 나갔다.

처음엔 둘, 다음엔 넷, 그 다음엔 둘, 또 그 다음엔 십여 명, 그리고 십여 명, 그 뒤에 하나, 그들은 말을 하지 않았다. 설령 말을 했다 해도 강물 소리 때문에 우리에겐 들리지 않았을 것이다. 그들은 길 위쪽으로 사라져 갔다.

"하느님 맙소사!"

아이모가 말했다.

"독일군이야."

피아니가 말했다.

"오스트리아군이 아냐."

"왜 아무도 저들을 막지 않는 거야?"

하고 내가 말했다.

"무엇 때문에 이 다리를 폭파하지 않았을까? 대체 무엇 때문에 이 강둑에 기관총을 배치해 놓지 않았을까?”

“우리에게 하소연하시면 뭘 합니까, 중위님.”

하고 보넬로가 말했다. 나는 몹시 화가 났다.

“모두 하는 짓들이 뒤죽박죽이야. 하류에선 조그만 다리 하나조차
폭파해 놓고 간선 도로의 다리는 그대로 놔두다니. 다들 어디로 가버
렸어? 적을 막아낼 생각은 안 하고 말이야.”

“우리에게 말씀해 보셨다 소용없습니다, 중위님.”

보넬로가 다시 되풀이했다. 나는 입을 다물었다. 그런 건 내가 알
바가 아니었다. 단지 세 대의 앰뷸런스를 가지고 포르데노네로 가는
게 내 임무다. 그러나 실패했다. 지금 내가 해야만 할 일은 포르데노
네에 도착하는 것뿐이다. 이제 화를 가라앉히고 총에 맞아 죽거나 포
로가 되지 않도록 노력해야 하는 게 상책이다.

“물통 마갤 열었나?”

피아니에게 물었다. 그가 물통을 건넸다. 나는 한 모금 쭉 들이켰다.

“가는 게 좋겠다. 그렇지만 서두를 건 없어.”

“여긴 오래 머물러 있을 곳이 못됩니다.”

보넬로가 말했다.

“좋아, 출발하자.”

“이쪽으로 찰싹 붙어서…… 숨어서 가는 게 좋겠어요. 들키지 않게.”

“위로 올라가 그냥 걷는 게 좋아. 놈들이 이 다리로 올지도 모르니
까. 우리가 발견하기 전에 먼저 놈들이 우리 머리 위에 와 있으면 안
되잖아.”

우리는 철로를 따라 걸었다. 양옆으로 비에 흠뻑 젖은 들판이 펼쳐
졌다. 들판을 가로지른 저 앞쪽에 우디네가 있었다. 그 산 위에 성이
보였다. 들에는 뽕나무가 많았다. 앞으로 나가니 철로가 파괴된 곳이
있었다. 침목도 파괴되어 둑 밑으로 팽개쳐져 있었다.

"내려와, 내려오라!"

아이모가 외쳤다. 우리는 철둑 옆으로 뛰어내렸다. 또 다른 독일군
자전거 부대가 도로를 지나갔다. 둑 너머로 그들이 지나가는 것이 보
였다.

"우리를 보고도 그냥 지나가는데요."

아이모가 말했다.

"그렇게 위로 가다간 맞아죽을 겁니다, 중위님."

보넬로가 말했다.

"그들에겐 우리가 안중에도 없어. 뭔가 중요한 다른 목표가 있을
거야. 갑자기 우리에게 덮쳐오면 큰일이지."

"전 그들에게 보이지 않는 데로 걸어가고 싶은데요."

"맘대로 해. 우린 철로를 따라 걸을 테니까."

"무사히 빠져나갈 수 있을까요?"

아이모가 물었다.

"그럼. 아직 적의 수는 많지 않아. 우린 어둠을 이용해서 빠져나
간다."

"그 참모 찬 대체 뭘 하려고 했을까요?"

"나도 전혀 모르겠는 걸."

우리는 철로를 따라 계속 걸었다. 보넬로도 강둑 위의 진흙 속을 걷다 지쳤는지 우리 있는 데로 왔다. 이제 철로는 간선 도로를 벗어나 남쪽으로 뻗어 있었으므로 도로 위로 뭐가 지나가는지는 전혀 보이지 않았다. 운하에 걸려 있는 짧은 다리는 폭파되어 있었다. 우리는 무너지지 않고 남아 있는 교각 위로 기어 올라가 다리를 건넜다. 앞쪽에서 포성이 울렸다.

운하 건너편 철로로 올라서니 철로는 낮은 들을 가로질러 똑바로 우디네 시가를 향해 뻗어 있었다. 전방에 다른 철로가 보였다. 아까 자전거 부대가 달려가던 북쪽으로 간선 도로가 있었다. 울창하게 우거진 숲이 있는 남쪽으로는 조그만 도로가 들을 가로질러 있었다. 나는 남쪽을 가로질러 우디네를 우회하고 캄포포르미오로 나와 다시 탈리아멘토로 통하는 간선 도로를 향해 들판을 횡단하는 게 좋겠다고 생각했다. 우디네 너머로 있는 샛길을 통해 가면 후퇴하는 간선 도로는 피할 수가 있었다. 나는 이 들판을 가로지르는 샛길이 많이 있는 것을 알고 있었다. 그래서 우리는 철둑 아래로 내려가기로 했다.

"따라와."

하고 나는 말했다.

샛길을 따라 우디네 남단으로 빠져 내려갈 작정이었다. 우리는 모두 철둑 아래로 내려갔다. 그때 옆길에서 우리를 향해 총알이 한 방 날아왔다. 탄환은 철둑 진흙 속으로 박혔다.

"물러나!"

나는 소리쳤다. 나는 진흙탕 속으로 미끄러지면서 철둑으로 뛰어 올라갔다. 운전병들은 내 앞에 있었다. 나는 가능한 한 빨리 기어 올라갔다. 또다시 두 방이 우거진 숲속 저쪽에서 발사되었다. 철로를 횡단하려던 아이모가 갑자기 비틀거리더니 앞으로 고꾸라졌다. 우리는 그를 철로 이편으로 끌고 내려와서 반듯이 눕혔다.

"머리를 둑 쪽으로 눕혀."

내가 말했다. 피아니가 그를 돌려 눕혔다. 아이모는 철둑 비탈에 누운 채 다리를 아래쪽으로 향해 뻗은 후 불규칙적으로 계속 붉은 피를 토했다. 비를 맞으며 우리 세 사람은 빗속에서 그 곁에 웅크리고 앉았다. 탄알은 그의 목덜미 아래에서 위로 관통하여 오른쪽 눈 아래를 뚫고 나갔다. 내가 상처의 피를 막고 있는 동안에 그는 죽어 버렸다. 피아니가 그의 머리를 내려눕히고 응급용 붕대로 얼굴을 닦아 주었다. 그러고는 그대로 땅에 내려놓았다.

"개새끼들!"

피아니가 말했다.

"놈들은 독일군이 아냐. 이런 곳에 독일군이 있을 리 없잖아."

내가 말했다.

"이탈리아군 개새끼들이에요."

보넬로는 아무 말도 없었다. 그는 아이모 옆에 앉아 있었으나, 그를 외면하고 있었다. 피아니가 철둑 아래로 뒹굴던 아이모의 군모를 주워 다가 그의 얼굴에 덮어 주었다. 그는 물통을 꺼냈다.

"마실 텐가?"

피아니가 물통을 보넬로에게 주었다.

"싫어."

하며 그는 나를 향해 말했다.

"철로를 걷다가는 우리도 언제 저렇게 될지 모릅니다."

"아니야. 그건 우리가 들판을 가로지르려 했기 때문이야."

내가 말했다.

보넬로는 고개를 저었다.

"아이모는 죽었습니다."

하고 그는 말했다.

"다음은 누가 죽을 차례죠, 중위님? 이제 우리들은 어디로 가는 겁니까?"

"우리를 향해 쏜 놈은 이탈리아군이야. 그건 독일군이 아니었어."

"그게 만일 독일군이었다면 우리를 전부 죽였을 거예요."

"우리에겐 독일군보다 이탈리아군이 더 위험해. 퇴각하는 부대는 무엇이든 겁을 내거든. 독일군은 자기들의 목표에만 열중하지."

"이론적으론 그렇지요, 중위님."

하고 보넬로가 말했다.

"이제 어디로 갑니까?"

피아니가 물었다.

"어두워질 때가지 어디 좀 숨어야겠어. 남쪽으로 갈 수만 있다면 괜찮을 텐데."

"첫 번째 사격이 정당했다는 걸 증명하기 위해 놈들은 우리를 전부 죽일 거예요.”

하고 보넬로가 말했다.

“난 그런 실험물이 될 수는 없습니다.”

“될 수 있는 한 우디네 가까운 곳에 숨어 있다가 어두워진 후에 빠져나가도록 하자.”

“그럼 출발하지요.”

보넬로가 말했다. 우리는 철길 북쪽으로 내려갔다. 뒤돌아보니 아이모가 철둑 모퉁이의 진창 속에 조용히 누워 있었다. 그는 아주 조그맣게 보였다. 두 팔을 몸 양쪽에 붙이고 각반을 감은 다리와 진창 투성이의 군화를 가지런히 뻗고 얼굴에는 군모를 덮고 누워 있었다. 분명히 죽은 사람의 모습이었다. 비가 내리고 있었다. 나는 이제까지 살면서 알아온 그 어떤 사람 못지않게 아이모를 좋아했다. 내 호주머니에 그의 수첩이 들어 있었다. 그의 가족에게 편지를 보내 주리라 마음먹었다.

들을 가로지른 전방에 농가가 한 채 보였다. 주위에는 나무가 있고 헛간은 살림집 맞은편으로 자리 잡고 있었다. 이층에는 기둥을 세워 만든 발코니가 있었다.

“좀 떨어져 가는 게 좋겠어.”

하고 내가 말했다.

“내가 앞장서지.”

나는 그 농가를 향해서 천천히 걸어갔다. 들을 가로지르는 샛길이 하나 있었다.

들을 건너면서도 나는 누군가 농가 근처의 숲이나 혹은 농가에서 우리에게 총구를 들이댈지도 모른다고 생각했다. 나는 눈앞의 목적지를 향해 똑바로 걸어갔다. 이층의 발코니는 헛간에 붙어 있었고 기둥 사이로 건초가 삐져나와 있었다.

앞마당으로 나무의 빗방울이 떨어지고 있었다. 바퀴가 둘 달린 커다란 짐마차가 허공을 향해 쓸쓸히 수레 채를 쳐들고 있었다.

나는 집으로 들어가 안마당을 가로질렀다. 발코니 밑에서 걸음을 멈추고 열려 있는 문 안으로 들어갔다. 보넬로와 피아니가 내 뒤를 따랐다. 안은 컴컴했다. 나는 부엌으로 갔다. 큰 아궁이에는 재가 있었고 재 위에는 냄비가 걸려 있었지만 빈 냄비였다. 주위를 둘러보았으나 먹을 것은 아무것도 눈에 띄지 않았다.

"헛간에 가서 숨자. 뭐 먹을 건 없을까, 피아니? 뭔가 먹을 걸 찾아서 헛간까지 좀 가져오겠나?"

"찾아보죠."

"나도 찾아보죠."

보넬로가 말했다.

"좋아. 난 올라가서 우리가 숨을 헛간이 어떻게 생겼나 봐두지."

나는 아래 마구간에서 헛간으로 올라가는 돌계단을 찾아냈다. 마구간은 비가 오는데도 건조하고 기분 좋은 냄새가 풍겼다. 가축은 피난을 떠날 때 모두 놓아 주었는지 아니면 데리고 갔는지 한 마리도 없었다. 헛간에는 건초가 절반쯤 차 있었다. 지붕에 들창이 두 개 있는데 하나는 판자로 못질을 했고, 또 하나는 좁은 창으로 북쪽을 향해 있었다. 건초를 마구간으로 흘려 떨어뜨리기 위한 비스듬한 널빤지가 보였다. 바닥에서 입구에 이르기까지 들보가 여러 개 엇갈려 있고 건초를 실을 짐마차를 끌고 가서 건초를 헛간까지 던져 올리게 되어 있는 것 같았다.

지붕을 두드리는 빗소리가 들리고 건초 냄새가 구수하게 풍겨 왔다. 아래로 내려오자 마구간에서 말똥 냄새가 났다. 널빤지를 뒤로 조금 물리기만 하면 남쪽으로 창이 하나 있었고 그곳으로 안마당이 보였다. 북쪽의 창으로는 북쪽 들판이 내다보였다. 만일 계단을 사용할 수 없게 될 경우에는, 어느 창으로든지 지붕으로 빠져나갈 수도 있고 건초를 쏟아 주는 널빤지로 해서 내려갈 수도 있었다. 큰 헛간이었기 때문에 무슨 소리라도 들리면 건초 속에 숨으면 됐다. 숨기에는 적합한 곳이었다. 놈들에게 공격만 받지 않았다면 벌써 남쪽으로 빠져나갈 수 있었을 텐데. 거기에 독일군이 있을 리는 만무했다. 그들은 북쪽에서 침입해서 치비달레 도로를 따라 내려갔을 것이다.

그들보다 퇴각하는 이탈리아군이 더욱 위험했다. 그들은 겁을 먹고 있어 눈에 띄는 대로 무자비하게 사격을 가했다. 어젯밤 후퇴하면서 우리는 이탈리아군복을 입은 많은 독일군이 북쪽에서 내려오는 후퇴군에 끼어들었다는 소문을 들었다. 나는 그 말을 전혀 믿지 않았다. 그러한 소문은 전쟁에서 흔히 들을 수 있는 헛소문으로 적은 언제나 그러한 소문을 퍼뜨리는 것이다. 적을 교란시키기 위해 독일군 제복을 입고 아군이 적군 속으로 침투해 들어갔다는 얘기는 들은 적이 없다. 그런 짓을 했는지도 모르지만, 그건 아무나 할 수 있는 쉬운 일이 아니다.

독일군이 그런 짓을 하리라곤 믿기지 않았다. 독일군이 그럴 필요성이 있다고도 믿지 않는다. 일부러 아군의 후퇴를 교란시킬 필요는 없는 것이다. 군대의 규모에 비해 도로의 부족이 혼란을 일으킬 것이기 때문이다. 독일군은 고사하고 아무도 명령을 내리지 않는다. 그런데도 그들은 독일군으로 생각하고 우리를 사격한 것이다. 그들은 아이모를 쏘아 죽였다.

건초 냄새는 구수했다. 건초 속에서 뒹굴고 있으려니 지난 세월들이 주마등처럼 스쳐갔다. 어렸을 때, 나는 건초 위에 누워서 얘기를 했고 헛간 높은 곳에 뚫린 삼각 창에 앉은 참새를 공기총으로 쏘곤 했다. 그러나 이젠 그 헛간은 없어졌고, 솔송나무도 벌채해 버렸으므로 숲은 그루터기와 메마른 나뭇가지, 잡초 등이 쓸쓸하게 있을 뿐이다. 이제 우리는 다시 뒤로 돌아갈 수는 없다. 앞으로 나가지 못한다면 어떻게 될까? 밀라노로 돌아갈 수는 없다. 그러나 만일 밀라노로 돌아간다면?

나는 북쪽 우디네 방향에서 들려오는 포화소리에 귀를 기울였다. 기관총 소리를 들을 수가 있었다. 포성은 들리지 않았는데 그것만으로도 마음이 놓였다. 적군은 도로를 따라서 내려온 모양이다. 헛간의 희미한 광선속에서 내려다보니 피아니가 긴 소시지와 뭔가 들어 있는 항아리 하나와 포도주 두 병을 겨드랑이에 끼고 서 있었다.

"이리 올라와."

내가 말했다.

“사다리가 거기 있어.”

나는 그가 가지고 있는 것을 받아야겠다고 생각하고 대신 아래로 내려갔다. 건초 속에 파묻혀 있었더니 머리가 띵하고 아파왔다. 꾸벅꾸벅 졸았던 모양이다.

“보넬로는 어디 있나?”

“올라가서 얘기하죠.”

피아니가 말했다.

우린 사다리를 타고 위로 올라왔다. 가져온 것들을 건초 위에 내려놓았다. 피아니는 마개 따개가 달린 칼을 꺼내 포도주 병마개를 열었다.

“밀봉했는데요. 좋은 술인 모양입니다.”

그는 빙긋 웃었다.

“보넬로는 어디 있어?”

내가 물었다.

피아니는 내 얼굴을 쳐다보며 얘기했다.

“그 친군 도망쳤어요, 중위님. 포로가 훨씬 낫겠다고 하면서요.”

나는 아무 말도 하지 않았다.

“녀석, 우리도 아이모처럼 죽을까봐 겁이 난 거죠.”

나는 포도주 병을 든 채 아무 말도 하지 않았다.

“우리가 이 전쟁을 옳다고 여기지 않는 것은 중위님도 잘 아시죠?”

“자넨 왜 도망가지 않았나?”

“중위님을 버리고 갈 수가 없었습니다.”

319

“그래, 어디로 간 거야?”

“모르겠어요. 그냥 가 버렸어요.”

“좋아.”

하고 내가 말했다.

“소시지를 자르게.”

“방금 말씀 하시는 동안 잘랐어요.”

하고 그는 말했다. 우리는 건초 위에 앉아 소시지를 베어 먹고 포도주를 마셨다. 결혼식에 쓰려고 아껴 둔 포도주일 것이다. 하도 오래되어 빛깔이 변해 가고 있었다.

“자네는 이 창으로 밖을 살펴보게.”

하고 내가 말했다.

“난 저 창으로 볼 테니까.”

서로 술을 한 병씩 가지고 있었으므로 나는 술병을 들고 건초 위에 주저앉아 좁을 창으로 비에 젖은 들판을 내다보았다. 무엇을 보려고 했는지는 나도 모르지만 보이는 것은 들과 벌거숭이 뽕나무와 내리는 비뿐이었다. 포도주를 마셨지만 기분은 좀체 풀리지 않았다. 포도주는 너무 오랫동안 저장해 두어 김도 빠지고 맛도 없고 빛깔도 없어졌다.

나는 어두워가는 밖을 바라보고 있었다. 어둠은 빨리 왔다. 비가 왔으므로 칠흑 같은 밤이 될 것이다. 어두워지면 망을 볼 필요도 없겠기에 피아니 곁으로 갔다. 그는 깊은 잠이 들어 있었다. 나는 그를 깨우지 않고 한동안 그 곁에 앉아 있었다. 그는 건장했으므로 깊이 잠들어 있었다. 얼마 후에 그를 깨워 출발했다.

매우 이상한 밤이었다. 나는 무엇을 기대하고 있었는지 모른다. 아마 죽음이나, 어둠 속에서의 사격이나 탈주 같은 것을 기대했는지도 모른다. 그러나 우리에겐 아무 일도 일어나지 않았다. 우리는 1개 대대의 독일군이 지나가는 동안, 간선 도로 옆 도랑에 바짝 엎드려서 기다리다가 그들이 지나간 뒤에 길을 건너 북쪽으로 나갔다. 빗속에서 두 번이나 독일군과 가깝게 부딪치지만 그들은 우리를 보지 못했다. 우리는 이탈리아군도 전혀 만나지 않고 시가지를 빠져 북쪽으로 올라갔다. 얼마 후 퇴각하는 군대에 휩쓸려 들어갔다. 그리곤 밤새도록 탈리아멘토 강을 향해서 걸었다. 이 퇴각이 얼마나 대규모적 것인가를 그때까지 나는 몰랐다. 이 지방 전체가 군대와 더불어 이동하고 있었다.

우리는 밤새도록 차량보다 빠른 속도로 걸었다. 다리가 쑤시고 피곤했지만 걸음을 늦추지 않았다. 보넬로가 포로가 되려고 결심한 것은 어리석은 짓이라고 생각되었다. 위험이라곤 없었다. 우리는 아무 사고 없이 양쪽 군대 사이를 빠져나온 것이다. 아이모만 총에 맞지 않았다면 위험이 오리라고는 생각도 안 했을 것이다. 철로를 따라 유유히 걸어도 아무도 우리를 방해하지 않았다. 아이모의 저격은 갑자기 아무런 이유 없이 닥쳐왔던 것이다. 보넬로는 어디 있을까? 나는 궁금했다.

"기분은 어떻습니까, 중위님?"

피아니가 물었다. 우리는 차량과 군대로 혼잡한 도로 한쪽 편을 건고 있었다.

"좋아."

"이젠 걷는 데 질력이 나요."

"하지만 걷는 것밖엔 할 일이 없어. 걱정할 건 없네."

"보넬로는 바보였어요."

"정말 바보짓이야."

"그 녀석을 어떡하실 작정입니까, 중위님?"

"글쎄."

"그냥 포로가 된 걸로 해둘 수는 없습니까?"

"글쎄."

"이대로 전쟁이 계속된다면 그의 가족들은 분명 그들에게 시달릴 거예요."

"전쟁은 결코 계속 되지 않아!"

지나가던 어떤 병사가 말했다.

"우리는 집에 가는 길이야. 전쟁은 끝났어."

"모두들 집으로 돌아가는 거야."

"중위님, 자 가시죠."

피아니가 말했다. 그는 빨리 병사들을 앞질러 가고 싶은 모양이었다.

"중위라고? 어느 놈이 중위야? 장교를 때려눕혀라! 장교들 따위는 없애버리란 말이야!"

피아니가 내 팔을 붙잡으며 말했다.

“그냥 중위님 이름을 부르는 게 좋겠군요.”

하고 그가 말했다.

“저자들이 어떤 짓을 할지도 몰라요. 벌써 장교를 몇 명 쏴죽였어요.”

우리는 걸음을 재촉해서 그들을 앞서갔다.

“난 보넬로의 가족에게 화를 끼칠 보고는 절대 안할 거야. 그러니 걱정 말게, 피아니.”

“전쟁만 끝나면 아무래도 좋겠죠. 그런데 끝났다고 생각되지 않는데요. 이걸로 끝났다면 너무도 좋게요.”

“곧 알게 될 테지.”

“끝난 것 같지 않아요. 다들 끝났다고 생각하지만 믿어지지 않는군요.”

“평화 만세!”

병사 하나가 외쳤다.

“우리는 집으로 돌아간다네.”

“다들 집으로 돌아갈 수만 있다면 얼마나 좋겠어요.”

하고 피아니가 말했다.

“당신은 집에 돌아가고 싶소?”

“가고 싶고말고.”

“그러나 그렇겐 안 될 겁니다. 난 전쟁이 끝났다고 생각하지 않아요.”

“우리는 집으로 돌아가는 거야!”

병사 하나가 또 외쳤다.

"총을 그냥 버리는군요."

하고 피아니가 말했다.

"행군을 하면서 총을 길에 내팽개치고 있어요. 그리고는 고래고래 소리치는군요."

"총을 가지고 있어야지."

"총만 버리면 전쟁을 안 하는 줄 아는가 봐요."

우리는 어둠이 내린 빗속을 걸었다. 부대의 대부분이 아직도 총을 가지고 있었다. 총은 외투 밖으로 삐죽이 나와 있었다.

"어느 여단인가?"

장교 하나가 큰 소리로 물었다.

"평화 여단이오."

하고 누가 외쳤다.

"평화 여단!"

장교는 입을 다물고 말았다.

"뭐라는 거야! 저 장교 뭐랬지?"

"장교를 때려눕혀라! 평화 만세!"

"자! 가시죠."

피아니가 말했다. 우리는 차량 대열 속에 버려진 두 대의 영국군 앰뷸런스 옆을 지나쳤다.

"저건 고리치아에서 온 차군요. 많이 본 듯한데요."

"그렇다면 우리보다 빨리 왔군."

“먼저 출발했잖아요.”

“운전병은 어디 있을까?”

“아마 훨씬 앞에 가겠죠.”

“독일군은 아마 우디네 교외에 주둔 중일 거야.”

내가 말했다.

“이 사람들이 다 강을 건너는 거겠지.”

“그렇죠. 그러니까 제가 전쟁이 계속되리라 생각하는 겁니다.”

“독일군은 진격해 올 수도 있을 텐데, 왜 안 하지?”

“글쎄요. 전 이런 전쟁에 대해선 아무것도 모르겠어요.”

“아마 수송 차량을 기다리고 있는지도 모르지.”

“그런가 보죠.”

피아니가 말했다.

그는 혼자 있으니까 퍽 얌전하고 고분고분했다. 동료들과 어울리면 매우 거칠고 입이 사납지만.

“자넨 결혼했나?”

“장가든 줄 아시지 않습니까?”

“그래서 포로가 되고 싶지 않았군.”

“그것도 이유의 하나죠. 중위님은 결혼하셨나요?”

“아니.”

“보넬로도 아직 안했습니다.”

“결혼했다고 해서 그 사람이 달라진다고 할 수 없지. 그러나 결혼한 사람은 죽어도 아내 곁으로 돌아가고 싶을 거야.”

나는 아내라고 하는 것을 화제로 삼고 싶었다.

"발은 좀 어떤가?"

"무척 아픕니다."

날이 새기 전에 우리는 탈리아멘토 강둑에 도착했다. 불어 오른 강을 따라 사람과 말들이 건너고 있는 다리까지 내려왔다.

"이 강에서 적을 막아낼 수 있을 텐데요."

하고 피아니가 말했다. 강물이 많이 불어 있었다. 물이 굽이치며 흐르고 강폭은 넓었다. 나무다리는 길이가 1.2킬로미터쯤 돼보였다. 보통 때라면 자갈투성이의 넓은 강바닥에 좁은 흐름을 이루며 흘러 갈 물이, 지금은 다리 바로 밑바닥까지 차올라서 넘실넘실 닿을 기세로 넘쳐 흘렀다.

우리는 다리를 건너는 군중들 틈에 끼어들었다.

물결에서 거의 두어 자 정도인 다리를 군중들 틈에 끼여, 바로 앞의 포병 탄약 상자 뒤를 따라 다리를 건넜다. 나는 난간 너머로 물의 흐름을 내려다보았다.

마음대로 걸을 수가 없으므로 무척 피곤했다. 다리를 건너면서 기운이 모두 빠져버렸다. 만일 비행기가 낮에 이 다리를 폭격한다면 어떻게 될 것인가 하고 나는 생각해 보았다.

"피아니!"

내가 불렀다.

"여기 있습니다, 중위님."

그는 조금 앞쪽의 군중들 틈에 끼여 걷고 있었다. 아무도 얘기하는 사람은 없었다. 모두들 되도록 빨리 다리를 건너려고 할 뿐 다른 것을 생각할 여유가 없는 것 같았다. 우리는 다리를 거의 건넜다. 다리 저편에 몇 명의 장교와 헌병이 회중전등을 비추며 양쪽에 지켜서 있었다. 밤하늘을 배경으로 그들의 검은 윤곽이 드러났다. 가까워졌을 때 장교 하나가 대열에 섞인 한 사나이를 손가락으로 가리켰다. 헌병이 그에게로 가서 팔을 붙들고 대열 밖으로 끌어냈다. 그리고는 그 사나이를 데리고 가버렸다. 우리는 거의 그들과 마주할 정도의 거리에까지 왔다. 장교들은 대열 속의 사람들을 샅샅이 살폈다. 이따금 서로 뭐라고 지껄이곤 앞으로 걸어 나가서 누군가의 얼굴에 전등을 비추어 대기도 했다.

우리가 그들과 가까이 섰을 때 또 누군가를 끌어냈다. 나는 그 사나이를 쳐다보았다. 중령이었다. 머리는 회색이고 키가 작고 뚱뚱했다. 헌병은 그를 장교들이 서 있는 뒤로 데리고 갔다. 그들 앞에 다다랐을 때 나는 그 중 한두 명이 나를 지켜보고 있는 것을 직감했다. 그러자 헌병 하나가 나를 가리키며 옆의 헌병에게 뭐라고 했다. 헌병이 대열을 헤치고 내 앞으로 왔다고 생각한 순간, 나는 멱살을 잡혔다.

"왜 이러는 거야?"

하면서 나는 그의 뺨을 내리쳤다. 모자 밑으로 그의 얼굴이 보이고 수염에 뻗친 뺨에 피가 흘렀다. 다른 헌병이 대열을 헤치고 우리 쪽으로 왔다.

"왜 이러는 거야?"

그는 대답하지 않고 나를 붙잡을 기회만 노리고 있었다. 나는 등 뒤로 팔을 돌려 권총을 꺼내려고 했다.

"장교에게 손을 댈 수 없다는 걸 모르나?"

다른 헌병 하나가 등 뒤에서 내게로 달려들어 팔을 비틀었다. 내가 몸을 돌리는 순간 겨에 있던 또 한 놈이 내 목을 세게 끌어안았다.

나는 그 녀석의 정강이를 걷어차고 왼쪽 무릎으로는 사타구니를 올려 찼다.

"반항하면 사정없이 쏴라!"

누군가 명령하는 소리가 들렸다.

"도대체 왜들 이러는 거야?"

나는 큰 소리로 외치려고 했지만, 큰 소리가 전혀 나오지 않았다. 그들은 나를 길가로 끌어냈다.

"반항하면 쏴라!"

장교 하나가 소리를 질렀다.

"뒤로 데리고 가."

"누구냐, 너희들은?"

"곧 알게 된다."

"누구냐, 넌?"

"야전 헌병이다."

다른 장교가 대답했다.

"왜 오라고 하지 않고 먼저 덤벼드는 거야!"

그들은 대꾸하지 않았다. 대꾸할 필요가 없었다. 왜냐하면 그들은 야전 헌병인 것이다.

"다른 놈들과 함께 저 뒤로 끌고 가."

아까 그 장교가 말했다.

"그놈의 이탈리아 말에는 사투리가 섞인 것 같아."

"네놈도 그렇잖아."

"다른 놈들과 같이 저 뒤로 빨리 끌고 가."

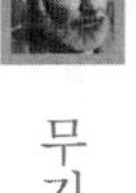

그 장교가 말했다. 그들은 길 아래 강둑 옆 밭 가운데 한 무리의 사람들 속으로 나를 데리고 갔다. 그쪽으로 갈 때 번쩍하는 불빛이 보였고 총성이 들렸다. 우리는 사람들이 모여 있는 쪽으로 갔다. 네 명의 장교와 그 앞에 군인 하나가 서 있고 양쪽에 헌병이 지키고 있었다. 그 외 네 명의 헌병이 소총을 들고서 취조하는 장교 옆에 서 있었다. 모두가 챙이 넓은 군모를 쓴 헌병들이었다. 나를 끌고 온 두 녀석이 취조를 기다리는 장교들 틈으로 나를 밀어 넣었다.

나는 취조 받고 있는 한 사내를 보았다. 아까 대열 속에서 끌려나온 뚱뚱하고 머리가 하얗게 센 몸집이 작은 중령이었다. 취조하는 장교들은 총살의 권한을 갖고 있었다. 그들은 이탈리아 군인다운 능률, 냉정과 자제를 체득하고 있는 놈들이었다.

"소속 사단은?"

그는 또 물었다.

"연대는?"

그는 대답하지 않았다.

"왜 연대에서 이탈했소?"

그는 물었다.

"장교는 소속 부대와 행동을 같이 해야 한다는 걸 모르시오?"

"알고 있다."

그뿐이었다. 다른 장교가 말했다.

"모두 당신 같은 놈들이 있기 때문에 신성한 조국 땅을 야만인에게 밟히게 된 거야."

"뭐라고?"

하고 중령이 말했다.

"당신들 반역자 때문에 우리가 승리하지 못하는 거야."

"자네는 후퇴해 본 경험이 있나?"

중령이 물었다.

"이탈리아군은 절대로 후퇴하지 않아."

우리는 빗속에 서서 이 대화에 잠자코 귀를 기울였다. 우리는 그 장교들 맞은편에 서 있었고 체포된 중령은 우리 앞쪽에서 약간 옆으로 비킨 곳에 있었다.

"나를 총살할 작정이라면 제발 더 이상 심문은 그만두고 총살해라. 말도 안 되는 소리는 그만 집어치우고."

그는 가슴에 십자를 그었다. 장교들은 뭐라고 의논을 했다. 그중 하나가 종잇조각에다 뭐라고 갈겨 썼다.

"부대 이탈 죄로 총살에 처함."

그 장교가 말했다.

두 헌병이 중령을 강둑으로 데리고 갔다. 군모도 안 쓴 이 중령은 양쪽에서 헌병의 감시를 받으며 묵묵히 걸어갔다. 나는 그를 총살하는 것을 직접 보지는 못했지만 총소리는 들었다. 장교들은 또 다른 사람을 취조하고 있었다. 이 장교 역시 소속 부대에서 이탈한 모양이었다. 그는 변명할 기회조차 없었다. 그는 종이에 쓴 선고문이 읽혀질 때 울었다. 헌병이 데리고 갈 때도 역시 울었다. 그의 총살이 집행될 땐 이미 다른 군인이 취조 받고 있었다. 그들은 먼저 취조 받은 자가 총살을 당하는 사이에 다음 군인을 취조하기로 작정한 모양이었다. 이미 이렇게 결정된 총살은 어떻게 할 수 없는 노릇이었다. 나는 취조를 기다릴 것인가, 아니면 탈출을 할 것인가 도무지 갈피를 잡을 수가 없었다. 나는 분명히 이탈리아 군복을 입은 독일군으로 취급될 것이다. 나는 그들의 머리가 어떻게 돌아가는가를 알고 있었다. 그들은 모두 새파랗게 젊은 청년 장교로 조국을 구하려는 일념 하나로 불타고 있었다. 제2군 탈리아멘토 강 건너편에 재편성되고 있었다. 그들은 소속 부대를 이탈한 소령 이상의 장교를 처형했다. 동시에 이탈리아 군복을 입은 독일 스파이도 잡아내고 있었다.

그들은 철모를 쓰고 있었다. 우리들 중에 철모를 쓴 자는 단지 두 사람밖에 없었다. 헌병 중에도 철모를 쓴 자가 있었다. 그 밖의 헌병들은 챙이 넓은 군모를 쓰고 있었다. 그래서 우리는 그들을 '비행기'라고 불렀다. 우리는 빗속에 서 있다가 한 명씩 불려나가 취조를 받고 총살을 당할 운명이었다. 그들은 아무런 위험도 느끼지 않고 사형을 처리하는 인간 특유의 초연한 태도와 대단한 헌신을 지니고 있었다. 그들은 야전 연대의 대령을 취조하고 있었다. 그때, 세 장교가 다시 우리들 사이로 끌려왔다.

“소속 연대는?”

나는 헌병의 눈치를 살폈다. 그들은 새로 잡혀 온 장교를 보고 있었다. 다른 헌병들은 대령을 바라보고 있었다.

나는 몸을 낮추었다. 동시에 두 군인 사이를 밀치고 머리를 숙이고는 강 쪽을 향해 죽을 힘 다해 달리기 시작했다. 강가에서 주춤하다가 그대로 물속으로 뛰어들었다. 물은 너무 차가워서 뼛속까지 시려왔다. 나는 참을 수 있을 때까지 오랫동안 물속에 잠겨 있었다. 물결의 흐름이 몸을 빙빙 돌리는 것을 느낄 수 있었다. 다시는 떠오르지 않으리라 생각될 만큼 물속에서 나는 참고 있었다. 떠오른 순간 숨을 한번 깊이 쉬고는 다시 잠겼다. 옷을 모두 입고 목이 긴 군화를 신고 잠겨 있기란 그다지 힘든 것은 아니었다.

두 번째 떠올랐을 때 바로 앞에 나무토막이 보였다. 한 속으로 그것을 잡아서 머리를 나무토막 뒤에 감추곤 꼼짝도 하지 않았다. 강둑을 보고 싶지는 않았다. 뛰기 시작했을 때도 총성이 들렸고, 처음으로 수면으로 떠올랐을 때도 총성이 들렸다. 수면으로 다시 떠올랐을 때 총소리가 또 났다. 이제는 쏘지 않았다. 나무토막은 물결을 따라 움직였다. 나는 한 손으로 그것을 붙잡았다. 나는 강둑을 바라다보았다. 내가 잡은 나무토막은 대단히 빨리 지나가고 있는 것처럼 보였다. 강변에는 숲이 많았다. 물은 여간 찬 게 아니었다. 수면에 섬처럼 떠 있는 관목 덤불을 지나갔다. 나는 두 손으로 나무토막을 붙잡고 그것이 흘러내려 가는 대로 몸을 맡겼다. 강둑은 이제 눈앞에서 보이지 않았다.

31

흐름이 빠르면 물속에 들어가 있는 시간의 경과를 전혀 모르는 법이다. 긴 시간 같지만 사실은 아주 짧은 시간일지도 모른다. 물은 너무 차가웠다. 물이 불었을 때 강둑에서 떠내려 온 여러 가지 것들이 내 곁을 스쳐 흘러갔다. 나는 다행히도 매달릴 수 있을 만한 나무토막을 발견했고, 두 손으로 편안히 그것을 붙잡아 턱을 나무 위에 올려놓고는 얼음같이 찬 물 속에 흐르는 대로 몸을 맡겼다. 쥐가 날까 봐 염려돼 빨리 강기슭으로 흘러갔으면 했다.

나는 긴 만곡의 강을 떠내려갔다. 날이 새기 시작했으므로 강변에 우거진 관목 덤불을 생생히 볼 수 있었다. 앞에 덤불로 우거진 작은 섬 하나가 있어 물결은 강기슭 쪽으로 흐르고 있었다. 군화와 군복을 벗고 기슭으로 헤엄쳐 갈까 하고 생각했으나 그만두기로 했다. 어떻게 해서든지 강기슭 쪽으로 올라가야겠다는 생각은 했지만 맨발로 오를 수는 없었다. 무슨 수를 써서라도 메스트레까지는 가야 했다.

나는 기슭이 가까워졌다가 다시 멀어져 가는 것을 애타게 지켜보고 있었다. 전보다는 조금 느린 속력으로 떠내려갔다. 이제는 기슭이 매우 가까워졌다. 버드나무 숲의 가지까지 잡힐 듯했다. 나무토막이 천천히 돌며 강기슭이 바로 내 등 뒤에 있게 되자 나는 소용돌이 속에 들어간 것을 알았다. 나는 천천히 맴을 돌았다. 다시 강기슭을 보니 이번에는 꽤 접근해 있었다. 한 팔로 토막을 붙들고 물을 차며 기슭

으로 접근해 가려고 했지만 소용없었다.

소용돌이 밖으로 나가려고 나는 안간힘을 다 썼다. 한 손으로 토막을 붙들고 두 다리가 토막 옆에 닿도록 다리를 구부리고는 힘껏 기슭을 향해서 밀었다. 덤불숲이 보였다. 죽을 힘 다해 헤엄쳐 보았지만 물살의 흐름에 밀려날 뿐이었다.

어쩌면 군화 때문에 빠져 죽을지도 모르겠다는 생각이 들었지만, 열심히 물살을 헤치며 싸웠다. 나는 무거운 군화를 신은 군복 차림으로 기슭에 닿을 때까지 있는 힘을 다해 허우적거렸다. 겨우 버드나무 가지에 매달렸지만 몸을 끌어올릴 힘조차도 없었다. 그러나 이젠 물에 빠져 죽을 염려는 절대로 없다는 것을 알았다.

나는 젖 먹던 힘까지 다 쏟았기 때문에 뱃속과 가슴이 텅 빈 것 같았다. 구역질이 났으나 나뭇가지를 붙든 채 가만히 있었다. 그러고는 버드나무 숲으로 몸을 끌어당겨 덤불을 끌어안고 잠시 쉬었다. 그러고 나서 버드나무 덤불을 헤치고 기슭으로 기어올랐다. 날이 어렴풋이 밝아 왔으나 사방에는 사람의 그림자조차 보이지 않았다. 나는 기슭에 드러누워 강물 소리와 빗소리를 들었다.

얼마 후에 일어나서 기슭을 따라 걸었다. 라티자나까지는 강에 다리가 없었다. 나는 지금 산 비토 건너 기슭에 있을지도 모른다고 생각했다. 앞으로 어떻게 하면 좋을까 나름대로 곰곰이 생각했다. 저쪽 앞에 강으로 흘러들어 가는 수로가 있었다. 나는 그쪽으로 갔다. 지금까지 사람은 전혀 보이지 않았으므로 수로 기슭의 덤불 옆에 앉아 군화를 벗고 그 안의 물을 쏟아냈다. 상의를 벗어 서류와 지폐가 들어 있는 지갑을 꺼내고 속주머니에 흠뻑 젖은 돈을 꺼내고는 옷을 짰다. 바지도 벗어서 짜고 셔츠와 내의도 짰다. 몸을 두들기고 주무르고 한 뒤에 다시 옷을 입었다. 군모는 어디로 갔는지 보이지 않았다.

상의를 입기 전에 소매에 달린 성장을 떼어 돈과 함께 안주머니에 넣었다. 돈은 젖어 있었지만 쓰기에는 이상 없었다. 세어보니 3천 리라 하고 조금 더 있었다. 옷이 젖어 몸에 달라붙었기 때문에 피의 순환이 잘 되도록 자꾸만 팔을 계속 두드려주었다. 털로 짠 내의를 입고 있었으므로 몸을 조금이라도 움직이고만 있으면 감기에 걸릴 염려는 없었다. 권총을 헌병들에게 뺏겼으므로 권총집을 상의 안에 찼다. 외투도 없고 빗속이라 추웠다. 운하 기슭을 걷기 시작했다. 날이 밝아 왔지만 사방이 비에 젖고 을씨년스러웠다. 들도 벌거숭이인 채로 젖어 있었다. 저쪽 들판에 종루가 솟아 있는 것이 보였다.

나는 길로 나섰다. 전방에 어떤 부대가 내려오고 있었다. 나는 천천히 길 한쪽으로 걸어갔으나 아무도 나를 주의 깊게 보지는 않았다. 강 쪽으로 올라가는 기관총 부대인 것 같았다. 나는 그대로 걸어 내려갔다.

그날 나는 베네치아 평야를 가로질렀다. 그곳은 낮은 평지인데, 비가 오니 더욱 낮고 평탄해져 보였다. 바다 쪽으로 해수의 늪지가 있을 뿐 길은 없었다. 길은 모두 하구로 굽어져 바다로 향해 있기 때문에 이 지방을 횡당하려면 운하 옆의 길을 따라가야 했다. 나는 이 지방을 북에서 남으로 횡단하는 것이다. 두 개의 철로와 많은 도로를 건너서 드디어 길이 끝나는 데까지 나왔다. 거기에는 어느 늪지 옆으

335

로 철로가 뻗어 있었다. 그것은 베니스에서 트리에스트로 통하는 간선 철로였다. 그것은 높고 견고한 제방과 함께 복선 궤도로 깔려 있었다.

철로 아래쪽으로 얼마쯤 가자 정거장이 있고 경비병이 지키고 있었다. 선로 위쪽에는 늪으로 흘러들어 가는 시내에 다리가 있었고 그곳에도 경비병이 서 있었다. 들을 가로지르면서, 나는 평탄한 평야를 횡단하여 저 멀리까지 내다보이는 철도 선로로 기차가 달려오는 것을 보았다. 포르토그루아로에서 오는 열차인지도 몰랐다.

나는 경비병의 눈치를 보며 선로 위쪽과 아래쪽이 보이도록 철길 둑에 엎드렸다. 다리에 있던 경비병이 내가 있는 쪽으로 걸어왔으나 이내 돌아서서 되돌아갔다. 나는 심한 공복을 느끼며 열차가 오기를 기다렸다. 아까 본 열차는 무척 길어 기관차가 천천히 달렸으므로 그 정도라면 올라탈 자신이 있었다. 기다리는 것에 지쳐 거의 체념하고 있을 때 열차가 오는 것이 눈앞에 보였다. 똑바로 달려오는 기관차가 서서히 커지며 내 앞으로 다가왔다.

나는 다리에 있는 경비병을 바라보았다. 그는 다리 앞을 서성거리고 있었지만 철로 반대편이었다. 열차가 통과하면 그에게는 보이지 않을 것이다. 나는 기관차가 점점 접근해 오는 것을 지켜보았다.

열차는 많은 차량을 달고 있었다. 열차에도 경비병이 타고 있으므로 그들이 어디에 있는지 확인하려고 했으나 시야가 가려 보이지 않았다. 기관차는 거의 내 바로 앞에까지 왔다. 언덕길도 아닌데 기관차는 연기를 내뿜으며 왔다. 나는 기관사가 지나가는 것을 본 뒤 일어나서 스쳐가는 차량 바로 곁에 바짝 붙어 섰다. 경비병이 보고 있다 하더라도 철로가에 있으면 의심받지 않을 것이다. 유개화차가 몇 차량 지나간 다음 곤돌라라 불리는, 천막을 친 낮은 무개화차 한 차량이 다가왔다.

나는 그것들이 거의 다 지나갔다고 느끼는 순간 달려들어 뒤에 달린 손잡이를 붙잡고 올라탔다. 그리고 곤돌라와 그 뒤의 유개 화차 사이로 기어들어 갔다. 아무에게도 들키지 않았을 것이다.

손잡이에 매달린 채 발을 연결기에 올려놓고 쭈그리고 앉았다. 열차가 거의 다리 맞은편까지 왔을 때 나는 거기 경비병이 보고 있는 것을 기억했다. 열차가 지나갈 때 그는 나를 쳐다보았다. 어린 소년으로 철모가 머리에 너무도 컸다. 내가 얕보는 눈초리로 노려보자 그는 시선을 돌려 나를 외면했다. 내가 열차에서 그저 무슨 이를 하는 거라 생각한 모양이었다.

무기여 잘 있거라

열차는 지나갔다. 나는 그가 불안스러운 표정으로 다른 차량을 살피고 있는 것을 보다가, 천막이 어떻게 묶여 있나 보려고 고개를 숙였다. 쇠고리가 달려 있고 고리 끝이 밧줄로 묶여 있었다. 나는 칼을 꺼내서 밧줄을 끊고 팔을 안으로 집어넣었다. 비에 젖어 뻣뻣해진 천막 밑에 무언가 딱딱한 것이 삐죽 솟아 있었다. 나는 고개를 들고 앞을 보았다. 앞 화차에 경비병이 타고 있었지만 그는 그저 앞만 바라보고 있었다. 나는 손잡이를 놓고 천막 밑으로 기어들어 갔다. 이마가 무언가에 부딪혀 눈에서 번쩍 불이 났다. 얼굴에 피가 흐르는 것을 느꼈다. 하지만 기어들어 가서 납작 엎드렸다. 그러고 나서 몸을 돌려

다시 천막을 잡아 매놓았다.

나는 밑의 대포 사이에 있었다. 대포의 깨끗한 기계유와 그리스 냄새가 났다. 누운 채 천막에 부딪히는 빗소리와 덜컹거리며 달리는 열차의 바퀴 소리를 들었다. 희미한 빛이 흘러들어왔기 때문에 나는 누운 채로 대포들을 구경할 수 있었다. 모두 천막으로 덮여 있었다. 제3군으로부터 전선으로 수송되는 대포임에 틀림없다고 생각했다. 이마의 혹이 부어올랐다. 나는 가만히 누워 피를 멈추게 하고 상처 난 곳만을 남겨둔 채 말라붙은 피는 떼어냈다. 아무렇지도 않았다. 손수건은 없었지만 손가락으로 더듬어 포장에서 떨어지는 빗물로 피가 말라붙었던 자리를 소매로 깨끗이 닦아냈다. 사람 눈에 띄면 좋지 않을 것이기 때문이다. 메스트레에 도착하면 으레 대포를 점검할 테니까 그 전에 내려야 한다고 나는 생각했다. 그들은 대포를 허술하게 다룰 만큼 많이 갖고 있지 않았다. 나는 배가 너무 고파서 죽을 지경이었다.

32

천막을 뒤집어쓴 채 대포 곁의 무개화차 바닥에 젖은 몸으로 누워 있자니 몸이 젖어 춥고 배도 몹시 고팠다. 견디다 못해 돌아누워 팔 위에 머리를 얹고 배를 깔고 엎드렸다. 무릎이 뻣뻣했으나 훨씬 편했다. 발렌티니는 훌륭한 수술을 한 것이다. 나는 퇴로의 반은 도보로

왔고 탈리아멘토 강의 일부는 무릎으로 헤엄친 것이다. 그것은 틀림
없이 한쪽 무릎만이 내 것이고 나머지 한쪽은 의사의 것이다. 의사가
몸에 손을 대면 그것으로 벌써 내 몸이 아니다. 그러나 머리는 내 것
이고 뱃속도 내 것이었다. 몹시 배가 고파서 마치 뱃속이 뒤집히는
것 같았다. 머리는 내 것이었지만 아무 쓸모가 없었다. 생각하는 데
전혀 도움을 주지 않았다. 다만 기억하기 위한 것, 그러나 그것도 많
이 기억하지는 못했다. 생각해 낼 수 있다면 캐서린에 관한 것뿐이었
는데 만날지 어쩔지도 모르는 그녀를 생각하면 미쳐 버릴 것 같아서
그녀 생각은 안 하기로 했다. 천천히 덜컹대며 가는 기차며, 천막 사
이로 스며드는 빛이며, 차 바닥에 캐서린과 누워 있는 일 따위 등 조
금씩만 그녀를 생각하기로 했다. 우리는 헤어진 지 너무나 오래되었
다. 주린 배와 젖은 옷과 캐서린과 함께 있기에는 너무 딱딱한 바닥
이 있을 뿐인 그 속에서, 생각하는 것이 아니라 그저 누워 있다는 것
은 지옥과도 같은 끔찍한 일이었다.

　천막 밑에 대포와 있는 것이 멋진 일이긴 했지만 무개화차의 바닥
과 대포와 와셀린을 칠한 금속 냄새와 비가 새는 이곳을 사랑할 수는
없다. 그러나 여기 있어도 감히 꿈에도 상상조차 할 수 없는 그런 사
람을 사랑할 수는 있다. 이제는 매우 분명하고 냉정하게 아니 냉정하
게라기보다 공허한 마음으로 그것을 알 수 있다. 어느 한 군대가 후
퇴하고 다른 군대가 진군해 올 때 현장에 배를 깔고 있었으므로 그것
을 어렴풋이나마 알 것 같다.

　차량과 부하를 잃은 것은 마치 백화점의 판매 감독이 화재로 인해

상품을 몽땅 태워 버린 거나 다름없다. 그러나 이런 경우에는 보험이란 없다. 이젠 모든 것으로부터 멀리 벗어나 의무조차 없다. 판매 감독이 늘 사투리로 얘기했다 해서 화재 뒤에 그들을 해고시킨다면 백화점이 다시 개업할 때 그들은 결코 돌아오지 않을 것이다. 달리 직업을 찾을 것이다. 그를 맞아줄 다른 직업이 있고 경찰이 그를 체포하지 않는 한.

모든 분노는 의무와 함께 강물에 씻어 흘려보냈다. 아니 의무는 헌병이 내 멱살을 잡는 순간 영원히 사라져 버렸다. 나는 차림새에 별로 관심을 두지 않았지만 군복을 벗어버리고 싶었다. 성장을 떼어버린 것은 그것이 편리했기 때문이었다. 명예에 관한 문제는 아니다. 거역하는 것도 아니다. 모든 게 이젠 끝난 것이다.

나는 내 부하들의 행운을 빌었다. 좋은 놈도, 용감한 놈도, 조용한 놈도, 섬세한 놈도 있었다. 모두가 행운이 가득해야 할 놈들이다. 더 이상은, 그러나 내가 나설 장면이 아니다. 난 이 빌어먹을 열차가 빨리 메스트레에 도착하기를 바란다. 무얼 좀 먹고 쓸데없는 상상은 그만두고 싶을 뿐이다. 여하튼 그만 집어치워야겠다.

피아니는 내가 헌병에게 총살되었다고 보고할 것이다. 그들은 총살된 자의 호주머니를 뒤져 서류를 전부 빼냈다. 그러나 내 서류는 손에 넣지 못할 것이다. 나를 익사라고 할지도 모른다. 미국에는 어떻게 보고될 것인가? 부상이라든가 적당한 이유를 꾸며대서 죽었다고 하겠지. 그건 그렇고, 빌어먹을, 배고파 죽겠다. 식당의 그 군목은 어떻게 됐을까? 그리고 리날디는? 어쩌면 지금 그는 포르데노네에 있을 것이다. 만일 더 이상 후방으로 퇴각하지만 않았다면. 그래 이젠 그들을 만날 수 없다. 아무도 만나지 못할 것이다. 그들과의 생활도 이젠 다시 돌아오지 않을 것이다. 리날디는 절대로 매독이 아닐 것이다. 여하튼 매독도 빨리 치료하면 그다지 골칫거리는 아닐 게다. 그러나 그는 걱정하고 있겠지. 매독에 걸렸는데 걱정하지 않을 놈은 아무도 없으리라.

나는 본래 생각이라는 건 별로 하지 않는다. 단지 먹고 마시고, 캐서린과 자고. 오늘 밤 그녀와 잘 수 있을까? 아니, 너무 빨라. 그러나 내일 밤은. 맛좋은 식사와 좋은 시트와 캐서린과 둘이서가 아니라면 절대로 아무데도 가지 않겠다. 우린 빨리 가려고 할 것이다. 그녀도 가겠지. 그녀는 분명히 함께 가줄 것이다. 언제 떠날까? 이건 좀 생각해 봐야 할 일이다. 점점 어두워 졌다. 나는 누워서 어디로 갈 것인가 생각했다. 갈 곳은 많았다.

제4부

33

이른 새벽, 날이 새기 전에 열차가 속력을 늦추고 밀라노 역으로 들어서자 나는 열차에서 뛰어내렸다. 선로를 가로 질러, 건물 사이를 지나 거리로 나왔다. 술집이 한 군데 열려 있었다. 나는 커피가 마시고 싶었다. 대충 쓸어 낸 먼지와 커피 잔에 담긴 스푼, 술잔이 남긴 동그란 물 자국이 이른 아침의 냄새를 물씬 풍기게 했다.

주인은 카운터 뒤에 있었다. 두 명의 군인이 탁자에 앉아 술을 마시고 있었다. 나는 카운터에 서서 커피를 마시며 빵을 한 조각 씹었다. 커피는 우유에 섞여 잿빛이었다. 나는 빵조각으로 우유 응어리를 건어내며 먹었다.

주인이 나를 건너다보았다.

"그라파 한잔 드시겠어요?"

"아니, 괜찮습니다."

"그냥 한잔 대접하려는 겁니다."

그는 그라파를 작은 잔에다 따라 내 앞으로 밀어 놓았다.

"전선은 형편이 어떻습니까?"

"모르겠소."

"저들은 취했어요."

주인은 손으로 군인들 쪽을 가리켰다. 주인 말대로 그들은 취한 것 같았다.

"전선이 어떻게 됐는지 알고 싶습니다."

"전선 일은 모르겠소."

"저쪽 담에서 걸어오시는 걸 보았어요. 열차에서 뛰어 내리셨죠?"

"대규모의 퇴각이오."

"신문을 봤습니다. 무슨 일이 생겼나요? 전쟁을 끝난 건가요?"

"그렇진 않아요."

그는 다시 그라파를 잔에 채웠다.

"곤란하시면 도와 드리지요."

그가 말했다.

"곤란하지 않습니다."

"괜찮으시다면 저희 집에서 묵으십시오."

"어디 묵을 데라도 있습니까?"

"이 건물에서 많이들 머물고 있습니다. 곤경에 처하신 분들은 누구나 이곳에 묵고는 합니다."

"그런 사람들이 많습니까?"

"글쎄요, 해도 정도 나름이지요. 당신은 남아메리카 분이신가요?"

"아닙니다."

"스페인 말 할 줄 아세요?"

"조금."

그는 카운터를 닦아냈다.

"요즘은 출국이 꽤 어렵지만 전혀 불가능한 것도 아니죠."

"출국하려는 게 아니오."

"원한다면 여기 머무르시죠. 제가 어떤 사람인지 곧 알게 될 겁니다."

"오늘 아침엔 가야 할 곳이 있어서 그만. 하지만 다시 돌아올지도 모르겠소."

그는 고개를 저었다.

"그렇게 말씀하시면 돌아올 분이 아닙니다. 나는 꽤 사정이 여의치 않은 분이라고 생각했어요."

"별 곤란한 일은 없소. 그렇지만 내 편이 되어 준다면 기꺼이 그 고마움은 받아들이겠소."

나는 커피 값을 치렀다. 그리고 10리라짜리를 카운터 위에 올려놓았다.

"같이 그라파나 한잔합시다."

“괜찮습니다.”

“한 잔 드시죠.”

그는 두 잔을 따랐다.

“기억해 두세요.”

그는 말했다.

“이리로 오십쇼. 다들 사람에게는 절대로 숨겨 달라고 하지 마세요. 여기래야 안전합니다.”

“알았소.”

“확실히 저를 믿으십니까?”

“그렇소.”

그는 정말로 진지했다.

“그럼 한 가지 알려 드리죠. 그런 옷차림으로 돌아다녀서는 안 됩니다.”

“왜요?”

“소매에 성장을 뜯어낸 자리가 확연합니다.”

나는 아무 말도 하지 않았다.

“서류가 없다면 제가 해 드릴 수도 있습니다.

“무슨 서류?”

“휴가 증명서.”

“난 증명서는 필요 없소. 내게도 있으니까.”

“좋아요. 그러나 필요한 서류가 있다면 말씀하시지요. 뭐든지 구해 드리겠습니다.”

"그런 증명서는 가격이 얼마나 합니까?"

"그야 서류 나름이죠. 터무니없이 비싸진 않습니다."

"지금은 별로 필요 없소."

그는 어깨를 움츠렸다.

"별 문제 없소."

내가 말했다.

밖으로 나올 때 그가 말했다.

"제가 친구라는 걸 기억하십시오."

"알았습니다."

"다시 뵙겠습니다."

"그럽시다."

밖으로 나오자 헌병이 있는 정거장을 피해 조그만 공원 모퉁이에서 마차를 하나 잡았다. 마부에게 병원 주소를 알려 주었다. 병원에 이르자 포터가 살고 있는 집으로 갔다. 그의 아내가 나를 정답게 포옹했다. 포터는 내 손을 잡고 흔들었다.

"어서 오십시오. 별일 없으셨군요."

"그럼."

"아침을 드셨어요?"

"했지."

"몸은 어떠십니까, 중위님. 이젠 정말 다 나으신 건가요?"

하고 그의 아내가 물었다.

"괜찮소."

"저희랑 함께 식사하시죠?"

"아니, 괜찮소. 그런데 미스 버클리는 지금 이 병원에 있소?"

"미스 버클리요?"

"영국 여자 간호사 말이오."

"이분 애인이에요."

그의 아내가 말했다.

그녀는 내 팔을 가볍게 두드리면서 나를 향해 미소 지었다.

"없어요."

그가 말했다.

"가 버렸어요."

나는 가슴이 덜컹 내려앉았다.

"확실하오? 그 키가 크고 금발인 젊은 영국 여자 말이오."

"틀림없어요. 스트레사로 갔습니다."

"언제 갔소?"

"다른 영국 여자들과 같이 이틀 전에 여길 출발했습니다."

"두 분에게 부탁이 있는데 아무에게도 나를 만났다는 말은 하지 마십시오. 퍽 중대한 일이니까."

"아무에게도 말 안 하지요."

포터가 말했다.

나는 그에게 10리라를 주었다. 그는 받으려 하지 않고 돌려주었다.

"약소하지요, 누구에게도 결코 얘기하지 않겠다고요."

"중위님을 위해서 저희가 뭘 도와드릴 거라도 없나요?"

그의 아내가 말했다.

"그것뿐이오."

"벙어리가 되겠습니다."

포터가 말했다.

"뭐든지 일이 생기면 알려주세요."

"그러죠. 그럼 또 만납시다."

그들은 문 앞에 나와서 나를 배웅했다. 나는 마차를 타자 마부에게 시몬즈의 집주소를 일러주었다. 그는 성악을 공부하고 있는 내 친구다.

시몬즈는 포르타 마젠타 방면의 교외에 살고 있었다. 내가 찾아가자 그는 아직 잠도 깨지 않은 채 침대 속에서 졸린 얼굴을 비벼대고 있었다.

"굉장히 일찍 일어났군, 헨리!"

그가 말했다.

"새벽차로 왔어."

"자넨 전선에 있었나? 대관절 퇴각이라니 어찌 된 영문인가? 담배 피우겠나? 테이블 위에 놓여 있네."

벽 한쪽에 침대가 있고 구석에 피아노가 있고, 옷장과 테이블이 놓여 있는 큰 방이었다. 나는 침대 곁에 있는 의자에 가 앉았다. 시몬즈는 일어나 벽에 기대 앉아 담배를 피웠다.

"나 지금 궁지에 몰려 있다네, 심."

내가 말했다.

"나도 그래. 하긴 나야 항상 궁지에 몰려 있지만. 자네, 담배 피우겠나?"

"아니."

내가 말했다.

"스위스로 가고 싶은데 어떤 절차를 밟아야 갈 수 있나?"

"자네가? 이탈리아인들은 자네를 외국으로 내보내지 않을 걸."

"그래. 그건 나도 알고 있어. 그러나 스위스 측은 어떨까? 거기선 어떻게 나올까?"

"자네를 억류하겠지."

"그건 알아. 그렇게 되면 난 어떻게 되는 거야?"

"아무것도 아니지. 간단해. 자네야 어디로든지 갈 수 있어. 신고나 뭐 그런 걸 하면 괜찮을 텐데. 왜 그러나? 자네 지금 쫓기고 있나?"

"아직 분명히 결정한 것은 아니지만."

"얘기하기 싫으면 안 해도 좋아. 그러나 재미있군. 여긴 아무 일도 없이 잠잠해. 나는 피아첸자에서 대 실패를 했다네."

"그거 정말이지 안됐군."

"정말 형편없었어. 노랜 잘 불렀는데. 여기 리리코 극장에서도 한 번 노랠 불러볼 생각이야."

"나도 가 봤으면 좋겠군."

"고맙네. 근데 자네 아주 심각한 상황에 처한 건 아니겠지?"

"나도 모르겠어."

"얘기하기 싫으면 안 해도 좋지만 근데 어떻게 그 살벌한 전선에서 빠져나왔나?"

"난 이젠 그것과는 끝난 셈이야."

"잘했어, 그건. 전부터 자네가 사려 깊다는 건 알고 있었었지만. 뭐 내가 자네에게 도움이 될 만한 거라도 있나?"

"자네, 몹시 바쁘지 않나?"

"아니 조금도 바쁘지 않아. 뭐든지 도와 주겠어."

"자넨 몸집이 나만한데 밖에 나가서 옷을 한 벌 사다 주겠나? 모두 로마에 두고 와서 입을 게 하나도 없다네."

"참, 자네 로마에서 좀 살았지? 지저분한 곳이지. 거기서 뭘 하고 지냈나?"

"건축가가 되고 싶었지."

"거긴 그럴 만한 곳이 못 돼. 참 옷 따윈 살 필요 없어. 자네가 원하는 옷은 어느 거나 주지. 몸에 맞는 걸 입어서 아주 멋쟁이가 되도록 하게. 저기 화장실로 가 보게. 옷장이 있어. 아무거나 골라서 입게. 옷 같은 건 살 필요 없다네."

"그래도 사야겠어, 심."

"여보게, 사러 가는 것보다 한 벌 주는 게 편해. 여권은 가졌나? 여권 없인 아무데도 못 갈 걸."

"여권은 아직 있어."

"그럼 옷을 바꿔 입고 스위스로 떠나게."

"난 우선 스트레사로 가야 해. 그렇게 간단한 문제가 아냐."

"글쎄, 그건 보트로 저어 건너가게. 나도 음악회만 아니라면 같이 가겠는데…… 나도 곧 스위스로 가게 될 거야."

"자네, 요들송을 해보면 어떨까?"

"좋아, 그거라면 한번 해보지. 좀 색다른 곡이지만."

"자네라면 틀림없이 가능할 거야."

그는 담배를 피워 물고 침대에 비스듬히 누웠다.

"비행기 태우지 말게. 하지만 될 거야. 좀 이상하긴 하지만 부를 순 있어. 나도 노래 부르는 게 제일 좋아. 자, 한번 자네 들어 보게. 마음에 들는지 모르지만."

그는 목청을 돋우어 〈아프리카나〉를 부르기 시작했다.

나는 창밖을 내다보았다.

"내려가서 마차를 보내고 옴세."

"보내고 오게. 그리고 같이 아침을 먹세."

그는 침대에서 내려와 똑바로 서서 심호흡을 하고 허리 운동을 하기 시작했다. 나는 아래층으로 내려가서 마차 요금을 계산하고는 마부를 돌려보냈다.

34

군복을 벗고 옷을 갈아입고 보니, 마치 무도회에 가는 기분이 들었다. 오랫동안 군복만 입어서인지 깔끔한 느낌이 전혀 들지 않았다. 왠지 바짓가랑이가 헐렁한 느낌이 들었고 어색했다. 나는 밀라노에

351

서 스트레사 행 차표를 샀다. 새 모자도 하나 샀다. 심의 모자는 쓸 수 없었지만 옷만은 꼭 맞았다. 옷에서 담배 냄새가 났다. 찻간에 앉아서 창의 유리로 내 모습을 비추어 보니 모자는 너무 새 것인데 옷을 낡은 것 같은 느낌이 들었다. 나는 창밖으로 보이는 비에 젖은 롬바르디아 지방처럼 나 자신이 처량하게 느껴졌다.

찻간에 몇 명의 비행 병이 있었지만 나는 거들떠보지도 않았다. 그들은 나를 똑바로 보지도 않았다. 군대에 가지 않은 사람을 지극히 경멸하고 있는 듯했다. 나는 모욕감을 느끼지 않았다. 그전 같으면 나도 그랬을 것이다. 그리고 그들을 멸시하고 싸움을 걸었을 지도 모른다. 그들은 갈라라테에서 내렸다. 혼자 남게 되니 마음이 가벼워졌다. 신문을 가지고 있었지만 전쟁에 관한 기사는 읽고 싶지 않았다. 전쟁은 잊어버리고 싶었다. 나는 혼자서 스스로에게 조약을 맺은 것이다. 퍽 외로웠으나 열차가 스트레사에 도착하자 기뻤다.

역에서 호텔 안내인을 만날 것이라 생각했는데 한 사람도 보이지 않았다. 시즌이 지난 지 오래라 아무도 열차 손님을 맞으러 나오지 않은 것 같다. 나는 가방을 들고 열차에서 내렸다. 심의 가방이었다. 셔츠 두 벌뿐이어서 가방은 무척 가벼웠다. 열차가 다시 출발할 때까지 나는 비오는 역 아래 서 있었다. 낯선 사나이를 붙잡고 어느 호텔이 지금 영업 중인지 물었다. 일 보로메 그랑 호텔이 영업 중이고, 몇 개의 작은 호텔도 연중 휴무라고 했다. 나는 비를 맞으며 일 보로메를 향해 걸었다. 마차가 보이자 마부에게 손짓했다. 마차를 타고 가는 것이 좋을 것 같았다. 호텔 앞에 마차가 서자 수위가 우산을 받고 나왔다. 그는 정중했다.

나는 좋은 방을 잡았다. 널찍하고 밝았으며, 호수가 내려다보였다. 호수 위에는 구름이 흘러가고 있었지만 햇볕이 들면 너무나 아름다울 것이다. 지배인에게 나중에 아내가 오게 될 거라고 말했다.

공단 커버를 씌운 큰 신혼부부용 더블베드가 있었다. 호텔은 매우 호화로웠다. 나는 긴 복도를 지나 넓은 계단을 내려와 바로 갔다. 이곳 바텐더는 전부터 알고 있었다. 높은 의자에 앉아 소금에 절인 복숭아와 얇게 썰어 말린 감자를 먹었다. 마티니가 시원하고 상큼했다.

"군복도 입지 않으시고 여기서 뭘 하십니까?"

바텐더가 두 잔째 마티니주를 섞으며 물었다.

"휴가중이야. 요양 휴가야."

"손님이 한 분도 없어요. 왜 호텔을 열어 두는지 이해가 안갑니다."

"낚시질은 요즘도 하고 있나?"

"대어를 몇 마리 낚았죠. 이맘때면 멋진 놈이 잡히곤 합니다."

"내가 보낸 담배 받았나?"

"제가 보낸 엽서 보셨어요?"

나는 웃었다. 나는 담배를 구할 수가 없었다. 그가 원하는 것은 미국제 파이프 담배였는데 내 친척이 보내는 것을 중지했는지, 혹은 도중에 압수당했는지 여하튼 내 손에는 들어오지 않았다.

"어디서 또 구해 보도록 해보지. 혹시 거리에서 영국인 여자 둘을 본 적 있나? 그저께 여기 왔다고 하는데."

"이 호텔에는 없습니다."

"간호사인데."

"간호사라면 둘 본 것 같은데……. 잠깐 기다려보세요. 알아봐 드리죠."

"그중 하나는 내 아내야."

내가 말했다.

"아낼 만나러 온 거야."

"또 하나는 제 마누라고요."

"농담이 아니야."

"쓸데없는 소리를 해서 죄송합니다."

하고 그가 말했다.

"모르고 그랬어요."

밖으로 나간 그는 오랫동안 들어오지 않았다. 나는 올리브 열매와 소금에 절인 복숭아와 썰어 말린 감자를 먹으며 카운터 뒤 거울 속의 내 모습을 들여다보았다. 바텐더가 돌아왔다. 그가 말했다.

"역 부근의 조그만 호텔에 묵고 계십니다."

"샌드위치 좀 있나?"

"시켜드리죠. 잘 아시다시피 여긴 아무것도 없습니다. 요즘 손님이 없어서요."

"정말 아무 손님도 없나?"

"아뇨. 몇 분 더 계시긴 하지만."

나는 샌드위치 세 조각을 먹고 마티니주를 두 잔 더 마셨다. 이처럼 시원하고 기분 좋게 하는 술은 난생 처음인 것 같았다. 마치 나 자신이 문화인이 된 것 같은 기분이었다. 나는 포도주와 빵과 치즈, 질 나쁜 커피, 그라파 같은 것이 질려 있었다. 기분 좋은 마호가니 카운터와 거울 앞의 높은 의자에 앉자 나는 아무 생각도 나지 않았다. 바텐더가 내게 뭐라고 말했다.

"전쟁 얘긴 그만두게나."

전쟁은 내게 이제 먼 것처럼 되어 버렸다. 아마 전쟁은 처음부터 없었는지도 모른다. 여기는 전쟁이 없었다. 이제야 나는 전쟁이 끝났다는 것을 알았다. 그러나 정말로 끝났다고는 느껴지지 않았다. 나는 학교를 빼먹고 있으면서 지금쯤 학교에선 무엇을 하고 있을까 궁금해 하는 철없는 소년 같았다.

캐서린과 퍼거슨은 내가 호텔로 찾아갔을 때 저녁 식사를 들고 있었다. 복도에 서서 나는 식탁에 앉아 있는 그들을 보았다. 캐서린의 얼굴은 저쪽을 향해 있었는데 머리카락과 볼, 아름다운 목덜미와 어깨의 윤곽이 선명히 드러났다. 그녀와 퍼거슨은 내가 들어가자 얘기를 그쳤다.

"어머나!"

"안녕하십니까?"

"아아, 당신!"

캐서린이었다. 나를 보는 그녀의 얼굴에 환한 빛이 떠올랐다. 너무 반가워서 믿어지지 않는다는 듯한 표정이었다. 나는 그녀에게 키스를 했다. 캐서린은 얼굴을 붉혔다. 나는 식탁에 앉았다.

"마침 잘 오셨어요."

퍼거슨이 말했다.

"여긴 어떻게 알고 오셨어요? 식사는 하셨어요?"

"아직요."

식사 시중을 드는 여자에게 내가 먹을 것도 가져오라고 주문했다. 캐서린은 행복에 겨운 표정으로 한 번도 나에게서 시선을 떼지 않았다.

"뭘 하고 계셨어요, 이런 차림으로?"

하고 퍼거슨이 물었다.

"내각(內閣)에 들어갔죠."

"무슨 사고를 내신 게로군요."

"우리 아무 말 말고 즐겁게 지냅시다, 퍼기. 조금이라도 즐겁게."

"당신을 만났다고 해도 난 하나도 즐겁지 않아요. 당신, 캐서린을 난처하게 하는 건 아니겠죠? 당신을 보아도 난 조금도 반갑지 않아요."

캐서린이 내게 미소를 던지며 식탁 밑의 내 발을 건드렸다.

"아무도 날 난처한 입장에 끌어넣진 않아, 퍼기. 내가 그냥 하고 싶어서 하는 거지."

"난 그대로 보고 있을 수 없어."

하고 퍼거슨이 말했다.

"이분은 비겁한 이탈리아식 술책으로 널 망칠 거야. 미국 사람은 이탈리아 사람보다 더 나쁘다구."

"그야 스코틀랜드 사람은 도덕적인 국민이지."

하고 캐서린이 말했다.

"그런 뜻이 아냐. 이분의 이탈리아식 특유의 비열을 말하는 거야."

"내가 비열하단 말이죠, 퍼기?"

"그래요. 비열보다도 더 나빠요. 마치 구렁이 같아요. 이탈리아 군복을 입고 목에 망토를 두른 징그러운 구렁이요."

"이젠 이탈리아 군복 따위는 입지 않을 거요."

"그게 또 당신이 비열하다는 증거예요. 여름내 연애를 하고 캐서린에게 애를 갖게 해 놓고는 이젠 또 혼자 몰래 도망가려는 거죠."

나는 캐서린에게 미소를 던졌고, 그녀도 따라 웃었다.

"둘이서 함께 도망갈 거야."

캐서린이 말했다.

"둘이 아주 똑같다니까."

퍼거슨이 말했다.

"난 네가 부끄러워, 캐서린 버클리. 넌 부끄러움도 이제 전혀 모르고 체면도 없구나. 이분과 똑같이 비열해."

"그만해, 퍼기."

캐서린이 이렇게 말하면서 퍼거슨의 손등을 가볍게 두드렸다.

"날 너무 나무라지마. 우리들 마음은 퍼기가 더 잘 알잖아?"

"손 치워."

퍼거슨의 얼굴이 빨갛게 상기되었다.

"네가 만약 창피한 걸 알았다면 이렇게 안 됐겠지. 몇 달이나 됐는지 모르지만. 장난으로 자길 속인 남자가 돌아왔는데 너 그것도 모르고

357

좋아서 웃고만 있구나. 캐서린, 넌 부끄러움도 모르고 감정도 없어."

그는 울기 시작했다. 캐서린이 다가가서 살며시 그녀를 끌어안 았다.

퍼거슨을 달래고 있는 그녀의 몸을 보니 별로 변화가 없는 것 같 았다.

"날 그냥 내버려 둬."

퍼거슨은 흐느껴 울었다.

"하지만 무서운 일이야."

"자, 자, 그만해. 퍼기."

하고 캐서린이 달랬다.

"나 부끄러워할 테니 울지마, 퍼기. 이러지 말라고, 퍼기."

"울긴 누가 울어?"

퍼거슨은 계속 흐느꼈다.

"우는 게 아냐. 다만 네가 저 남자 때문에 무서운 함정에 빠진 것 같 아 슬퍼하는 거야."

퍼거슨은 나를 쳐다보았다.

"난 당신이 너무너무 싫어요. 캐서린이 뭐라 해도 난 당신을 미워 하지 않을 수 없어요. 더럽고 비열한 미국 태생의 이탈리아 사람!"

그녀의 눈과 코는 너무 울어서 빨갛게 되었다. 캐서린은 내게 슬며 시 미소를 보냈다.

"날 끌어안고 저 사람에게 웃고 있구나, 넌?"

"퍼긴 지금 흥분하고 있어."

“알아.”

퍼거슨은 흐느꼈다.

“둘 다 내 말에 신경 쓰지 말라고. 난 단지 혼자 흥분했을 뿐이야. 나도 알아. 둘이 행복하기를 빌겠어.”

“우린 행복해.”

캐서린이 말했다.

“퍼기, 당신은 정말 좋은 사람이요.”

퍼거슨은 또 울었다.

“난 캐서린 네게 지금 그런 식의 행복을 바라는 게 아냐. 왜 결혼 안 해? 당신 설마 캐서린 말고 다른 아내가 있는 건 아니겠죠?”

“없고 말고요.”

내가 말했다.

캐서린은 깔깔 웃었다.

“이건 웃을 일이 아냐.”

퍼거슨이 말했다.

“달리 부인이 있는 사람도 많이 있으니까 이 사람도 그럴지 모르잖아!”

“우린 결혼할 거야, 퍼기.”

캐서린이 말했다.

“그렇게 해야 퍼기 마음에 든다면.”

“내 마음에 들고 안 들고는 문제가 아냐. 결혼은 서로 사랑하고, 하고 싶어 해야 하는 거야.”

“우린 서로 너무 바빴어.”

“그래 나도 알아. 아이 만들기에만 바빴겠지.”

나는 그녀가 또 울지나 않을까 걱정했다. 그러나 그녀는 우는 대신 이번에는 신랄해 졌다.

“오늘 밤이라도 당장 이분을 따라 도망가겠지?”

“그래.”

캐서린이 말했다.

“이분이 원한다면.”

“난 어떻게 하지?”

“혼자 남는 것이 걱정되는구나.”

“응, 그래.”

“그럼 너와 함께 있을게.”

“안 돼, 이분과 함께 가. 지금 곧 떠나. 나 두 사람 다 꼴도 보기 싫어졌어.”

“좌우간 저녁은 먹어야 되잖아.”

“아니. 지금 곧 가.”

“퍼기, 그만해.”

“뭘 그래, 곧 가버리라는데. 둘 다 내 앞에서 사라져요.”

“그럼 우린 그만 갑시다.”

하고 내가 말했다. 나는 그만 퍼기가 지긋지긋해졌다.

“넌 가고 싶은 거야. 저녁도 나 혼자 먹게 내버려 두고. 난 그전부터 이탈리아에 있는 호수들을 구경하고 싶었는데 결국 이런 꼴이 됐구나. 오오, 오오."

그녀는 흐느껴 울다가 캐서린을 보고는 또 서럽게 울었다.

"저녁 식사가 끝날 때까지 여기 있을게. 그리고 내가 여기 있기를
원한다면 난 널 혼자 남겨 놓고 가진 않아, 퍼기."

"아냐, 아냐. 정말로 난 네가 갔으며 해. 진심이야."

그녀는 눈물을 닦았다.

"난 정말이지 주책없어. 제발 내 걱정을 말아 줘."

식사 시중을 들던 여자는 이 난리 소동에 그만 어리둥절해지고 말
았다. 다시 음식을 가지고 왔을 땐 형세가 퍽 호전되었으므로 마음이
놓인 모양이었다.

그날 밤, 호텔 방 밖의 긴 복도는 너무도 조용했다. 우리들 구두가
문 밖에 나란히 놓이고, 바닥엔 두꺼운 주단이 까리고, 창밖에선 비
가 내렸다. 우리가 있는 방안은 밝고 즐겁고 유쾌했다. 불을 끄면 보
드라운 시트와 푹신한 침대에 가슴이 두근거렸다. 마치 집으로 돌아
온 듯한 느낌, 밤에 잠을 깨도 그리운 사람이 바로 곁에 있고, 그 사람
이 아무데도 가지 않는다는 것, 이젠 혼자가 아니라는 것, 그 밖에도
모든 게 현실 같지 않았다. 우리들은 피곤해지면 잠을 자고 눈을 뜨
면 다른 한 사람도 눈을 떠서 서로 혼자가 아니었다.

이따금 남자는 혼자 있고 싶어 한다. 그건 여자도 마찬가지다. 서
로 사랑하는 사이에는 서로의 그러한 기분을 질투하겠지만 솔직히
말해서 때로 우리는 함께 있을 때 고독하다는 기분, 즉 남들과 떨어져

있어서 고독하다는 기분을 느낀다.

나도 그와 비슷한 기분을 느낀 적이 있었다. 많은 여자들 틈에 끼어 있을 때 나는 고독을 느꼈었다. 그런데 그런 경우가 가장 고독할 때였다. 하지만 우리는 둘이 있어 결코 고독하지 않았고 두렵지도 않았다.

나는 밤과 낮이 같지 않다는 것, 모든 것이 달라져 밤에 겪은 것은 낮에 존재하지 않으므로 설명조차 힘들다는 것을 안다. 고독한 사람에게 있어, 일단 고독에 휩싸이게 되면 밤이야말로 가장 무서운 존재가 된다.

그러나 캐서린과 함께 있으면 밤도 거의 낮고 다름이 없다. 뿐만 아니라 밤이 더 좋을 때도 있다. 사람이 이 세상에 너무도 많은 용기를 불러들인다면 세상은 그런 사람을 파멸시키려 하고 죽여 버리려 한다. 그러나 대부분의 인간은 그 파멸당한 장소에서 더욱더 강해진다. 파멸하지 않으려고 애를 쓰는 인간은 결국 세상이 죽이고 만다. 아주 선량한 사람, 아주 순한 사람, 아주 용감한 사람 등 너나 할 것 없이 죽여 버린다. 어쨌든 이러한 사람들이 아니라도 죽임을 당하는 것은 확실하다. 특히 급하게 서둘지 않는 것뿐이다.

나는 이튿날 아침, 눈을 떴을 때의 일이 생생이 기억에 떠오른다. 캐서린은 아직 자고 있고 창문으로 햇빛이 비쳐들고 있었다. 비는 그쳐 있었다. 나는 침대에서 일어나 방을 가로질러 창가로 갔다. 창 아래는 정원으로 지금은 아무도 없지만 아름답게 정돈되어 있고, 자갈

길과 나무들과 호숫가의 돌담, 그리고 멀리 산을 등지고 햇빛을 받고 있는 호수가 찬란히 보였다. 밖을 내다보다가 뒤를 돌아보니 캐서린이 잠을 깨어 나를 쳐다보고 있었다.

"기분이 어떠세요?"

그녀가 말했다.

"날씨가 참 좋죠?"

"당신 기분은 어떻소?"

"참 좋아요. 정말 멋진 밤이었어요."

"식사할까?"

그녀는 아침 식사 생각이 간절한 모양이었다. 나도 그랬다. 우리는 침대에서 아침을 먹었다. 11월의 눈부신 햇살이 우리에게 비쳐들었다. 우리는 무릎에 쟁반을 올려놓고 아침을 먹었다.

"신문 안 보세요? 병원에선 늘 신문을 찾으시더니."

"아니."

내가 말했다.

"이젠 신문이 필요 없어."

"신문도 보기 싫을 만큼 그렇게 심각해요?"

"전쟁에 관한 건 읽고 싶지 않아."

"만약 당신과 함께 있었으면 사정을 알 수 있었을 텐데."

"언제 머릿속이 정리되면 다 얘기해 줄게."

"하지만 당신이 군복을 입고 있지 않은 게 발각되면 체포되지 않을까 싶어요."

"어쩌면 총살이겠지."

"그럼 여기 있지 말아요. 이 나라에서 우리 도망쳐요."

"나도 그걸 좀 생각해 봤지."

"우리 떠나요. 쓸데없는 모험해서는 안 돼요. 당신, 메스트레에서 밀라노까지 어떻게 오셨어요?"

"기차로 왔지. 군복을 입었으니까."

"그땐 위험이 없었어요?"

"별로. 예전의 이동 명령서를 가지고 있었거든. 메스트레에서 그 날짜를 고쳐 썼지."

"여기 있다간 정말 언제 잡힐지 몰라요. 난 그건 싫어요. 그렇게 되는 건 바보 같은 일이에요. 만일 당신이 잡혀간다면 우린 어떻게 되죠?"

"그런 생각은 그만 합시다. 그런 생각에 이제 아예 지쳐 버렸소."

"만일 그들이 잡으러 오면 당신 어떻게 할 작정이에요?"

"쏴버리지."

"어리석은 소리예요. 우리가 여길 떠날 때까지 난 당신을 호텔 밖으로 절대로 안 내보낼 거예요."

"어디로 간다는 거요, 그럼?"

"제발 그런 식으로 말씀하지 마세요. 아무데고 당신이 원하는 곳으로 갈 수 있어요. 제발 갈 곳을 빨리 찾아보세요."

"스위스는 바로 저 호수 건너니까 그곳이라면 갈 수 있을 거야."

"그게 좋겠어요."

구름이 드리워져 호수는 어둠에 잠겼다.

"죄인처럼 살지 않아도 좋으련만."

"싫어요, 그렇게 얘기하지 마세요. 죄인처럼 산 것도 아니잖아요. 또 앞으로 죄인처럼 살 것도 아니고. 우리 멋지게 살아요."

"난 아무리 생각해도 죄인 같은 생각이 들어. 군대를 이탈했으니까."

"제발 현명해지세요. 군에서 탈주한 게 아니잖아요. 그까짓 것 이탈리아군인 걸요, 뭐."

나는 웃었다.

"당신은 훌륭한 여자야. 우리 침대로 들어가지. 그래야 기분이 좋아져."

잠시 후에 캐서린이 말했다.

"당신, 죄인 같은 기분 이젠 안 들죠?"

"응, 당신과 같이 있을 때면."

"당신은 정말 바보예요."

하고 캐서린이 말했다.

"하지만, 이제부터는 내가 돌봐 드릴게요. 여보, 나 이젠 입덧도 없어졌어요."

"그거 정말 신기한데."

"당신은 얼마나 멋진 아내를 가지고 있는지 모를 거예요. 그러나 난 상관없어요. 나는 당신이 잡히지 않을 곳으로 가서 당신과 행복하게 살 거예요."

"지금 곧 그리로 가야겠어."

"가요. 나 당신만 좋으시다면 어디로든지 따라가겠어요."

"우리 아무것도 생각지 않기로 해."

"네, 그래요."

35

캐서린은 퍼거슨을 만나러 호숫가에 있는 조그만 호텔로 가고 나는 바에 앉아서 신문을 읽었다. 바에는 앉기에 편한 가죽 의자가 있었다. 나는 그곳에 앉아 바텐더가 들어오기를 기다리며 신문을 읽었다. 이탈리아군은 탈리아멘토 강에서도 적을 막아내지 못하고 피아베 강까지 퇴각하는 중이었다. 나는 피아베 강을 기억하고 있었다. 철도가 강을 가로지른 다음 전선으로 통해 있었다. 그 강은 흐름이 매우 느리고 강폭이 좁았다. 하류로 내려가면 모기가 우글거리는 늪과 운하가 있었다. 몇 채의 아담한 별장도 보였다. 전쟁 전에 한 번 코르티나 담페초로 갈 때 이 강을 따라 몇 시간 걸은 적이 있었다. 상류는 송어가 사는 강 같았다. 바위 그늘 밑으로 있는 여울과 웅덩이에서는 물의 흐름이 빨랐다.

도로는 카도레에서 그 강과 갈라진다. 나는 그 강의 상류에 있던 군대가 무슨 방법으로 내려올 것인가 하고 생각했다. 그때 바텐더가 들어왔다.

"그레피 백작께서 부르십니다."

"누가?"

"그레피 백작 말입니다. 전에 오셨을 적에 여기 계시던 노신사 분생각 안 나십니까?"

"지금 여기 묵고 계시나?"

"네, 조카딸과 같이 묵고 계시죠. 선생님이 오셨다고 했더니 함께 당굴 치셨으면 하시던데요."

"지금 어디 계시나?"

"산보하고 계십니다."

"그래 건강하시던가?"

"전보다 더 젊어지셨어요. 어제저녁 식사 전에 샴페인 칵테일을 세 잔이나 드시더군요."

"당구 솜씬 어떠신가?"

"잘하십니다. 제가 그분께 지는 걸요. 선생님이 오셨다니까 많이 기뻐하시던데요. 여긴 그분과 당구 칠 만한 상대자가 하나도 없거든요."

그레피 백작은 아흔네 살이었다. 메테르니히(오스트리아의 정치가)와 같은 시대 사람으로 예의바른 노인이었다. 그는 오스트리아와 이탈리아의 백방이 성성한 우호 관계를 위해 일한 외교관으로 그의 생일 파티는 밀라노 사교계의 큰 잔치였다. 백 살까지도 살 것 같은 정정한 몸으로 아흔네 살이라는 노령에도 구애받지 않고 그는 능숙한 솜씨로 당구를 쳤다. 전에 한 번 스트레사에 갔다가 그를 만나 당구를 치면서 같이 샴페인을 마신 적이 있었다. 그는 백에 15점의 핸디캡을 놓고서도 나를 이겼다.

"왜 그분이 여기 와 계신 걸 이제야 얘기하지?"

"깜빡 잊었지요."

"그 밖에 또 누가 있지?"

"아실만한 분은 없어요. 전부 여섯 분밖에 안 되는 걸요."

"자네 뭐 할 일 있나?"

"없습니다."

"그럼 낚시나 가세."

"한 시간 정도라면 시간을 낼 수 있습니다."

"자, 낚시 도구를 챙겨 가지고 오게."

바텐더가 코트를 입고 준비를 마치자 우리들은 출발했다. 호숫가로 내려가 보트를 탔다. 나는 노를 젓고 바텐더는 배 뒤쪽에 앉아서 송어를 낚으려고 끝에 미끼와 무거운 납덩이가 달린 낚싯줄을 풀어내렸다. 우리들은 호숫가를 따라 천천히 배를 저어 갔다. 바텐더는 낚싯줄을 손에 쥐고 가끔 그것을 잡아당겼다. 호수에서 보니 스트레사는 쓸쓸해 보였다. 앙상한 나무들이 길가에 늘어섰고, 큰 호텔과 문을 닫은 별장들이 보였다.

우리는 이졸라 벨라(아름다운 섬이라는 뜻)까지 저어 갔다. 암벽 가까운 곳으로 가니 물이 갑자기 깊어지며 투명한 물속까지 암벽이 경사져 내려가고 있는 것이 보였다. 여기서 다시 어부들이 사는 섬까지 저어 갔다. 해가 구름에 가려 검푸르고 잔잔한 물은 여간 차지 않았다. 고기가 뛰어올라 수면에 몇 개의 원을 그리는 것이 보였지만 잡지 못했다.

어부들이 섬 맞은편으로 가서 보트를 끌어올렸다. 사람들이 그물을 손질하는 데까지 갔다.

"한잔 하실까요?"

"좋지."

나는 보트를 돌 제방에 댔다. 바텐더는 낚싯줄을 둘둘 감아 뱃바닥에 놓고 미끼는 뱃전 한끝에다 걸어 놓았다. 나는 육지로 올라서 보트를 잡아매었다.

우리는 조그만 카페로 들어가 칠도 하지 않은 나무 테이블에 앉아 베르뭇을 주문했다.

"노를 저어 힘드시죠?"

"아니."

"갈 땐 제가 젓지요."

"젓는 게 재미있는 걸."

"선생님이 낚싯줄을 잡고 계시면 재수가 좋을지도 모르죠."

"그래?"

"전쟁은 어떻게 된 건가요?"

"말도 마."

"전 전쟁에 안 나가도 되겠죠? 그레피 백작처럼 나이를 먹었으니까."

"앞으로 나가야 할지도 모르지."

"내년엔 우리 같은 사람도 불러들이겠죠. 하지만 전 안 갈랍니다."

"어떻게 안 갈 수 있나?"

"외국으로 가버리죠. 전쟁에 나가고 싶진 않아요. 한땐 전쟁으로 아비시니아에 갔던 경험도 있습니다만. 전쟁은 질색이에요. 선생님은 어떡하다 전쟁에 나가셨죠?"

"모르지. 난 바보였어."

"베르뭇 한 잔 더 하시죠."

"그러지."

돌아갈 때는 바텐더가 배를 저었다. 우리는 스트레사를 지나서 호숫가를 따라 가다가 강기슭에서 별로 멀지 않은 곳까지 저어 내려갔다. 나는 팽팽하게 드리워진 낚싯줄을 손에 쥐고는 11월의 호수와 쓸쓸한 강기슭을 바라보면서 미끼가 돌아가는 가냘픈 진동을 몸으로 느꼈다. 바텐더가 노를 크게 저어 앞으로 나갈 때마다 낚싯줄이 흔들렸다. 낚싯줄이 갑자기 팽팽해지며 싱싱한 송어의 중량이 느껴지더니 다시 낚싯줄이 흔들렸다. 놓친 것이다.

"큰 놈 같던가요?"

"꽤 큰 것 같은데."

"언젠가 한 번 혼자 낚시질을 하러 갔죠. 이빨에 낚싯줄을 물고 있었는데 큰 놈이 물려 하마터면 입이 떨어져 나갈 뻔했지요."

"제일 좋은 방법은 다리에 거는 거지."

내가 말했다.

"그러면 곧 반응을 느낄 수 있고, 이빨도 빠질 염려가 없지."

나는 손을 물에 담갔다. 무척 차가웠다. 거의 호텔 앞까지 배가 닿아 있었다.

“돌아가야겠습니다.”

바텐더가 말했다.

“11시까지는 가야 합니다. 칵테일 시간이어서요.”

“알았어.”

나는 낚싯줄을 잡아당겨 양 끝에 홈이 파인 막대기에 감았다. 바텐더는 보트를 암벽 사이에 있는 조그만 배 두는 곳에 저어 넣고 쇠사슬로 얽어매고는 자물쇠로 잠갔다.

“보트를 쓰시고 싶을 땐 언제든지 열쇠를 드리죠.”

“고맙네.”

우리는 호텔로 들어와서 바로 들어갔다. 나는 아침부터 술을 마시고 싶지 않아 방으로 올라갔다.

하녀가 방금 방을 치우고 난 뒤였으며 캐서린은 돌아와 있지 않았다. 나는 침대에 누워서 아무 생각도 하지 않으려고 마음먹었다.

캐서린이 돌아오자 다시 기분이 좋아졌다. 퍼거슨이 아래층에 와 있다고 그녀는 말했다. 퍼거슨은 점심을 먹으러 온 것이다.

“괜찮으시겠죠?”

“괜찮아.”

“왜 그러세요, 네?”

“글쎄.”

“난 알아요. 당신은 아무것도 할 일이 없었죠? 당신은 오로지 저뿐인데 제가 없었으니…….”

“그래, 그 말이 맞아.”

“미안해요, 여보. 갑자기 아무것도 할 일이 없다는 게 이상하리라
는 건 이해해요.”

“내 생활은 온갖 것으로 꽉 차 있었소.”

하고 내가 말했다.

“이제 당신이 같이 있어 주지 않는다면 난 그나마 가지고 있는 거
라곤 아무것도 없소.”

“하지만 이제부터는 제가 당신과 함께 있잖아요. 겨우 두 시간 당
신과 떨어졌을 뿐예요. 그동안 뭐 하셨어요?”

“바텐더하고 낚시질을 갔더랬어.”

“재미없었어요?”

“재미있었어.”

“제가 없을 땐 제 생각은 하지 말아요.”

“전선에 있을 땐 그랬었지. 거기선 할 일이 많았거든.”

“할 일이 없어진 오셀로*군요.”

하고 그녀가 놀렸다.

“오셀로는 검둥이야.”

내가 말했다.

“게다가 난 오셀로처럼 질투도 하지 않아. 다만 당신을 너무도 사
랑하기 때문에 다른 것이 머리에 떠오르질 않다 뿐이지.”

“그리고 참 퍼거슨에게 잘해 주세요, 네?”

---

* 윌리엄 셰익스피어의 비극 《오셀로》의 주인공.

“나를 미워하지 않으면 나도 잘해 주지.”

“잘해 주세요. 생각해 보세요. 우리들은 이렇게 많이 가지고 있는데 퍼거슨은 그렇지 않잖아요.”

“우리를 부러워하는 것 같지도 않던데.”

“당신은 영리한 것 같으면서도 너무 모르고 계시군요.”

“잘해 주지.”

“꼭 잘해 주시죠? 좋은 사람이에요.”

“오래 있지는 않겠지?”

“아뇨. 어떻게 해서든 곧 가게 할게요.”

“그러고 나선 우린 올라옵시다.”

“물론이죠. 당신은 제가 뭘 하고 싶은 줄 아세요?”

우리는 퍼거슨과 점심식사를 같이 하기 위해 아래층으로 내려갔다. 그녀는 호텔의 규모와 식당의 호화로움에 눈이 휘둥그레져 있었다. 우리는 흰 카프리주 두 병과 맛있는 점심을 먹었다. 그레피 백작이 식당으로 들어와서 우리에게 아는 체를 했다. 어딘지 나의 조모와 닮은 듯한 그의 조카딸도 함께 따라 들어왔다. 내가 캐서린과 퍼거슨에게 백작의 얘기를 하자 퍼거슨은 매우 놀라워했다. 호텔은 크고 화려했지만 썰렁했다. 그러나 식사는 최고급이었고, 술맛 역시 좋았다. 마침내 술은 우리들 모두를 유쾌한 기분에 젖게 만들었다.

캐서린은 너무나 행복에 겨워했다. 퍼거슨도 매우 기분이 좋아 보였다. 나 역시 기분이 좋았다. 점심이 끝난 뒤 퍼거슨은 자기가 묵고 있는 호텔로 돌아갔다. 점심을 먹자 그녀는 잠시 쉬겠다고 말했다.

오후 늦게 누군가 우리 방문을 노크했다.

"누구요?"

"그레피 백작께서 지금 당구 상대가 돼줄 수 없겠느냐고 알아보라고 해서요."

나는 시계를 보았다. 시계는 풀어서 베개 밑에 놓아두었었다.

"가셔야 돼요?"

캐서린이 속삭였다.

"아마 가는 게 좋을 거야."

시계는 4시 15분을 지나고 있었다. 나는 큰 소리로 밖을 향해 외쳤다.

"백작께 5시에 당구실로 가겠다고 전해 주게!"

5시 15분 전에 나는 캐서린에게 잠시 작별의 키스를 하고 옷을 갈아입으러 욕실로 들어갔다. 거울을 들여다보니 평상복을 입은 내가 어쩐지 어색해 보였다. 잊지 말고 셔츠와 양말을 좀 더 사야 할 것 같았다.

"당구 오래 하실 거예요?"

침대 속에 있는 그녀는 여간 아름다워 보이지 않았다.

"그 브러시 좀 가져다주시겠어요?"

나는 그녀가 머리카락을 한쪽으로 드리운 채 머리를 빗는 것을 넋을 놓고 바라보았다. 밖은 어두웠고 침대 머리맡에 있는 스탠드의 불빛이 그녀의 머리와 목과 어깨를 비췄다. 나는 가까이 가서 그녀에게 키스를 하고 브러시 든 손을 꼭 잡아주었다. 그녀의 머리가 베개 속에 파묻혔다. 나는 그녀의 목덜미와 어깨에 키스했다. 그녀가 너무도 사랑스러워서 정신이 아득해지는 것 같았다.

"나가고 싶지 않아."

"나도 보내기 싫어요."

"그럼 안 가겠어."

"아니, 갔다 오세요. 조금만 계시다 돌아오실 텐데요, 뭐."

"저녁은 둘이 여기서 먹읍시다."

"빨리 다녀오세요."

그레피 백작은 당구실에 벌써 와 있었다. 그는 당구 연습을 하고 있었는데 당구대 위에서 비치는 불빛에 드러난 그의 얼굴은 많이 피곤해 보였다. 전등 저쪽에 있는 테이블 위엔 은제 얼음 통이 놓여 있었고 샴페인 병 주둥이와 코르크 마개가 얼음 위로 나와 있었다. 내가 당구대로 가까이 가자 그레피 백작은 허리를 펴고 내 앞으로 걸어왔다. 그는 손을 내밀었다.

"당신이 와주셔서 대단히 반갑소. 상대를 해주신다니 매우 고맙구려."

"불러주셔서 진심으로 감사합니다."

"그리고 몸은 완쾌되셨소? 부상당했다고 들었는데 어떻게 회복은 되셨는지?"

"이젠 괜찮습니다. 백작께서도 건강하십니까?"

"아아, 나야 늘 건강하지. 그러나 나일 먹어서…… 나일 속일 수는 없구려."

“별말씀을.”

“아니오. 예를 하나 들어볼까요? 이젠 나도 이탈리아 말을 쓰는 게 편해졌다오. 조심을 하긴 하지만 조금 피곤할라치면 나도 모르게 어느새 이탈리아 말을 쓰고 있거든. 그래서 나도 나이를 못 속이는구나 하고 생각하지요.”

“이탈리아 말로 얘기하시죠. 저도 좀 피곤하니까요.”

“아아, 하지만 당신도 피곤하며 영어로 말하는 게 편할 거요.”

“미국 말 말이죠?”

“그래, 미국 말. 미국 말로 하시오. 그건 참 듣기 좋은 언어요.”

“전 여기서 미국 사람을 만난 일이 없습니다.”

“거 섭섭하시겠는데. 사람이란 자기 동포, 특히 자기 나라 여자가 그리워지는 법이오. 나도 그런 경험이 있어요. 자 한 판 쳐볼까요? 혹 너무 피곤하신 건 아닌지?”

“그렇게 피곤한 건 아닙니다. 농담으로 말씀드린 겁니다. 핸디캡은 몇 점 주시겠어요?”

“그간 많이 쳐보셨나요?”

“전혀 안 쳤습니다.”

“퍽 잘 치시던데. 백에 10씩 할까요?”

“저를 너무 과대평가하지 마십시오.”

“15점은?”

“좋습니다. 그래도 아마 제가 질 겁니다.”

“어디 걸고 한번 해볼까요? 당신은 늘 거는 걸 좋아했는데.”

“그게 좋겠습니다.”

“좋소. 그럼 18점의 핸디캡을 놓고 한 점에 1프랑씩 겁시다.”

그는 당구 솜씨가 매우 뛰어났다. 그래서 나는 핸디캡을 얻고도 10점에 겨우 4점밖에 앞서지 못했다. 백작은 벽에 있는 벨을 눌러 바텐더를 불렀다.

“한 병 따주게.”

그리고는 나에게 말했다.

“자극제를 좀 듭시다.”

하고 말했다.

술은 얼음처럼 차고 입 언저리가 산뜻한 게 독하고 맛이 좋았다.

“이탈리아 말로 할까요? 폐가 안 되겠습니까? 요즘엔 이게 내 큰 단점이라서.”

우리들은 당구를 치면서 틈틈이 술을 조금씩 마셨다. 이탈리아 말로 얘기를 주고받기는 했으나 게임에 정신이 팔려 별로 얘기는 하지 않았다. 그레피 백작이 백 점을 쳤을 때 나는 핸디캡이 있음에도 불구하고 겨우 94점이었다. 그는 미소를 띠며 내 어깨를 가볍게 두드렸다.

“자 남은 한 병 더 마시고 전쟁 애기나 듭시다.”

그는 내가 앉기를 기다렸다.

“무슨 애기를 하지요?”

“전쟁 애긴 하고 싶지 않은 게로군요. 좋소. 요즘 어떤 책을 읽고 계시오?”

"읽은 게 거의 없습니다."

내가 말했다.

"제가 좀 따분한 사람이 돼 나서요."

"천만에. 하지만 책만큼은 좀 읽도록 해요."

"전시 중에 어떤 책이 나왔습니까?"

"바르뷔스라고 하는 프랑스 작가의 《포화》라는 책이 있지요. 그리고 《브리틀링 씨는 알아챘다》라는 책도 나왔고."

"그런데 그는 정말 아무것도 알아채지 못하던데요."

"뭘?"

"그 주인공은 알아채지 못했다고요. 그 책은 제가 입원해 있던 병원에 있었습니다."

"그럼 그 책은 읽으셨군."

"네, 하지만 좋은 작품은 아닌 것 같더군요."

"난 영국 중산 계층의 의식을 잘 그려내고 있다고 생각하는데."

"의식이라는 것에 관해서는 잘 모르겠습니다."

"저런, 의식에 관해서는 누구나 잘 모르긴 하지만. 신을 믿소?"

"밤에만요."

그레피 백작은 웃으며 손가락으로 잔을 돌렸다.

"나이를 먹으면 신앙이 두터워질 줄 알았는데 어찌 된 영문인지 그렇게 안되는구려."

그는 말했다.

"유감스러운 일이요."

"죽은 후에도 살고 싶으십니까?"

이렇게 질문하고 곧 죽음을 입 밖에 낸 것이 실수라고 생각했다. 그러나 백작은 그 말에 전혀 개의치 않았다.

"그야 인생 나름이죠. 인생은 아주 즐거운 거라오. 난 죽지 않고 영원히 살고 싶소."

그는 미소 지었다.

"인생의 황혼기에 오긴 했지만."

우리들은 가죽 의자에 깊숙이 몸을 묻고 열심히 얘기를 나누었다. 얼음 통 속에 담긴 샴페인과 유리잔이 우리 두 사람 사이에 놓여 있었다.

"당신도 나 정도의 나이가 되면 여러 가지 진귀한 일들을 만나게 될 거요."

"조금도 연세를 많이 잡수신 것 같지 않습니다."

"늙은 건 육체뿐이지. 때때로 난 백묵이라도 부러뜨리듯이 손가락을 부러뜨리지 않나 하고 겁이 나는 때가 있소. 정신이 별로 늙었다고는 생각지 않지만 그다지 현명하지도 않아요."

"백작께서는 매우 현명하십니다."

"아니지, 노인의 지혜라고 하는 건 때론 큰 착오를 불러일으키곤 하지. 노인은 지혜로워지는 게 아니라 조심스러워지는 거요."

"아마 그게 지혜겠죠."

"탐탁지 않은 지혜지요. 당신은 인생에서 무엇이 가장 소중하다고 생각하시오?"

“제가 사랑하는 사람입니다.”

“나도 그래요. 하지만 그건 지혜가 아니지. 생명을 소중하게 생각하시오?”

“네.”

“나도 그렇소. 그게 내가 가진 전부니까. 그리고 생일 파티를 계속하기 위해서라도.”

그는 웃었다.

“정말로 전쟁을 어떻게 생각하십니까?”

내가 물었다.

“어리석고 바보 같은 짓이라고 생각하오.”

“어느 쪽이 이길까요?”

“이탈리아가.”

“왜입니까?”

“이탈리아가 더 젊은 나라니까.”

“젊은 나라가 늘 전쟁에 이긴다고 할 수 있나요?”

“처음에는 그렇지.”

“그리고 어떻게 되죠?”

“차츰 늙은 나라가 되어 가지.”

“백작님께서는 당신을 지혜롭지 않다고 말씀하셨는데……”

“이건 지혜가 아니라 냉소요.”

“저에겐 지혜로운 말씀처럼 들리는데요.”

“특별히 그렇다고 할 것도 없지요. 반대의 예를 들 수도 있소. 하지만 지금 얘기도 나쁘진 않지. 샴페인은 다 마셨소?"

"거의 다 마셨습니다."

"좀 더 할까요? 그런 다음 옷을 갈아입어야겠군."

"그만하는 게 좋겠습니다."

"정말 그만두겠소?"

"네."

그는 일어섰다.

"당신의 무한한 행운과 건강을 빕니다."

"감사합니다."

"고맙소. 만일 당신의 신앙심이 깊다면 내가 죽은 뒤에 나를 위해 기도해 주시오. 난 몇몇 친구에게 그렇게 부탁해 두었소. 나는 신앙심을 두텁게 하려 했지만 아직 시기가 오지 않았소."

그의 표정이 쓸쓸해 보였으나 확실치는 않았다. 너무 나이가 많고 주름살이 심하게 잡혔으므로 표정의 변화를 느낄 수가 없었다.

"저는 어쩌면 신앙심이 깊어질지도 모르겠습니다."

내가 말했다.

"하여간 백작님을 위해서 기도드리겠습니다."

"나는 늘 신자가 되기를 바랐소. 내 가족들은 죽을 때 모두 신앙심이 깊었소. 그런데 어찌 된 셈인지 나는 그렇지 않구려."

"아직 좀 이른가 보죠."

"너무 늦었는지도 모르지. 너무 오래 살아서 신앙심이 없어졌나 보오."

"저는 신앙심을 밤에만 느낍니다."

"그럼 당신은 사랑을 하고 있군. 그것도 바로 신앙심이라는 걸 잊
지 마시오."

"그렇게 생각하십니까?"

"물론."

그는 테이블 앞으로 한 걸음 내디뎠다.

"당구 상대가 되어 주어 대단히 고맙소."

"아주 즐거운 시간이었습니다."

"2층까지 같이 올라갑시다."

36

그날 밤 나는 유리창에 부딪히는 빗소리에 잠을 깼다. 비바람이 열
린 창으로 들이쳤다. 누군가 문을 노크했다. 나는 캐서린이 깰까봐
가만히 문을 열었다. 바텐더가 거기 서 있었다. 비에 흠뻑 젖은 채 물
방울이 뚝뚝 떨어지는 모자를 들고 있었다.

"할 얘기가 있습니다, 중위님."

"무슨 일이야?"

"아주 중대한 일입니다."

나는 주위를 둘러보았다. 캄캄했다. 창으로 들이친 빗물이 마룻바
닥에 괴어 있었다.

“들어오게.”

나는 그의 팔을 잡고서 욕실로 들어갔다. 문을 잠그고 불을 켰다. 나는 욕조 가장자리에 앉았다.

“웬일이야, 에밀리오? 무슨 곤란한 일이라도 생겼나?”

“아뇨. 중위님에 관한 일입니다.”

“뭐라고?”

“내일 아침 중위님이 체포될 것 같습니다.”

“그래?”

“그걸 알려 드리러 왔어요. 거리에 나갔다가 카페에서 사람들이 얘기하는 걸 들었어요.”

“알겠네.”

비옷을 입고 젖은 모자를 든 채 그는 더 이상 아무 말도 하지 않았다.

“왜 날 잡겠다던가?”

“뭐, 전쟁 때문인가 봐요.”

“그게 뭔지 알고 있나?”

“모릅니다. 하지만 그들이 전엔 장교로 여기 오셨는데 이젠 군복을 안 입고 오신 걸 이상하게 생각하고 있어요. 이번 퇴각 뒤엔 아무나 다 무작정 잡아가고 있는 걸요.”

나는 잠시 차근차근 생각해 보았다.

“언제 잡으러 온다던가?”

“아침에요. 시간은 언젠지 잘 모르겠어요.”

"어떻게 하면 좋겠나?"

그는 세면기 위에 모자를 얹어 놓았다. 흠뻑 젖어 바닥에 물방울이 뚝뚝 떨어졌다.

"떳떳하다면 체포는 아무것도 아니지요. 하지만 체포된다는 건 언제나 좋지 않은 일이죠. 특히 이번 경우에는 더욱."

"난 체포되진 않아."

"그럼 스위스로 가세요."

"어떻게?"

"제 보트로요.

"폭풍우가 몰아치고 있잖아."

"폭풍우는 곧 가라앉을 겁니다. 파도도 높지만 괜찮을 거구요."

"언제 떠나면 좋을까?"

"지금 곧. 아침 일찍 잡으러 올지도 모르니까요."

"짐은 어떡하지?"

"짐을 꾸리세요. 부인께도 어서 준비하도록 하세요. 짐은 제가 갖다드리지요."

"어디서 기다리겠나?"

"여기서 기다리죠. 제가 복도에 있는 걸 사람들이 알게 되면 곤란하니까요."

나는 문을 열고 나와 침실로 들어갔다. 캐서린은 깨어 있었다.

"무슨 일이에요?"

"아무것도 아냐."

하고 내가 말했다.

"지금 곧 준비를 하고 보트로 스위스에 가지 않겠소?"

"당신은?"

"나는 가고 싶지 않소. 나는 침대로 다시 들어가서 자고 싶어."

"무슨 일이 생겼군요?"

"바텐더의 말이 아침에 날 체포하러 온다는 거요."

"그 바텐더 머리가 돈 게 아닌가요?"

"농담이 아니야."

"그럼 어서 서둘러야죠, 빨리. 곧 떠날 수 있도록 옷을 입고 준비할 게요."

그녀는 급히 침대에 일어나 앉았다. 아직도 잠이 덜 깬 모양이었다.

"욕실에 있는 사람이 바텐더예요?"

"그래."

"그럼 세순 안 하겠어요. 저쪽 보고 계세요. 옷을 갈아입을 테니까."

그녀가 잠옷을 벗을 때 하얀 등이 보였으나 보지 말라고 해서 나는 눈길을 돌렸다. 그녀는 임신 때문에 배가 좀 불러오자 나에게 벗은 몸을 보이지 않으려 했다. 나는 창문을 두드리는 빗소리를 들으며 옷을 입었다. 가방에 넣을 것은 별로 없었다.

"내 가방은 자리가 많이 비었으니까 뭐 넣을 것이 있으면 더 넣으 라고."

"아녜요, 거의 다 넣었어요."

하고 그녀가 말했다.

"여보, 우스운 질문 같지만 어째서 바텐더가 욕실에 있는 거죠?"

"쉿! 우리들 가방을 날라다 주려고 기다리고 있는 거요."

"참 친절한 분이군요."

"옛 친구야."

내가 말했다.

"전에 그에게 파이프를 보내 주려고 한 적이 있었지."

나는 열린 창으로 어두운 밤을 잠시 내다보았다. 호수는 어둠과 비로 인해 분간조차 할 수 없었다. 다만 어둠과 비뿐이었다. 바람은 꽤 가라앉아 있었다.

"전 준비가 다 됐어요."

캐서린이 말했다.

"됐어."

나는 욕실 문 앞으로 갔다.

"가방은 여기 있네, 에밀리오."

바텐더는 두 개의 가방을 받아들었다.

"도와주셔서 정말 고마워요."

캐서린이 말했다.

"천만에요, 부인."

그가 말했다.

"저 자신이 귀찮은 소동 속에 말려들지 않으려고 자진해서 도와 드리는 겁니다. 그러니 너무 신경 쓰지 마세요."

그는 나에게 말했다.

"가방은 종업원 전용 계단으로 해서 보트로 가지고 나가겠습니다. 두 분은 산책가시는 척하고 밖으로 나가십시오."

"산책하기엔 멋진 밤이에요."

"정말이지 짓궂은 날씨요."

"우산을 가지고 올 걸 그랬어요."

우리는 어두운 복도를 지나 두꺼운 주단을 깐 넓은 계단을 내려갔다. 계단 아래 문 옆에 웨이터가 기대앉아 있었다. 그는 우리를 보고 놀란 듯했다.

"나가시려는 건 아니겠죠?"

"나가려는 거요. 호숫가로 폭풍우를 구경하러 가려고."

"우산은 가지고 계십니까, 손님?"

"없소."

내가 말했다.

"이 옷은 방수가 되어 있어서."

그는 이상하다는 듯이 내 코트를 아래위로 훑어보았다.

"우산을 하나 가져다 드리죠."

그는 안으로 들어가서 우산을 가지고 왔다.

"좀 커요, 손님."

나는 그에게 10리라를 주었다.

"이거 미안합니다. 정말 고맙습니다."

그는 우리가 나가도록 문을 연 채 잡고 있었다. 우리는 빗속으로 나갔다. 그가 캐서린에게 미소를 보내자 그녀도 그에게 미소를 보냈다.

"폭풍우 속에 너무 오래 계시지 마세요."

그가 말했다.

"두 분 다 젖겠어요."

그는 보조 웨이터에 지나지 않았으므로 그의 영어 실력은 이탈리아어를 단어 그대로 옮겨 놓은 것과 마찬가지였다.

"곧 돌아오지."

내가 말했다.

우리는 큼직한 우산을 받고 오솔길을 걸어 비에 젖은 컴컴한 정원을 지나 도로로 나왔다 그리고 도로를 가로질러 호숫가의 샛길로 나왔다. 바람은 기슭에서 호수 쪽으로 불고 있었다. 차고 습기를 머금은 11월의 바람이었다. 산에선 눈이 내리고 있을 것 같았다. 우리는 제방을 따라서 암벽 사이사이에 쇠사슬로 잡아매 놓은 보트들을 지나 바텐더의 보트가 있는 곳으로 갔다. 물은 바위에 부딪히면서 더욱 검푸르게 보였다. 바텐더가 줄지어 늘어선 나무 사이에서 나왔다.

"가방은 보트 안에 있습니다."

"보트 값을 치르고 싶은데."

"얼마나 가지고 계신데요?"

"얼마 안 되네."

"돈은 나중에 부쳐 주시면 됩니다."

"얼마를?"

"알아서 보내 주세요."

"얼마라고 말해 주게."

“무사히 가시거든 한 5백 프랑 부쳐 주십쇼. 무사히 도착하시면 그만큼 주셔도 괜찮겠죠.”

“좋아.”

“샌드위치예요. 출출할 때 드세요.”

그는 나에게 꾸러미 하나를 주었다.

“바에 있는 건 모두 가지고 왔어요. 이게 그 전부죠. 이건 브랜디고 이건 포도주예요.”

나는 그것들을 내 가방 속에 챙겨 넣었다.

“이 값은 지금 치르겠네.”

“좋습니다. 50리라만 주십쇼.”

나는 돈을 주었다.

“이 브랜디는 고급입니다.”

하고 그가 말했다.

“부인께서 드셔도 무방합니다. 부인께서 먼저 보트에 오르시는 게 좋겠어요.”

그는 보트를 꽉 붙들고 있었다. 보트가 암벽을 등지고 아래위로 흔들렸다. 나는 캐서린의 손을 잡아주며 보트에 태웠다. 그녀는 배 뒤쪽에 앉아 케이프로 몸을 감쌌다.

“방향은 아십니까?”

“호수 건너편일 테지.”

“거리가 어느 정도인지 아십니까?”

“루이노(밀라노 서북쪽의 작은 도시)를 지나겠지.”

"루이노, 카네로, 칸노비오, 트란자노를 지납니다. 브리사고까지 가지 않고서는 스위스 땅이 절대 아닙니다. 그리고 타마라 산도 통과해야 합니다."

"지금 몇 시죠?"

하고 캐서린이 물었다.

"11시."

"계속 노를 쉬지 않고 저어가면 어림잡아 아침 7시에는 닿을 수 있을 겁니다."

"그렇게 먼가?"

"35킬로예요."

"어떻게 해서 간다? 이 비엔 나침반이 필요할 텐데."

"우선 벨라 섬으로 저어 가세요. 거기서 마드레 섬까진 바람을 타고 가세요. 바람이 저절로 팔란자까지 데려다 줄 겁니다. 거기 가면 불빛이 보일 거예요. 그 다음부터는 강기슭을 따라 저으세요."

"바람이 바뀔지도 모르지 않나?"

"아니에요."

그가 말했다.

"이 바람은 사흘 동안은 이렇게 붑니다. 마타로네 고원에서 곧장 불어 내려오는 바람이니까요. 배에 들어오는 물을 퍼낼 깡통도 넣어 뒀습니다."

"보트 값을 조금이라도 지금 지불하겠네."

"아뇨, 도박이라고 생각하면 됩니다. 무사히 도착하시면 많이 보내

주십쇼."

"그렇게 하지."

"물에 빠질 걱정은 안 하셔도 될 겁니다."

"고맙군."

"바람을 따라 호숫가를 올라가십쇼."

"알았어."

나는 보트에 올랐다.

"호텔 숙박비는 두고 오셨습니까?"

"응, 봉투에 넣어서 방에 놓아두었네."

"잘하셨습니다. 그럼 행운을 빕니다, 중위님."

"잘 있게. 여러 가지로 자네에게 정말 감사하네."

"물에라도 빠지시면 고마울 것도 없겠죠."

"저분이 뭐라고 그래요?"

캐서린이 물었다.

"행운을 빈다는 거요."

"저도 행운을 빌어요."

캐서린이 말했다.

"정말 고마워요."

"준비됐습니까?"

"됐네."

그는 허리를 구부려 보트를 밀어 주었다. 나는 노를 물속에 깊이 집
어넣고 바텐더에게 한 손을 흔들어 보였다. 바텐더는 그러지 말라는

표정으로 손을 내저었다.

　나는 호텔의 불빛을 보며 앞으로 노를 저어 나갔다. 그 불빛이 보이지 않을 때까지 똑바로 저었다. 파도가 꽤 높았으나 우리는 서서히 바람을 타고 나아갔다.

37

　얼굴에 온통 바람을 맞으며 어둠 속을 열심히 저어갔다. 비는 그쳤지만 이따금씩 다시 억수로 쏟아지기도 했다. 사방은 어둡고 바람은 차가웠다. 배 끝에 앉아 있는 캐서린은 보였으나 노 끝에 잠기는 수면은 보이지 않았다. 노는 길었으나 미끄러짐을 막는 가죽이 대어 있지 않았다. 노를 끌어당겨 올리고 몸을 앞으로 굽혀 노를 깊숙이 저어 다시 끌어당겨 올리는 동작을 계속해 나갔다. 순풍이었으므로 노를 수평으로 저을 필요가 없었다. 손이 부르틀 것 같았다. 할 수 있으면 늦추고 싶었다. 컴컴한 수면을 계속 저어 나갔다. 눈앞에 아직 팔란자가 보이진 않았지만 빨리 닿았으면 하는 생각이 간절했다.

　팔란자는 끝내 보이지 않았다. 바라이 호수 위쪽에서 불어 왔다. 우리는 팔란자를 가리고 있는 곳을 지나갔다. 어둠에 싸여 팔란자의 불빛은 보이지 않았다. 마침내 호수 먼 곳으로부터 불빛이 깜박거리는 게 보여 가까이 가보니 인트라였다. 그리고 오랫동안 우리는 아무런 불빛도 보지 못하고 기슭도 보지 못한 채 그저 물결을 타고 어둠 속을 꾸준히 저어 나갔다. 가끔 물결이 보트를 솟구쳐 올리면 노 끝이 수면에 닿지 않을 때도 있었다. 물결은 매우 거칠었다. 그러나 나는 쉬지 않고 저었다. 기슭에 접근하다가 하마터면 바로 곁에 솟아 있는 바위 모퉁이에 부딪힐 뻔했다. 물결이 바위에 철썩하고 부딪쳐 높이 솟아오르고는 다시 떨어졌다. 나는 힘껏 오른쪽 노를 잡아당기고 왼쪽 노를 뒤로 늦춰서 다시 호수 한가운데로 나왔다. 삐죽이 솟은 암벽은 이제 안 보였다. 우리는 위를 향해 쉬지 않고 저어 올라갔다.

"호수를 건너고 있는 거요."

내가 캐서린에게 말했다.

"팔란자가 보인 게 아니었어요?"

"그냥 지나가 버린 모양이야."

"어때요, 당신?"

"걱정 없어."

"제가 조금 도와드릴까요?"

"아냐, 괜찮아."

"안됐어요, 퍼거슨이."

캐서린이 말했다.

"아침에 호텔에 와서 우리가 없어진 걸 알게 될 거예요."

"난 그런 것보다도 날이 새기 전에 세관 감시원들에게 들키지 않고 스위스령으로 들어설 수 있을는지가 걱정이야."

"아직 멀었어요?"

"여기서 30킬로쯤 되지."

나는 밤새도록 저었다. 나중에 손바닥이 심하게 부르터서 노를 잡기도 힘들었다. 될 수 있으면 가까운 기슭을 따라 저어 갔다. 방향을 잃거나 시간을 낭비할 것이 두려웠기 때문이다. 때로는 너무도 기슭에 가깝게 접근해서 호반을 따라 뻗어 있는 길과 늘어선 나무가 바로 옆으로 보일 때도 있었다. 비가 그치고 바람이 구름을 몰고 가자 달빛이 비쳐 사방이 환했다. 뒤돌아보니 카스타뇰라의 길고 컴컴한 곳과 흰 물결을 일으키는 호수와 눈이 덮인 산이 보였다. 이내 구름이 달을 가려 산도 호수도 보이지 않았으나 전보다는 훨씬 밝아져 있었다. 강기슭이 너무 뚜렷이 보였다. 팔란자 가도에 세관 감시원이 나와 있어도 우리를 발견하지 못하도록 보트를 호수 가운데로 저어 나갔다. 또다시 달이 얼굴을 내놓았다. 산 중턱에 있는 흰 별장과 나무 사이로 하얀 길이 보였다. 나는 줄곧 노를 저었다.

호수의 폭이 넓어졌다. 멀리 강기슭너머로 루이노임에 틀림없는 불빛이 몇 개 반짝였다. 건너 기슭 산과 산 사이에 쐐기 모양의 협곡이 보였다. 거기가 루이노라고 생각됐다. 그렇다면 우린 순조롭게 나가고 있는 셈이다. 나는 노를 보트 안으로 집어놓고 자리에 누웠다. 나는 거의 지쳐 녹초가 되어 있었다. 팔과 어깨와 등이 쑤시고 손바닥이 부르텄다.

"제가 우산을 펴들고 있을게요."

하고 캐서린이 말했다.

"그걸로 바람을 받으면 돛 대신이 되지 않을까요?"

“당신, 키를 잡을 수 있겠소?”

“잡을 수 있을 것 같아요.”

“그럼 이 노를 허리에 대고 팔 밑으로 잡아서 키질을 해요. 우산은 내가 들고 있을 테니.”

나는 배 뒤쪽으로 가서 그녀에게 키 잡는 법을 가르쳐 주었다. 나는 뱃머리를 향해서 앉고는 보이가 준 우산을 폈다. 우산은 ‘딸각’ 하는 소리를 내며 펼쳐졌다. 손잡이를 앉은 자리에 매고 다리를 벌리고 앉아서 우산 양끝을 꼭 붙잡았다. 우산은 바람을 잔뜩 받았다. 양끝을 힘껏 붙잡고 있자니 보트는 바람을 안은 듯이 속도를 내며 앞으로 나갔다. 보트는 마구 달렸다.

“참 빨리 달리네요.”

캐서린이 말했다. 내게는 우산대밖엔 보이지 않았다. 우산은 팽팽히 당겨져서 마치 우산을 타고 앞으로 나가는 것 같았다. 다리로 버틴 채 허리를 젖히고 있을 때 갑자기 우산이 휘어졌다. 우산살 하나가 이마 위에서 탁 부러지는 걸 느꼈다. 나는 바람 때문에 휘어지는 우산 끝을 잡으려고 했으나 우산 전체가 휘어져서 팔딱 뒤집혀 버렸다. 이제까지 바람을 잔뜩 받고 달리던 돛이 뒤집히는 바람에 우리는 찢어진 우산을 타고 앉은 격이 되고 말았다. 나는 자리에 매어두었던 손잡이를 풀어 놓고 캐서린에게로 노를 받으러 갔다. 그녀는 깔깔거리며 웃었다. 내 손을 쥐고서도 그녀는 계속해서 웃었다.

“왜 그래?”

나는 노를 잡았다.

무기여 잘 있거라

"우산을 붙잡고 있는 당신 모습이 여간 우스운 게 아니에요."

"그럴 테지."

"화내지 말아요, 당신. 정말 우습게 보였어요. 우산을 잡고 있으니 당신 손이 20피트나 되어 보였고, 죽어라 우산 끝을 잡고 있는 모습이……."

그녀는 숨이 막히는 듯이 웃었다.

"내가 젓지."

"좀 쉬고 한잔하세요. 멋진 밤이에요. 우리 아마 꽤 많이 왔을걸요."

"보트가 파도 속에 빠지지 않도록 조심해야 되는데."

"제가 술을 꺼내 드릴게요. 그리고 좀 쉬세요, 여보."

나는 노를 세우고 거기에 부딪히는 바람을 이용해 앞으로 나갔다. 캐서린은 가방을 열고 브랜디 병을 내밀었다.

나는 주머니칼로 병마개를 따고 단숨에 쭉 들이켰다. 순하면서도 독한 술이 들어가자 온몸이 후끈해지며 기분이 좋았다.

"좋은 브랜디인데."

하고 내가 말했다. 달은 또 구름 속으로 들어갔지만 희미하게나마 강기슭을 비추었다. 또 하나의 곶이 기게 호수 한가운데 뻗어 있었다.

"춥지 않아, 캐서린?"

"나는 굉장히 신나요. 몸이 좀 얼긴 했지만."

"그 물을 좀 퍼내지. 그러면 다리를 아래로 뻗을 수 있을 거야."

다시 나는 노를 저었다. 노걸이의 삐꺽거리는 소리와 통을 담가 배에 들어온 물을 퍼내는 소리를 들었다.

"그 깡통을 이리 줘, 캐서린."

하고 내가 말했다.

"목이 말라."

"이건 몹시 더러운데요."

"괜찮아. 헹구지 뭐."

캐서린이 뱃전에서 통을 헹구는 소리가 들렸다. 그녀는 통에 물을 하나 가득 떠서 나에게 주었다. 브랜디를 마신 뒤끝이라 몹시 목이 말랐다. 물은 얼음처럼 찼으므로 나는 이가 덜덜덜 시려왔다. 우리는 긴 곶으로 점점 접근해 가고 있었다. 앞쪽의 후미진 만에서 불빛이 보였다.

"고마워."

나는 통을 캐서린에게 돌려주었다.

"무슨 말씀을."

캐서린이 말했다.

"원하신다면 얼마든지 드실 수 있어요."

"당신, 뭐 좀 먹고 싶지 않소?"

"아뇨. 하지만 곧 배가 고플 거니까 그때까진 우리 남겨 둬요."

"그렇게 하지."

곶처럼 보인 것은 높은 육지가 길고 높게 불룩 튀어나온 것이었다. 나는 그곳을 우회하기 위해서 호수 한가운데로 나왔다. 어느새 호수 는 퍽 밝아졌다. 달이 또 얼굴을 나타냈다. 만일 세관 감시원이 있었

397

다면 우리 보트를 분명히 발견했으리라.

"어떻소, 캐서린?"

내가 물었다.

"괜찮아요. 여기가 어디쯤 되죠?"

"앞으로 13킬로미터쯤 남은 것 같은데."

"아직도 한참 저어야 하네요. 당신 너무 힘들죠?"

"아냐, 괜찮아. 손이 조금 부르텄을 뿐이야."

더욱 앞으로 저어 나갔다. 오른쪽 기슭에 산허리가 잘린 채 낮은 해안선이 뻗어 있는 것으로 보아 필경 칸노비오라고 생각됐다. 거기서부터 나는 호수 가운데로만 저어 갔다. 여기서부터 감시원에게 들킬 위험이 제일 많기 때문이었다. 저 멀리 앞으로는 강기슭에 둥근 지붕을 덮어 놓은 것 같은 높은 산이 있었다. 나는 기진맥진했다. 저어 가기에 먼 거리는 아니었지만 형편이 좋지 않을 때에는 여간 멀게 생각되는 것이 아니다. 스위스령 호수에 이르려면 아직도 저 산을 넘어 적어도 8킬로미터쯤 올라가야 했다. 달은 거의 기울었다. 기울기 전 하늘은 또 한 번 흐려 사방이 몹시 컴컴해 졌다. 한동안 저은 뒤에 노를 세우고 쉬면서 호수 가운데에서 잠시 머물러 있었다.

"내가 조금 저어 볼게요."

캐서린이 말했다.

"그렇게까지 안 해도 돼."

"그런 소리 마세요. 도리어 나한테도 도움이 돼요. 몸이 너무 얼어 붙었거든요."

“힘든 일을 하면 안 되잖아.”

“그런 소리 마세요. 적당하게 노를 젓는 것은 입신한 여자에게도
아주 좋아요.”

“그럼 좋아. 적당히 조금만 저어. 내 뒤로 갈 테니까 당신은 이리와
요. 양쪽 뱃전을 꼭 붙잡고.”

나는 외투를 입고 깃을 세운 다음 캐서린이 젓는 것을 바라보았다.
그녀는 썩 잘 저었지만 노가 길어서 힘들어 했다. 나는 가방을 열어
샌드위치를 두 조각 먹고 브랜디를 한 모금 마셨다. 기분이 한결 좋
아졌다. 나는 브랜디를 한 모금 더 마셨다.

“피로하면 말해요.”

내가 말했다. 그러고 나서 잠시 후에 다시 말했다.

“노가 복부에 부딪히지 않도록 조심해.”

“만약 그렇게 된다면…….”

하고 캐서린이 계속 노를 저으며 말했다.

“인생이 좀 더 간단해지겠네요.”

나는 브랜디를 또 한 모금 마셨다.

“괜찮겠소?”

“괜찮아요.”

“그만두려거든 말해.”

“네.”

나는 브랜디를 한 모금 더 마시고 보트 뱃전을 붙잡고 캐서린과 교
대하기 위해 앞쪽으로 왔다.

"괜찮아요. 나 잘 젓는데요 뭐."

"뒤로 가요. 많이 쉬었어."

얼마 동안은 브랜디 기운으로 손쉽게 힘껏 저었다. 브랜디를 마신 직후에는 너무도 열심히 저었기 때문에 기분 나쁜 신트림이 올라와서 젓고 있는 노가 헛도는 것 같았다. 이내 나는 노를 내려놓았다.

"물 한 모금 주겠소?"

내가 말했다.

"그야 쉬운 일이죠."

캐서린이 말했다.

날이 샐 무렵에 가랑비가 조금씩 내리기 시작했다. 바람이 잔잔해졌다. 호수 근처에 접해 있는 산 때문에 바람이 막혔는지도 모른다. 동이 트기 시작했다는 것을 알자 나는 열심히 젓기 시작했다. 이제는 어느 지점에 와 있는지조차 분간하지 못했다. 스위스령 호수로 들어왔으면 하는 생각뿐이었다. 날이 밝아 오기 시작하자 우린 호반 바로 근처에 와 있었다. 바위투성이 호반과 나무들이 보였다.

"저게 뭘까요?"

하고 캐서린이 물었다.

나는 노에 몸을 의지한 채 귀를 기울였다. 호수 위를 달리는 모터보트 소리였다. 나는 호반으로 보트를 바싹 대고 가만히 있었다. 모터 소리가 점점 가까워졌다. 그러자 약간 뒤쪽에서 모터보트가 나타났다. 배 뒤쪽에 네 명의 감시원이 타고 있었다. 알프스 모자를 깊숙이 눌러 쓰고 외투 깃을 세우고 소총을 어깨에 메고 있었다. 아직 이른 아침이라 모두가 자미 덜 깬 얼굴이었다.

모자의 노란 줄과 외투 칼라에 붙어 있는 노란 휘장이 보였다. 모터보트는 그대로 엔진 소리를 내며 빗속으로 사라지고 말았다.

나는 천천히 호수 가운데로 저어 나갔다. 국경에 접근했다면 보초에게 검문을 당할지도 몰랐다. 겨우 호반이 보이는 데까지 저어 나와 우리는 빗속을 약 45분가량 더 저었다. 그때 모터보트 소리가 또다시 들려 왔다. 우리는 엔진 소리가 호수 너머로 사라질 때까지 가만히 있었다.

"스위스령으로 들어왔나 보군."

"정말요?"

"스위스 군인을 볼 때까지 확인할 방법은 없지만."

"혹은 스위스 해군이라든지요."

"스위스 해군이라면 웃을 일이 아냐. 아까 그 모터보트는 스위스 해군 소속인 것 같아."

"스위스로 들어가며 우리 멋진 아침을 먹어요, 네? 스위스에는 훌륭한 롤빵과 버터와 잼이 있어요."

이젠 완전히 날이 샜고 가랑비가 내리고 있었다. 바람이 호수 저쪽에서 불어와 우리 배는 흰 물보라를 일으키며 앞으로 나아갔다. 마침내 스위스령으로 들어온 것이 확실했다.

호반의 나무 사이로 많은 집이 보였다. 호반에서 약간 올라간 곳에 마을이 보였는데 돌로 지은 집과 몇 채의 별장과 교회당이 있었다. 호반을 따라 뻗어 있는 길에 혹시 감시원이 없나 하고 찾아보았지만

눈에 보이지 않았다. 호수에 면해 있는 길 옆의 카페에서 한 병사가 나오는 것을 나는 보았다. 그는 녹색 군복에 독일군이 쓴 것과 같은 철모를 쓰고 있었다. 그는 건강한 얼굴로 칫솔처럼 빳빳한 수염을 기르고 있었다. 그가 우리를 보았다.

"저 친구에게 손을 흔들어 봐요."

하고 나는 캐서린에게 말했다.

그녀가 손을 흔들자 그도 어색하게 미소를 띠며 손을 흔들었다.

나는 천천히 저었다. 우리는 호수 기슭에 면한 큰 길을 지나쳐 갔다.

"이제 국경을 꽤 지난 모양이야."

"정말 그랬으면 좋겠어요. 국경에서 내쫓기고 싶진 않아요."

"국경은 훨씬 뒤쪽에 있을 거요. 여긴 세관이 있는 마을인 것 같아. 확실히 브리사고일 거야."

"여기에도 이탈리아인이 있을까요? 세관이 있는 도시엔 반드시 두 나라 사람이 다 있는 법인데요."

"전시에는 없어. 이탈리아인이 국경을 넘는 건 허락되지 않을 거야."

경치가 좋은 아담한 마을이었다. 선창가에는 많은 어선이 매어져 있었다. 그물이 선반에 펼쳐 널려 있었다. 11월의 가랑비가 내리고 있었지만 빗속에서도 거리는 활기를 띠었고 깨끗했다.

"그럼 올라가서 아침을 먹을까?"

"네, 그래요."

나는 왼쪽 노를 힘껏 저어 선창으로 접근했다. 가까이 가서 노를 돌려 보트를 방파제에 대었다. 나는 노를 당겨 쇠고리를 붙잡고 젖은 돌 위로 올라섰다. 이젠 스위스 땅이었다. 나는 보트를 매고 캐서린에게 손을 내밀었다.

"어서 올라와, 캐서린. 상쾌한 기분이야."

"가방은 어떡하죠?"

"보트 속에 그냥 둬."

캐서린이 올라왔다. 우리 둘이서 스위스 땅을 밟은 것이다.

"정말 아름다운 나라예요."

캐서린이 말했다.

"어때, 굉장하지? 발밑에 느껴지는 감촉이 달라."

"난 몸이 너무 얼어붙어서 잘 모르겠어요. 그래도 좋은 나라 같아요. 당신, 우리들이 그 지긋지긋한 곳을 빠져나와 여기 와 있다는 게 실감나요?"

"아무렴, 나고말고. 이런 감정을 느끼긴 생전 처음이오."

"저 집들 좀 봐요. 멋진 광장 아녜요? 저기 우리가 아침을 먹을 수 있는 곳이 있어요."

"이 비도 좋지 않아? 이탈리아에선 이런 비는 온 일이 없어. 정말 마음까지 유쾌하게 만드는 비야."

"우리는 정말 오고 말았어요. 여기 와 있다는 것이 난 느껴지지가 않아요."

우리는 카페로 들어가서 깨끗한 나무 테이블에 앉았다. 우린 둘 다 지나칠 만큼 흥분해 있었다. 깨끗한 앞치마를 두른 상냥해 보이는 듯한 여자가 다가와서 주문을 받았다.

"롤빵과 잼과 커피를 주세요."

캐서린이 말했다.

"죄송합니다. 전시라서 롤빵은 없는데요."

"그럼 식빵으로 주세요."

"토스트는 됩니다."

"그게 좋겠군요."

"계란 프라이도 몇 개 해주시오."

"얼마나 해드릴까요?"

"세 개."

"네 개로 하세요, 당신."

"그럼 네 개."

여자는 저쪽으로 가버렸다. 나는 캐서린에게 키스를 하고 그녀의 손을 꼭 쥐었다. 서로 얼굴을 쳐다보고 카페 안으로 눈길을 돌렸다.

"아아, 참 아담한 집이네요."

"훌륭하군."

하고 내가 말했다.

"나 롤빵이 없어도 좋아요."

하고 캐서린이 말했다.

"사실은 밤새도록 롤빵 생각만 하고 있었어요. 근데 이젠 아무래도 좋아요."

"우리들은 어쩌면 곧 체포될 거요."

"걱정 말아요. 우선 아침이나 먹어요. 아침 먹은 뒤라면 잡힌다 해

도 걱정 없겠죠. 게다가 우리들을 그들이 어떡하겠어요. 신분이 확실
한 영국인과 미국인이 아니에요?"

"당신 여권 있소?"

"물론이죠. 자, 그런 얘기 그만둬요. 우리 즐겁게 식사해요."

"이 이상 즐거울 수야 없지."

깃처럼 꼬리를 세운 살찐 고양이 한 마리가 마루를 가로질러 우리
식탁으로 오더니 내 다리에 제 몸을 비벼댔다. 그러고는 야옹야옹 소
리를 냈다. 나는 손을 아래로 뻗어 고양이의 등을 쓸어 주었다. 캐서
린은 매우 행복한 듯이 내게 미소를 보냈다.

"커피가 나왔어요."

식사가 끝난 뒤 우린 체포되었다. 마을을 잠깐 산책한 뒤에 가방을
가지러 선창가로 내려갔더니 한 병사가 우리가 타고 온 보트를 지키
고 서 있었다.

"이건 당신들 보트요?"

"그렇습니다."

"당신들 어디서 오셨소?"

"호수 저쪽에서."

"그럼 같이 동행해 주셔야겠습니다."

"가방은 어떻게 하지요?"

"가지고 오시죠."

나는 가방을 들었고 캐서린은 나와 나란히 걸었다. 우리 뒤를 따라

오던 병사가 낡고 오래 된 듯한 세관으로 들어갔다. 세관에서는 몹시
마른 군인인 듯한 중위가 우리를 심문했다.

"당신 국적은?"

"미국과 영국입니다."

"여권을 보여 주십시오."

나는 내 것을 주었고 캐서린은 핸드백에서 자기 것을 꺼냈다. 그는
오랫동안 두 개의 여권을 조사했다.

"어째 보트로 스위스에 들어오셨나요?"

"난 스포츠맨이오."

하고 내가 말했다.

"보트는 내가 가장 즐기는 스포츠입니다. 기회만 있으면 늘 보트를
타지요."

"왜 여기 오셨죠?"

"겨울 스포츠를 하러 왔죠. 우리는 관광 겸 겨울 스포츠를 하려
고요."

"여긴 겨울 스포츠를 하기에는 적합한 장소가 아닙니다."

"알고 있습니다. 우리들은 겨울 스포츠를 할 수 있는 곳으로 갈 작
정입니다."

"이탈리아에선 뭘 하고 계셨죠?"

"나는 건축 공부를 했고. 사촌 누이동생은 그림 공부를 했습니다."

"왜 그곳을 떠나셨나요?"

"겨울 스포츠가 하고 싶었다니까요. 전시가 돼서 건축 공부도 할

수 없었고요."

"여기서 좀 기다리세요."

중위가 말했다. 그는 우리 여권을 가지고 안으로 들어갔다.

"그럴듯한데요, 당신?"

캐서린이 말했다.

"그냥 그렇게 우기세요. 겨울 스포츠를 하러 왔다고!"

"당신 미술에 대해 좀 알고 있소?"

"루벤스 라면요."

"몸집이 크고 살찐."

내가 말했다.

"티샨."

캐서린이 말했다.

"티샨형 머리."

내가 말했다.

"만테냐는 어떻소?"

"어려운 건 묻지 마세요."

하고 캐서린이 말했다.

"알고는 있지만 그는 지독해. 너무 지독해요."

"그래 지독해."

하고 내가 말했다.

"결점투성이야."

"내가 훌륭한 아내라는 걸 아시게 될 거예요. 세관원과도 미술 애

길 할 수도 있고요."

"아까 그 군인이 오는군."

하고 내가 말했다. 마른 중위가 우리들 여권을 들고 세관 복도를 걸어 나왔다.

"당신들을 로카르노(스위스 동남쪽 도시)로 이송해야겠습니다. 마차를 잡으시면 병사가 당신들을 따라갈 겁니다."

"알겠습니다."

하고 내가 말했다.

"보트는 어떡하죠?"

"보트는 몰수하겠습니다. 가방에는 뭐가 있습니까?"

그는 가방 두 개를 자세히 조사하고 4분의 1정도 남은 브랜디 병을 쳐들었다.

"같이 한잔하시렵니까?"

내가 말했다.

"아니 괜찮습니다."

그는 몸을 일으켰다.

"돈은 얼마나 가지고 계시죠?"

"2천5백 리라."

이것이 그에게 좋은 인상을 준 모양이었다.

"당신 동생은 얼마나?"

캐서린도 2천 리라 남짓 가지고 있다. 중위는 만족했다. 우리에 대한 거만스런 태도가 조금 누그러진 것 같았다.

“겨울 스포츠를 하시려면, 벤젠이 좋습니다. 우리 아버지가 벤젠에
훌륭한 호텔을 가지고 있습니다. 1년 내내 개업을 하고 계시죠.”

“그것 참 잘됐군요.”

“성함을 가르쳐 주실 수 있겠습니까?”

“명함에 적어드리지요.”

그는 아주 정중하게 명함을 주었다.

“이 병사가 당신들을 로카르노까지 데리고 갈 겁니다. 여권은 병사
가 맡을 겁니다. 죄송하지만 어쩔 수 없습니다. 로카르노에서 비자나
경찰 허가증이 나올 겁니다.”

그는 우리의 여권을 병사에게 주었다. 우리는 가방을 들고 병사를
따라갔다.

“어이!”

중위가 병사를 불렀다. 그러더니 독일어 사투리로 뭐라고 군인에
게 일렀다. 병사는 라이플총을 등에 메고 가방을 들었다.

“훌륭한 나라로군.”

“퍽 실리적으로 보여요.”

“여러 가지로 감사합니다.”

하고 내가 중위에게 인사했다.

그는 손을 내저었다.

“뭘요, 공문데요!”

하고 그가 말했다.

우리는 호위를 맡은 병사를 따라 마을로 들어갔다.

병사는 마부와 같이 앞자리에 앉았다. 우리는 로카르노로 달렸다. 로카르노에서도 별로 불쾌한 일은 없었다. 심문은 받았지만 우리가 여권과 돈을 가지고 있었으므로 정중하게 대했다. 우리 말을 한 마디도 믿는 것 같지 않아 얘기를 해도 어리석은 짓이라고 느꼈다. 하지만 그곳은 법정 같은 곳이어서 이치에 맞지 않아도 형식만 들어맞으면 설명 없이 버텨도 되었다. 여권을 가지고 있다, 돈도 쓸 것이다 했더니 그들은 임시 비자를 내주었다. 이 비자는 언제든지 취소할 수 있었다. 우리가 가는 곳마다 경찰에 보고를 하게 되어 있었다.

"아무데나 우리가 원하는 곳을 갈 수 있습니까?"

"물론입니다. 당신들이 가고 싶은 곳은 어디입니까?"

"어딜 가고 싶소, 캐서린?"

"몽트뢰(제네바 동쪽 끝의 휴양지)."

"참 좋은 곳이죠."

담당관이 말했다.

"거기라면 마음에 드실 것입니다."

"이 로카르노도 좋은 곳입니다."

다른 관리가 말했다.

"틀림없이 여기도 마음에 드실 겁니다. 로카르노는 참 매력적인 도시니까요."

"우리는 겨울 스포츠를 할 수 있는 곳이면 좋아요."

"몽트뢰에선 겨울 스포츠는 할 수 없습니다."

"뭐라고?"

다른 관리가 말했다.

"난 몽트뢰 출신이야. 몽트뢰 오베를랑 베르느와 철도를 따라가면 확실히 겨울 스포츠를 할 수 있습니다. 자네가 그걸 정하는 건 잘못이야."

"난 자네 말을 부정한 게 아냐. 다만 몽트뢰에선 겨울 스포츠를 할 수 없다고 했을 뿐이지."

"난 그 말에 이의를 달고 싶네."

다른 관리가 말했다.

"바로 그 말에 이의가 있단 말이야."

"난 그 말을 뒤집을 수 없어."

"나는 그 말에 이의가 있네. 나는 몽트뢰 거리로 루즈(스위스에서 사용하는 작을 썰매)를 타고 들어간 적이 있으니까. 그것도 한 번이 아니라 여러 번. 루즈는 확실히 겨울 스포츠거든."

다른 관리가 나를 보고 말했다.

"루즈를 당신은 겨울 스포츠라고 생각하십니까? 이 로카르노에 머무시는 게 편할 겁니다. 기후도 좋고 환경도 매력적이고. 꼭 마음에 드실 겁니다."

"이 분은 몽트뢰로 가시겠다고 하시잖나."

"루즈가 뭡니까?"

내가 물었다.

"이것 봐, 이분은 아직 루즈 따윈 들어 본 적도 없어!"

둘째 번 관리는 나의 말 한마디로 퍽 유리한 입장이 됐다. 그는 기

분이 좋아진 모양이었다.

"루즈란."

하고 첫째 번 관리가 말했다.

"터보건(스포츠용의 간단한 썰매) 썰매죠."

"미안하지만 그렇지 않아."

둘째 번 관리가 머리를 가로저었다.

"어째 또 의견이 다른가 보군. 터보건 썰매는 루즈와는 아주 다르지. 터보건 썰매는 캐나다에서 얇은 판자로 만든 거고 루즈는 미끄럼쇠가 붙은 보통 썰매라구. 뭐든 정확하게 해둬야지."

"터보건 썰매는 탈 수 없습니까?"

내가 물었다.

"물론 탈 수 있죠."

첫째 번 관리가 자신 있게 대답했다.

"아주 멋지게 탈 수 있죠. 몽트뢰에서 캐나다제 터보건 썰매를 팔고 있습니다. 옥스 형제 상점에서 팔고 있지요. 거기서 직접 수입하고 있습니다."

둘째 번 관리가 고개를 돌렸다.

"터보건을 타려면 특별한 활주로가 필요합니다. 몽트뢰 거리에선 어림도 없죠. 여기선 어디서 묵으실 거죠?"

"아직 모르겠습니다."

내가 말했다.

"우리는 브리사고에서 방금 도착한 길이니까요. 마차가 밖에서 기다리고 있습니다."

"몽트뢰에 가시면 틀림없습니다."

하고 첫째 번 관리가 말했다.

"기후도 쾌척하고 아름답지요. 겨울 스포츠를 하러 가시는데도 멀지 않고요."

"정말 겨울 스포츠가 하고 싶다면."

둘째 번 관리가 말했다.

"엥가디네 협곡이든가 뮈렌으로 가보십시오. 겨울 스포츠 장소로 몽트뢰는 전혀 어울리지 않아요."

"몽트뢰 위쪽에 있는 레자방 지방은 어떤 종류의 겨울 스포츠든 모두 다 어울리는 곳입니다."

몽트뢰 옹호자인 관리가 그를 노려보았다.

"여러분."

하고 내가 말했다.

"우리는 이제 가 봐야겠습니다. 누이동생이 몹시 피곤해서요. 시험 삼아서 몽트뢰로 가보겠습니다."

"그거 좋은 결정입니다."

첫째 번 관리가 내 손을 잡고 흔들었다.

"로카르노를 떠나면 후회하실 겁니다."

하고 둘째 번 관리가 말했다.

"하여튼 몽트뢰에 가시면 경찰에게 알려주십시오."

"경찰도 결코 불친절하진 않을 겁니다."

첫째 번 관리가 나에게 보증했다.

"그곳 사람들이 퍽 공손하고 친절하다는 걸 알게 될 겁니다."

"두 분 다 고맙습니다."

내가 말했다.

"여러분들의 조언에 대단히 감사합니다."

"안녕히 계세요."

캐서린이 말했다.

"두 분 다 무척 고마우셨어요."

그들은 입구에까지 나와 인사를 했다. 로카르노를 옹호하던 관리는 좀 서먹서먹한 태도였다. 우리는 계단을 내려서 마차에 올라탔다.

"질렸어요, 정말."

하고 캐서린이 말했다.

"좀 더 빨리 빠져나올 수 없었어요?"

나는 관리 중 하나가 추천해 준 호텔의 이름을 마부에게 일러주었다. 그는 고삐를 잡았다.

"당신, 군인 양반을 잊어버리고 계시네요."

그 병사는 마차 옆에 서 있었다. 나는 그에게 10리라를 주었다.

"아직 스위스 지폐를 가지고 있지 못해서."

내가 말했다.

그는 고맙다고 인사를 하고는 가 버렸다. 마차가 서서히 움직이기 시작했고 우리는 호텔로 향했다.

"당신 어째서 몽트뢰를 택했지?"

하고 나는 캐서린에게 물었다.

"정말 몽트뢰로 가고 싶소?"

"갑자기 그곳이 생각났어요."

캐서린이 말했다.

"괜찮은 곳이에요."

"졸려?"

"벌써 졸고 있어요."

"이제 푹 쉴 수 있어, 가여운 캐서린. 지독하게도 긴 밤이었지, 당신에겐?"

"재미있었어요."

캐서린이 말했다.

"특히 당신이 우산으로 돛을 만들고 달릴 때는."

"스위스에 와 있다는 게 실감이 나?"

"아뇨. 꿈일까 싶어 두려워요."

"나도 그래."

"정말이겠죠? 설마 당신을 배웅하려고 제가 밀라노 역으로 마차를 달리는 건 아니겠죠?"

"그렇지 않기를."

"소름이 끼쳐요. 경우에 따라서는 그곳이 우리가 가려는 곳일지도 모르겠어요."

"난 완전히 녹초가 돼버려서 통 모르겠어."

내가 말했다.

"당신 손 좀 보여 주세요."

나는 두 손을 내밀었다. 양쪽 손바닥이 모두 부르터서 벌게져 있었다.

"옆구리에 구멍은 뚫리지 않았어."

내가 말했다.

"벌 받을 소리 그만 하세요."

나는 몹시 지쳐서 머리가 몽롱했다. 유쾌한 기분이라곤 도무지 나지 않았다. 마차는 거리를 달렸다.

"아이 가엾어라, 그 손."

"그냥 내버려둬."

하고 내가 말했다.

"지금 어디로 가는지 전혀 분간을 못하겠군. 어디로 가는 중이오, 마부 양반?"

마부는 마차를 세웠다.

"메트로폴 호텔로요. 그리고 가시는 게 아닙니까?"

"그렇소."

하고 내가 말했다.

"옳게 가는 거야, 캐서린."

"그래요, 제대로 가는 거예요. 당신, 정신 차려요. 푹 쉬면 괜찮아질 거예요. 내일이면 어느 정도 머리가 개운해지겠죠."

"정말 죽겠는데."

내가 말했다.

"오늘은 마치 희극 오페라의 주인공이 된 것 같아. 배도 무척 고픈 것 같고."

"피곤해서 그럴 거예요. 이제 곧 나아지겠죠."

마차는 호텔 앞에 섰다. 누군가는 우리들의 가방을 받으러 나왔다.

"기분이 아주 좋아졌어."

"그러실 줄 알았어요. 피곤해서 그랬던 거예요. 오랫동안 한잠도 못 잤으니까."

"아무튼 다 왔군."

"네, 정말로 다 왔어요."

우리들은 가방을 든 보이 뒤를 따라 호텔로 들어갔다.

제5부

38

　그해 가을은 눈이 많이 늦게 내렸다. 우리들은 산중턱의 소나무 숲에 둘러싸인 나무로 지은 집에서 살았다. 밤이 되면 서리가 내렸고, 아침에 일어나 보면 화장대에 놓아 둔 물그릇에는 얇은 얼음이 얼기도 했다. 구팅겐 부인이 아침 일찍이 방으로 들어와 난로에 불을 지펴 줬다. 소나무 장작이 '탁탁' 소리를 내고 불꽃을 일으키면 난로 속에서 불이 활활 타올랐다. 구팅겐 부인은 두 번째 들어올 때, 굵은 장작과 더운 물을 가지고 들어왔다. 방이 따뜻해지자 그녀는 식사를 가져 왔다. 침대에서 일어나 앉아 아침 식사를 하면서 호수를 내다보고 호수 건너편 프랑스 쪽 산들을 바라보았다. 눈이 내린 산봉우리는 희끄무레했고 호수는 검푸른 잿빛이었다.

산장 앞의 길은 산으로 뚫려 있었다. 울퉁불퉁한 수레바퀴 자국이 서리 때문에 굳게 얼어붙고, 길은 숲을 지나 목장 있는 데까지 차츰 산을 기고 돌며 올라갔다. 숲 끝 쪽에 있는 목장의 헛간과 오두막집 계곡이 저 멀리 내려다보였다. 골짜기는 깊고 그 바닥에는 한줄기 계류가 호수로 흘러들어 가고 있었다. 바람이 골짜기로 불어올 때마다 바위에 부딪히는 투명한 물소리가 들렸다.

가끔 우리는 이 길을 벗어나 소나무 숲 사이로 난 오솔길로 들어설 때도 있었다. 숲 속의 길은 걷기에 부드러웠다. 서리가 내려도 큰길처럼 얼지는 않았다. 우리가 신은 부츠는 징이 박혀 있어, 도로가 굳거나 미끄러워도 아무런 염려가 없었다. 징이 언 땅바닥에 박히기 때문이었다. 징이 박힌 부츠로 걷는 것은 기분이 좋았고 상쾌했다. 그리고 숲 속을 걷는 것도 즐거웠다.

산은 우리들이 사는 집 앞에서 가파른 경사를 이루며 호숫가 조그만 들판에까지 뻗어 내려가 있었다. 집 앞 양지바른 산허리의 꾸불꾸불한 길과 낮은 산중턱의 층층진 곳에 앉아 있으면 포도밭이 보였다. 겨울이라 포도 덩굴은 말라 비틀어졌고, 밭은 돌담으로 가려져 있었다. 그 포도밭 밑으로 호수를 따라 좁은 들판에 마을의 집들이 옹기종기 보였다. 호수에는 두 그루 나무가 서 있는 작은 섬이 있는데 그 나무는 마치 어선의 돛 같았다. 호수 쪽 산들은 무척 험준했다. 호수 끝엔 두 산맥 사이로 평평한 로느 계곡의 평지가 있었다. 그 계곡을 올라 산맥이 끊기는 곳에 봉우리 하나가 높이 솟아 있었다. 계곡을 내려다보는 듯했지만 너무도 멀리 있었으므로 여기까지 산 그림자를 드리우지는 못했다.

해가 내리쬘 때면 우리는 바깥에서 점심을 먹었다. 그러나 그 외에는 구석에 커다란 난로가 있는 판자로 벽을 댄 조그만 2층 방에서 식사를 했다. 우리는 시내에서 책과 잡지와 그리고 카드놀이에 관한 여러 가지 책을 사다가 둘이서 함께 놀았다. 난로가 있는 조그만 방이 우리들의 방이었다. 안락의자가 둘, 책과 잡지를 올려 놓은 테이블이 하나 있었다. 우리들은 식사가 끝나는 대로 트럼프를 했다. 구팅겐 부부는 아래층에 살고 있었다.

그들은 매우 행복해 보였다. 남편은 호텔의 지배인이었고 아내도 같은 호텔의 종업원이었는데 돈을 모아 이 집을 샀다고 했다. 그들 부부에게는 아들이 하나 있는데, 그도 호텔 지배인이 되기 위해 공부하고 있었다. 그는 취리히의 호텔에 가 있었다. 아래층에는 넓은 매점이 있었는데 포도주와 맥주도 팔고 있었다. 저녁이면 도로에 짐마차가 멎고 남자들이 포도주를 마시러 계단을 올라오는 소리를 들을 수 있었다.

거실 복도에 장작을 넣어 두는 궤짝이 있어서 거기서 장작을 날라다 계속 불을 지폈다. 그러나 우리는 밤늦게까지 깨어 있지 않았다. 침실의 어둠 속에서 나는 옷을 벗은 채 창문을 열고 밤하늘의 차디찬 별과 창 밑의 소나무들을 보다가 가능한 빨리 잠자리에 들었다. 맑게 갠 찬 공기와 창밖의 어둠을 벗 삼아 침대에 들어가는 것만큼 상쾌한 일은 없었다. 우리들은 푹 자고는 했다. 밤에 잠을 깨면, 그것이 단 한 가지 이유로 깬다는 것을 나는 잘 알고 있었다. 그러면 캐서린이 깨지 않게 가만히 깃털 이불을 거두어 올려 따뜻하고 얇은 이불의 가벼움을 새삼스레 느끼며 다시 잠들곤 했다. 전쟁은 어쩐지 이웃 대학의 축구 시합처럼 아득하게 느껴졌다. 그것은 나와는 인연이 먼 것처럼 생각되었다. 그러나 산악 지대에서는 눈이 아직 내리지 않았으므로, 전투가 계속되고 있다는 것은 신문을 통해 알고 있었다.

이따금 우리들은 산에서 내려와 몽트뢰까지 가곤 했다. 오솔길은 너무 경사가 급했으므로, 대게는 큰길로 해서 밭 가운데의 넓은 길을 걸어 포도밭 돌담 사이로 나와 길 양쪽의 마음 집들 사이로 빠져나왔다. 셰르네, 퐁타니방, 또 하나 있었는데 그 마을의 이름은, 하여튼 마을이 세 곳 있었다. 산중턱에 튀어나온 암벽 위의 석조로 지어진 옛 성을 지나면 계단식 포도밭이 있었다. 포도 덩굴은 쓰러지지 않도록 막대기에 붙잡아 매놓았다. 덩굴은 말라 갈색빛깔을 띠었고 땅은 눈을 받을 준비가 되어 있었다. 저 멀리 아래로 보이는 호수는 희뿌옇게 보였다. 길은 성 아래의 긴 비탈길로 이어졌고 또한 오른쪽으로 구부러져 가파른 자갈길을 내려가면 몽트뢰로 들어가게 되었다.

몽트뢰에는 아는 사람이라곤 하나도 없었다. 우리는 호반을 산책하며 백조와 사람이 가까이 다가서면 공중으로 날아올라 째지는 듯한 소리로 우는 갈매기와 제비갈매기를 보았다. 호수 한가운데에는

작고 귀여운 까만 농병아리 떼가 꼬리에 긴 파문을 만들어 가며 헤엄
을 치고 있었다. 시내로 들어서자 캐서린과 나는 큰 거리를 걸으며
상점에 진열된 물건들을 구경했다. 큰 호텔은 대개 휴업중이었으나
상점은 대부분 열려 있고, 우리를 반갑게 맞아주었다. 깨끗한 미용실
이 하나 있어 캐서린은 머리를 하러 들어갔다. 그 집 주인은 아주 쾌
활한 여자였다. 그녀는 몽트뢰에서 우리가 알고 지내는 유일한 사람
이었다. 캐서린이 머리를 만지는 동안 나는 맥줏집에 가서 뮌헨의 흑
맥주를 마시며 신문을 읽었다. 나는 〈코리에레 데라 세라〉지와 파리
에서 오는 영국과 미국 신문을 읽었다. 적과의 통신을 막기 위해서이
지 광고는 전부 까맣게 지워져 있었다.

신문을 읽어도 아무런 흥미를 느낄 수가 없었다. 여기저기에서 사
태는 더욱 악화되어 가는 모양이었다.

나는 흑맥주 잔을 앞에 놓고 한구석에 앉아서 프레즐(짭짤한 비스킷)
의 포장 봉지를 뜯었다. 프레즐의 짭짤함 때문에 맥주 맛이 한결 좋
아지는 것을 느끼면서 전쟁에 관한 비극적인 기사들을 읽었다. 캐서
린은 올 때가 훨씬 지났는데도 오지 않았다. 나는 신문을 신문걸이에
걸고 맥주 값을 치르고 그녀를 찾으러 거리로 나갔다. 춥고 음산한
겨울 같은 날씨였다. 건물의 돌마저도 차갑고 냉랭하게 느껴졌다. 캐
서린은 아직도 미용실에 있었다. 그녀는 파마를 하고 있었다. 나는
좁은 구석 자리에 앉아 구경했는데 흥분이 되었다. 캐서린이 미소를
머금고 내게 얘기를 했는데 나는 흥분한 탓인지 목소리가 쉰 듯했다.
머리 집게가 경쾌한 금속성 소리를 냈다.

캐서린의 모습이 세 개의 거울에서 동시에 보였다. 캐서린은 거울을 들여다보며 핀을 빼기도 하고 꽂기도 하며 머리를 약간 매만지더니 곧 일어섰다.

"너무 오래 걸려서 미안해요."

"선생님께선 아주 재미있어 하시는 눈치던데요? 그렇죠, 선생님?"

"그렇습니다."

우리들은 밖으로 나와서 춥고 음산한 거리를 걸었다. 바람이 매섭게 불었다.

"여보, 난 당신을 너무 사랑해."

"우리들 지금 행복하잖아요."

하고 캐서린이 말했다.

"우리 어디 가서 차 말고 맥주 마셔요. 꼬마 캐서린에겐 맥주가 좋은 거예요. 몸집을 작게 만드니까."

"꼬마 캐서린."

하고 내가 말했다.

"그 게으름뱅이."

"여간 얌전치가 않아요."

하고 캐서린이 말했다.

"조금도 말썽부리지 않는 걸요. 맥주는 아이를 작게 해준다고 의사가 그랬어요."

"너무 작다간 그게 사내애라면 경마 기수가 되겠군."

"아이가 태어나면 우리 정말 결혼해야겠어요."

423

하고 캐서린이 말했다.

우리는 맥줏집 한쪽 구석에 앉아 있었다. 밖은 어둑어둑했다. 아직 일렀지만 음산한 날씨였으므로 저녁이 빨리 다가온 듯했다.

"우리 곧 결혼합시다."

"싫어요."

"지금은 배가 부른 게 너무 뚜렷해서 눈에 띄는 걸요. 이 꼴로 사람들 앞에서 결혼식을 올릴 순 없어요."

"진작 결혼했더라면 좋았을 걸."

"맞아요. 우린 언제쯤 결혼하게 될까요?"

"모르지."

"나 한 가지만은 말해두고 싶어요. 이런 부인 같은 모습으로 결혼식을 올리지는 않겠어요."

"당신, 결혼한 여자처럼 보이지는 않아."

"아녜요. 정말 그래요. 미용사가 첫 아기냐고 묻던데요? 난 거짓말로 사내애 둘하고 계집애 둘이 있다고 했어요."

"언제 결혼할까?"

"몸이 전처럼 날씬해지면 언제라도 좋아요. 모두가 부러워할 만한 멋진 결혼식을 올리고 싶어요."

"걱정되지 않아?"

"내가 왜 걱정해요? 속상했던 건 밀라노에서 잠깐 동안. 창녀 같다는 느낌이 들었었죠. 그건 방안의 가구 탓도 있었어요. 이젠 당신의 좋은 아내가 되어 있잖아요?"

"그렇지, 훌륭한 아내지."

"너무 형식적인 것에 구애받지 않고 몸만 풀면 곧 결혼할 거예요."

"그러지."

"맥주 한 잔 더 마셔도 괜찮아요? 의사 선생님은 난 골반이 좁아 꼬마 캐서린을 조그맣게 해놓는 게 좋을 거라고 하던데요."

"그 외에 또 무슨 얘기를 했지?"

나는 걱정이 되었다.

"그뿐이에요. 혈압은 괜찮데요. 내 혈압을 칭찬해 주셨어요."

"당신 골반이 작은 것에 대해서는 뭐라고 했어?"

"없어요. 별로 없어요. 다만 스키는 금물이래요."

"물론 그렇겠지."

"이제까지 스키를 타본 일이 없다면 시작하기엔 너무 늦었다고 했어요. 넘어지지만 않으면 타도 상관없지만."

"너그러운 농담 꾼이군."

"매우 좋은 분이에요. 아이를 낳을 때 그분을 모셔와야겠어요."

"그 사람에게 결혼해야 좋을지 물어 봤소?"

"아뇨, 결혼한 지 4년 됐다고 그랬는데요, 뭐. 당신하고 결혼하며 난 미국인이 되겠죠. 그리고 미국 법률에 따라 아이는 합법적인 적자가 되겠죠?"

"어디서 그건 알았소?"

"도서관에서 뉴욕 판《세계 연감》을 봤어요."

"당신은 굉장한 걸."

"난 미국인이 되는 거 참 기뻐요. 우리 미국으로 가는 거죠, 그렇죠? 나이아가라 폭포도 구경하고 싶어요."

"훌륭한 여자야, 당신은."

"보고 싶은 게 또 있는데 생각이 안 나요."

"가축을 두는 곳?"

"아뇨. 생각이 나지 않네요."

"울워드 빌딩(1911년 뉴욕에서 세운 57층 건물. 당시에 에펠탑을 제외하고 세계에서 가장 높았음)?"

"아뇨."

"그랜드캐넌?"

"아뇨, 하지만 그것도 보고 싶어요."

"그럼 뭐지?"

"골든 게이트예요. 그게 보고 싶었어요. 골든 게이트는 어디 있지요?"

"샌프란시스코에."

"그럼 그리로 가요. 그렇잖아도 샌프란시코는 정말 한번 가 보고 싶어요."

"좋아, 그리로 가지."

"이제 산에 올라가요. 괜찮죠? MOB(몽트뢰 오베를랑 베르느와 철도의 약칭)를 탈 수 있을지 모르겠네요."

"다섯 시 지나서 전차가 있어."

"그걸 타요."

"그러지. 그 전에 맥주 한 잔 더 해야지."

거리를 걸어 역으로 가는 계단을 올라가노라니까 몹시 추웠다. 로느 계곡에서 찬바람이 불어 내려왔다. 상점 진열장에는 하나 둘씩 불이 들어왔다. 우리는 가파른 돌층계를 올라 위쪽 거리로 나와서 다시 또 돌층계를 올라서 정거장으로 갔다.

전차가 불을 환하게 밝히고 승객들을 기다리고 있었다. 발차 시간을 알리는 시간표가 있었다. 시계를 보니 5시 10분이었다. 역의 시계를 보니 5시 5분이었다. 전창 올라타자 운전사와 차장이 역의 바에서 나오는 것이 보였다. 우리는 자리에 앉아 창문을 열었다.

전차에는 난방 장치가 돼 있어 후끈했다. 창으로 차갑고 신선한 바람이 들어왔다.

"피곤하지, 캐서린?"

"내 걱정은 마세요. 기분이 아주 좋아요."

눈은 크리스마스 사흘 전까지도 내리지 않았다. 어느 날 아침 눈을 떠보니 눈이 오고 있었다. 우리는 난로에 불을 활활 지피고 침대 속에 들어가 창밖으로 내리는 눈을 보고 있었다. 구팅겐 부인이 아침상을 치웠다. 그리고 난로에 장작을 더 지펴 주었다. 지독한 눈보라였다. 한밤중부터 내리기 시작했다고 부인이 말했다.

나는 창가로 가서 밖을 내다보았지만, 건너편은 길은 아예 보이지도 않았다. 거센 바람과 눈보라였다. 나는 침대로 돌아가 캐서린과 애기를 나눴다.

"스키 탈 줄 알면 좋겠는데."

캐서린이 말했다.

"썰매를 구해 봅시다. 그거라면 당신 몸에 해롭지 않을 테니."

"무섭지 않을까 몰라요?"

"해보면 알겠지."

"무섭지 않으면 좋겠어요."

"좀 있다가 산책합시다."

"점심 전에요."

하고 캐서린이 말했다.

"그러면 밥맛이 좋을 것 같아요."

"난 언제나 배가 고픈데."

"사실 저도 그래요."

우리들은 눈을 맞으며 밖으로 나갔다. 나는 앞장서서 역까지 내려가는 길을 만들었다. 하지만 그 이상 더 나갈 수는 없었다. 눈보라가 치고 있어 시야가 보이지 않았다. 역 옆에 있는 조그만 술집으로 들어가서 서로 눈을 털어 주고 의자에 앉아 베르뭇을 마셨다.

"지독한 눈보라예요."

하고 하녀가 말했다.

"그렇군요."

"올해는 눈이 아주 늦게 내리네요."

"정말이에요."

캐서린이 초콜릿을 먹어도 되느냐고 내게 물었다.

"곧 점심때가 될 테니 그만둘까요? 언제나 난 배가 고파요."

"괜찮아. 하나 먹어."

내가 말했다.

"개암 열매가 들어 있는 걸로 주세요."

캐서린이 말했다.

"그게 아주 맛있어요."

하고 종업원이 말했다.

"저도 그걸 제일 좋아해요."

"난 베르뭇을 한 잔 더 주시오."

밖으로 나와 길을 되돌아가려니까 우리가 만들어 놓은 길은 눈 속에 파묻혀버렸다. 발자국은 희미하게 흔적만 보일 뿐이었다. 눈이 얼굴을 때려 앞을 분간할 수조차 없었다. 눈을 털어내고 점심을 먹으러 집으로 들어갔다. 구팅겐 씨가 점심 시중을 들었다.

"내일은 스키를 탈 수 있겠군요."

하고 그가 말했다.

"스키를 탈 줄 아세요, 헨리 씨?"

"못 탑니다. 하지만 배우고 싶습니다."

"곧 배울 수 있습니다. 아들놈이 크리스마스에 오니까 가르쳐 드리도록 하죠."

"그거 신나는 일이군요. 언제 옵니까?"

"내일 밤에요."

점심을 든 뒤 작은 방안의 난롯가에 앉아 창밖으로 내리는 눈을 구경했다. 캐서린이 먼저 말을 꺼냈다.

“당신 혼자 어디론가 여행가서 다른 사람들과 스키 타고 싶지 않으세요?”

“아니 그건 왜?”

“나 가끔 당신이 다른 사람과도 만나고 싶어 하지 않을까 생각해요.”

“당신은 다른 사람들과 만나고 싶소?”

“아뇨.”

“나도 역시 그래.”

“알아요. 그렇지만 당신은 달라요. 나는 아기를 낳을 거니까, 아무것도 안 해도 족해요. 저는 요즘 바보처럼 혼자 지껄이기만 하는 것 같아요. 당신이 내게 권태를 느끼지 않도록 어딘가 좀 다녀오세요.”

“내가 당신 곁을 떠났으면 좋겠어?”

“아뇨, 저는 당신이 곁에 계시는 게 좋아요.”

“나도 그럴 작정이오.”

“이리 오세요.”

캐서린이 말했다.

“당신 머리에 난 혹을 만져 보고 싶어요. 아주 큰 혹이에요.”

그녀는 혹을 쓰다듬었다.

“당신, 수염 기르고 싶지 않으세요?”

“기르는 게 좋겠어?”

“재미있을 거예요. 당신이 수염 기른 걸 보고 싶어요.”

“좋아. 기르겠어. 이제부터 곧 기르지. 좋은 생각이야. 이걸로 나도 할 일이 생긴 거니까.”

"아무것도 할 일이 없어서 심심하세요?"

"아니, 난 좋아. 정말로 즐거운 생활을 하고 있는 걸. 당신 안 그렇소?"

"저도 행복해요. 하지만 이렇게 배가 불러 당신이 싫증 내실까 봐 걱정이에요."

"오, 캐서린, 당신은 내가 얼마나 많이 당신을 사랑하는지 몰라."

"이런 데도요?"

"지금 이대로의 당신이 난 좋아. 그리고 우린 즐거운 생활을 하고 있어. 그렇지 않아?"

"그래요. 하지만 당신이 갑갑해 하지 않나 해서 걱정이에요."

"아냐, 가끔 전선에서 알고 지내던 사람들 생각이 나지만 걱정은 안 해. 난 어떤 일이건 깊게 생각하지 않는 걸."

"어느 분 생각을 해요?"

"리날디와 군목과 그 밖에 내가 알고 있는 여러 사람들. 하지만 그런 생각들을 많이 하지는 않아. 전쟁 생각은 하기도 싫어. 이미 전쟁에서 손을 뗀지 오래니까."

"지금 무슨 생각해요?"

"아무 생각도 안 해."

"하고 계신 걸요. 얘기해 줘요."

"리날디가 정말 매독에 걸렸는지 생각했지."

"그것뿐?"

"그럼."

무기여 잘 있거라

"그 분 매독이에요?"

"모르지."

"당신이 아니어서 다행이에요. 당신도 그런 병에 걸린 적 있으세요?"

"임질에 걸린 적이 있지."

"그런 소린 듣고 싶지 않아요. 근데 무척 아팠나요?"

"무척."

"나도 걸려 볼 걸 그랬나봐."

"무슨 소리야, 그게."

"정말이에요. 당신의 아픔을 나도 똑같이 느낄 수 있다면 그런 병에 걸려도 좋았을 걸. 당신과 관계한 여자들 전부와 있으면서 그들과 같이 당신을 놀려 주고 싶어요."

"그건 멋진 광경이겠군."

"당신이 임질 걸린 것은 조금도 멋진 광경이 아녜요."

"그건 그래. 저것 봐. 눈을 보라고."

"당신을 보고 있는 게 더 좋아요. 당신, 왜 머리를 기르지 않죠?"

"어떻게 말이야?"

"조금만 더 길게요."

"이것도 충분한 걸."

"아니, 조금 더 기르세요. 저는 제 머리를 자를 거예요. 그러면 하나는 금발이고 하나는 검은 머리란 차이는 있지만 우린 서로 같아질 거예요."

"당신 머리는 자르게 하고 싶지 않은데."

"재미날 거예요. 이 머리에 질력이 났어요. 밤에 잠자리에서 여간 거추장스러운 게 아니에요."

"난 그래도 좋아."

"짧게 자르면 싫으세요?"

"싫을 것까지는 없지만 그래도 지금 이대로가 좋아."

"짧은 게 좋을지도 몰라요. 그러면 둘 다 똑같아지잖아요. 여보, 나 당신이 너무 좋아서 당신처럼 되고 싶어요."

"벌써 그런데 뭘. 우리는 한 몸이야."

"그건 알아요. 밤엔 그래요."

"밤은 정말 위대해."

"나 우리 둘이 완전히 하나가 되어 버렸으면 싶어요. 당신이 어디로 가는 건 난 싫어요. 아까도 그랬죠. 가고 싶으면 가도 좋아요. 하지만 서둘러 돌아오세요. 당신이 안 계시면 정말 살아있는 것 같지가 않아요."

"아무데도 안 갈 거야."

하고 내가 말했다.

"당신이 곁에 없으면 난 곤란해. 내 생활이라는 건 전혀 가질 수 없게 돼버리거든."

"난, 당신에게 생활을 갖게 해주고 싶어요. 하지만 둘이서 함께 가져요."

"그래서 내게 수염 기르는 걸 그만두게 하고 싶은 거야, 아니면 기르게 하려는 거야?"

“그대로 기르세요. 재미날 거예요. 정월에는 수염이 멋지게 보일 거예요.”

“체스하지 않겠소?”

“그것보다 당신과 놀고 싶어요.”

“아니, 체스를 하지.”

“그럼 나중에 해요.”

“……”

“좋아요.”

나는 체스 판을 내놓고 말을 늘어놓았다. 밖에선 아직도 눈이 세차게 내리고 있었다.

한밤중에 눈을 떴는데 캐서린도 눈을 뜨고 있는 걸 알았다. 달빛이 환히 창으로 비치고 침대 위에 창문 그림자가 드리워져 있었다.

“깨셨어요, 당신?”

“잠이 안 와?”

“잠이 깨서 생각하고 있었어요. 처음에 당신을 만났을 때 얼마나 당신을 좋아했던가를. 당신 기억나세요?”

“그래, 좀 그랬지.”

“이제는 그때 같지는 않을 거예요. 지금은 의젓한 걸요. 그렇다고 얘기해 주세요.”

“의젓해.”

“아아, 친절한 분. 그런데 지금 난 아무렇지도 않아요. 나 정말 너무 행복해요."

"자, 어서 자."

하고 내가 말했다.

"네, 우리 같이 자요."

"좋아."

그러나 그렇게 되지는 않았다. 나는 캐서린의 자는 얼굴을 지켜보면서 여러 가지 상념에 사로잡혔다. 달빛을 받고 평화롭게 잠들어 있는 캐서린의 얼굴을 꽤 오랫동안 바라보다가 나도 잠이 들었다.

39

1월 중순경이 되자 나는 수염을 갖게 되었다. 맑고 쌀쌀한 낮과 살을 에는 듯한 밤이 계속되었다. 우리는 다시 산책할 수가 있었다. 눈 쌓인 길은 건초를 실은 썰매와 장작을 실은 썰매, 산에서 운반되는 통나무들 때문에 굳어지고 미끄러웠다. 눈은 이 지방 일대, 거의 모두를 덮고 있었다. 호수 건너편 산들은 물론 로느 계곡의 평지도 눈에 덮여 있었다. 우리는 산 뒤쪽을 돌아 벵달리에까지 먼 길을 산책했다. 캐서린은 부츠를 신고 망토를 두르고, 끝이 뾰족한 강철 지팡이를 들고 있었다. 망토를 둘렀기 때문에 배가 부른 표시가 전혀 나지 않았다. 우리는 천천히 걸었다.

캐서린이 피곤해 할 때면 걸음을 멈추고 길가 통나무에 걸터앉아 쉬었다.

벵달리에의 숲 속에는 나무꾼들을 위한 술집이 있었다. 우리는 그 곳으로 들어가 몸을 녹이고 향료와 레몬이 들어 있는 따끈한 포도주를 마셨다. 그들은 이것을 글뤼바이라고 부르는데 몸을 덥게 하거나 축배를 들기에는 좋은 술이었다. 술집 안은 어둠침침하고 자욱했다. 밖으로 나와 숨을 들이켜자 찬 공기가 날카롭게 폐를 찔렀다. 코끝의 감각이 무뎌졌다.

뒤돌아보니 술집의 창밖으로 새어나오는 불빛과 집 밖에서 마부의 말이 추위를 견디려고 제자리 걸음을 하고 머리를 흔드는 게 보였다. 말의 콧잔등 털에 서리가 끼여 숨을 내쉴 때마다 부근으로 깃털 같은 김을 내뿜었다. 집으로 돌아가는 길은 반들반들하고 미끄러웠다. 장작을 나르는 길이 갈라지는 데까지는 언 눈이 말들에게 짓밟혀 오렌지 빛깔을 띠고 있었다. 그 앞으로는 깨끗한 눈으로 굳은 길이 숲 사이로 뻗어 있었다. 우리는 길을 돌아오는 길에 여우를 두 번이나 보았다.

경치가 좋은 곳이라 나갈 때마다 우리는 늘 기분이 상쾌했다.

"이젠 멋진 수염이 되었어요."

캐서린이 말했다.

"꼭 나무꾼 같아요. 당신 금방 조그만 귀걸이 단 사람 보셨어요?"

"그 사람은 알프스 영양을 잡는 사냥꾼이야."

하고 내가 말했다.

"그걸 달며 잘 들린다고 그들은 믿지."

“정말? 믿기지가 않는군요. 영양 사냥꾼이라는 걸 나타내기 위해서겠죠. 이 근처에 영양이 살고 있어요?”

“그럼, 숲 저편에 있지.”

“참, 여우를 보니까 재미있어요.”

“여우는 잘 때 추위를 막기 위해 꼬리를 몸에 감고 자지.”

“기분 좋겠네요.”

“나도 그런 꼬리가 있으면 좋을 거라고 생각하지. 우리도 여우처럼 꼬리가 달렸다면 재미있겠지?”

“옷을 입을 때 불편할 거예요.”

“거기 맞는 옷을 만들어 입든가 옷을 안 입고도 살 수 있는 나라에서 살거나.”

“지금도 우리는 아무것도 신경 안 쓰는 나라에서 살잖아요. 아는 사람을 전혀 만나지 않는 곳에 사는 게 얼마나 멋있어요? 당신 아무하고도 만나고 싶지 않죠?”

“그럼.”

“잠깐 여기 앉았다 가요. 좀 피곤해졌어요.”

우리들은 통나무에 기대어 앉았다. 앞쪽으로 숲 사이를 뚫고 내려가는 길이 있었다.

“아기가 우리들 사이를 벌어지게 하진 않겠죠? 이 개구쟁이가.”

“누가 그렇게 하게 만드나?”

“돈은 넉넉해요?”

“넉넉해. 일람불 환어음을 은행에서 지불해 주었소.”

"당신 가족들이 당신이 스위스에 와 있다는 걸 알고 데려가려고 하지 않을까요?"

"할지도 모르지. 적당히 편지로 써 보내지."

"편지 보내신 거 아네요?"

"아니. 일람불 어음 지불 청구만 했지."

"집안 식구에게 너무하셨네요."

"전보를 치지."

"당신은 집안 식구들이 어떻게 돼도 상관없어요?"

"전엔 안 그랬지만 한바탕 싸우고 나니 관심이 점점 없어지더군."

"난 당신 집안 식구들을 좋아할 것 같아요."

"집안 식구 얘긴 그만 하지. 또 마음이 산란해지니까."

잠시 후 내가 말했다.

"쉬었으면 이제 또 걷지."

우리들은 길을 내려왔다. 사방이 어두워지고 부츠 밑에 눈이 뽀드득뽀드득 소리를 냈다. 그날 밤은 매우 춥고 음산했다.

"당신 수염 참 보기 좋아요."

하고 캐서린이 말했다.

"대성공이에요. 보기엔 거칠어 보여도 보드랍고 기분 좋아."

"없는 것보다 이게 좋은가?"

"그럼요. 꼬마 캐서린을 낳을 때까진 저도 머리 안 자를 게요. 배가 많이 불러서 이젠 제법 임산부 같지요? 하지만 아기를 낳고 늘씬해지면 머리를 자르고 새롭게 변신할 거예요. 당신의 어여쁜 아내가 될 거예요. 당신과 같이 가서 자르든지 아니면 나 혼자 가서 자르고 와서 당신을 놀라게 하겠어요."

나는 아무 말도 하지 않았다.

"안 된다고 하시지는 않겠죠?"

"아니, 그렇게 되면 꽤 멋질 거야."

"아아, 당신은 참 좋은 사람이에요. 그렇게 하면 나 정말 예뻐 보일 거예요. 날씬해져서 당신 가슴을 설레게 하면 당신은 다시 나를 더욱 더 사랑할 거예요."

"원 참."

하고 내가 말했다.

"이 이상 어떻게 더 당신을 사랑하오? 날 아주 녹여버리겠다는 거요?"

"그래요. 당신을 녹여버리고 싶어요."

"좋아."

내가 말했다.

"나도 그게 소원이라오."

40

행복한 날들이 흘러갔다. 정월이 지나고 2월도 지나고 겨울은 날씨가 무척 좋았다. 우린 더할 나위 없이 행복했다. 따뜻한 바람이 불고 눈이 녹자 잠시 봄인 듯했으나 다시 무서운 추위가 찾아와 겨울로 되돌아가곤 했다. 3월이 되자 비로소 겨울이 끝난 것 같았다. 밤에 비가 내리기 시작했다. 아침 내내 비가 내렸고 눈은 진창으로 변해 산중턱의 경치는 엉망이었다. 호수와 계곡에도 잔뜩 구름이 끼어있었다. 산정에도 비가 내렸다. 캐서린은 무거운 덧신을 신고 나는 구팅겐 씨의 고무장화를 신고서 질척거리는 흙탕길을 우산을 받고 역까지 걸어가 술집에 들렀다. 그리고 점심 전의 베르뭇을 마셨다. 밖에서 계속 빗소리가 들려 왔다.

"마을로 이사 가는 게 어떨까?"

"무슨 생각으로 그런 말씀을 하시는 거예요?"

캐서린이 물었다.

"겨울이 지나서 비가 계속 내리면 산에 살아도 별재미가 없겠지. 꼬마 캐서린이 태어날 때까지 얼마나 남았지?"

"한 달쯤요. 어쩌면 좀 더 늦을지 몰라요."

"몽트뢰로 가는 게 좋지 않을까?"

"로잔은 어때요? 거긴 병원도 있고."

"그래. 하지만 거긴 너무 큰 도시야."

"크긴 해도 우리 둘이서만 있을 수 있고 더욱이 로잔은 훌륭한 곳이잖아요."

"언제 갈까?"

"아무 때라도 좋아요. 당신이 가고 싶은 때에. 당신이 원한다면 여길 떠나지 않아도 좋아요."

“날씨를 보고서 결정해야겠소.”

사흘 동안이나 비가 내렸다. 역 아래 산허리의 눈도 완전히 녹아 버렸다. 길은 눈녹은 흙탕물로 질척질척했다. 너무 질고 진창이라 비가 내린 지 사흘째 되는 날 아침, 우리는 드디어 시내로 내려가기로 작정했다.

“괜찮습니다, 헨리 씨.”

하고 구팅겐이 말했다.

“미리 알리지 않았다고 미안해하시지 마십시오. 계속 머물러 있으리라곤 생각 안했습니다. 날씨가 워낙 사나워서요.”

“집사람 형편 때문에 병원 가까운 데 있어야겠거든요.”

“알겠습니다.”

하고 그가 말했다.

“언제 다시 꼭 오십시오. 꼬마 아기랑요.”

“네, 방이 비어 있다면 꼭 올게요.”

“봄이 되어 날씨가 좋아지면 오세요. 아기와 유모는 지금 비워 둔 큰 방을 쓰고 선생님 내외분은 호수가 내다보이는 지금 계신 방을 쓰시면 좋을 겁니다.”

“오게 되면 편지로 미리 연락하겠습니다.”

우리들은 짐을 꾸리고 나서 점심을 먹은 뒤 산을 내려가는 전차로 출발했다. 구팅겐 내외는 우리를 정거장까지 배웅해 주었다. 그리고 진창 속을 썰매로 짐을 날라다 주었다. 그들은 비를 맞으며 역 한 모퉁이에 서서 손을 흔들며 작별 인사를 했다.

“참 좋은 분들이에요.”

하고 캐서린이 말했다.

“미안할 정도로 우리한테 잘해 줬지.”

우리는 몽트뢰에서 로잔 행 열차를 탔다. 차창을 통해 우리가 살던 곳을 바라봤지만 구름으로 인해 잘 보이지 않았다. 열차는 베베이에서 잠깐 멈추었다. 그리고는 다시 한쪽으로는 호수를 끼고 한쪽은 비에 젖은 갈색 들판과 헐벗은 나무들과 집들을 바라보면서 달렸다. 로잔에 도착하자 우리는 중급 정도의 호텔에 들었다. 마차를 타고 거리를 달려 호텔에 들어설 때까지도 비는 내렸다. 열쇠를 제복 앞자락에 달고 있는 수위, 승강기, 복도의 양탄자, 번쩍거리는 부속품이 달린 하얀 세면기, 화려한 침대, 넓고 편안한 침실, 구팅겐 씨 댁에서 생활한 다음이라 모든 것이 호화찬란하게만 보였다. 호텔의 창가에 서서 바라보니 꼭대기에 철책을 두른 담으로 둘러싸인, 비에 젖은 정원이 보였다. 비탈진 거리 건너편에도 거의 똑같은 담과 정원이 있는 호텔이 있었다. 나는 정원 분수에 떨어지는 비를 바라보았다.

캐서린은 방안의 불을 모두 켜고 짐을 풀기 시작했다. 나는 위스키 소다를 주문하고 침대에 누워서 역에서 사온 신문을 읽었다. 캐서린이 짐을 풀고 방안을 왔다 갔다 했다.

“제가 뭘 준비해야 하는지 아세요?”

하고 캐서린이 말했다.

“뭔데?”

"아기 옷이에요. 이렇게 될 때까지 아기 옷을 준비하지 않은 사람은 저밖에 없을 거예요."

"그런 건 잘 알겠지. 당신은 간호사였으니까."

"그래요. 하지만 병원에서 아기를 만드는 군인도 정말 없었어요."

"나는 만들었지."

그녀가 내게 베개를 던져 위스키 소다가 엎질러졌다.

"한 잔 더 주문해 드릴게요."

캐서린이 말했다.

"미안해요."

"거의 다 마신거야. 침대로 오지."

"싫어요. 이제부터 난 이 방을 꾸며야겠어요."

"어떻게?"

"우리들 집처럼요."

"연합국 깃발이라도 걸지 그래."

"아이, 잠자코 계세요."

"다시 한 번 말해봐."

"잠자코 계세요."

"아주 조심스럽게 말하는군."

내가 말했다.

"마치 누구의 기분도 상하게 하지 않으려는 말투처럼 말이야."

"맞아요."

"그럼 침대로 와."

"그래요."

그녀는 침대로 와서 나를 보며 걸터앉았다.

"여보, 나 당신에게 조금도 재미없죠? 마치 큼직한 밀가루 통 같죠."

"천만에. 당신은 아름다워."

"당신 아내가 되자마자 벌써 이런 꼴이 되고 말았으니."

"그렇지 않아. 당신은 나날이 예뻐져 간다고."

"하지만 이제 곧 날씬해질 거예요."

"지금도 날씬한데 뭐."

"당신 취하셨어요?"

"위스키 소다 한 잔으로?"

"한 잔 더 가지고 올 거예요."

캐서린이 말했다.

"저녁식사를 이리로 가지고 오라고 할까요?"

"그게 좋겠어."

"식사가 끝나도 외출하지 말아요, 네? 오늘 밤은 우리 이곳에서만 있어요."

"그렇게 하지."

내가 말했다.

"나도 포도주를 마실게요."

캐서린이 말했다.

"해롭지 않을 거예요. 우리들이 좋아하는 카프리 주가 있을지도 몰라요."

“있고 말구.”

하고 내가 말했다.

“이 정도의 호텔이라면 이탈리아산 술이 있을 거야.”

웨이터가 문을 노크했다. 그는 얼음을 넣은 유리잔과 소다수를 쟁반에 받쳐들고 왔다.

“거기 놔주게. 저녁 식사 2인분하고 독한 카프리 두 병, 얼음하고 방으로 갖다 주게나.”

“식사는 수프부터 드시겠습니까?”

“당신, 수프 들겠소?”

“네.”

“수프 1인분.”

“알겠습니다.”

그는 문을 닫고 나갔다. 나는 또다시 신문을 들고 전쟁 얘기로 되돌아왔다. 그리고 천천히 위스키 속의 얼음덩이 위로 소다수를 따랐다. 다음부터는 위스키에 얼음을 넣지 말라고 해야지. 그래야 위스키가 어느 정도 있는지를 알고 소다수를 부어도 술맛이 싱거워지지 않으리라. 위스키를 한 병 사다 놓고 얼음과 소다수만 갖다 달라고 해야겠다. 그게 현명한 방법이다. 좋은 위스키는 삶을 즐겁게 해준다. 그것은 인생의 즐거움이다.

“뭘 생각하고 계세요, 당신?”

“위스키에 관해서.”

“위스키의 어떤 점요?”

"얼마나 좋은 것인지를."

캐서린은 얼굴을 찡그렸다.

"좋아요."

하고 그녀는 말했다.

우리는 그 호텔에서 3주간을 머물렀다. 그럭저럭 괜찮은 호텔이었다. 식당은 대개 비어 있었지만 저녁 식사만은 거의 매일 방에서 했다. 우리는 거리를 거닐거나 톱니식의 궤도 열차를 타고 우쉬까지 가서 호숫가를 산책하기도 했다. 기후는 아주 따뜻해져 봄 같았다. 산으로 돌아갔으면 했지만 봄다운 날씨는 불과 이삼 일 계속 되었을 뿐 다시 겨울 날씨로 되돌아가곤 했다.

캐서린은 시내에 나가 아기에게 필요한 물건들을 샀다. 나는 체육관에 가서 권투를 했다. 대개 캐서린이 아침 늦게까지 자는 사이에 갔다. 완연한 봄날은 아니지만 권투를 한 뒤에 샤워를 하고 나서 봄기운이 물씬 도는 거리를 걸었다. 그리고 카페에 들러서 사람 구경도 하고, 신문을 읽고 베르뭇을 마셨다. 그 다음 호텔로 돌아와서 캐서린과 함께 점심을 먹었다. 체육관의 권투 사범은 수염을 기른 사람으로 엄격했으며 동작이 정확했다. 하지만 이쪽에서 공세로 나가면 쩔쩔맸다. 그래도 체육관에 가면 늘 유쾌했다. 공기도 좋고 방도 밝았다. 줄넘기도 하고 혼자서 때리는 연습도 했고, 활짝 열어 놓은 창으로 들어오는 햇빛을 받으며 마루에 누워 복부 운동도 했다. 때로는 사범과 연습 시합을 해서 사범을 놀라게 했다. 처음에는 기다란 거울 앞에 서서 혼자서 연습을 하는 게 너무나 어색했다. 수염을 기른 사나이가 권투를 하고 있는 모양이 많이 이상하게 보였기 때문이다. 나는 권투를 시작하자 수염을 깎아 버리고 싶었지만 캐서린이 그걸 말렸다.

종종 캐서린을 데리고 마차를 타고 교외에 나갔다. 날씨가 화창한 날은 마차로 달리는 기분이 상쾌했다. 우리는 점심을 준비해 가지고 나가서 식사하기에 적당한 장소를 찾았다. 캐서린은 이제 멀리는 걷지 못했으므로 대신 마차로 그녀와 시골길을 달리는 것을 만끽했다. 맑은 날씨라면 더욱 좋았다. 한 번도 기분을 망친 날이 없었다. 캐서린의 해산날이 가까워지자 우리들은 무엇에 쫓기는 것 같은 느낌이 들었다. 그래서 함께 있는 시간을 조금이라도 헛되이 보내지 않으려고 노력했다.

41

어느 날 3시경 캐서린이 침대 속에서 심하게 뒤척이는 소리가 들렸다.

"괜찮아, 캐서린?"

"아까부터 진통이 시작됐나 봐요."

"규칙적으로?"

"아뇨, 그렇진 않고."

"규칙적으로 진통이 오면 병원에 갑시다."

447

나는 매우 졸려서 다시 곯아떨어졌다. 얼마가 지나 눈을 떴다.

"의사를 부르는 게 좋을 거 같아요."

캐서린이 말했다.

"어쩐지 그래요."

나는 전화 있는 데로 가서 의사를 불렀다.

"진통이 몇 분마다 옵니까?"

의사가 물었다.

"몇 분마다 진통이 오지, 캐서린?"

"15분마다."

"그럼 입원하시는 게 좋겠습니다."

의사가 말했다.

전화를 끊고 이번에는 택시를 보내 달라고 정거장 근처의 차고에 전화를 했다. 아무도 전화를 받지 않았다. 그러다 남자 목소리가 들리더니 곧 택시를 보내 주겠다고 했다. 캐서린은 옷을 입고 있었다. 그녀의 가방에는 병원에서 필요한 아기 물품들이 잔뜩 들어 있었다.

복도로 나가 벨을 누르고 승강기를 불렀으나 대답이 없었다. 나는 아래층으로 내려갔다. 아래층에는 야간 경비원 외에는 아무도 없었다. 나는 직접 승강기를 올렸다. 그리고 가방을 넣고 그녀를 태우고 아래층으로 내려왔다. 경비원이 문을 열어 주었다. 밖으로 나와 차도 계단의 돌층계에 앉아 택시 오기를 기다렸다. 맑게 갠 밤하늘엔 별이 반짝였다. 캐서린은 몹시 흥분해 있었다.

“진통이 시작돼 기뻐요.”

하고 캐서린이 말했다.

“이걸로 조금만 있으면 깨끗이 그치겠죠.”

“당신 참 착하고 똑똑한 여자요.”

“난 무섭지 않지만 택시가 빨리 왔으면 좋겠어요.”

거리를 달려오는 차 소리가 들리고 헤드라이트가 비쳤다. 캐서린을 부축해서 차에 태웠다. 가방은 운전사가 앞자리에 가져다주었다.

“병원으로 갑시다.”

하고 내가 말했다.

우리는 차도를 나와 언덕길을 올라 달렸다. 병원에 이르자 안으로 들어갔다. 접수 창구에 앉아 있던 여자가 캐서린의 이름, 나이, 주소, 친척, 종교 등을 장부에 기록했다. 이름은 캐서린 헨리라고 했다.

“입원실로 안내하지요.”

하고 여자가 말했다. 우리는 승강기를 타고 올라갔다. 여자가 승강기를 세우자 우리는 밖으로 나와 여자를 따라 복도를 걸어갔다. 캐서린은 내 팔을 꼭 붙들었다.

“이 방입니다.”

여자가 말했다.

“옷을 갈아입고 침대에 누워 계세요. 이 잠옷으로요.”

“나 잠옷 가지고 왔는데요.”

캐서린이 말했다.

“이 잠옷이 더 좋을 거예요.”

여자가 말했다.

나는 밖으로 나와 복도 의자에 앉았다.

“그만 들어오셔도 괜찮습니다.”

여자가 문간에 서서 말했다. 캐서린은 마치 투박한 홑이불 천 같은 바둑무늬가 있는 잠옷을 입고 좁은 침대 위에 누워 있었다. 그녀는 나를 향해 웃었다.

“이제 진통이 너무 심해요.”

하고 캐서린이 말했다.

간호사가 캐서린의 손목을 잡고는 진통이 오는 주기를 재고 있었다.

“이번 건 컸어요.”

하고 캐서린이 말했다. 그녀의 얼굴만 봐도 진통의 강도를 알 수 있었다.

“의사는 언제 옵니까?”

내가 간호사에게 물었다.

“주무시고 계세요. 필요할 땐 이리로 오실 거예요.”

“부인 시중을 좀 들어야겠는데요.”

간호사가 말했다.

“또 한 번 밖으로 나가 주세요.”

나는 복도로 나왔다. 텅 빈 복도였다. 창이 둘 있고 복도를 따라 닫힌 문이 늘어서 있는 것이 을씨년스러웠다. 병원 냄새가 코를 찔

렀다. 나는 의자에 앉아 마룻바닥을 내려다보며 캐서린을 위해 기
도했다.

“들어오세요.”

간호사가 말했다.

나는 들어갔다.

“아아, 여보.”

캐서린이 말했다.

“좀 어때?”

“이젠 진통이 쉴 새 없이 와요.”

그녀는 얼굴을 잔뜩 찌푸렸다가 이내 또 미소를 짓곤 했다.

“지금 것은 진짜였어요. 간호사, 또 내 등에 손을 대주겠어요?”

“그렇게 하는 게 편하시데요.”

간호사가 말했다.

“당신은 나가 계세요.”

캐서린이 말했다.

“나가서 뭘 드셔야죠. 간호사가 그러는데 진통은 오래 계속될 거
래요.”

“초산은 진통이 오래 갑니다.”

간호사가 말했다.

“밖에 나가서 뭘 좀 드시고 오세요. 난 괜찮아요.”

캐서린이 말했다.

“난 괜찮아요, 정말.”

"여기 그대로 있겠어."

내가 말했다.

진통은 아주 규칙적으로 왔다간 이내 가라앉았다. 캐서린은 몹시
흥분했다. 진통이 심한 상태가 그녀는 도리어 좋다고 했다. 진통이
가라앉으면 그녀는 실망하고 부끄러워했다.

"여보, 나가 계세요."

캐서린이 말했다.

"당신이 계시면 나 자꾸 신경 쓰여요."

그녀의 얼굴이 일그러졌다.

"아아, 이번 것은 좋았어요. 나 좋은 아내가 되어 바보짓하지 않고
아기를 낳을 거예요. 제발 나가서 식사하고 오세요. 제겐 그게 편해
요. 간호사도 잘해 주니까요."

"식사하실 시간은 충분히 있습니다."

간호사가 말했다.

"그럼 얼른 갔다 오지. 그동안 잘 있어, 여보!"

"다녀오세요."

캐서린이 말했다.

"제 몫까지 맛있게 잡수셔야 해요."

"아침 식사는 어디서 먹어야 하나요?"

"이 길을 죽 내려가시며 광장에 카페가 있어요."

간호사가 말했다.

"지금쯤 열려 있을 거예요."

밖은 차츰 밝아지기 시작했다. 나는 인적 없는 거리를 카페를 향해 걸어갔다. 창문으로 불빛이 보였다. 카페로 들어가 카운터 앞에 서서 노인이 내주는 백포도주와 빵을 먹었다.

"이 시간에 뭘 하고 계십니까?"

노인이 물었다.

"아내가 병원에서 해산 중입니다."

"그렇습니까? 순산을 빕니다."

"포도주 한 잔 더."

그는 병을 들어 따랐는데 술이 넘쳐 바 위로 흘렀다. 나는 술을 한 잔 더 마시고 돈을 치르고 밖으로 나왔다. 바깥에는 집집에서 버린 쓰레기들이 청소부를 기다리고 있었다. 개 한 마리가 쓰레기통에 코를 박고 냄새를 맡고 있었다.

"뭘 찾는 거냐?"

나는 개에게 뭔가 꺼내 줄 게 있나 하고 속을 들여다보았으나 커피 찌꺼기와 먼지와 시든 꽃이 몇 송이 들어 있을 뿐이었다.

"아무것도 없구나."

개는 거리를 건너가 버렸다. 나는 병원 계단을 단숨에 뛰어올라 캐서린이 있는 위층까지 올라갔다. 그리고 병실을 향해 복도를 걸어갔다. 노크를 했으나 대답이 없었다. 문을 열었다. 방은 비어 있었고, 의자 위에 캐서린의 가방이 있고 벽에 잠옷이 걸려 있을 뿐이었다. 나는 밖으로 나와 사람을 찾았다. 간호사 하나를 만났다.

"헨리 부인은 어디 있죠?"

"누구신지 지금 막 분만실로 가셨어요."

"거긴 어딥니까?"

"안내해 드리죠."

간호사는 나를 복도 한끝으로 데리고 갔다. 조금 열린 문틈 사이로 캐서린이 홑이불을 덮고 침대 위에 누워 있는 것이 보였다. 한쪽엔 간호사이, 그 맞은편에 의사가 서 있었다. 의사는 한 손에 관이 달린 고무 마스크를 들고 있었다.

"가운을 드릴 테니 입고 들어오세요."

간호사가 말했다.

"자, 이리 오세요."

간호사는 나에게 흰 가운을 입혀 준 다음 목 뒤에 안전핀을 꽂아 고정시켜 주었다.

"이젠 들어오셔도 괜찮습니다."

하고 간호사가 말했다.

나는 안으로 들어갔다.

"아이, 여보."

캐서린은 힘들게 한마디 했다.

"시간이 꽤 걸리네요."

"선생님이 헨리 씹니까?"

의사가 물었다.

"네. 어떻습니까, 선생님?"

"아주 순조롭습니다."

하고 의사가 말했다.

"진통이 올 때 마취하기가 편리해서 이리로 옮겼습니다."

의사가 마스크를 그녀의 얼굴에 씌우고는 다이얼을 돌렸다. 나는 캐서린이 가쁘게 숨을 들이쉬는 것을 보았다. 이내 그녀는 마스크를 밀었다.

"이번엔 그리 심하지 않았어요. 조금 전에 굉장했었어요. 선생님이 그걸 참아내게 해주셨어요. 그렇죠, 선생님?"

목소리가 이상했다. '선생님'이라고 말할 때 목소리가 더욱 높아졌다.

의사는 미소를 띠었다.

"또 한 번 대주세요."

하고 캐서린이 말했다.

그녀는 고무 마스크를 얼굴에 바짝 대고 가쁘게 숨 쉬었다. 약간 신음하는 듯한 소리가 들렸다. 이내 마스크를 떼자 그녀는 나를 향해 미소 지었다.

"이번엔 대단했어요."

하고 캐서린이 말했다.

"진통이 참 컸어요. 걱정 마세요, 여보. 가세요. 또 한 번 가서 식사를 하고 오세요."

"여기 있겠어."

내가 말했다.

우리가 병원에 간 것은 새벽 3시쯤이었다. 정오가 되었는데도 캐

서린은 아직 분만실에 있었다. 진통이 또 가라앉았다. 그녀는 매우 피로해 보였으나 그래도 명랑하려고 노력했다.

"아무리 기를 써도 안돼요."

하고 캐서린이 말했다.

"미안해요. 나 문제없을 줄로 알았는데. 아아…… 또 시작이에요."

그녀는 손을 뻗어 마스크를 들어 얼굴에 갖다댔다. 의사는 다이얼을 돌리며 그녀를 지켜보았다. 조금 있다가 진통이 또 그쳤다.

"별것 아니에요."

하고 캐서린이 미소를 지었다.

"나 마취에 취해 정신이 없나 봐요."

"또 시작이야."

캐서린이 말했다.

의사는 시계를 봤다.

"진통이 얼마만큼 옵니까?"

하고 내가 말했다.

"약 1분입니다."

"점심 식사는 하셨습니까?"

"뭘 좀 먹죠."

하고 그가 말했다.

"뭘 좀 잡수셔야 해요, 선생님."

하고 캐서린이 말했다.

"너무 오래 걸려 죄송해요. 제 남편이 저를 마취시킬 수는 없을

456

까요?"

"상관없으시다면."

의사가 말했다.

"숫자가 2가 나오는 데까지 돌리면 됩니다."

"알겠습니다."

하고 내가 말했다.

다이얼에는 숫자가 적혀 있었다.

"이리 주세요."

하고 캐서린이 말했다.

마스크를 캐서린의 얼굴에 바짝 대고 다이얼을 2번까지 돌렸다. 캐서린이 마스크를 떼자 도로 숫자를 제자리에 돌려놓았다. 의사가 이런 일이라도 나에게 시킨 것이 정말 고마웠다.

"당신이 했어요?"

하고 캐서린이 물었다. 그녀는 내 손목을 가볍게 두드렸다.

"그럼."

"참 좋은 분이에요."

그녀는 마취에 취해 있었다.

"저는 옆방에서 간단히 식사를 하겠습니다."

하고 의사가 말했다.

"언제든지 필요하시면 부르세요."

시간이 흐르는 동안 나는 그가 식사를 하고 침대에 누워 담배를 피우는 것을 보았다. 캐서린은 몹시 지쳐 있었다.

"제가 무사히 아길 낳을 수 있을까요?"

"그럼, 낳고말고."

"나 힘껏은 하고 있어요. 하지만 잘 안돼요. 아, 진통이 또 시작됐어요."

2시에 나는 밖으로 나가 점심을 먹었다. 카페에는 커피와 앵두 술과 브랜디를 앞에 놓고 두세 명의 사내가 앉아 있었다. 나도 테이블로 가서 앉았다.

"식사 할 수 있소?"

하고 나는 웨이터에게 물었다.

"점심시간은 지났습니다."

"뭐든지 먹을 수 있는 건 없소?"

"양배추 요리라면 있습니다."

"그럼 그것하고 맥주를 주오."

"어떤 걸로 드릴까요?"

"반 리터들이의 약한 것으로 주시오."

웨이터가 얇게 썬 햄을 위에 얹고 술에 절인 따뜻한 양배추 속에 소시지를 박은 요리를 가지고 왔다. 나는 그것을 먹고 맥주를 마셨다. 배가 몹시 고팠다. 나는 카페 안의 사람들을 둘러보았다. 한 테이블에서는 카드놀이를 하고 있었다. 내 옆 테이블의 두 사나이는 얘기를 하면서 담배를 피우고 있었다. 카페 안은 연기로 자욱했다. 아까 내가 식사를 하던 바 뒤에는 사람이 셋 있었다. 아까 그 노인과 검은 옷을 입고 카운터 뒤에 앉아 테이블에 내 놓은 음식을 일일이 눈으로 확인하는 뚱뚱한 부인과 앞치마를 두른 소년이었다. 이 여자는 대체 몇이나 아이를 낳았으며 또 어떻게 낳았을까 하고 나는 생각했다.

양배추 요리를 다 먹고 병원으로 돌아왔다. 거리는 이제 깨끗이 청소가 되어 있었다. 길에 내놓은 쓰레기통은 이제 하나도 없었다. 날씨는 흐렸지만 해가 가끔씩 구름 사이로 비쳤다. 나는 엘리베이터를 타고 올라가서 캐서린의 병실을 향해 걸어갔다. 흰 가운을 입고 목뒤에 핀을 꽂았다. 거울을 보니 수염을 기른 돌팔이 의사 같았다. 나는 복도를 지나 분만실로 갔다.

문은 꼭 닫혀 있었다. 노크를 했으나 아무 대답이 없어 손잡이를 돌려 안으로 들어갔다. 의사가 캐서린 옆에 앉아 있었다. 간호사는 방 저쪽 구석에서 무엇인가를 하고 있었다.

"남편 되시는 분이 오셨습니다."

의사가 말했다.

"아 여보, 의사선생님은 매우 훌륭하세요."

캐서린의 목소리는 아주 이상했다.

"제게 아주 멋진 얘길 해주셨어요. 진통이 너무 심했는데 고통을 덜어주셨어요. 훌륭한 분이에요. 선생님은 참 훌륭한 분이에요."

"마취에 취했구려."

하고 내가 말했다.

"알아요."

하고 캐서린이 말했다.

"그래도 그렇게 말씀하지 마세요."

갑자기 그녀는 또 외쳤다.

"대줘요. 대줘요."

그녀는 마스크를 움켜쥐고 고통스럽게 헐떡이면서 흡입기를 짤깍짤깍 소리 나게 했다. 이윽고 긴 한숨을 쉬었다. 의사가 손을 내밀어 마스크를 떼어냈다.

"이번 것은 굉장했어요."

하고 캐서린이 말했다. 목소리가 아주 이상했다.

"이젠 전 죽지 않아요. 죽을 고비는 넘겼어요. 기쁘시죠?"

"이젠 괜찮을 거야, 캐서린."

"난 안 죽어요."

"그런 바보 같은 말을 하면 안 돼요."

하고 의사가 말했다.

"남편을 두고 죽다니 될 말인가요?"

"그래요. 안 죽어요. 싫어요. 죽는 건 싫어요. 죽는 건 바보짓이에요. 또 왔어요. 대주세요."

조금 있다가 의사가 말했다.

"헨리 씨, 좀 나가 계십쇼. 내진을 좀 해볼까 합니다."

"어떤지 진찰하시는 거예요."

하고 캐서린이 말했다.

"끝나면 곧 돌아오세요, 네? 진찰하시는 거죠, 선생님?"

"그럼요."

하고 의사가 말했다.

"들어 오셔도 좋을 때 알려드리겠습니다."

나는 문 밖으로 나와 아기를 낳은 뒤에 캐서린이 묵기로 한 방을 향해 갔다. 그 방안에 앉아 한번 둘러보고는 점심을 먹으러 갈 때 산 신문을 꺼내 읽었다. 신문읽기를 그만두고 불을 끄고 어두워져 가는 밖을 내다보았다. 왜 의사는 나를 부르지 않을까? 아마 내가 없는 것이 나을지도 모른다. 어쩌면 그는 잠시 내가 나가 있었으면 할지도 모른다. 시계를 보았다. 10분 후에도 부르러 오지 않으면 가 봐야겠다.

가엾은, 가엾은 내 귀여운 캐서린! 이것이 죄의 대가였다. 이것이 그 함정의 결말이었다. 이것이, 서로 인간이 사랑해서 얻은 것이다. 그래도 마취에 대해서는 하느님께 감사해야 할 것이다. 마취제가 나오기 전에 사람들은 어떻게 했을까? 일단 진통은 시작되면 그칠 줄을 모른다. 캐서린은 임신 중에는 정말 건강했다. 임신의 고통도 없었고 입덧도 거의 없었다. 아이를 낳기 전까지 괴로워하지도 않았다. 이제 그녀를 목적지까지 데리고 왔는데……. 무슨 짓을 해도 지금 이 난국을 헤쳐 나갈 방법이라곤 없다. 헤쳐나가? 천만에! 오십 번을 결혼해도 결국은 마찬가지일 것이다. 그런데 그녀가 만일 죽으면 어떻게 하나? 안 죽을 거야. 다만 이건 고비일 뿐이야. 초산은 대게 오래 걸린다니까. 그러니까 힘들어 하는 거겠지. 나중에 '혼났다' 하고 우리들은 얘기할 것이고, 캐서린은 그다지 괴롭지 않았어요, 하고 말할 테지. 하지만 그녀가 만일 죽는다면? 아니 절대로 그럴 리가 없다. 그러나 만일 죽는다면? 천만에, 죽을 리가 없어. 이건 바보 같은 생각이야. 아이를 낳으니 괴로운 건 당연한 일이지. 초산이니까. 초산의 진통은 으레 큰 법이니까. 그렇구 말고, 그러나 만일 그녀가 죽는다면 난 정말 어떡하지? 천만에, 죽긴 왜 죽어, 죽을 리가 없어. 캐서린이 죽어야 할 무슨 이유라도 있단 말인가? 밀라노에서 매일 밤을 즐겁게 지낸 결과로 단지 어린아이가 생겨났다고 하는 것뿐으로? 지금 잔뜩 말썽을 부려도 조금 있으면 태어나겠고, 그놈의 뒤치다꺼리를 하며 기르는 동안 아마 귀여워지겠지. 그러나 만일 캐서린이 죽는다면? 안 죽어. 하지만 죽으면? 죽을 리가 없다니까. 하지만 죽으면? 어이, 그러면 어떡할 테냐? 만일 죽으면 어떻게 하지.

의사가 방으로 들어왔다.

"어떻습니까, 선생님?"

"신통치 않은데요."

하고 의사가 말했다.

"신통치 않다니요?"

"글쎄요. 진찰해 봤는데……."

그는 진찰의 결과를 자세히 설명했다.

"그 후 경과를 쭉 보고 있는데 도무지 신통치가 않아요."

"선생님의 의견은 어떻습니까?"

"두 가지 방법이 있습니다. 하나는 고등 겸자 분만법인데 부작용이 심해 퍽 위험하고 게다가 태아에게도 해롭지요. 또 하난 제왕 절

개구요."

"제왕 절개는 어떤 위험이 있습니까? 만일 죽기라도 한다면?"

"보통 분만 이상의 위험은 없습니다."

"선생님이 집도하십니까?"

"네, 수술 준비와 인원을 갖추는 데 한 시간쯤 걸립니다. 아니 그렇게 많이 걸리지 않을 겁니다."

"선생님 의견은 어떻습니까?"

"나는 제왕 절개를 권하고 싶습니다. 만일 내 아내라면 제왕 절개를 하겠어요."

"수술한 뒤의 결과는 어떻습니까?"

"아무것도 없습니다. 수술 자국이 생길 뿐이죠."

"병독의 감염은 어떻겠습니까?"

"고등 겸자 분만만큼 위험하진 않습니다."

"만일 이대로 아무 조치를 취하지 않는다면 어떻게 될까요?"

"어떤 조치든 취해야 합니다. 부인은 이젠 무척 기력을 잃었습니다. 지금이라도 빨리 수술을 해야 부인이 안전합니다."

"되도록 빨리 수술을 해 주십시오."

하고 내가 말했다.

"그렇다면 지시를 하겠습니다."

나는 분만실로 들어갔다. 분만대 위에 있는 캐서린은 불룩한 배에 홑이불을 덮고 창백한 얼굴로 있었다.

그 곁에 간호사가 있었다.

"수술해도 좋다고 그러셨어요?"

하고 캐서린이 말했다.

"응."

"잘 됐군요. 이제 한 시간만 지나면 모든 게 끝날 거예요. 나 아주 지쳤어요. 몸이 산산조각 나는 것만 같아요. 그걸 대줘요. 안돼요. 아, 이제 효과가 없네요!"

"깊이 숨을 쉬어 봐."

"쉬고 있어요. 안 들어요. 이젠 안 들어요!"

"새 걸로 주세요."

내가 간호사에게 말했다.

"그게 새 것인데요?"

"나 정말 바보예요."

하고 캐서린이 말했다.

"하지만 이제 효과가 없어요."

그녀는 울고 시작했다.

"아, 내가 얼마나 이 아일 낳고 싶어 했는데요. 그런데 이젠 몸이 아주 지쳐 버려 죽을 것만 같아요. 이 진통만 멎으면 죽어도 괜찮아요. 아아, 제발, 여보, 제발 멈추게 해줘요. 아아, 또 시작이야. 아아아!"

그녀는 마스크 속에서 흐느끼며 숨을 쉬었다.

"안 들어요. 안 들어요. 걱정이야. 염려 마세요, 여보. 제발 울지 마세요. 걱정 마세요. 그저 지쳐서 그래요. 가엾은 당신, 나 이렇게 당신을 사랑하니까 곧 괜찮아질 거예요. 여기서는 날 좀 어떻게 못해 주나요? 날 좀 어떻게 해줬으면."

"내가 되게끔 해보지. 끝까지 다 돌려보지."

"마스크를 대줘요."

나는 다이얼을 끝까지 돌렸다. 그녀가 몹시 깊이, 가쁘게 숨을 쉬었기 때문에 마스크를 쥔 손의 힘이 빠져나갔다. 나는 가스 마개를 막고 마스크를 뗐다. 그녀는 점점 의식을 회복했다.

"이번 거는 좋았어요. 아, 당신 정말 고마워요."

"기운을 내. 이걸 언제까지나 대고 있을 순 없어. 그러다간 당신 죽는다고."

"이젠 용기도 없어요. 전 지쳤어요. 이곳 사람들이 절 이렇게 만들었어요."

"누가 하든지 마찬가지요."

"그렇지만 못 견디겠어요. 좋아질 때까지 기다리고만 있으라는 거예요."

"한 시간만 있으면 끝날 거요."

"그러면 좋아요. 나 죽지는 않겠죠, 네? 그렇죠?"

"약속하지."

"당신을 남겨 놓고 죽을 수는 없어요. 하지만 너무 지쳐서 금방이라도 죽을 것 같아요."

"바보 같은 소릴. 누구나 다 그렇게 생각해."

"가끔 난, 이젠 죽는구나 하고 생각돼요."

"죽긴 왜 죽어. 죽을 까닭이 없잖아."

465

"그러나 만일 내가 죽는다면?"

"내가 당신을 죽게 하지는 않아."

"빨리 마스크를 대줘요. 빨리!"

그러고 나서 조금 후에 캐서린은 또 소리 질렀다.

"난 안 죽어요. 누가 죽을 줄 알아요."

"물론 안 죽고말고."

"당신 내 곁에 있어 주세요."

"당신이 수술 받는 건 보고 싶지 않아."

"아니, 거기 그냥 있어만 줘요."

"그럼. 언제까지라도 당신 곁에 있을 거야."

"당신은 정말 친절해요. 아아, 당신, 마스크를 대줘요. 좀 더 대줘요. 또 안 들어요."

나는 다이얼을 3으로, 다시 4로 돌렸다. 의사가 빨리 와 주었으면 싶었다. 그 이상의 숫자가 무서웠다.

드디어 다른 의사가 두 명의 간호사를 데리고 들어왔다. 그들은 캐서린을 안아 올려 들것에 옮겨 복도로 나갔다. 그리고 복도를 빨리 지나 엘리베이터 속으로 들어가자 모두들 벽에 몸을 딱 기대어 자리를 만들었다. 엘리베이터가 올라가고 문이 열리고, 엘리베이터에서 다시 나와 복도를 지나 수술실로 들어갔다. 의사들이 모두 수술모를 쓰고 마스크를 하고 있어서 누가 누군지 알 수가 없었다. 수술실에 또 한 의사와 간호사가 몇 명 서 있었다.

"날 좀 어떻게 해주세요."

하고 캐서린이 말했다.

"날 좀 어떻게 해주세요, 제발. 선생님, 어떻게 해서라도 아프지 않게 해주세요!"

의사 하나가 그녀의 얼굴에 마스크를 씌웠다. 문 사이로 극장처럼 작고 밝은 수술실이 보였다.

"저쪽 문으로 들어가서 저기 앉아 계세요."

한 간호사가 내게 말했다. 난간 뒤쪽에 흰 테이블과 조명등을 내려다볼 수 있는 의자가 놓여 있었다. 나는 캐서린을 보았다. 마스크가 얼굴에 덮여 있고 이제 그녀는 조용했다. 나는 고개를 돌리고 복도로 나왔다. 간호사 두 명이 견학실 입구 쪽으로 걸어갔다.

"제왕 절개래."

한 간호사가 말했다.

"이제부터 제왕 절개가 있을 거야."

다른 간호사가 웃으며 말했다.

"꼭 알맞게 왔어. 운이 좋았나봐."

간호사들은 견학실로 통하는 문으로 들어갔다. 또 한 간호사가 왔다. 그녀도 역시 서둘렀다.

"들어오세요. 염려하실 것 없어요."

"난 밖에 있겠소."

그녀는 급히 들어갔다. 나는 초조하게 복도를 서성이며 거닐었다. 들어가는 것이 무서웠다. 창밖을 내다보았다. 어두웠다. 창으로 비치는 불빛으로 비가 내리고 있었다. 나는 복도 한쪽 끝에 있는 방으

로 들어갔다. 그곳에서 진열장 안에 들어있는 병에 붙은 약명을 읽었다. 그러나 다시 나와 텅 빈 복도에 우두커니 서서 수술실 문을 지켜보았다.

한 의사가 간호사를 데리고 나왔다. 그는 방금 가죽을 벗긴 토끼 모양을 한 것을 두 손에 받쳐 들고 급히 복도를 가로질러 건너편 방문으로 들어갔다. 그가 들어간 방문으로 가보니 그들은 갓난아이에게 무슨 조치를 취하고 있었다. 의사는 나에게 아기를 쳐들어 보였다. 그는 아기의 두 발목을 붙잡고 거꾸로 쳐들어 몸을 찰싹찰싹 때렸다.

"괜찮습니까?"

"굉장합니다. 5킬로는 될 겁니다."

나는 아기에 대해서는 아무 감정도 솟지 않았다. 나와는 아무 관계도 없는 것처럼 여겨졌다. 내가 아버지라는 느낌도 들지 않았다.

"아들을 보셨으니 자랑스럽죠?"

"아뇨."

그들은 아기를 씻기고 무엇인가로 쌌다. 작고 거무스름한 얼굴과 검은 손이 보였지만 움직이지도 않고 울음소리도 내지 않았다. 의사는 아기에게 무슨 조치를 취하고 있었으나 당황하고 있는 듯했다.

"하마터면 엄마의 생명을 뺏을 뻔했구나."

"그건 이 귀여운 꼬마 잘못이 아니에요. 사내아이를 원하셨죠?"

"아닙니다."

내가 말했다.

의사는 아기 때문에 바빴다. 두 다리를 들고 등을 때렸다. 나는 끝까지 보지 않고 복도를 나왔다. 이제 들어가 봐도 되겠지. 문으로 들어가서 견학실로 갔다. 난간 뒤에 있던 간호사들이 나를 불렀다. 나는 고개를 저었다. 내가 있는 데에서도 잘 볼 수 있었다.

나는 캐서린이 죽은 줄로 알았다. 죽은 듯했다. 나에겐 그 일부분밖에 보이지 않았지만 얼굴은 꼭 죽은 사람처럼 잿빛이었다. 저 아래 조명 밑에서 의사가 핀셋으로 벌려 놓은 큰 상처를 꿰매고 있었다. 마스크를 한 두 간호사가 여러 가지 기구를 의사에게 건네주었다. 그것을 바라보면서 이 수술을 보지 않기를 극히 잘했다고 생각했다. 처음에는 절개하는 것을 차마 볼 수가 없었다. 구두 수선공 같은 숙련된 솜씨로 깊은 상처 자국을 남기면서 꿰매 나가는 것을 지켜보고 나는 마음을 놓았다. 상처 봉합이 다 끝나자 나는 복도로 나와 또다시 서성거렸다. 조금 있다가 의사가 나왔다.

"제 아내는 어떻습니까?"

"괜찮습니다. 보셨습니까?"

그는 피로해 보였다.

"네, 봤습니다. 봉합이 퍽 길더군요."

"그렇게 생각하셨습니까?"

"네, 그 상처는 곧 아물겠죠?"

"물론이죠."

한참 후에 그들은 서둘러 들것을 밀고 엘리베이터로 갔다. 나는 그 곁을 따라갔다. 캐서린은 신음하고 있었다. 아래층으로 내려오자 그들은 그녀를 병실 침대에 눕혔다. 나는 침대 발치에 있는 의자에 앉았다. 방에 간호사가 하나 있었다. 나는 일어나 그녀 곁으로 갔다. 방 안은 어두웠다. 캐서린은 손을 내밀었다.

"아아, 당신."

하고 캐서린이 불렀다. 그 목소리는 약하고 지쳐 있었다.

"그래, 어때?"

"애긴 뭐죠?"

"쉬, 말씀하시면 안 됩니다."

하고 간호사가 말했다.

"사내아이요. 통통하고 얼굴이 까무잡잡해."

"애긴 괜찮아요?"

"응, 아주 건강해."

하고 내가 말했다.

나는 간호사가 묘한 표정을 짓고 나를 바라보는 것을 눈치 챘다.

"나는 아주 지쳤어요."

하고 캐서린이 말했다.

"그리고 몹시 아파요. 당신 괜찮아요?"

"괜찮아. 자꾸 말하지 말아요."

"당신 정말 고마웠어요. 아아 여보, 전 너무 아파요. 애긴 어때요?"

"노인처럼 주름이 많이 잡혀 껍질 벗은 토끼 같아."

"나가 주셔야겠어요."

하고 간호사가 말했다.

"부인께선 얘기해선 안돼요."

“뭘 좀 드시고 오세요.”

“아니오. 문 밖에 있겠어.”

나는 캐서린에게 키스했다. 그녀의 얼굴은 창백하고 쇠약했다.

“잠깐 말씀드릴 게 있는데.”

하고 나는 간호사에게 말했다. 간호사는 나를 따라 복도로 나왔다. 나는 잠시 동안 복도를 걸었다.

“아기는 어떻게 됐습니까?”

하고 내가 물었다.

“아직 모르고 계세요?”

“모릅니다.”

“살아나지 못했어요.”

“죽었습니까?”

“숨을 쉬게 할 수가 없었어요. 탯줄이 목에 감겼다든가 어떻게 된 모양이에요.”

“그래서 죽었군요.”

“네, 정말 안 되셨어요. 훌륭하고 잘생긴 아기였는데. 알고 계신 줄 알았어요.”

“몰랐소.”

하고 나는 말했다.

“아내에게 돌아가서 돌봐주세요.”

나는 간호사의 보고서가 걸려 있는 책상 앞 의자에 앉아서 창밖을 내다보았다. 어둠과 창밖으로 흘러가는 불빛을 가르며 떨어지는 비

외에는 아무것도 보이지 않았다. 역시 그랬군. 아이는 죽었군그래. 그래서 의사가 그렇게 괴로운 표정을 지었군. 그런데 왜 방안에서 아기에게 그런 조치를 취했을까? 다시 살아서 숨을 쉴 거라고 생각한 모양이지. 나는 종교가 없었지만 아기가 세례를 받아야 한다는 것쯤은 알고 있다. 그러나 전혀 숨을 쉬지 않았다면 어떻게 될까? 아이는 태어나서 전혀 숨을 쉬지 않았던 것이다. 오직 캐서린의 뱃속에서만 살아 있었던 것이다. 아이가 어머니의 배를 차는 것을 나는 가끔 손으로 만져 보았기 때문에 알고 있었다. 그러나 요 일주일 동안은 그런 기미를 전혀 보이지 않았다. 쭉 질식해 있었는지도 모른다. 불쌍한 것. 내가 아이 대신 그렇게 질식해 있었더라면 좋았을 걸. 아니다, 그건 질색이다. 그러나 내가 그렇게 됐더라면 이런 죽는다 산다 하는 소동은 없었을 것 아닌가. 이번엔 캐서린도 죽을 것이다. 인간의 일이란 원래 이런 것이다. 인간은 죽는다. 죽는다는 것이 어떤 것인지 아무도 모른다. 배워 알 수도 없는 것이다. 갑자기 끌려 나와 여러 규칙을 배우고 베이스를 떠나 이내 죽고 마는 것이다. 그렇지 않으면 아이모처럼 아무 이유도 없이 죽는 것이다. 아니면 리날디처럼 매독이 옮게 되는 것이다. 그러나 결국은 모두 죽는다. 그것만은 확실하다. 어물쩍거리다가는 죽는 것이다.

언젠가 야영을 할 때 통나무 하나를 모닥불 위에 얹었었다. 통나무에는 개미가 우글거리고 있었다. 통나무에 불이 붙기 시작하자 개미 떼는 꼬물꼬물 기어 나와 먼저 가운데의 불쪽으로 갔다. 그러다가 반대로 되돌아와 나무 끝 쪽으로 잔뜩 모이더니 불 속으로 뚝뚝 떨어져 갔다. 개중에는 기어 나온 놈도 있었지만 몸이 타서 납작해지거나 무턱대고 도망을 쳤다. 그러나 대부분은 불쪽으로 갔다가 나무 끝으로 되돌아와 뜨겁지 않은 데서 떼를 짓고는 나중에는 불 속으로 떨어져 죽어 갔다. 나는 그때 이게 바로 세계의 종말이다, 구세주가 되어 통나무를 불 속에서 끄집어내 개미들이 땅으로 달아날 수 있는 곳에다 내던져 줄 수 있는 가장 좋은 기회다라고 생각했다. 그러나 나는 아무것도 하지 않았다. 단지 컵 속의 물을 통나무에다 끼얹었을 뿐이었다. 그것도 컵을 비워 위스키를 따라 물을 타기 위해서였다. 타고 있는 통나무에 물 한 컵을 끼얹어 봤지 기껏 개미를 삶아 죽이는 것밖에 되지 않을 것이다.

　이렇게 나는 복도 밖에 앉아서 캐서린의 용태를 들으려고 기다리고 있었다. 간호사는 도무지 나오질 않았다. 너무 궁금해서 나는 문 앞으로 가서 소리가 나지 않도록 살며시 안을 들여다보았다. 복도는 제법 환한데 방안은 컴컴했다. 처음에는 아무것도 안 보였다. 한참 만에 침대 가에 앉아 있는 간호사와 캐서린의 머리가 희미하게 시야에 들어왔다. 흰 홑이불 밑에 누운 그녀의 몸은 납작했다. 간호사가 입술에다 손을 대더니 이내 일어나 문 앞으로 왔다.

　"어떻습니까?"

　하고 나는 물었다.

　"괜찮습니다."

　하고 간호사가 말했다.

　"저녁 식사를 하시고 나서 오세요."

나는 복도를 지나 계단을 내려와 병원의 현관을 빠져나왔다. 나는 처량하게 비가 내리는 어두운 거리를 카페를 향해 걸어갔다. 카페 안은 환하게 불이 켜져 있고, 많은 사람들이 테이블에 앉아 있었다. 앉을 자리가 눈에 뜨이지 않았다. 웨이터가 다가오더니 젖은 외투와 모자를 받아들었다. 나는 맥주를 마시며 석간신문을 읽고 있는 나이 지긋한 남자의 맞은편 자리로 안내받았다. 자리에 앉아 나는 웨이터에게 오늘의 메뉴를 물었다.

"송아지 스튜인데, 이미 다 떨어졌습니다."

"뭐, 먹을 것이 있소?"

"햄 에그나, 치즈 에그나, 아니면 양배추 요리가 있습니다."

"양배추 요리는 점심때에 먹었는데."

하고 나는 말했다.

"아 참, 점심때에 그걸 잡수셨지요."

웨이터는 머리가 벗어진 중년 남자로 머리를 희한하게 빗어 벗어진 자리를 감추고 있었다. 사람은 좋아 보였다.

"뭘 드시겠습니까? 햄 에그를 하실까요? 아니면 치즈 에그를?"

"햄 에그."

나는 말했다.

"그리고 맥주."

"반 리터들이 묽은 맥주죠?"

"그렇소."

"생각이 나는군요."

그는 말했다.

"오늘 낮에도 묽은 맥주를 드셨죠."

나는 햄에그를 먹고 맥주를 마셨다. 햄 에그는 둥근 접시에 담겨져 햄이 아래에 놓이고 달걀이 위에 얹혀 있었다. 몹시 뜨거웠다. 입을 식히기 위해 맥주를 한 모금 마셨다. 배가 너무 고팠기 때문에 웨이터에게 한 접시 더 주문했다. 맥주도 몇 잔인가 더 마셨다. 나는 아무런 생각 없이 맞은편 남자의 신문을 읽었다. 영국군 전선이 돌파되었다는 기사였다. 그는 내가 자기 신문을 읽고 있다고 생각했는지 그걸 접어 버렸다. 나는 웨이터에게 신문을 갖다 달라고 부탁할까 했으나 그러고 싶지 않았다.

가게 안은 덥고 공기도 무척 탁했다. 테이블에 앉아 있는 사람들의 대부분은 서로 안면이 있는 듯했다. 트럼프를 하고 있는 사람들도 몇 패거리 있었다. 웨이터들은 분주하게 술을 나르고 있었다. 남자 두 사람이 들어왔지만 앉을 자리가 없었다. 그들은 내가 앉은 테이블 맞은편에 섰다. 나는 맥주를 한 잔 더 주문했다. 아직 돌아가고 싶은 생각이 나질 않았다. 병원으로 돌아가기에는 좀 이른 감이 들었다. 나는 될 수 있는 대로 아무것도 생각하지 말고 냉철해지려고 애를 썼다. 서 있던 두 사람은 아무도 자리에서 일어서는 사람이 없었으므로 그만 나가 버렸다. 나는 또 한 잔 맥주를 주문했다. 내 테이블 위에는 접시가 계속 쌓였다. 앞자리의 사나이는 안경을 벗어 안경집에다 넣고 신문을 접어 주머니에 넣었다. 그러고는 술잔을 손에 든 채 카페 안을 둘러보았다. 나는 문득 가야겠다는 생각이 들었다. 웨이터를 불러 계산을 하고 외투를 입고 모자를 쓰고는 문밖으로 나왔다. 그리고 비를 맞으며 병원을 향해 걸어갔다.

위층으로 올라가자 복도를 걸어 나오는 간호사를 만났다.

"지그 막 호텔로 전화를 하고 오는 길입니다."

하고 그녀는 말했다. 몸속에서 무언가 덜컥 하고 떨어지는 느낌이 들었다.

"무슨 일이라도 있었습니까?"

"부인의 출혈이 멎지 않아요."

"들어가도 됩니까?"

"아뇨, 아직 안됩니다. 선생님이 계십니다."

"위험한가요?"

"아주 위험해요."

간호사는 병실로 들어가 문을 닫았다. 나도 복도에 앉았다. 몸속에서 모든 것이 빠져 나가고 있었다. 아무 생각도 들지 않았다. 생각할 수가 없었다. 단지 내가 아는 것은 그녀가 죽어 가고 있다는 것뿐이었다. 제발 죽지 말아 달라고 기도했다. 죽지 않게 해 주소서. 하느님, 제발 그녀를 죽지 않도록 해 주소서. 죽지 않도록 해 주신다면 무슨 짓이고 다 하겠습니다. 제발 하느님, 그녀를 죽지 않게 해 주소서. 제발 부탁합니다, 하느님, 그녀를 죽지 않게 해 주소서. 부디 부디 죽지 않게 해 주소서. 하느님, 제발 그녀를 죽지 않게 해 주소서. 그녀를 죽지 않게만 해 주신다면 당신 말씀에 따라 무엇이든지 하겠습니다. 아기는 데려가셨지만. 그러나 캐서린만은 데려가지 마십시오. 어린 것

476

을 할 수 없습니다. 하지만 그녀만은 살게 해주옵소서. 부디 부디 하느님, 그녀를 살려 주십시오.

간호사가 문을 열고 내게 들어오라는 손짓을 했다. 그녀를 따라 방으로 들어갔다. 그러나 캐서린은 나를 쳐다보지 않았다. 나는 침대 옆을 다가갔다. 의사가 침대 건너편에 서 있었다. 캐서린은 나를 보고 생긋 웃었다. 나는 침대 위로 몸을 구부리고 울음을 터뜨렸다.

"불쌍한 당신."

캐서린이 아주 조용하게 말했다. 얼굴이 잿빛이었다.

"괜찮아, 캐서린."

나는 말했다.

"이제 곧 나을 거요."

"난 죽어요."

그녀는 말했다. 그리고 조금 있다가 다시 말했다.

"난 죽는 건 싫어요."

나는 그녀의 손을 꼭 잡았다.

"만지지 마세요."

하고 그녀는 말했다. 나는 그녀의 손을 내려놓았다. 그녀는 미소지었다.

"아니에요, 얼마든지 실컷 만져도 좋아요."

"곧 완쾌될 거요, 캐서린. 반드시."

"만일을 위해서 당신에게 편지를 쓰려고 했었어요. 하지만 쓰지 않았죠."

477

"신부님이나 누구더러 와달라고 부를까?"

"당신만으로 충분해요."

조금 있다가 그녀는 다시 말했다.

"저 무섭지 않아요. 다만 죽음이 미울 뿐이죠."

"그런 말을 해서는 안 됩니다."

하고 의사가 말했다.

"괜찮아요."

캐서린이 말했다.

"나에게 뭐 부탁하고 싶은 거 없소, 캐서린?"

캐서린은 미소를 머금었다.

"없어요."

그러고 나서 조금 있다가 말했다.

"다른 여자와 저와의 추억이 생각나는 건 하지 마세요. 똑같은 말도 하지 마세요, 네?"

"알겠소."

"하지만 당신에게 좋은 여자가 생기길 바랄게요."

"난 다른 여자는 필요 없어."

"부인께선 말씀이 너무 많습니다."

의사가 말했다.

"나가 주셔야겠습니다. 나중에 다시 들어오세요. 부인께선 죽는 게 아닙니다. 쓸데없는 생각은 하지 마십시오."

"알겠어요."

캐서린은 말했다.

"집에 돌아가서 매일 밤 당신하고 같이 지내겠어요."

그녀는 말했다. 이제 캐서린은 입을 여는 것도 곤란해 했다.

"제발 밖으로 나가 주세요."

하고 의사가 말했다.

"애길 해서는 안 됩니다."

캐서린은 내게 미소를 보냈다. 그녀의 얼굴은 잿빛이었다.

"나 바로 문 밖에 있겠소."

"나 조금도 무섭지 않아요."

"당신은 용기 있고 사랑스러운 여자야."

나는 바깥 복도에서 기다리고 있었다. 오랫동안 기다렸다. 간호사가 문을 열고 내 곁으로 왔다.

"부인께서 위독하십니다."

하고 그녀는 말했다.

"걱정이에요."

"죽었소?"

"아뇨, 하지만 의식이 없어요."

그녀는 출혈을 계속 한 모양이었다. 그들은 그것을 막을 수가 없었던 것이다. 나는 방으로 들어가 캐서린이 숨을 거둘 때까지 옆에 붙어 있었다. 그녀는 의식이 없었다. 그녀가 숨을 거둘 때까지 그리 오랜 시간은 필요치 않았다.

나는 병실 밖 복도에서 의사에게 말했다.

"오늘 밤 내가 할 수 있는 일은 없습니까?"

"아니, 아무 일도 없습니다. 호텔까지 배웅해 드리죠."

"아뇨, 괜찮습니다. 잠시 여기 있겠습니다."

"뭐라고 드릴 말씀이 없습니다. 저는 선생님에게 아무것도……."

"천만에요."

내가 말했다.

"아무 말씀도 하실 필요 없습니다."

"그렇게 하는 수밖에 다른 방법이 없었습니다."

그는 말했다.

"수술을 하고 알았습니다만……."

"그 얘긴 그만하고 싶습니다."

"호텔까지 바래다 드리고 싶은데요."

"아니, 좋습니다."

그는 복도를 걸어갔다.

나는 캐서린의 방문 앞으로 갔다.

"지금 들어 오셔선 안 됩니다."

하고 한 간호사가 말했다.

"아니오, 상관없소."

"아직 들어오시면 안 된다니까요."

"당신이나 나가시오."

나는 말했다.

"그리고 당신도."

간호사들을 내보낸 뒤 문을 닫고 전등을 껐으나 아무런 소용도 없었다. 그것은 조상에게 마지막 인사를 하는 것과 같았다. 잠시 후에 나는 밖으로 나와서 병원을 등 뒤로 하고 빗속을 걸어서 호텔로 돌아왔다.

무기여 잘 있거라

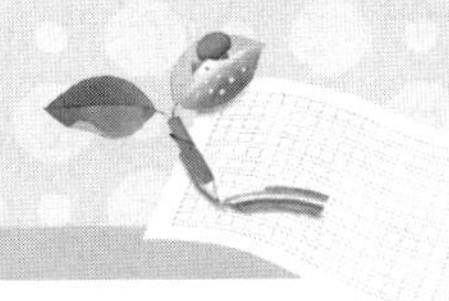

독후감 길라잡이

▌제1부▐

미국인인 '나' 프레드릭 헨리 중위는 제1차 세계대전이 한창인 이탈리아 전선에서 부상병 운반대의 의무 장교로서 앰뷸런스 운전병들을 지휘하는 장교입니다. '나'는 매일 처참한 전선과 카페, 사창가가 있는 후방을 왕복하며 지냅니다. 여기서 그는 '리날디'라는 군의관과 그 밖의 다른 장교, 군종 신부와 친분 관계를 맺습니다. 그러던 어느 날 '나'에게 리날디가 종군 간호사를 소개해 줍니다. 그녀는 캐서린 버클리라는 영국인 여성으로 지난해에 약혼자가 전사하자 특별지원 간호사가 되었다는 미인입니다.

'나'는 캐서린이 매우 아름다운 여자라는 단순한 이유로 관심을 가지고 몇 차례 개인적으로 만납니다. 캐서린에게는 이러한 사실을 숨긴 채 만남을 지속하면서 점차 캐서린은 '나'에게 마음을 열어오고 있었으나 '나'는 캐서린을 그저 가벼운 만남 상대로 여길 뿐입니다. 그러나 '나'는 누구에게 말려들건 상관없다고 여기며 그녀를 진심으로 사랑하지도 않았지만 사랑한다고 말하며 키스를 합니다.

여름의 어느 날 북부 전선의 공격 예정지에 몇 대의 병원차를 파견하라는 명령을 받고 '나'는 오스트리아군과 대치하는 전선으로 떠납니다. 그 전선에서 식사를 하고 있을 때 박격포탄이 떨어져 부하는 죽고 '나'는 두 다리에 큰 부상을 입게 됩니다. 그리하여 '나'는 야전 병원에 수용되어 응급처치를 받고 밀라노의 국군 병원으로 후송됩니다.

포탄 파편의 적출수술을 기다리던 '나'는 캐서린이 자신을 찾아서 그곳으로 전속되어 오게 되었다는 사실을 알게 됩니다. 그녀를 다시 만나게 된 '나'는 전과 다르게 그녀가 몹시 좋아졌음을 깨닫습니다. 더 이상 가벼운 만남 상대가 아니라 진심으로 캐서린을 생각하게 된 '나'는 결국 그녀에게 사랑에 빠지고 맙니다.

캐서린이 '나'를 찾아 국군병원으로 왔던 그 순간 둘은 사실상 결혼한 것과 다름없다는 말을 주고받으며 그들의 사랑은 빠르고도 깊게 진행되어 갑니다. 너무나 행복한 나머지 캐서린은 호사다마를 두려워하는 불안을 느끼기도 하지만 그들은 대체로 행복한 시간을 보냅니다.

캐서린은 자진하여 야근을 청하며 매일 밤 '나'의 침대로 오는 정성을 보였고, 수술도 성공적으로 끝이 나 '나'는 점차 회복되어 갑니다. 수술이 끝나고 회복을 위한 물리치료를 받으며 지내던 '나'는 병실을 데이트 장소로 삼아 캐서린과 사랑을 나누며 즐거운 시간을 보냅니다. 맛있는 술도 즐기고 마차를 타고 공원에 가 경마를 하기도 하며 전선과는 동떨어진 생활을 합니다. 이윽고 9월이 되자 캐서린은 그녀가 임신했다는 사실을 알려와 '나'는 몹시 기뻐합니다. 그러나 동시에 '나'는 다리가 거의 완치되었기 때문에 전선으로 돌아오라는 명령을 받게 됩니다. 명령을 따르지 않을 수 없었기 때문에 비가 주룩주룩 오는 밤의 호텔에서 캐서린과의 작별을 한 '나'는 아쉬운 마음을 뒤로하고 북적거리는 기차에 오릅니다.

▌제3부 ▌

전선으로 돌아와 리날디, 군종신부와 같은 반가운 사람들을 다시 만나는 것은 즐거운 일이었지만 전선의 상황은 좋지 않았습니다. '나'가 전선에 도착한 지 얼마 안 되어 독일과 오스트리아군이 총공세로 나오기 시작한 것입니다. 또 '나'가 밀라노의 병원에서 놀며 지내는 동안 이미 전선에서는 수많은 전투가 있었고 점차 밀려가고 있는 상황이었습니다. 그러던 중 '나'는 전선에서 앰뷸런스 몇 대를 회수하여 오라는 명령을 받게 됩니다. 무사히 목적지에 도착하여 임무를 완수했으나 복귀하는 길에 폭우가 내리고, 카포레트에서 오스트리아군에게 대패하여 일제히 후퇴하는 대규모의 이탈리아군 후퇴 병력과 일반 시민들의 피란 행렬까지 섞이는 혼란스러운 상황으로 인해 차가 진흙탕에 빠져 고장이 나고 맙니다. 이로 인해 대열에서 이탈하게 된 '나'는 겨우겨우 독일군을 피해 가며 어느 강기슭에 이르러 아군의 대열에 다시 합류하게 됩니다.

그러나 그곳에서는 야전헌병대가 장교들을 패잔병들 무리에서 색출해 내어 부대를 이탈했다는 죄를 물으며 총살하고 있었습니다. '나' 또한 혐의를 벗어나지 못하여 이탈리아 군복을 입은 독일인 첩자라고 의심되어 야전헌병대에게 체포됩니다. 억울하게 총살을 당할 위기에 처한 '나'는 생명의 위협으로 인해 전쟁에 대한 환멸을 느낍니다. 그리하여 총살을 당하지 않기 위해 '나'는 옆에 있는 강물에 뛰어들어 차가운 급류를 헤엄쳐 내려갑니다. 무기를 버리고 한참을 도망친 '나'는 언덕에 올라 계급장 또한 떼어 버립니다. '나'는 군대니 계급이니 하는 데서 일순간에 해방됨을 느끼며 허망함과 동시에 자유로움을 느낍니다. 그리고 군용 화물열차에 몰래 올라 타 바닥에 몸을 숨기며 캐서린을 만나러 밀라노로 돌아갑니다. '나'는 앞으로는 지금까지의 모든 생활을 버리고 캐서린과의 행복한 삶에만 전념하며 살아가기로 결심합니다. 전쟁과는 연을 끊어버리기로 한 것입니다.

▌제4부▐

군복을 버리고 평복으로 갈아입은 그는 캐서린을 찾아 나섰고, 그녀가 이틀 전에 스트레자로 떠났다는 소식을 입수하여 그곳으로 뒤쫓아 가고 드디어 그녀를 다시 만납니다. 호숫가의 호텔에서 잠시 평화로운 시간을 보내던 '나'는 폭풍우가 부는 어느 날 문득 잠에서 깹니다. 헌병들은 '나'의 정체를 슬슬 의심해 오고 있었고 때마침 친분이 있던 바텐더가 다음 날 아침에 헌병대가 '나'를 체포하러 올 것이라는 사실을 귀띔해 줍니다. 곧바로 캐서린과 '나'는 짐을 꾸려 떠날 준비를 하고 바텐더의 배를 빌려 타고 호수를 건너 스위스로 도망칠 계획을 하고 실행에 옮기기로 합니다. 그리하여 그들은 비를 맞고 높은 파도를 헤쳐 가며 밤새 폭풍우 뒤의 물결이 치는 호수를 노를 저어 건넌다. 무사히 국경을 넘고 단속을 피한 그들은 스위스로 탈출에 성공하게 됩니다.

눈 덮인 스위스의 산 중턱 소나무 숲으로 둘러싸인 목조 가옥에서 '나'와 캐서린은 아주 평화롭고 목가적인 생활로 나날을 보냅니다. '나'는 턱수염을 길렀고, 캐서린은 출산일을 기다리며 하루하루 보냅니다. 캐서린의 출산 예정일이 한 달 가량 앞으로 다가오자 그들은 병원이 가까운 로잔느의 시내로 내려와 한 호텔에 머물며 출산을 준비하기로 합니다. 어느 날 새벽 3시 경에 캐서린이 진통을 시작하여 '나'는 캐서린을 데리고 택시를 타고 가까운 병원으로 달려갑니다. 진통을 시작한 지 한참이 지났지만 정오가 되도록 아이를 낳지 못하자 의사는 의료 장비의 미비에도 불구하고 그들에게 제왕절개 수술을 권하게 됩니다. 결국 수술을 하게 되었고, 다행히 수술은 성공적이었으나 아이는 탯줄에 목이 감겨 질식한 모양인지 죽은 채로 세상에 나오게 됩니다. 사산한 것입니다. 아이를 낳기 위해 몹시 애를 쓰느라 기운이 빠져 있던 캐서린은 출혈 또한 몹시 심하여 의식을 잃고 맙니다.

'나'는 아이의 죽음에서는 어떠한 감흥도 느끼지 못했으나 캐서린이 죽음에 대해서 몹시 불안함과 두려움을 느껴 그녀가 충격을 받을까 봐 아이가 죽은 채로 태어났다는 사실조차 말해 주지 못합니다. 그러나 캐서린은 좀처럼 회복하지 못하였고 스스로도 죽음에 대해서 마음의 준비를 하기에 이릅니다. '나'가 옆에서 간절히 기도하며 간호를 하였으나 캐서린은 결국 의식을 차리지 못하고 얼마 후 숨을 거둡니다. '나'는 간호사를 밖으로 내보내고 캐서린과 단 둘이 있었으나 마치 조각상에 작별을 고하는 것 같은 느낌이 듭니다. 비감으로 가득 찬 '나'는 잠시 후 밖으로 나와 병원을 뒤로하고 빗속을 걸으며 호텔을 향해 걸어갑니다.

❷ 작품 분석하기

1) 로맨티시즘과 니힐리즘

이 작품은 전쟁을 배경으로 하고 있지만 헨리와 캐서린의 사랑 이야기를 통해 내용이 전개됩니다. 작품을 읽다 보면 헨리가 의용병이 된 이유는 애국심에 있지 않다는 사실을 알 수 있습니다. 전쟁이 얼른 끝나기만을 바라며 차라리 오스트리아군이 아니라 아군이 전투를 포기해 버렸으면 좋겠다는 생각을 하는 부분 등에서 잘 나타나지요. 그러면 헨리는 어째서 군에 지원한 것일까요? 아마도 그 이유는 모험심에 있지 않은가 합니다. 전장의 복판에서 느끼는 삶과 죽음의 교차는 피부로 와 닿기 이전에는 흥분되고 피가 끓는 모험이었을 것입니다.

이러한 모험심은 캐서린을 만난 후에 전투에서 연애로 옮아가게 됩니다. 처음에는 장난이나 놀이처럼 여겼던 캐서린과의 만남이 바로 그것이지요. 하지만 부상을 당해 병원에서 만났을 때는 이 장난과 놀이가 진심을 담은 사랑으로 변해가게 됩니다. 그리고 이들은 정말로 순수하게 '사랑'을 합니다. 전쟁의 와중이지만 헨리와 캐서린은 전쟁과는 동떨어진 사람들처럼 행복하고 즐거운 둘만의 시간을 보내는 것이지요. 이 사랑은 사랑 그 자체에 충실한 것이라는 점에서 참

으로 순수하고 로맨틱하지 않을 수 없습니다.

둘의 사랑이 순수하다고 생각되게 하는 것은 위에서 방금 언급한 사랑 그 자체에 충실한 사랑이라는 점이 있기 때문이지만 다른 면에서는 사랑 '뿐'이기 때문이기도 합니다. 죽음이 항상 가까운 곳에 놓여 있는 전쟁터에서 둘의 사랑은 전쟁의 공포와 불안을 잊게 해 주는 마취제의 역할을 하기도 하고 모든 행위와 사고의 목적이기도 합니다. 쉽게 말하면 사랑만이 전부란 이야기이지요. 그렇다고 이 사랑이 순간의 감정에 휘둘려 있는 것은 아닙니다. 오히려 확고하고 강합니다. 하지만 또 이렇게 말했다고 해서 둘의 사랑이 종교적이거나 윤리적인 의미의 연장에 놓여 있는 것도 아닙니다. 헨리와 캐서린은 모두 신을 믿고 있지 않습니다. 그야말로 사랑을 위한 사랑을 하고 있는 것입니다. 따라서 이 작품은 로맨티시즘의 성격이 강하게 드러나게 됩니다.

그러나 이 작품이 단순히 남녀 간의 사랑 이야기에 그친 통속적인 연애 소설이라고 볼 수는 없습니다. 작품의 로맨티시즘은 헤밍웨이에 의하면 인간의 '발버둥'에 불과한 것입니다. 얼핏 보면 작품의 주를 이루고 있는 듯이 보이지만 실상은 그렇지가 않은 것입니다. 작품을 관통하고 있는 사상은 로맨티시즘이라기보다는 오히려 허무주의입니다. 특히 파멸적 허무주의라고 할 수 있는 이것은 본 작품의 전체를 관통하고 있습니다.

신을 믿지 않는 무신론 또한 허무주의의 연장선에 놓여 있는 것입니다. 헨리 같은 경우는 조롱당하는 신부에게 약간의 연민을 느끼거나 하는 모습에서, 캐서린은 헨리에게 성 안토니오의 상을 주는 데에서 약간의 신에 대한 의식을 찾을 수 있지만 이것은 쉽게 잊히고 중요한 의미를 가지지 못하는 것입니다. 신은 그들에게 아무런 영향력도 행사하지 못하며 그만큼 그들은 신을 의식하지 못합니다. 그들을 지배하는 것은 허무입니다. 만약에 이 작품이 평범한 연애 소설이 되었다면 제4부에서 끝이 났을 것입니다. 그러나 이 작품은 5부에 걸쳐 완성되어 있습니다. 그리고 이 제5부의 내용은 허무 철학의 귀결이 드러나는 부분입니다.

헨리는 전쟁이라는 인위적인 폭력과 죽음에 환멸을 느끼고 이 환멸은 헌병대를 피해 강물에 뛰어들어 도망치는 것으로 나타납니다. 그리고 헨리가 결심했던 바는 캐서린과의 행복만을 위해 전념하며 살겠노라는 것입니다. 그러나 이 사랑도 결국에는 끝을 맺고 맙니다. 인간에 의한 폭력과 죽음은 사랑에의 의지와 인위적인 노력으로 극복하였지만 자연에 의한 폭력과 종말은 막지 못한 것입니다. 그것이 궁극적으로 드러난 부분이 캐서린이 죽음을 맞게 되는 부분입니다. 헨리와 캐서린이 쟁취해냈던 사랑도 결국은 자연적이고 생물적 죽음 앞에서는 짓밟히고 마는 것입니다. 캐서린의 시체를 조각상이라고 느끼는 부분은 헨리의 허무함이 극대화된 부분입니다. 그렇게나 매달리고 바랐던 사랑의 결말이 바로 이것이었던가. 하고 절망하고 체념하는 것이지요.

이 허무주의를 상징적으로 보여 주기 위해 헤밍웨이가 사용한 소재는 '비'입니다. 이 빗속에서 캐서린은 자신의 죽음을 예견합니다.

사랑의 행복의 정점에서 보이는 허무주의적인 종말의 복선이라고 할 만한 것이죠. 이 비는 또한 소설의 마지막 부분에서 헨리의 절망과 허무를 극대화시키는 역할도 하고 있습니다. 비가 내리는 것을 막을 수 없듯 그들의 사랑의 종말과 죽음도 그렇게 찾아왔던 것입니다.

2) 하드보일드 문체

헤밍웨이가 표현하고자 했던 냉혹한 운명과 그것의 무상함은 그의 문체를 통해서 더욱 효과적으로 드러납니다. 이른바 '하드보일드 문체'라는 것인데, 이 문체는 헤밍웨이를 유명하게 만들어 준 문체이기도 합니다. 이 문체의 특징은 감정을 직접 묘사하는 형용사를 일절 사용하지 않고, 뚝뚝 끊어지고 부러지는 듯한 메마르고 짧은 문장을 차례차례 중첩해 나가며, 이를 통해 객관적이고 비정하게 외면적인 행동만을 사실적이고 적나라하게 묘사해 나간다는 것입니다.

'나'가 부상당해 차에 실려 갈 때를 묘사한 장면에서는 피를 흘리다가 결국 죽은 사나이의 들것이 아무렇지도 않은 듯이 차에서 끌어내어지고 다음 사람이 실려 가게 되는 냉혹하고 처참한 광경에 대해 아무런 감정도 섞지 않은 채 담담하게 행동만을 그리는 비정한 묘사법이 잘 드러나 있습니다.

나는 바깥 복도에서 기다리고 있었다. 오랫동안 기다렸다. 간호사가 문을 열고 내 곁으로 왔다.

"부인께서 위독하십니다."

하고 그녀는 말했다.

"걱정이에요."

"죽었소?"

"아뇨, 하지만 의식이 없어요."

그녀는 출혈을 계속 한 모양이었다. 그들은 그것을 막을 수가 없었던 것이다. 나는 방으로 들어가 캐서린이 숨을 거둘 때까지 옆에 붙어 있었다. 그녀는 의식이 없었다. 그녀가 숨을 거둘 때까지 그리 오랜 시간은 필요치 않았다.

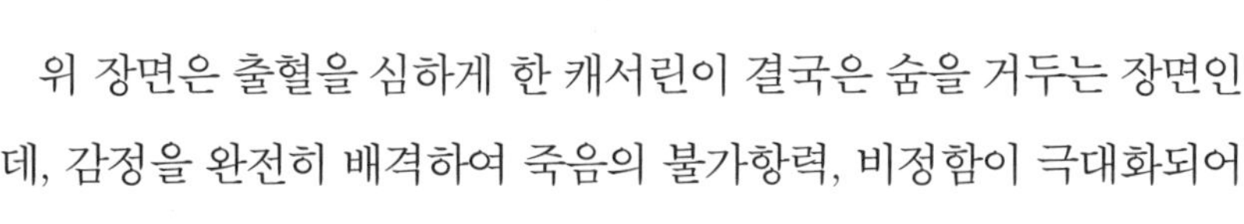

위 장면은 출혈을 심하게 한 캐서린이 결국은 숨을 거두는 장면인데, 감정을 완전히 배격하여 죽음의 불가항력, 비정함이 극대화되어 나타났습니다.

간호사들을 내보낸 뒤 문을 닫고 전등을 껐으나 아무런 소용도 없었다. 그것은 조각상에게 마지막 인사를 하는 것과 같았다. 잠시 후에 나는 밖으로 나와서 병원을 등 뒤로 하고 빗속을 걸어서 호텔로 돌아왔다.

위 장면은 작품의 가장 유명한 부분인 마지막 대목으로 하드보일드 문체의 특성이 매우 잘 드러납니다. 감정이 고조되는 것이 당연한 부분에서 오히려 감정을 나타내는 수식어를 일절 사용하지 않고, 감정이 억제되고 있기 때문에 도리어 그 감정이 독자의 가슴에 절박하

게 다가오는 것입니다. 이 메마르고 상대방을 모질게 밀쳐 버리는 듯
한 문체 자체가 주인공의 절망하고 체념한 기분을 잘 드러내며, 또한
극도의 허무주의로까지 이어져 작품의 내용과 형식의 조화가 아주
잘 꾀해지고 있게 됩니다.

❸ 등장인물 알기

▌프레드릭 헨리('나')▌ 이탈리아군에 자원입대한 미국인 장교. 야
전 의무대 소속으로 전선에 파견되어 온 영국 간호사 캐서린과 사랑
에 빠집니다. 포탄 피격으로 병원에서 치료받는 동안 캐서린과 열렬
한 사랑을 키워나갔지만 완치 후 전선으로 복귀합니다. 그 후 카포레
트에서의 이탈리아군 총 후퇴 시에 독일군 스파이로 오해받자 탈주
하고 캐서린을 만나 함께 스위스로 도망칩니다.

▌캐서린▌ 이탈리아에 파견되어 온 영국인 간호사. 자원 임시 간
호사며 키가 크고 아름다운 여인으로 리날디 중위를 통해 알게 된 헨
리와 사랑에 빠집니다. 헨리의 복귀 후에도 밀라노에 남아 있다가 나
중에 군에서 탈주한 헨리와 함께 스위스로 도망칩니다. 스위스에서
헨리와 행복한 시간을 보내지만 병원에서 아기를 낳다가 출혈이 심
해져 죽게 됩니다.

▌리날디 중위▌ 이탈리아 아말피 출신의 군의관. 다소 비열하고 약

삭빠른 성미가 있으나 인간성의 사악한 것은 아니며 헨리의 좋은 친구입니다. 헨리와 한 방을 사용하며, 외과 군의관인 것을 만족해합니다. 부상병들을 아프지 않게 치료하는 것을 자랑으로 여기나 계속되는 전쟁으로 힘들어합니다.

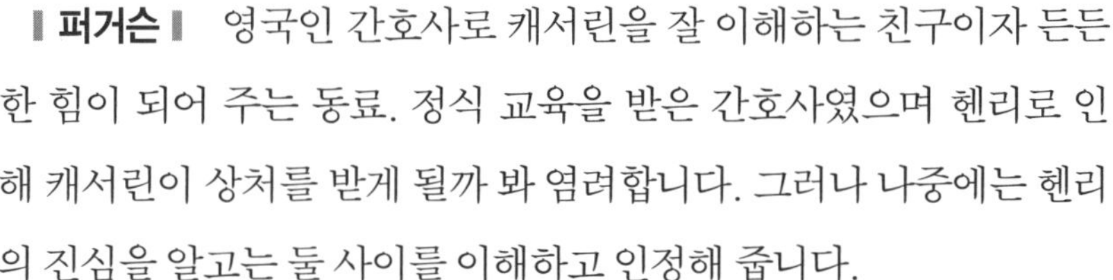

▌군종 신부▐　이탈리아 아브루치 출신의 선량하며 마음씨 좋은 군종 신부. 따뜻한 마음과 순수함을 갖고 있어 항상 장교들의 짓궂은 장난에 당황해하지만 전쟁이 끝난 뒤 고향에서 하느님의 사랑을 실천하며 살겠다는 목표를 지닌 인물입니다.

▌퍼거슨▐　영국인 간호사로 캐서린을 잘 이해하는 친구이자 든든한 힘이 되어 주는 동료. 정식 교육을 받은 간호사였으며 헨리로 인해 캐서린이 상처를 받게 될까 봐 염려합니다. 그러나 나중에는 헨리의 진심을 알고는 둘 사이를 이해하고 인정해 줍니다.

❹ 작가 들여다보기

어네스트 헤밍웨이는 1899년 7월 21일 시카고 교외의 조용한 청교도적 마을인 오크 파크에서 출생했습니다. 아버지는 수렵 등 야외 스포츠를 좋아하는 의사였고, 어머니는 음악을 사랑하고 종교심이 돈독한 여성이었지요. 이러한 부모의 성향은 그의 인생과 문학에 미묘한 영향을 주었답니다. 특히 헤밍웨이는 아버지를 따르는 편이 많아서 아버지와 비슷한 성격과 행동을 형성해 가지요. 헤밍웨이는 고교 시절에는 풋볼 선수였지만 시와 단편소설을 습작하기 시작했고, 그 가운데에는 나중에 유명해진 그의 문체가 이미 많이 엿보이고 있었습니다. 그래서 고등학교를 졸업하기까지의 이 시기를 헤밍웨이의 제1기로 구분하기도 한답니다.

1917년 고등학교 졸업 후에는 대학에 진학하지 않고 육군에 입대하려 하지만 권투 시합 중에 눈을 다친 일 때문에 시력이 미달되어 입대를 거부당합니다. 그 후에는 숙부의 추천으로 캔자스시티의 《스타》지 기자가 되었습니다. 1918년에는 신문사에서 나와 의용병으로 적십자 야전병원 수송차 운전병이 되어 이탈리아 전선으로 가게 됩니다. 그곳에서 복무하던 중 포탄과 중기관총으로 다리에 중상을 입고 밀라노 육군병원에 입원하게 되지요. 이때의 경험은 《무기여 잘 있거라》의 배경이 되게 됩니다. 휴전 후엔 미국으로 귀국합니다.

군에서 제대한 후에 고향친구의 동생인 해들리 리처드슨과 첫 번째 결혼을 한 헤밍웨이는 캐나다 《토론토 스타》지의 특파원이 되어 유럽으로 건너가 파리에 정착하여 각지를 시찰하며 보도합니다. 파리에서는 거트루드 스타인, 에즈라 파운드 등의 작가와 친교를 맺으며 창작에 대해 많은 것을 배우기도 했습니다. 드디어 1923년에는 《3편의 단편과 10편의 시》를 처녀 출판하였고, 1924년엔 청소년기의 체험을 바탕으로 한 단편집 《우리들의 시대에》를 발표했으며, 다음 작품 《봄의 분류》에 이어 발표된 《해는 또다시 떠오른다》에 이르러서는 그의 명성이 널리 알려지게 됩니다. 또 헤밍웨이는 파리와 에스파냐를 무대로 찰나적·향락적인 남녀들을 중심으로 전후의 풍속을 묘사하여 '잃어버린 시대'의 대표작가로 지목되었습니다.

1928년 파리에서 돌아온 헤밍웨이는 같은 해에 아버지의 권총 자살 등 어려운 사건에 부딪히게 되었고, 그 이듬해인 1929년 전쟁의 허무함과 고전적 테마인 사랑의 비련을 테마로 한 《무기여 잘 있거라》를 완성, 전쟁문학의 걸작으로서 반향을 불러일으켰습니다. 그 후 에스파냐의 투우를 다룬 《오후의 죽음》과 아프리카에서의 맹수사냥과 문학론, 인생론을 교차시킨 에세이집 《아프리카의 푸른 언덕》을 발표했는데, 이들 두 작품에서는 그의 문학관과 인생관이 직접 드러납니다. 밀수입에 종사하는 어선의 선장을 주인공으로 한 장편인 《가진 자와 못 가진 자》는 당시 유행된 사회소설을 지향한 것이지만, 그가 본질적으로 사회소설에는 맞지 않는다는 것을 보여 준 작품입니다. 1936년 스페인 내전 발발과 함께 그는 정부군에 가담하여 활약했고, 그 체험에서 스파이 활동을 다룬 희곡 《제5열》이 탄생되었습니다. 이 작품은 헤밍웨이의 유일한 희곡작품이지요. 여기까지를 그의 제2기로 구분하며 모색과 방황의 시대의 문학으로 구분하기도 합니다. 이 시기의 헤밍웨이는 자신만의 내용과 형식을 찾아나가며 성공하기도 하고 실패하기도 했던 것이지요.

다시 1940년에는 스페인 내란을 배경으로 미국 청년 로버트 조단을 주인공으로 한 그의 최대의 장편 《누구를 위하여 종은 울리나》를 발표하여 《무기여 잘 있거라》 이상의 반향을 불러일으켰습니다. 이 책은 10만 부 이상이 팔리며 헤밍웨이가 베스트 셀러 작가의 반열에 오르도

497

록 했습니다. 제2차 세계대전 후 10년간의 침묵을 깨고 《발표한강 건너 숲 속으로》는 예전의 소설의 재판이라 해서 좋지 못한 평을 얻었지만, 대어를 낚으려고 분투하는 늙은 어부의 불굴의 정신과 고상한 모습을 간결하고 힘찬 문체로 묘사한 단편인 《노인과 바다》는 1953년 퓰리처상을 받고, 1954년에는 노벨문학상까지 받게 됩니다.

헤밍웨이의 단편집으로는 《우리들의 시대에》 외에 《남자들만의 세계》, 《승자는 허무하다》가 있습니다. 이들은 후에 다른 작품들을 첨가하여 한 권으로 출판되었는데, 그중에는 하드보일드 풍의 걸작 《살인청부업자》, 표현기술의 정수를 구사한 《킬리만자로의 눈》 등 미국문학의 고전으로 간주되는 명 단편들이 포함되어 있으며, 이로 인해 헤밍웨이를 오히려 단편작가로서 높이 평가하는 평론가들도 많이 있다고 합니다. 1953년 아프리카 여행을 하던 헤밍웨이는 두 번이나 비행기 사고를 당해 중상을 입고 행방불명되기도 하지만 다행히도 무사히 돌아옵니다. 하지만 정신적, 육체적인 소모가 컸기 때문에 이후엔 요양에 힘쓰게 됩니다. 그 후 요양 중이던 1961년 7월 갑자기 엽총사고로 죽게 되는데, 자세한 사인은 밝혀지지 않았지만 자살로 추측됩니다. 그렇게 떠난 헤밍웨이의 사후에는 〈이동축제일〉, 《만류의 섬들》 등의 유작이 출판되었습니다.

그는 지성과 문명의 세계를 속임수로 보고 가혹한 현실에 맞섰다가 패배하는 인간의 비극적인 모습을 간결한 문체로 힘차게 묘사한 20세기의 대표적인 작가의 한 사람입니다. 인간은 육체적으로는 패배하게 되어 있지만 정신적으로는 승리할 수 있다는 생각을 가지고 있었지요. 헤밍웨이는 쿠바의 수도 아바나의 암보스문도스 호텔에서 7년간 기거하며 집필하였는데, 저녁이면 엘 플로리디타 바에서 칵테일을 즐기며 현지인들과 담소를 즐겼다고 합니다. 여기서 헤밍웨이가 마신 칵테일들 중 몇몇은 이때의 일로 인해 유명해 지기도 했습니다. 쿠바혁명 이후 헤밍웨이는 1960년에 미국으로 추방되고 말지만 지금도 아바나에는 헤밍웨이의 유품 일부와 사진들이 보존 전시되고 있어 주요한 관광 상품의 요소가 되고 있습니다.

어니스트 헤밍웨이의 연보는 다음과 같습니다.

1899년	7월 21일 일리노이 주 시카고 시 서부의 오크 파크에서 의사인 아버지 클래런스 헤밍웨이와 어머니 그레이스 홀 헤밍웨이 사이에서 여섯 자녀 중 둘째로 출생함.
1917년	오크 파크 고등학교를 졸업함. 졸업 직전에 제1차 세계대전이 참전하기 위해 미 육군에 지원했으나 권투연습 중 다친 시력 때문에 입대가 거부됨. 졸업 후에 숙부의 추천으로 캔자스 시 《스타신문》의 수습기자로 근무함.
1918년	신문사를 퇴사함. 이탈리아 군속 적십자 요원에 지원하여 앰뷸런스 운전사로 이탈리아에 감. 북부 전선의 포살타 디 피아베에서 박격포탄 및 중기관총

에 의하여 두 다리에 중상을 입음. 이때의 경험이
《무기여 잘 있거라》의 배경이 됨.

1920년　　제대 후 캐나다 토론토 시의 신문기자 및 해외 특파
원이 됨. 시카고에서 작가인 셔우드 앤더슨을 알게
되어 큰 영향을 받음. 시카고의 예술가 그룹과 친분
을 맺음.

1921년　　고향 친구의 동생인 해들리 리처드슨과 결혼함. 유
럽 특파원이 되어 파리에 정착함.

1922년　　앤더슨의 소개로 거트루드 스타인과 에즈라 파운드
를 알게 됨. 유럽 일부 지역을 여행함. 아내가 파리
의 리용역에서 그의 원고 여러 편을 분실함. 미국 잡
지에 최초로 실린 작품인 단편 〈삐아베 신의 몸짓〉
과 시 〈삐아베 최후로〉를 발표함.

1923년　　〈3단편과 10편의 시〉 파리에서 처녀 출판함. 토론토
로 돌아와 신문 기자직을 계속함. 장남인 존 해들리
가 출생함.

1924년　　파리로 돌아와 본격적으로 문학 수업을 시작함. 여
름에 스페인에서 투우를 구경함. 이때의 경험이《해
는 또다시 떠오른다》의 배경이 됨.

1925년　　단편집 《우리들의 시대에》의 증보판을 미국에서 출
판함.

1926년　　패러디 풍의 소설 《봄의 분류》와 《해는 또다시 떠오

른다》를 출판함. 작가로서의 지위가 확립됨. 아내
인 해들리 리처드슨과 이혼함.

1927년　　제2단편집《여자 없는 세계》를 출판함. 파리의 잡지
　　　　　사인《보그》에서 근무하는 패션 비평가이자 부유한
　　　　　폴린 파이퍼와 재혼.

1928년　　파리에서 돌아와 플로리다 주 남단 키웨스트에 거
　　　　　주함. 차남인 패트릭이 출생함. 아버지인 클래런스
　　　　　헤밍웨이가 오크 파크에서 자살함.

1929년　　잡지에서 연재하던《무기여 잘 있거라》출판함.
　　　　　《무기여 잘 있거라》가 8만 부 이상 팔리며 유명 작
　　　　　가가 됨.

1930년　　몬태나 주에서 자동차 사고로 부상을 당함. 서문을
　　　　　추가하여《우리들의 시대에》를 재 출판함.

1932년　　투우에 관한 연구서인〈오후의 죽음〉을 출판함.

1933년　　제3단편집《승자는 허무하다》를 출판함. 아내와 함
　　　　　께 아프리카를 여행함.

1934년　　〈가진 자와 못 가진 자〉 제1부를 잡지에 발표함.

1935년　　아프리카 여행기를 잡지에 연재함.《아프리카의 푸
　　　　　른 언덕》을 출판함.

1936년　　스페인에 내란이 발발하자 정부군 원조를 위한 자
　　　　　금 조달을 함. 단편〈킬리만자로의 눈〉과〈프란시스
　　　　　매코머의 짧고도 행복한 생애〉를 발표함.

1937년	《나나》지 특파원으로 스페인 내전을 취재함. 영화 《스페인의 땅》 제작에 협력함. 프랑스 작가인 앙드레 말로와 만나 내란을 주제로 한 소설을 분담 집필하기로 약속함.《가진 자와 못 가진 자》를 출판함.
1938년	《스페인의 땅》을 출판함.《제5열 및 최초의 49 단편》을 출판함.
1939년	스페인 내전이 종전함. 제2차 세계대전이 발발함.
1940년	《누구를 위하여 종은 울리나》를 출판함.《누구를 위하여 종은 울리나》가 10만 부 이상 팔리며 베스트 셀러가 됨. 아내를 유기하였다는 이유로 폴린 파이퍼로부터 이혼 당함. 여류 작가인 마아다 겔혼과 재혼함.
1941년	중일전쟁 특파원으로 중국에 감. 아바나 교외의 샌 프란시스코 데 파울라에 자리 잡음.
1942년	자기 배를 개조하여 해군 정보부에 제공함. 작품집 《싸우는 사람들》을 출판함.
1943년	아내인 마아다 겔혼이 유럽 특파원이 됨.
1944년	보도기자로서 연합군의 노르망디 상륙작전, 파리입성, 독일 진격 등을 취재함.
1945년	제2차 세계대전 종전으로 귀국함. 마아다 겔혼에게 이혼 당함.
1946년	《타임》지의 특파원인 메리 웰시와 재혼함.
1947년	전시 보도원의 공적으로 인해 청동성 훈장을 아바

나 대사관부 무관으로부터 받음.

1948년	《무기여 잘 있거라》 특제본을 출판함.
1949년	이탈리아로 이주함. 눈을 다쳐 시력이 상함.
1950년	〈강 건너 숲속으로〉를 연재하고 출판함.
1951년	어머니인 그레이스 홀 헤밍웨이가 사망함.
1952년	《라이프》지에 《노인과 바다》를 발표하고 곧 출판함.
1953년	《노인과 바다》로 퓰리쳐 상을 수상함.
1954년	아프리카 여행을 갔다가 비행기 사고 행방불명되었으나 무사 귀환함. 노벨 문학상을 수상함.
1957년	단편인 〈세계의 사나이〉와 〈장님 안내견을 얻다〉를 발표함.
1960년	투우 견문기인 〈위험한 여름〉을 3회에 걸쳐 발표함. 〈이동 축제일〉을 탈고 했으나 출판은 그가 사망한 후인 1964년에 이뤄짐.
1961년	고혈압과 당뇨병으로 아이다호의 수렵지인 케첨의 산장에서 요양함. 7월 2일 이곳에서 엽총으로 인해 사망함.

❺ 시대와 연관 짓기

이 작품은 시대적 배경과 매우 밀접한 관련이 있는 작품입니다. 작품의 배경은 당대의 최고 큰 사건이었던 제1차 세계대전을 시대적

503

배경으로, 가장 치열한 전투가 벌어지는 전방의 전선을 공간적 배경으로 하여 전쟁의 처참한 광경이 묘사됩니다. 헤밍웨이가 전쟁의 참상을 깊게 파고들지도, 전쟁의 참상을 고발하려는 목적으로 작품을 쓴 것도 아님에도 불구하고 이 작품이 반전 소설로 평가되기도 하는 것은, 전반적으로 전쟁에 대한 혐오가 드러나서이기도 하지만 헤밍웨이 특유의 하드보일드 문체를 통하여 끔찍한 전장의 모습이 적나라하게 드러나서이기도 합니다. 작품의 주를 이루고 있지 않은 것은 명백하지만 그의 짧고 굵직한 묘사를 통해 전쟁의 공포와 끔찍함이 무섭게 전해져 오는 것입니다.

그리고 이렇게 전쟁에 의한 사상적 환멸의 시련을 겪은 세대를 '잃어버린 세대'라고 합니다. 이 '잃어버린 세대'의 작가들은 전쟁의 체험에 의해 종교, 도덕, 인간적인 정신까지도 짓밟혀 희망을 잃고 절망과 허무에 빠진 미국의 지식 청년들을 가리키는 말입니다. 이 시대를 지배하고 있던 사상은 전쟁의 상처로 인한 허무주의(니힐리즘)과 상실주의였습니다. 허무주의는 모든 것은 존재하지 않으며 허무할 뿐이라는 사상이고, 상실주의는 도덕적 가치관과 윤리가 상실된 것을 말합니다. 이들은 더 나아가면 냉소주의로 발전하게 됩니다. 냉소주의는 모든 것을 삐딱하고 조소하듯 바라보는 것을 말합니다. 잃어버린 세대의 젊은이들은 이러한 사상에 빠져 있었던 것입니다.

헤밍웨이는 이 잃어버린 세대의 대표적인 작가라 할 수 있습니다. 작품에서 허무주의와 상실주의가 드러나고 있는 것은 헤밍웨이가 이러한 시대적 기류를 타고 있었기 때문이라고 할 수 있습니다.

❻ 작품 토론하기

> ❶ 작품에서 '나'는 헌병대에게 첩자라는 혐의로 총살당할 위기에 처하자 무기와 계급장을 모두 버리고 군에서 도망칩니다. 그리고는 캐서린과의 행복한 삶에만 전념하며 살겠노라고 다짐하며 밀입국을 하게 됩니다. 이때의 '나'의 행동을 정당하다고 할 수 있을까요?

▶갑 : 정당합니다. 물론 법과 제도의 측면에서는 '나'가 범법자이고 범죄자라고 볼 수는 있습니다. 그러나 법과 제도가 항상 정당한 것은 아닙니다. 게다가 '나'의 경우에는 혼란스런 상황에서 사고로 인하여 오해를 산 것 뿐인데, 명백한 증거도 없이 그를 의심만으로 인해 총살에 처한다면 그것은 절대 정당하다고 할 수 없을 것입니다. '나'는 당시의 상황에서 어쩔 수 없는 선택을 했던 것뿐이기 때문에 그를 도망자라고 비난할 수는 없습니다.

▷을 : 저는 그렇게 생각하지 않습니다. '나'가 도망친 것은 이해할 수 있지만 그렇다고 해서 법과 제도를 넘어 용인되는 것은 아닙니다. 당시의 '나'가 했어야 하는 가장 올바른 행동은 헌병대의 오해를 풀고 자신이 독일군이 아님을 증명하는 것이었어야 했습니다. 그렇지 않고 당시의 상황을 모면하기 위해 도망을 쳐버리면 헌병대의 입장에서는 그 행동이 그들의 모든 의심을 확정지을 수밖에 없는 이유가

되어 버립니다. 비록 생명의 위협이 느껴졌을 테지만 '나'의 행위는
바람직하지 않았으며 또한 정당하지도 않습니다.

▶갑 : 하지만 '나'가 처한 상황은 도저히 그럴 수 있는 상황이 아니
었습니다. '나'의 앞에서는 차례대로 장교들이 총살되었고, 그들 중
에는 고의적으로 전선을 이탈한 자도 있었지만 그렇지 않은 자도 있
었을 것입니다. 그러나 야전 헌병대는 심문의 결과로 총살을 거의 확
정해 놓은 것과 다름이 없었습니다. '나'의 전 차례에 총살당하지 않
은 장교가 하나도 없었던 것입니다. 이러한 상황에서 논리적이고 합
리적인 설득이 통하지 않을 것이라고 판단하는 것이야말로 올바른
생각입니다.

▷을 : 그것은 성급한 일반화일 가능성이 높습니다. '나'에 앞서 총
살된 장교들은 전선을 이탈한 사실이 명백한 자들이었고 모두 영관
급에 해당하는 자들이었습니다. 그러나 '나'는 그들보다 계급이 낮
은 위관급의 장교였고 같은 죄목이라도 영관급에 비해서는 죄를 적
게 묻는 것은 매우 당연한 일입니다. 또한 헌병대가 심문한다는 것은
심문 대상을 죽이겠다는 것이 아니라 항변할 기회를 주는 것이기도
합니다. '나'가 자신이 처한 상황을 정말 잘 고려하였다면 도망자가
되지 않고도 살 수 있었을 것입니다.

▶갑 : 그러나 그것도 하나의 가능성에 불과합니다. 죽음을 담보로

하여 그러한 모험을 하기에는 차라리 도망치는 것이 훨씬 살 가능성
이 높았을 것입니다. 다른 무엇보다 가장 중요한 것은 바로 생명입니
다. 그리고 '나'가 도망을 치게 된 이유에는 생명의 위협을 느껴 전쟁
에 대한 환멸을 느꼈기 때문이기도 합니다. 전쟁은 사람을 피폐하게
하고 야전헌병대 또한 그 여파를 피할 수 없었을 것입니다. 그들은
배신자와 첩자를 처단해야 한다는 생각에 도취되어 심문 대상의 이
야기를 잘 들어 줄 여력이 없는 상태였습니다. '나' 또한 이성적으로
그들을 설득할 여력이 없는 상태였습니다. '나'가 취한 행동은 생명
을 보전하기 위한 가장 원초적이고도 본능적인 것입니다. 이러한 것
을 비난할 수는 없습니다.

　▷을 : 그럼에도 불구하고 '나'의 행동은 정당화하기 어렵습니다.
그 상황에서 도망치는 것 또한 죽음을 담보로 한 모험임은 명백합니
다. 둘 다 모험임을 인정한다면 자신의 모험이 성공했을 시에 오해도
일으키지 않고 스스로에게도 떳떳한 방식으로 행동하는 것이 당연히
바람직한 일일 것입니다. 이 경우에는 야전 헌병대에게 자신의 상황
을 잘 설명하고 정상을 참작해달라는 설득을 하는 것이 바람직한 행
동이 됩니다. 그러나 '나'는 그러지 않았기 때문에 캐서린을 만나고
서도 계속해서 헌병의 추적을 당했으며 스위스로 도망을 친 후에도
'나'를 범죄자로 오해하게 만드는 짓을 저지르게 된 것입니다.

2 '나'는 캐서린이 좀처럼 아이를 낳지 못하자 불안해합니다. 결국은 수술을 통해 아이를 낳도록 하게 되는데 '나'는 태어난 아이를 보고 별다른 감흥을 느끼지 못합니다. 아이가 캐서린을 죽일 뻔했다고 생각했기 때문입니다. 아이가 죽었다는 사실을 알고 나서도 캐서린이 죽을 것 같다는 사실만을 걱정합니다. 이처럼 출산 중에는 아이로 인해 산모의 목숨이 위험해지는 경우가 종종 있습니다. 이런 경우에 아이와 산모 중 하나의 안전만 보장할 수 있는 상황이라면 누구를 선택하는 것이 바람직한 것일까요?

▶갑 : 저는 '나'와 같이 산모를 더 걱정하고 산모를 더 중요하게 여기는 것이 바람직하다고 생각합니다. 아이는 다시 임신하여 가질 수 있지만 산모가 죽으면 부부 관계는 끝이 납니다. 산모와 아이 중 하나를 선택해야 하는 상황은 아니었지만, '나'가 아이가 캐서린을 죽일 뻔했다는 이유로 자랑스럽지 않다고 생각한 것도 마찬가지일 것입니다. 산모로 인해 아이가 죽는 것보다 아이로 인해 산모가 죽는 경우가 더욱 비참한 상황입니다.

▷을 : 그것은 굉장히 위험한 사고입니다. 사람의 생명은 경중을 논할 수 없습니다. 아이의 목숨보다 산모의 목숨을 비교하여 어느 한쪽이 더 가치 있다고는 말할 수 없습니다. 그렇기 때문에 저는 이런 상황이라면 아이의 안전이 보장되는 쪽을 선택할 것이지만, 그것은 아이의 목숨이 산모의 것보다 귀중하기 때문에 그런 것은 아닙니다.

아이와 산모 모두 소중한 목숨이지만 세상에 나와 보지도 못한 채 죽게 될 아이가 너무나 안타깝기 때문에 아이의 안전을 좀 더 보장하는 쪽이 바람직하다고 생각합니다.

▶갑 : 제 생각을 잘못 이해하신 것 같습니다. 저 또한 아이와 산모의 목숨에 대해 경중을 논한 것이 아닙니다. 세상에 나와 보지 못한 채 죽는 아이 목숨의 안타까움을 더 비참하다고 여기신 것처럼 저는 반려자의 상실, 부부 관계의 붕괴와 같은 이유를 들어 산모의 죽음이 더 안타깝다고 생각했을 뿐입니다. 그리고 아이가 죽는 것 또한 매우 안타깝고 슬픈 일이라는 데에 저도 동의합니다. 다만 아이는 부부생활 중에 또 생길 가능성이 있다는 점을 들었던 것입니다.

▷을 : 말씀에 어폐가 있습니다. 생명의 경중을 논할 수 없는 것처럼 생명을 대체 또한 논할 수 없는 것입니다. 사람의 생명은 각각이 소중하고 독립적인 것입니다. 아이가 죽었으니 또 아이를 가지면 된다는 생각은 죽은 아이의 목숨을 다른 목숨으로 대체하려 하는 것입니다. 말씀하신 대로의 논리라면 산모가 죽는다면 다른 배우자를 만나 재혼을 하여 배우자의 자리를 채울 수 있습니다.

▶갑 : 그것은 제 논리를 지나치게 과대하게 확대하여 해석한 결과라고 생각합니다. 제가 아이는 또 가질 수 있다고 한 것은 죽은 아이를 대체하는 다른 생명을 구한다는 의미가 아니라 이미 죽은 아이는

어쩔 수 없는 것이고, 부부 생활을 하면서 아이는 자연스럽게 다시 생길 가능성이 있다는 뜻으로 말한 것입니다. 아이를 대체물로서 논한다는 것은 배우자가 죽으면 다른 배우자를 구하면 된다는 생각만큼이나 터무니없다는 점을 누구라도 인정할 것입니다. 다만 제가 말하고자 하는 바는 남편이 배우자와 맺어 온 심리적, 정신적, 감정적 유대 관계가 갓 태어난 아이와의 그것보다 약할 것이므로 배우자와의 관계를 포기하는 것보다는 아이와의 관계를 포기하는 것이 더 나은 것이 아니냐는 것이었습니다.

▷을 : 하지만 그것이 아이의 목숨을 포기해야 하는 합당한 이유가 될 수는 없습니다. 누구와의 관계를 더 깊이 있고 가치 있는 것으로 여길 것이냐는 문제도 철저히 주관적인 가치 판단에 놓여 있는 것입니다. 그러니 저는 이것을 부모의 책임의 문제로 돌려 보도록 하겠습니다. 부모에게는 어머니의 몸에 아이가 잉태한 순간 세상에 태어나도록 하고 양육을 할 의무가 있습니다. 어떤 이유로도 아이를 해치는 것은 용납할 수 없는 일입니다. 더군다나 아이에게는 어떠한 의사마저 물을 수가 없습니다. 산모에게는 차라리 의사를 묻는 것이 가능합니다. 그러나 아이에게는 그럴 수가 없습니다. 또한 산모도 부모로서 아이를 태어나게 할 의무가 있습니다. 생명에 대한 책임인 것입니다. 이런 입장에서 보면 산모 스스로 아이를 선택하도록 하는 것이 일종의 책임이 아닐까 생각합니다.

❼ 독후감 예시하기

▷▶독후감 1

나는 전쟁을 경험해 본 적이 없습니다. 학교에서 국사, 사회시간에 배우거나 지금 우리나라와 휴전 중인 북한의 이야기를 할 때만 진짜 전쟁에 대해서 이야기합니다. 그밖에는 게임이나 영화, 책 등을 통해서 간접적으로 경험합니다. 《무기여 잘 있거라》도 책으로 보는 전쟁 이야기였습니다. 작가가 자신이 실제로 전쟁에 참전해서 겪었던 일들을 바탕으로 썼기 때문에 국사나 사회시간에 배우는 것처럼 진짜 전쟁 이야기인 셈입니다. 하지만 책에 나온 내용은 다른 데서 본 전쟁 이야기와는 좀 다른 것 같았습니다. 국사 시간에 배우는 전쟁 이야기는 대부분 신이 납니다. 우리나라에 침입한 적들을 물리치는 전쟁이 많기 때문입니다. 물론 우리나라가 질 때도 있긴 합니다. 그런 때에는 나라가 피폐해지고 어지러워 졌다고 합니다. 하지만 그게 구체적으로 어떤지는 그다지 와 닿지 않았었습니다. 다만 6·25전쟁은 예외입니다.

《무기여 잘 있거라》를 읽으며 나는 6·25전쟁을 상상했습니다. 우리 민족끼리 서로 죽고 죽이며 싸웠다는 점에서 이미 시작부터도 정말 비극적인 전쟁입니다. 그리고 6·25 전쟁 후에 우리나라는 거의 다 파괴가 되어 대부분의 도시에 남아 있는 것이 없었다고 합니다. 안 그래도 일제의 침략으로 인해 피폐해진 나라가 더욱 어려워진 것입니다. 그런데 《무기여 잘 있거라》의 주인공인 '나'는 전쟁을 별로 심각하게 여기지 않는 것 같았습니다. 전쟁 중인데도 간호사인 캐서린과 사귀며 노는 모습이 잘 이해가 가지 않았습니다. 6·25전쟁에서처럼 비참하고 비극적인 모습이 그려질 것이라고 생각했는데 그렇지 않아서 이상했습니다.

그러나 이런 생각은 곧 달라졌습니다. '나'가 박격포로 인해 부상을 입게 되는 부분에 이르자 너무나도 끔찍했습니다. '나'의 부하가 고통스럽게 죽는 장면이나 사람들의 시체가 마치 물건처럼 여겨지는 부분은 굉장히 무섭기도 하고 구역질이 날 것 같기도 했습니다. 이런 장면들이 지나가고 '나'는 병원으로 후송되어 캐서린을 다시 만납니다. 처음에 캐서린을 가볍게 만나던 '나'는 갑자기 캐서린을 좋아하게 됩니다. 그런데 처음에는 전쟁 중에 사랑을 하고 이런 것이 이해가 되지 않았는데 나도 갑자기 이해가 되었습니다. '나'는 끔찍한 전쟁의 현장에서 여자와의 관계를 통해 도피하려고 했던 것입니다. 그렇게 '나'는 캐서린과 각별한 사이가 됩니다.

하지만 다친 곳이 다 낫자 '나'는 다시 전쟁터로 가야 했습니다. 그리고 이번에는 상황이 더 좋지 않았습니다. 적군들이 마구 밀어닥치기 시작한 것입니다. 거기다가 '나'는 비오는 날 임무 중에 후퇴하는 아군이랑 섞여서 대열을 이탈하게 되고 그 이유로 총살당할 위기에 처합니다. 그리고 여기서 도망칩니다. 전쟁이 이제는 적군뿐만 아니라 같은 편도 죽이는 상황이 됩니다. 처음에 떠올렸던 6·25전쟁의 모습이 다시 떠올랐습니다. 같은 민족끼리 죽였던 그 전쟁처럼 같은 편끼리 죽이기 시작한 것입니다. 다행히 '나'는 무사히 도망쳐서 캐서린과 함께 스위스로 갑니다. 그리고 행복하게 지냅니다.

　하지만 둘의 행복은 오래가지 못합니다. 캐서린이 아이를 낳다가 죽어버린 것입니다. '나'는 전쟁에서는 도망쳤지만 캐서린의 죽음은 막지 못했습니다. 그런데 이상하게도 '나'는 캐서린과 아이가 모두 죽었는데도 별로 슬퍼하지 않는 것 같았습니다. 더 이상한 것은 '나' 가 전혀 슬퍼하지 않는 것 같은데 나는 매우 슬픈 느낌이 들었다는 것 입니다. 끔찍한 전쟁에서는 도망쳤던 '나'가 가족의 죽음은 피하지 못한 채 비를 맞으며 쓸쓸히 호텔로 돌아가는 모습에서는 전쟁으로 인한 끔찍함, 비참함보다 더 한 무언가가 있는 것 같이 느껴졌습니다.

▷▶독후감 2

　처음에 책의 제목을 보고 전쟁을 배경으로 했을 것 같다는 생각을 했는데 정말이었습니다. 어디선가 들어 본 제목 같기도 했습니다. 책 의 배경이 제1차 세계대전이라는 걸 알게 된 것은 '나'의 적군이 독일 군과 오스트리아군이라는 것이 나온 이후였습니다.

　나는 전쟁 게임을 좋아합니다. 요즘 게임들은 전쟁을 배경으로 한 것들이 많습니다. 이 게임들 중 대부분은 제1차 세계대전이나 제2차 세계대전을 배경으로 하고 있습니다. 갈수록 발전하는 그래픽 기술 로 인해 요즘 게임을 하면 게임을 하는 게 아니라 마치 영화를 보고 있는 것 같은 느낌마저 듭니다. 그만큼 진짜 같기도 하고 표현도 매 우 섬세합니다. 나는 아직 나이가 어려서 사람이 죽거나 다치는 모습 까지 완벽하게 표현되는 게임을 하지는 못합니다. 하지만 게임을 하

면 적군을 총으로 쏴서 죽이거나 몰래 침투하여 폭탄을 설치하는 등
의 임무를 하게 됩니다. 지금까지는 별 생각 없이 재미있게 게임을
했습니다. 그런데 지금은 조금 다른 생각이 듭니다.

이 책에서는 제1차 세계대전의 이탈리아 전선을 배경으로 한 전쟁
터의 모습이 나옵니다. 하지만 책에 나와 있는 모습은 제가 게임을
하면서 본 모습과는 많이 달랐습니다. 게임을 하면서 적군을 죽이고
이기는 편은 당연히 내 편이었습니다. 물론 가끔은 죽거나 질 때도
있지만 금방 다시 할 수 있었습니다. 그런데 책에서는 주인공인 '나'
가 포탄을 맞는 모습이 굉장히 끔찍하게 묘사되었습니다. 기분이 이
상했습니다. 게임에서는 포탄을 맞으면 다시 시작하면 됩니다. 하지
만 책에서는 포탄을 맞은 '나'의 부하가 고통 속에서 몸부림치고 비
명을 지르다가 죽고, '나'는 다리에 부상을 입고 병원으로 실려 갑니
다. 그 이후는 내가 알던 전쟁터와는 전혀 다른 모습입니다.

전쟁터의 바깥이 아니라 후방의 병원으로 왔을 뿐인데도 주변은
매우 평화롭습니다. '나'는 다리 수술을 받고 회복을 하면서 캐서린
이라는 간호사와 사랑을 나눕니다. 전쟁 중인데도 불구하고 그들은
매우 즐거운 생활을 합니다. 단지 전방과 좀 떨어져 있는 것뿐인데도
말입니다. 난 자꾸만 이상한 생각이 들었습니다. '나'가 병원에서 노
닥거리는 동안 전선에서는 수많은 전투가 벌어졌을 것입니다. 그리
고 수많은 병사들이 죽었을 것입니다. 게임으로 전쟁을 접했을 때는
단순히 임무를 깨고 넘어가는 것 이상의 의미를 지니지 못했습니다.
내 편이 부상을 당하면 치료제를 사용하면 금방 회복되었습니다. 그

러나 '나'는 상당한 기간 동안 물리치료를 받으며 휴식을 취해야 했습니다. 그동안에는 얼마나 많은 병사가 죽고 다쳤을까. 게다가 게임과는 달리 다시 살아나거나 금방 낫지도 않았을 것입니다.

각종 총 이름을 꿰뚫고 총싸움 게임을 즐기는 나였지만 어쩐지 점점 하기가 꺼려집니다. 게임은 전쟁터의 전투만 보여 주었지 전쟁터의 삶을 보여 주지 않았던 것입니다. 진짜 전쟁이 일어나면 나도 '나'처럼 적응하지 못하고 전쟁터에서 도망쳐 버릴 것 같습니다. 아니, 무엇보다 전쟁이 일어나지 않는 평화로운 세상이 되었으면 하는 생각을 하며 세계평화를 빌어 봅니다.

독후감 제대로 쓰기

우리는 책을 통해서 지식을 쌓고 학문을 연마하게 됩니다. 또한 교양을 얻고 수양을 쌓게 되지요. 그리하여 즐겁고 보람 있는 생활을 할 수 있는 것입니다. 이러한 습관이 지속된다면 이것이 곧 나의 생활 자체가 되고, 책을 읽는 시간이 얼마나 가치 있고 즐거운 시간인지 깨닫게 될 것입니다.

독후감을 쓰기 위해서는 책을 읽어야 함은 말할 것도 없습니다. 그러나 아무 책이나 읽는다고 다 좋은 것은 아닙니다. 특히 중학생은 아직 양서를 구별할 만한 충분한 지식을 갖추지 못했기 때문에 선생님 혹은 부모님, 그리고 선배들이 권하는 책이나, 이미 국내적으로나 세계적으로 잘 알려진 명작이나 명저를 찾아 읽는 것이 바른 방법이라고 볼 수 있습니다. 예컨대 사회적으로 존경받을 만한 사람들의 일대기를 그린 위인전이나 자서전 같은 것은 읽을 가치가 있으며, 명시 모음집이나 명작 소설, 특정한 분야의 관찰기, 평론집 같은 것도 좋은 읽을거리가 될 수 있습니다.

그럼 효율적인 독서를 위해서 유의해야 할 점을 알아볼까요?

첫째, 본문을 읽기 전에 책의 앞부분에 있는 머리말이나 해설하는 글을 먼저 정독합니다. 그러면 책을 쓰게 된 동기나 평가 등에 대하여 잘 알 수 있게 되죠.

둘째, 목차를 잘 살펴봅니다. 목차에서 그 책의 내용이 어떻게 전개될 것인가에 대해 미리 파악할 수 있기 때문입니다.

셋째, 본문을 읽기 시작하면, 그 중에 잘 모르는 단어나 문구가 나오기 마련입니다. 그런 것은 곧 사전을 찾아 뜻을 알아두어야 합니다. 그런 것을 무시했다가는 자칫 전체를 이해하지 못하는 오류를 범할 수 있거든요.

넷째, 각 문단별로 소주제가 무엇인지를 파악하고, 그 줄거리를 요약하는 습관을 길러야 합니다. 특히 필자가 표현하려는 것과 그 뒷받침되는 내용이 무엇인지 알아내는 것이 필수겠지요.

다섯째, 글의 배경은 무엇인지, 앞뒤 맥락이 어떻게 이어지고 있는지를 잘 생각하면서 읽어야 합니다. 그리고 소설일 경우에는 주인공과 등장인물들의 성격이나 특성을 파악해야 하지요.

여섯째, 다 읽은 다음에는 줄거리를 만들어 보고, 전체적인 주제가 무엇인지 정리하는 작업도 필요합니다.

❷ 책을 감상하는 방법

책을 읽을 때는 내용을 진지하게 파고들어 가며 읽어야 합니다. 즉 자기의 현재 생활과 비교해 가며 생각의 폭과 사고를 넓히는 것이 중요하답니다. 그리고 작품의 문체·제목·주제·논제 등도 염두에 두고 읽으면 독후감을 쓰기가 좀더 수월해집니다.

그리고 저자가 강조하고 있는 내용과 사건들이 현재 우리 사회에 어떤 의미를 가지고 있으며 어떻게 발전시켜 나가야 할 것인가를 생각하며 읽습니다. 더불어 저자가 작품에서 강조하려고 하는 것이 무

엇인가를 파악하며 읽을 필요가 있습니다. 그렇다고 굉장한 부담을 느끼면서 책을 읽을 필요는 없습니다. 책 읽는 것 자체를 즐긴다면 그리 깊게 생각하지 않아도 작가가 말하려는 바를 깨닫게 될 테니까요.

그렇다면 각 문학 장르에 따라 어떤 점에 유념하여 책을 읽어야 하는지 알아볼까요?

‖소설‖ 작품의 주제를 파악하고 작중 인물의 성격과 배경을 생각하며 주인공이 어떻게 변화되어 가고 있는가를 염두에 두고 읽습니다. 자신의 생각이나 현실과 결부시켜 보는 것도 재미를 배가시켜 줄 거예요.

‖시‖ 선입견 없이 그대로 느낌을 받아들이며 읽습니다.

‖희곡‖ 무대 상연을 전제로 하여 쓰여진 것이기 때문에 시간적·공간적 제약을 받는다는 것을 염두에 두어야 합니다.

‖역사 소설‖ 인물·사건 등을 작가가 상상력에 의존하여 구성한 글로서, 항상 계몽사상이나 민족의식 고취 등 어떤 목적이 들어 있는지를 파악하며 읽어야 합니다.

‖역사‖ 역사는 역사 소설과는 구분지어야 합니다. 이것은 정확한 기록으로 글쓴이의 주관적 해석이 들어 있을 수 없으며, 시간의 흐름에 따라 사건을 나열한 것임을 생각해야 합니다.

‖수필‖ 지은이의 인생관이 들어 있습니다. 심리적 부담감이 적으므로 편안한 마음으로 읽을 수 있습니다.

‖전기문‖ 인물의 정신, 자취, 시대적 배경과 사회적 환경을 먼저

파악해야 합니다.

‖과학 도서‖ 미지의 세계에 대한 탐구심, 합리적 사고력 배양, 지식과 정보의 입수, 창의력을 기르는 데 도움이 되므로 평소 이에 대한 흥미를 갖는 것이 중요합니다.

❸ 독후감이란 무엇인가?

독후감은 말 그대로 어떤 글이나 책을 읽고, 그에 대한 느낌이나 생각을 쓰는 것입니다. 좋은 책을 읽고 그것을 정리해 두지 않는다면 곧 그 내용을 잊어버려, 독서를 한 만큼의 가치를 얻지 못할 수도 있으니까요. 그러므로 한 권의 책을 읽으면 곧 그 책의 내용을 정리하고, 느낌이나 생각을 적어 두는 것이 좋습니다.

독후감은 느낌이나 생각을 거짓 없이 써야 하나, 그렇다고 아무렇게나 써도 되는 것은 아닙니다. 즉 독후감도 글이므로 수필의 형식으로 쓰든, 논술의 형식으로 쓰든, 정확하게 읽고 주제와 내용에 맞게 써야 함은 물론이죠. 아무리 좋은 글이나 책이라도, 잘못 읽어 실제와 맞지 않는 생각이나 느낌을 쓰면 좋은 독후감이라고 할 수 없거든요. 그러므로 좋은 독후감을 쓰려면 독서를 잘해야 한다는 것이 전제됩니다. 독서를 잘하는 방법은 따로 있는 게 아니라, 그저 많이 읽다 보면 요령이 생기고, 이해도 쉽게 되며, 능률도 오르게 되는 것입니다.

독후감을 쓰는 목적은 독후감을 작성함으로써 독서하는 능력이 향상되고 글 쓰는 훈련을 할 수 있기 때문입니다. 그러므로 독후감을 쓰기 위해 책을 읽으면 보다 깊은 생각을 하면서 책을 읽게 됩니다. 또한 책을 통해 생활을 반성하며, 책에서 얻은 지식과 감명을 음미하여 자기 생활에 적용시킬 수 있습니다. 문장력과 논리적 사고가 향상되는 것은 물론이고요! 그럼 독후감을 왜 쓰는지 다음과 같이 정리해 볼까요?

1. 읽은 책의 내용을 되살려 다시 음미해 볼 수 있습니다.
2. 감동을 간직하고 책 읽는 보람을 얻을 수 있습니다.
3. 책을 통해 지식을 심화시킬 수 있습니다.
4. 책을 통해 자신의 문제를 연관지어 볼 수 있습니다.
5. 글을 써 봄으로 해서 생각을 깊이 있게 할 수 있습니다.
6. 독서 목표를 확실히 할 수 있습니다.
7. 작품에 대한 비판력과 변별력을 기를 수 있습니다.
8. 생각을 조리 있게 쓸 수 있는 작문력을 향상시켜 줍니다.
9. 사고력과 논리력, 추리력을 기를 수 있습니다.
10. 바르게 책을 읽는 습관을 형성할 수 있습니다.

독후감은 수필의 형식이든 논술의 형식으로든 쓸 수 있다고 했는데, 사실 이 둘의 차이는 모호합니다. 다만, 수필이 자유롭게 붓 가는 대로 쓰는 것이라면 논술은 논리 정연하게 쓴다는 점이 다르다고 할 수 있습니다.

붓 가는 대로 자유롭게 수필의 형식으로 쓰는 독후감이라도 글의 앞뒤가 맞지 않는다든지, 주제가 통일되지 않으면 좋은 평가를 받을 수 없습니다. 논리 정연하게 쓰는 독후감이라면, 서론·본론·결론으로 나누어 서술해야 함은 물론이구요.

서론에 해당되는 부분에서는 그 책에 대한 소개나 쓴 사람의 생애, 또는 특기할 만한 일화 같은 것을 적는 것이 일반적입니다.

본론에 해당하는 부분에서는 그 책을 읽고 특별히 다루려는 내용을 체계적이고 구체적으로 써야 합니다.

결론에서는 본론에서 다룬 내용을 요약하거나, 자신이 읽은 후의 감상, 그 책의 좋은 점, 나쁜 점 등을 들어서 마무리를 해야 합니다.

독후감은 짧게 쓰는 것이 상례이므로, 작품 전체를 거론하기보다는 특정한 주제를 잡아서 쓰는 것이 좋습니다. 보편적으로 다룰 수 있는 몇 가지 주제를 제시해 보면 다음과 같습니다.

첫째, 작가의 의식이나 주인공의 언행, 성격과 연관지어 주제를 구현시키는 방법입니다. 문학 작품이라면 주제가 애정이나 애국, 의리나 배반일 수 있으므로 이러한 점에 초점을 두고 써야겠지요. 또한

523

과학에 관계된 것이라면, 그 발명의 의의나 연구자의 노력과 관련시켜 서술해야 하겠지요.

둘째, 저자의 이념이나 생애, 업적에 관심을 두고 쓰는 방법입니다.

그 작품을 통하여 알 수 있는 저자의 철학이나 사상 또는 저자가 그 작품을 남기기까지의 역경이나 작품을 쓰게 된 동기, 작품의 가치나 다른 작품에 미친 영향 등 작품과 연관시켜 쓰는 것이지요.

셋째, 작품의 내용을 중심으로 기술합니다

예컨대, 작품 속 주인공의 성격을 분석하거나 다른 사람과 비교해 볼 수도 있고, 그 작품의 사건이나 시대적 배경을 논의하거나, 작품의 구성 같은 것에 초점을 두고 이야기할 수도 있습니다.

이와 같이 작품을 읽기 전에 먼저 어떤 점에 중점을 두고 독후감을 쓸 것인가를 염두에 둔다면, 그렇지 않은 경우보다 훨씬 이해가 쉽고, 나중에 독후감을 쓰는 데도 도움이 될 것입니다.

❻ 독후감의 여러 가지 유형

1. 처음에 결론부터 쓴 다음 왜 그러한 결론이 도출되었는지 감상을 자세하게 쓰거나, 감상을 먼저 쓰고 결론을 씁니다.

2. 책을 읽게 된 동기부터 설명하고 글 중간에 자기의 감상을 씁니다.

3. 저자나 친구에 대한 편지 형식으로 감상을 쓰거나 주인공에게 대화 형식으로 씁니다.

4. 시(詩)의 형태로 감상문을 씁니다.

5. 대화문(對話文) 형식으로 씁니다.

6. 줄거리부터 요약한 다음 자기의 느낌이나 생각을 씁니다.

❼ 독후감을 구체적으로 쓰는 방법

어렵게 쓰겠다는 생각은 하지 말고 쉽게 써야겠다는 마음가짐을 가져야 좋은 글이 나올 수 있습니다. 그리고 무엇보다 감상문을 쓰기 전에 무엇을 어떻게 쓸까 조목별로 골자를 먼저 쓰고, 이 골자에 살을 붙이는 방법으로 쓰려고 노력해야 합니다. 이때 의도적으로 아름답게 잘 쓰려고 하지 않는 것이 좋습니다. 자, 그럼 더 자세하게 알아볼까요?

1. 먼저 제목을 붙입니다.

2. 처음 부분(머리글)을 씁니다.

   ◦》 책을 읽게 된 이유나 책을 대했을 때의 느낌을 씁니다.

   ◦》 자신의 생활 경험과 관련지어 써 봅니다.

   ◦》 제일 감동받은 부분을 씁니다.

   ◦》 지은이나 주인공을 소개하는 글을 씁니다.

3. 가운데 부분을 씁니다.

   ◦》 자기의 생활과 견주어 씁니다.

   ◦》 주인공과 나의 경우를 비교해서 씁니다.

·ᴡ▶ 시시비비를 분명히 가려야 합니다.

·ᴡ▶ 가장 극적이었던 부분을 소개합니다.

4. 끝부분을 씁니다.

·ᴡ▶ 자신의 느낌을 정리합니다.

·ᴡ▶ 자신의 각오를 씁니다.

독후감을 쓴 다음에는 다음과 같은 추고의 과정이 필요합니다.

첫째, 쓴 글을 다시 한 번 읽으면서 맞춤법이나 표준어 규정에 어긋나는 것은 없는지 살펴봐야 합니다.

둘째, 문장이 잘 구성되어 있는지, 또 문단이 잘 짜여져 있는지 알아보아야 합니다. 한 문단에는 소주제문과 보조문들이 있어야 하는데, 그런 점이 잘 지켜져 있는지 유의해야 합니다.

셋째, 글 전체의 구성이 잘 이루어졌는지 살펴봅니다. 예를 들어 서론에 해당하는 부분이 지나치게 길다든지, 결론에 해당하는 부분이 너무 짧다든지, 전체적인 구성이 균형을 잃고 있다면 다시 고쳐 써야 하겠지요.

우리가 시간을 들여 열심히 책을 읽고 난 후 독후감을 잘 쓰기 위해서는 책을 읽고 있는 동안의 느낌을 잊지 않고 글로써 표현할 줄 알아야 하며, 책을 읽고 가장 감명받은 부분을 기억하고 있어야 합니다. 또한 다른 사람들은 어떻게 독후감을 썼는지 남의 것을 읽어 보고, 자신의 것과 비교해 보며 자주 글을 써 보는 것이 중요합니다. 그렇게 하다 보면 자신만의 개성 있는 필치로 독특한 감상문을 쓸 수 있게 되

지요. 학교에서 아무리 독후감 숙제를 내주어도 부담없이 즐거운 기
분으로 끝낼 수 있을 겁니다!

❽ 그 밖에 알아두면 유익한 것들

▌독후감 쓰기 10대 원칙 ▌

1. 자신의 수준에 맞는 책을 선택합시다.

2. 독후감 쓰는 형식이 있기는 하지만 너무 거기에 구애받을 필요
   는 없습니다.

3. 자신이 작가라면 어떻게 글을 이끌어갈지를 생각하며 읽어 봅
   시다.

4. 평소 음악 평론이나 영화 평론을 많이 읽어 봅시다.

5. 읽으면서 마음에 와닿는 것이 있다면 따로 적어 둡시다.

6. 현대 사회의 문제점과 비교하면서 읽어 봅시다.

7. 모르는 것이 있으면 적어 두는 습관을 기릅시다.

8. 신문 사설이나 칼럼을 스크랩해서 필요할 때 사용합시다.

9. 요약하는 데에만 집착하지 말고 제대로 책을 읽읍시다.

10. 읽은 후에는 꼭 독후감을 직접 써 봅시다.

▌책을 읽는 10가지 방법 ▌

1. 아주 어릴 때부터 책과 친하게 지내는 습관을 기릅시다.

2. 너무 속독하려 하지 말고 담겨진 내용을 충실히 읽는 습관을 기

릅시다.

3. 항상 작품이 나와 어떠한 상관 관계가 있는지 체크를 해 가며 읽
읍시다.

4. 무조건 책장을 넘길 것이 아니라 시시비비를 가려 가면서 읽읍
시다.

5. 매일매일 조금씩이라도 책을 읽는 습관을 들입시다.

6. 책 속에 담긴 뜻을 음미하고 되새기면서 읽읍시다.

7. 너무 자신의 취향에 맞는 책만 읽지 말고 다양한 장르의 책을 골
고루 읽도록 합시다.

8. 책 속에 담겨진 교훈을 깊이 생각하고 생활에 적용시킵시다.

9. 책에 따라 읽는 방법을 달리하는 습관을 들입시다. 모든 책이 만
화책은 아니기 때문이죠.

10. 바른 자세로 앉아 눈과의 거리를 30cm 두고 밝은 곳에서 읽읍
시다.

❾ 원고지 제대로 사용하기

▌제목 및 첫 장 쓰기 ▌

1. 제목은 석 줄을 잡아 둘째 줄 가운데에 씁니다.

2. 1행 2칸부터 글의 종별을 표시합니다. 가령 수필이면 '수필'이
라고 씁니다. 간혹 글의 종별을 비워 두는 경우가 많은데 이는
적는 것을 잊었거나, 원고지 사용법에 무관심하기 때문입니다.

3. 제목을 쓸 때에는 마침표를 찍지 않고, 물음표와 느낌표는 붙이
　 지 않는 것이 좋습니다.

4. 제목에 줄임표는 사용하지 않는 것이 상례입니다.

5. 이름은 넷째 줄 끝에 두 칸 정도를 남기고 씁니다. 특별한 경우
　 에는 서너 칸을 남겨도 됩니다.

6. 성과 이름은 붙여 씁니다. 다만, 성과 이름을 분명히 구별할 필
　 요가 있을 경우에는 띄어 쓸 수 있습니다.
　 예) 임채후 (O), 남궁석 (O), 남궁 석 (O)

7. 본문은 여섯째 줄부터 쓰는 것이 좋습니다. 단, 특수한 작문인
　 경우는 넷째 줄부터 본문을 시작해도 상관없습니다.

8. 학교 이름이나 주소가 길 경우에는 세 줄로 쓸 수 있습니다.

9. 주소는 보통 표제지에 기재하고 원고지 첫 장에는 제목과 성명
　 만 간단하게 적는 것이 상례입니다.

10. 성명의 각 글자는 시각적 효과를 위해 널찍하게 한두 칸씩 비
　 워 써도 무방합니다.

11. 학교 앞에 지명을 기입할 때는 학교명을 모두 붙여 써서 지명
　 과 학교명의 구분을 명확히 해 주는 것이 좋습니다.

▌첫 칸 비우기▐

1. 각 문단이 시작될 때는 첫 칸을 비우고 씁니다.

2. 대화체의 경우는 첫 칸을 비우고 씁니다.

3. 인용문이 길 때는 행을 따로 잡아 쓰되, 인용 부분 전체를 한 칸

들여서 씁니다.

4. 첫째, 둘째, 셋째 등으로 이야기를 전개해야 할 때는 시작할 때마다 첫 칸을 비울 수 있습니다. 단, 그 길이가 길거나 제시된 내용을 선명하게 하고자 할 때 비워 둡니다.

5. 시는 처음 두 칸 정도 줄마다 비우고 씁니다.

▮ 줄 바꾸기 ▮

1. 문단이 바뀔 때는 줄을 바꾸어 씁니다.

2. 대화는 줄을 새로 잡아 씁니다.

3. 인용문을 시작할 때는 줄을 바꾸어 씁니다. 단, 그 길이가 길 때 한해서입니다.

4. 대화나 인용문 뒤에 이어지는 지문은 글이 다시 시작되는 것이므로 한 칸을 들여 씁니다. 단, 이어 받는 말로 시작되는 지문은 첫 칸부터 씁니다.

▮ 문장 부호 및 아라비아 숫자, 영문자 ▮

1. 문장 부호는 한 칸에 하나씩 넣는 것이 원칙입니다.

2. 아라비아 숫자는 한 칸에 두 자씩 넣습니다.

3. 한자(漢字)로 쓸 때는 띄어 쓰지 않습니다. 그러나 한자와 한글이 함께 쓰이면 띄어 쓰기를 합니다.

4. 마침표(.)와 쉼표(,) 다음에는 통례상 한 칸을 비우지 않으며, 느낌표(!), 물음표(?) 다음에는 통례상 한 칸을 비웁니다.

5. 행의 첫 칸에는 문장 부호를 쓰지 않습니다. 첫 칸에 문장 부호를 써야 할 경우는 그 바로 윗줄의 마지막 칸에 글자와 함께 씁니다.

6. 영문자의 경우, 대문자는 한 칸에 한 글자, 소문자는 한 칸에 두 글자씩 넣습니다.

❿ 문장 부호 바로 알고 쓰기

1. 마침표 : 문장을 끝마치고 찍는 문장 부호로 온점(.), 물음표(?), 느낌표(!)를 이르는 말입니다.

2. 쉼표 : 문장 중간에 찍는 반점(,) 가운뎃점(·) 쌍점(:) 빗금(/)을 이르는 말입니다.

3. 따옴표 : 대화, 인용, 특별어구를 나타낼 때 쓰는 문장 부호로 큰따옴표("")와 작은따옴표('')를 씁니다.

4. 그 밖의 문장 부호 : 물결표(~)는 '내지(얼마에서 얼마까지)'라는 뜻에 씁니다. 줄임표(……)는 할말을 줄였을 때와 말이 없음을 나타낼 때 씁니다.

⓫ 마치며

초등학교나 중학교에서는 독후감이라는 말을 사용하지만 고등학교에 가게 되면 독후감이라는 말보다는 아마 논술이라는 말을 더 많이 쓰고 더 많이 듣게 될 것입니다. 논술이란 말 그대로 어떠한 논제를 가지고 논리적으로 서술하는 것을 말하는데, 이는 하루아침에 이루어지지 않습니다. 다양한 분야의 많은 것을 폭넓고 깊이 있게 알고, 주관을 뚜렷이 할 때만이 논술을 잘 쓰게 되는 것이지요. 그러기 위해서는 중학교 시절부터 많은 책을 읽어 보고 스스로 글을 써 보는 훈련을 하는 것이 중요합니다.

　실제로 고등학교에 가면 교과목 공부에도 시간이 모자라 제대로 책을 읽을 시간이 없거든요. 무엇을 알아야 글을 쓸 것이고, 자신의 주장을 피력할 것 아니겠어요? 그러니 중학생 시절부터 좋은 책을 많이 읽어 보고, 생각해 보며, 글을 써 보는 노력을 하는 것이 여러분의 미래를 더욱 밝게 해줄 것입니다. 아마 그렇게 한 사람은 그렇지 않은 사람보다 10리쯤 앞서 나가지 않을까 생각되는데 여러분 생각은 어떠세요?

┃성 낙 수┃
한국교원대학교 교수, 연세대학교 졸업, 동 대학원에서 석사·박사 학위 받음
┃오 은 주┃
서울여고 교사, 현재 한국교원대학교 대학원 재학, 국민대학교 졸업
┃김 선 화┃
홍천여고 교사, 현재 한국교원대학교 대학원 재학, 강원대학교 졸업

판권본사소유

중학생이 보는

무기여 잘 있거라

초판1쇄 인쇄 2013년 6월 5일
초판1쇄 발행 2013년 6월 10일

엮 은 이   성낙수 · 오은주 · 김선화
지 은 이   어네스트 헤밍웨이
옮 긴 이   박영의
펴 낸 이   신원영
펴 낸 곳   (주)신원문화사

주   소   서울시 영등포구 당산동 121-245 신원빌딩 3층
전   화   3664—2131~4
팩   스   3664—2130

출판등록   1976년 9월 16일 제5-68호

＊잘못된 책은 바꾸어 드립니다.

ISBN 978-89-359-1638-2 44800
ISBN 978-89-359-1626-9 (세트)